해방기 시문학 연구

최명표

박문사

　해방은 한국 현대사의 향방을 결정한 대사건이었다. 이 시기는 이민족의 지배로부터 벗어난 환희, 자주독립의 가능성에 대한 벅찬 감동으로 도처에 은폐되어 장치된 불안을 척결하지 않으면 안 되는 때였다. 그러나 식민지시대를 겪으며 타의에 의해 강요된 불신 풍토는 상호간에 대결 국면을 조성하였고, 그 이면은 외래 이념에 의한 경직된 상황으로 점철되었다. 저마다 민족을 앞세우며 기선을 제압하려고 노력했을 뿐, 쌍방의 화해를 주선하는 중개자들은 입지를 확보할 수 없었다. 그들의 고언은 시대의 특수성에 주목하지 않은 절충주의적 견해로 각하되기 일쑤였고, 이념의 미망으로부터 초월했던 그들의 입지는 설자리가 없었다. 이것은 시국의 물질적 조건에 억눌린 채 난국을 타개할 만한 견해를 내세우지 못한 그들의 과오였다. 이런 판국에서는 시인들이라고 예외가 아니어서 저마다 이념의 푯대를 들지 않을 수 없었다. 그들은 여느 구성원들보다 앞선 인식안을 지니고 있었기 때문에, 자의반 타의반으로 정치적 국면에 연루되기 시작했다. 그 과정에서 시인들은 행동상으로 불가피하게 정치적 신념을 드러내었고, 작품상으로 정치의식을 내재화하게 되었다.

　이 책은 당시 시인들의 시세계와 시론 그리고 행동을 두루 살핀 성과물이다. 논의의 초점은 시적 신념의 일관성을 평가상의 척도로 설정하고, 당해 시인들의 행동과 시작품 간의 상관성을 고려하는데 집중하였다. 무릇

시는 시인의 정신사적 고통이 응결된 사리이기 때문에, 행간마다 정신의 결이 배어 있어야 한다. 그런 까닭에 항상 식민지시대의 시인들로부터 자유로울 수 없었고, 그들이 해방을 맞아 온몸으로 반응하며 변모하는 시적 양상에 주의를 기울일 수밖에 없었다. 그 결과로 얻어진 이 시기의 시사적 특징은 '시와 정치의 어색한 만남'이라고 규정할 수 있다. 곧, 해방기에는 시의 정치성이 고도로 드러나는 대신, 시의 위의는 철저히 외면받았다.

　　제1부는 김기림의 시와 시론을 살펴본 것이다. 그는 유수한 모더니스트이면서, 시와 시론의 일치를 통해 시인의 책무를 실천하고자 노력했던 지식인이었다. 대부분의 연구자들은 그의 시적 성취를 가리켜 실패한 모더니즘이라고 서둘러 폄하하지만, 그처럼 시대 상황에 고뇌하며 행동화한 시인도 드문 편이다. 그는 모더니스트이면서 리얼리스트였고, 시인이면서 지식인이었다. 여러 가지로 혼란한 시절에 그는 오로지 민족의 현실과 미래, 그리고 무엇보다도 문학을 생각하며 번민하였다. 그의 고전하는 모습은 당대 지식인이 걸어야 했던 비극적 운명의 실체를 보는 듯하다. 이 시기에 발표한 시와 시론을 통해서 그의 진면목이 드러나고, 헐거운 모더니즘시론에 근거하여 그가 고민한 바를 훼손하는 폭력이 사라지기를 기대한다.

　　제2부는 해방기의 주요 시인들의 시세계를 살펴본 것이다. 논의의 대상으로 설정된 시인들은 해방정국의 파노라마 속에서 고유한 신념을 시화하기 위해 노력하였다. 그들의 작품에서 그것을 찾아내고자 노력한 결과, 모름지기 시는 시인의 일관된 정신을 요구한다는 사실이었다. 혹자는 작품의 객관적 해석을 담보할 수 있는 방법론을 강조하나, 그것은 애초부터 주관성을 표나게 내세우는 시의 개성을 약정할 수 없는 한계를 안고 있다. 또한 그것은 고래로 전해오는 한국의 정신사적 흐름에도 부합하지 않는다. 더욱이 해방공간이라는 정신적 혼란기에 발표된 작품을 대하는 접근방법으로 적당한 것이 아니다. 논의의 대상으로 삼은 임화를 비롯한 시인들이 보여주었던 행적들은 당시의 시작품을 이해하기 위해 반드시 고려되

어야 할 일차자료이다.

아직도 시를 야무지게 읽지 못한 채, 어눌한 글쓰기를 계속하고 있어서 안타깝다. 그래도 그 동안 빈둥거리며 논 것은 아니라고 변명할 수 있겠으나, 앞날의 공부를 위해 앉은 자세를 바로잡는다. 이만큼이라도 시인들에게 경의를 표할 수 있게 된 것은, 시를 읽는 엄정한 자세를 몸소 보여주는 전정구 선생님 덕분이다. 언제나 그분의 경지에 도달할지 모르지만, 공부한 바가 얼마나 얕은지 잘 알고 있기에 힘껏 노력할 작정이다. 이 책을 계기로 소란한 해방공간으로부터 벗어날 수 있을 듯하다. 해방이라는 정치적 혼란기를 정리하는 도중에 얻었던 바를 바탕으로, 그 이후의 시인들이 분단시대를 바라보는 모습을 찾아 나서려고 한다. 끝으로 이 책을 만들어준 박문사의 식구들과 맺은 인연에 깊은 감사를 드린다. 그분들의 배려와 후의 속에서 더디고 소심한 공부는 앞으로 나아갈 힘을 얻을 수 있으리라 믿는다.

2011년 봄
지은이

차례

제 1 부

해방기 김기림의
시와 시론

- 민족 우선의 정치의식과 시론 : **김기림의 정치의식**
- 민주주의와 민족문화 건설의 전제조건 : **김기림의 계몽운동론**
- '나방'이 되어버린 '나비'의 꿈 : **김기림의 「우리 시의 방향」의 시사적 의의**
- 정치적 신념과 시적 자의식 : **김기림 시의 자의식**

해방기 시문학 연구

민족 우선의 정치의식과 시론

김기림의 정치의식

Ⅰ. 서론

한국시사는 정치 담론과 밀접한 상관관계를 이루며 전개되었다. 조선시대의 사대부들이 창작했던 각종 시가들이 군주에 대한 충성을 노래한 것이 대표적이다. 정철의「사미인곡」등에서 보듯이, 그들은 철저히 유교적 사유방식에 입각하여 기득권을 옹호하는 작품들을 양산하였다. 물론 김병연처럼 군주의 실정을 희화화하거나, 정약용처럼 관리들의 비행을 꾸짖는 작품들도 존재하는 것이 사실이다. 그것들 역시 시와 정치의 상관성을 반증하기는 마찬가지이다. 이런 사례들을 당시의 사정에 기대어 문자해득층의 열세로 인해 파생된 부수적인 문제점들이라고 치부할 수 있다. 그렇지만 사대부들은 고의적으로 백성들의 문자해득을 훼방하였고, 그것은 기득권을 고수하기 위한 정치적 전략이었다. 또한 근대계몽기에 발표된「동심가」를 위시한 애국가사들도 어의의 완전한 해독이 어려운 평민의 동조를 유도하기에는 한계가 있었다. 이때 사대부들이 정연한 위정척사론을 설파하며 평민들의 참여를 강권한 경우에도 결과는 흡사하다. 구한말의 지도층 인사들은 상대에 대한 배려에 앞서 자신의 주장에 압도되는 우를 범하면서도, 그것을 감성적 논리로 포장하려 했다. 결국 정치적 주장을 효과적으로 전개하기 위해서는 반드시 소통의 중요성을 자각하지 않으면 안 된다.

근대시가 미처 정착하기 전에 시작된 식민지시대는 정치적 환경의 영향력을 더욱 강화시켰다. 시와 정치의 경계에 대한 토론 과정을 거치지 못한 채 시인들은 정치적 장에 노출된 것이다. 그런 연유로 이 시대와 그 시대가 소멸된 해방기의 시를 연구할 경우에는 조선시대와 다른 차원에서 시와 정치의 연관성을 의식해야 한다. 또한 시와 독자와의 소통 문제도 감안해야 한다. 왜냐하면 해방이란 필연코 정치적 의미를 함의하므로, 정치는 언중들과의 의사소통을 최우선적으로 고려할 수밖에 없기 때문이다. 정치 담론이 해방 정국을 주도하는 과정에서 민족 구성원들은 독자적인 정치적 견해를 제출하느라 부산했다. 반만년의 역사에서 한번도 이민족에게 주권을 강탈당한 적이 없었기에, 그들은 해방을 맞아 민족의 정체성을 확인하면서 활발하게 정치적 요구의 공론화를 기도하였다. 또 해방이 민족의 투쟁 결과가 아니라 연합국의 승전에 따른 부산물이라는 점은, 정치적 담론의 장을 복잡하게 만들었다. 해방의 기쁨과 민족의 분열, 분단체제의 성립, 동족간 전쟁의 발발 등은 이 기간의 정치적 역학관계를 반영하면서 구성원들에게 정치 담론의 위력을 여지없이 발휘했다. 이처럼 복잡한 환경을 고려하면, 해방기 시인들의 정치의식을 점검하는 작업은 조심스럽다.

해방기는 정치적 격동기답게 사회의 전부면에 걸쳐 혁명적 분위기가 만연하였고, 시인들은 예민한 감수성을 앞세워 사태의 본질적 국면을 포착하느라 분주하였다. 그들의 작품에서 이전과 다른 정서가 범람하고, 집단적 음성이 작품의 근저에 장치된 것도 이런 형편에 기인한다. 그 동안에 제출된 대부분의 선행연구에서 김기림의 시적 성취를 부정적으로 언급한 것은 해방기의 특수한 환경을 고려하지 않은 것이다. 그는 이 시기의 정치적 특수성을 정확히 파악하고, 민족의 장래를 걱정하는 각종 주장을 다양하게 개진하였다. 이에 본고는 시가 "긍정적이든 부정적이든 혹은 적극적이든 소극적이든 항상 당대의 정치 이념 혹은 정치의식으로부터 자유로울 수 없는 환경 속에서 전가"[1]되었다는 사실을 전제하면서, 그의 시와 시론에 삼투된 정치의식을 점검하기로 한다. 그 과정에서 그의 납북 시비가 명쾌히 정리되고, 그의 행적들이 소상하게 규명되는 부수적인 효과를 기대한다.

II. 정치의식과 시론의 상관성

1. '정치와 협동하는 문학'의 의미

사회를 이루는 여러 가지 제도들은 각자 고유한 메커니즘에 따라 상호간의 영역을 존중하며 작동한다. 그 중에서 문학과 정치는 영역의 차이로 인해 격리되어 존재하는 듯하지만, 시대적 요인이 발생할 때마다 항상 상호보완적이며 통합적인 양상을 보여 왔다. 더욱이 문학은 "정치의 장소 그 자체, 즉 사회 문제에 대한 해결과 사회의 재조직화를

---

1) 오세영, 「한국 근·현대시와 정치」, 『한국시학연구』 제22호, 한국시학회, 2008. 8, 11쪽.

최우선으로 다루는 참된 정치가 가다듬어지는 유일한 공간"²⁾이라는 점
에서, 문학은 각종 사회현상에 민감하게 반응하지 않을 수 없다. 그 시
기가 이민족의 강제 지배로부터 벗어난 때라면, 문학과 정치 간의 경계
는 구분하기가 불가능하다. 이 무렵에는 정치 담론이 사회의 전 부면을
장악하여 정치와의 경계를 언급하는 일조차 무료하다. 그만치 해방은
정치적 성격을 담보하고 있어서, 이 시기에 개최된 일련의 집회와 단체
의 결성은 전적으로 정치적이다. 그것들이 정치적 주장을 표나게 드러
내지 않았다고 하더라도, 구성원들은 참여하는 순간부터 정치적 담론
에 연루된 것이다.

　주지하다시피, 김기림은 식민지시대에 모더니즘을 앞세우며 정치적
현실과 거리를 두었다. 그의 모더니즘시론은 "방법론에 대한 자각"³⁾으
로 제출된 것이다. 그것은 1920년대 시에 두드러졌던 '센티멘털 로맨티
시즘'과 '편내용주의'를 비판한 것이지만 비정치적이다. 그 뒤에 김기림
이 정지용이나 신석정 그리고 이상 등의 시를 고평한 점도 비정치적이
기는 마찬가지이다. 그러나 해방기 김기림의 행적은 정치적이었다. 그
는 각종 정치 집회에 망설이지 않고 참석하였다. 구체적으로 그는 좌익
작가들이 주도한 조선문학가동맹에 가입하였다. 그는 이 단체에서 간
부직을 맡았을 뿐만 아니라, 여러 행사에 적극 참여하였다. 그는 동맹이
주최한 전국 순회 문예강연회의 제1회 강연회(1945. 9. 29, 서울 종로기
독청년회관)에서 「문학과 정치」, 제3회 강연회(1945. 10. 9, 개성 고려
청년회관)에서 「민주주의와 문학」, 제5회 강연회(1946. 3. 5, 춘천 춘천
극장)에서 「현대시의 건설」을 주제로 강연하였다. 이 강연회는 개최시

---

2) Paule Petitier, 이종민 역, 『문학과 정치사상』, 동문선, 2002, 59쪽.
3) 채만묵, 『1930년대 시문학 연구』, 한국문화사, 2000, 59쪽.

마다 600명이 넘는 관중을 동원할 정도로 성황리에 종료되었다. 김기림
의 강연 내용은 전하지 않으나, 주최측의 성향으로 보아 정치지향적 발
언들이 속출했을 지방 순회 대열에 합류할 정도로 관심을 지녔던 점은
짐작할 수 있다.

김기림은 신탁통치 논의를 계기로 정치적 입장을 피력하였다. 1945
년 12월 27일 모스크바 삼상회의에서는 서울에 미소공동위원회를 설치
하고 신탁통치 문제를 협의하기로 결정하였다. 이에 12월 신탁통치를
반대하는 전국 단위의 시위가 벌어진 것을 시작으로, 1947년 8월말 공
동위원회가 결렬되기까지 격렬하게 전개되었다. 애초에 남북의 사회단
체에서는 민중들과 함께 반대의 단일 대오를 형성하였다. 그러나 소련
의 지시에 따라 공산당이 일방적으로 찬성 대열로 선회하였다. 그로
인해 남북에는 찬반 대열 간에 치열한 공방전이 벌어졌다. 남북의 정파
는 정치적 선제권을 잡기 위해 각기 미소 양국과 결탁하면서 극심한
분열상을 노출하였다. 좌우간의 대립은 "한반도에서의 국제적 미·소
대립에 영향을 미쳐 세계적 냉전이 본격 출현한 1947년보다 앞선 1946
년 초부터 미·소 대결 구도가 출현하도록 만들었다"[4]는 아쉬움을 남
겼다. 양국은 남북한에 자신들의 이익을 보장해줄 정부의 수립을 도모
하고 있어서 남북의 분단 구조가 공식화될 찰나였다. 이런 정세는 문학
과 정치 간의 경계에 대한 점검을 요구하였고, 여러 논자들은 기민하게
반응하며 각자의 의견을 개진하였다. 김기림도 지식인으로서의 책무를
논의하기 위한 좌담회에 참석하여 소신을 밝혔다.

위정자들은 이번 신탁문제를 기회로 연합국으로부터 우리 조선을 유리하

---

4) 이완범, 『한국 해방 3년사: 1945-1948』, 태학사, 2007, 162쪽.

게 전개시킬 생각보다도 이 기회에 자기네의 세력 지반을 확장하려고 들었든
것은 참말 괘심한 일이었습니다.

　…(중략)…

　문학인들이 정계에 들어가되 문학인의 입장으로서 참가해야 될지 혹은 일
개 시민으로서 참가하는 것이 좋을지 한 번 생각해 볼 과제입니다.[5]

　김기림은 먼저 정치가들이 신탁통치를 계기로 '자기네의 세력 지반을
확장하려고 들었든 것은 참말 괘심한 일'이라고 분노한다. 그것은 정치
가들이 미소의 알력을 이용하여 민족에게 유리한 국면을 조성하기는커
녕, 정치적 기반을 확장하는데 혈안이 된 행태에 초점을 맞추고 있다.
그의 비난처럼, 당시 좌우 양측의 정치가들은 자파의 논리를 확산하면
서 세력을 확대하느라고 선명한 대립 구도를 조성하였다. 김기림은 자
주적이고 독립적인 정부의 출범을 위해서는 민족의 단결이 우선시되어
야 하고, 정치가들은 이것을 시대적 과제로 인식하여 관철시켜야 한다
고 보았다. 그의 주장은 민족의 분열을 막기 위해 좌우측 정치가들의
단합을 호소했던 김구의 노선과 흡사하다. 실제 김기림은 경교장에서
김구가 암살되자 "끝없는 조국의 어여쁜 얼굴"[6]의 충정을 몰라주는 민
심에 안타까움을 표하였다. 이처럼 그가 민족의 단결을 중시한 이유인
즉, 그것이 위정자들의 위선을 예방할 수 있는 효과적인 방안이라고 생
각했기 때문이었다.

---

5) 김기림·백철·박치우·정근양, 좌담 「건국 동원과 지식계급」, 『대조』, 1946.
　7; 송기한·김외곤 편, 『해방공간의 비평문학·2』, 태학사, 1991, 118-119쪽. 앞
　으로 『해방공간의 비평문학』에서 인용시에는 권수와 쪽수만 표기하기로 한다.
6) 「꽃 白凡 先生」, 『국도신문』, 1949. 6. 30; 김학동 편, 『김기림전집·1』, 심설당,
　1988, 378-379쪽. 앞으로 『김기림전집』에서 인용시에는 권수와 쪽수만 표기하기
　로 한다.

작가의 정치 참여 문제에 대해서 김기림은 유보적인 태도를 보였는데, 이 사실은 해방기 그의 행적을 재구하는 과정에서 주목되어야 한다. 그의 논조는 비슷한 시기에 "작가의 본령은 역시 작품창작에 있다"[7]고 본 신남철과 "어느 때든지 또 어떠한 경우에 있어서든지 최후까지 자신의 직분이 문학"[8]이라는 것을 잊지 말라는 한효의 발언과 유사하다. 그들의 공통된 요지인즉, 작가들이 문학과 정치를 병행하는 것은 가능하지만 무리라는 것이다. 그들은 문학과 정치의 영역을 상호 존중하면서, 시대적 과제로 대두된 민주 국가 건설에 각자 진력하기를 바랐다. 그에 따라 그들은 작가들이 정치를 정치가들에 위임하고, 문학 작품의 생산에 정진하기를 권한다. 그들의 주장은 정치적 견해들이 상호 충돌하던 기간에 발표된 점은 이채롭다. 그들은 첨예하게 대립하는 좌우세력들로부터 비난받을 소지가 있는 객관적 입장을 서슴없이 언급한 것이다. 그들의 주장은 해방기의 문학과 정치의 상관성 논의를 확장하는데 기여하였다.

한편 김기림은 동맹에서 주최한 각종 집회에 성실히 참가하였다. 그는 1947년 2월 전국문화단체총연맹에서 주최한 남조선문화옹호궐기대회에서 개회사를 한 뒤에, 7월 문화공작대의 일원으로 대구에서 연극 「태백산맥」을 상연하여 심영, 문예봉 등과 함께 대구경찰서에 출두하였다. 그는 작가들에게 정치판에 참여하기보다는 작품 활동에 진력할 것을 권유하면서도, 자신은 정치적 성격이 강한 지방 순회 대열에 합류하는 모순된 행동을 취했다. 이러한 모습은 그의 주장과 상치되는 것처럼 보인다. 그러나 이것은 그의 문학적 신념을 오해한 판단이다. 그가

---

7) 신남철, 「문학과 정치」, 『신문학』, 1946. 4; 『해방공간의 비평문학·1』, 241-142쪽.
8) 한효, 「민족문학과 정치성」, 『문학』, 1946. 7; 『해방공간의 비평문학·2』, 59쪽.

동맹의 모임에 참여한 이유 중의 하나는 당시 현안과제로 언급되었던 민중의 계몽사업에 의견을 같이 했기 때문이다. 그가 경북 지방의 순회단에 합류한 것도, 동맹에서 주최한 문학대중화사업에 동조한 탓이다. 그는 자신의 신념과 중첩되는 동맹의 취지에 동의했을 뿐, 강령을 위시한 동맹의 정치적 이념에 찬성한 것은 아니었다. 이 점을 좀더 명확하게 이해하기 위해서는 그가 문학과 정치의 관련성에 관한 논의를 심화한 아래의 글을 읽어볼 필요가 있다.

> 우리는 우리 주위에는 8 · 15 직후 민족의 양상이 지배하던 동안 蟄伏하고 있다가 그 뒤의 혼돈을 틈타서 등장한 정치적 雜軍도 무수히 있음을 안다. 그들은 공교롭게도 8 · 15를 위에서 내가 말한 그러한 우리 민족의 공전의 역사적 변혁의 계기로서 이해하려 하지 않고 도리어 애써 그것을 말살하려 하며 단순히 지배자의 이동에 그치는 신문기사로 축소하려고 하며 그러는 동안에 정치 혼란과 진공 상태를 교묘하게 틈타서 주권을 인민의 손으로부터 횡령하려고 하는 것이다. 문학가가 이러한 부류의 준동에 흥미를 느끼지 않을 것은 물론이다. 문학가가 지지하며 협동하는 정치세력은 피할 수 없이 이 땅에 인민의 새로운 생활을 창조하려는 노력과 성의와 실력을 가진 정치세력일 밖에 없다. 항상 미래의 정의와 새로운 생활을 사랑하고 추구함을 그 생명으로 삼는 문학가들에게 있어서는 그 밖에 딴 길은 없었던 것이다. 이것이 이 순간 정치와 문학의 관계에 대한 오늘의 현실에 則한 구체적인 해답이다.[9]

해방 후 김기림은 시인들에게 "까닭 없는 분열, 피할 수 있는 균열에 대해서는 이를 틀어막고 끌어다가 아물게 하고 또 무너져가는 공동의 식을 아름다운 조국의 건설을 위하여 수습하고 엉키게 하는 단결과 통

---

9) 김기림, 「정치와 협동하는 문학」, 1947. 6. 8; 『김기림전집 · 3』, 145쪽.

일을 노래"[10]하라고 권유하였다. 그것은 자주적 독립 국가의 건설 사업
에 동참한 시인들을 향한 충고였다. 해방을 기화로 '정치적 **雜軍**'들이
'민족의 공전의 역사적 변혁의 계기로서 이해하려 하지 않고 도리어 애
써 그것을 말살하려 하며 단순히 지배자의 이동에 그치는 신문기사로
축소하려'고 획책하는 것은, 정치적 진공 상태를 이용하여 '주권을 인민
의 손으로부터 횡령하려고 하는 것'과 다름없다. 그러므로 시인들은 그
들의 사술에 현혹되지 말고 '인민의 새로운 생활을 창조하려는 노력과
성의와 실력을 가진 정치세력'에게 협조하라는 것이다. 그것은 '미래의
정의와 새로운 생활을 사랑하고 추구'하는 양심적인 시인들에게 부합되
는 것이며, 동시에 '정치와 협동하는 문학'이다. 그의 발언은 정치와 문
학의 접점을 제시한 것으로, 민족에 대한 충심을 여실히 드러내고 있다.
이 시기에 민족의 분열 사태를 예방하기 위해 "공동체의 의식"[11]을 되
풀이 강조한 김기림의 관심은 "모두 즐겁고 살지고 노래하고 나물하지
않는 곳"(「우리들 모두의 꿈이 아니냐」)을 건설하는데 집중되었다.

그러나 그의 기대와는 달리, 한반도의 정세는 정부 수립 후의 영향력
을 확보하려는 미소의 국익에 따라 요동쳤다. 이 즈음에 미소 양국은
냉전 구도를 획책하며 국내의 각 정파와 전략적으로 제휴하였다. 또한
국내의 정치 지도자들은 양국의 전략에 대한 객관적인 분석 과정을 생
략한 채, 자신들의 정치적 이익을 위해 양 군정과 타협하기를 서슴지
않았다. 그에 따라 좌우 양방간에는 격렬한 테러가 자행되었다. 각 정
파 간의 테러는 1947년 7월에 벌어진 여운형의 피살 사건을 계기로 극

10) 김기림, 「시와 민족」, 『신문화』, 1947; 『김기림전집·2』, 153쪽.
11) 김기림이 '공동체의 의식'을 언급한 것은 「시단 별견」(『문학』, 1946. 7), 「시와
    민족」(『신문화』, 1947) 등이다.

에 달하였다. 이북과 달리 이남에서는 좌우의 충돌이 물리적 수단을 동원하며 격화되었고, 수많은 피해자를 양산하면서 멈출 줄 몰랐다. 마침내 미군정은 1947년 8월 13일에 조선문학가동맹 회관을 폐쇄하고 간부에 대한 검거령을 발동하였다. 이것은 남한의 단독 정부 수립을 위한 정치적 수순에 의한 것으로, 좌익측의 격렬한 반발을 초래하였다. 특히 그들은 자신들의 견해를 추종하거나 찬동하지 않는 부류들을 반동분자로 낙인함으로써, '반동'에 내포된 문학적 역동성을 왜곡시키고 정치적 공격성을 부여하였다. 이런 움직임에 작가들이 동조하면서, '반동'은 포용의 대상이 아니라 타격해야 될 '적'으로 자리매김되었다.

> 요컨대 지난 1년 동안은 이른바 「반동」이 모든 종래의 체신과 가면을 내던지고 윗저고리마저 벗어 팽개치고서 내의 소매를 걷어 올리고 달려든 집중적·전형적 반동기였다. 바꾸어 말하면 민주주의의 일대위기였다. 인민은 그것을 낮으로 보아 안 것으로서 백, 천의 말보다도 반동의 정체를 똑바로 마주본 것이다. 따라서 노동자·농민·소시민·문화인 할 것 없이 이러한 전인민의 넓고도 튼튼한 단결만이 이 반동의 광란에 대한 유일한 방파제가 될 수 있다는 것도 이론이 아니고 현실 그 자체에서 배워낸 것이다.[12]

인용문은 신탁통치를 협의하기 위한 미소공동위원회가 휴회하던 중의 남한 현실을 거론한 것이다. 공위는 1946년 5월에 1차 결렬되었다가 이듬해 5월에 재개되었다. 공위가 회의와 휴회를 반복하게 된 것은, 전적으로 미소 양국의 의견차에 따른 것으로 결렬을 향한 절차적 모양을 갖춘 것에 불과하였다. 이 기간 동안에 양국은 국익을 보장할 수 있는

---

12) 김기림, 「공위 휴회 중의 남조선 현실」, 『문학』, 1947. 7; 『김기림전집·6』, 138쪽.

정치체제를 이식하려고 시도하면서, 자국의 논리를 복제하여 재생산할
수 있는 정치세력의 확산에 골몰하였다. 이런 시국 상황은 지식인들의
객관적인 현실인식을 요구했으나, 그들은 민족의 이익보다는 자신들의
정치적 욕망을 충족시켜 줄 논리를 앞세우며 상대방을 압박하였다. 이
처럼 남북한의 정파가 신탁 문제를 두고 격렬하게 대치한 상황을 김기
림은 '민주주의의 일대위기'로 단정하고, 그것을 예방할 수 있는 방안은
'노동자·농민·소시민·문화인 할 것 없이 이러한 전인민의 넓고도
튼튼한 단결만이 이 반동의 광란에 대한 유일한 방파제'라고 강조하고
있다. 그의 주장은 "우리 자신이야말로 우리 운명의 주인이라야 할
것"13)이라는 소신에 토대한 것이다. 그는 투철한 주인의식으로 '튼튼한
단결'을 이루어 위기 국면을 돌파할 기회에 이념을 앞세워 동일민족을
해치는 '반동' 행위를 통탄하고 있다14).

　김기림의 비판은 민족을 최우선시한 신념을 확인하기에 부족하지 않
다. 그는 자주적인 독립 국가를 건설하기 위해 진지하게 고뇌한 지식인
이었다. 이미 신탁 통치 문제를 둘러싸고 정국은 대치 국면으로 접어들
었고, 작가들은 저마다 신봉하는 정치 이념에 따라 분열된 지 오래였다.
이 사실은 해방기에 양심적인 지식인이 처했던 고독한 입장을 상징적
으로 드러낸다. 김기림에게는 민족의 안위를 위협하는 '민주주의의 일
대위기'가 걱정이었지만, 그들에게는 상대방이야말로 '민주주의의 일대

13) 김기림, 「나의 서울 설계도」, 1949. 4; 『김기림전집·5』, 406쪽.
14) 이런 사정을 감안하면, 김기림이 1948년 무렵부터 조선문학가동맹의 이념과 거리
　　를 두면서 "점차 본래의 아카데믹하고 지성적인 논객으로 귀환하고 있다"(조영복,
　　「김기림의 예언자적 인식과 침묵의 수사―일제말기와 해방공간을 중심으로」, 『한
　　국시학연구』 제15호, 한국시학회, 2006. 4, 27쪽)는 지적은 수정되어야 한다. 그는
　　동맹과 출발점 행동을 달리하면서 민족의 통합과 문학의 본질을 옹호하는 논조를
　　견지했으며, 정치적 논평은 일관되게 문학의 영역 내에서 언급하였다.

위기'를 초래한 원인이었던 것이다. 그의 태도는 논자들에게 오해를 야기할 줄 알면서도 신념에 따른 행동을 중시한 사례이다. 이런 전후사정을 무시하고 김기림을 가리켜 "시와 정치의 결합을 강조하였고 공동체의식을 내세웠지만, 그것은 계급문학을 말하기 위한 수단에 지나지 않았다"[15]고 폄하하는 것은 당치 않다. 그는 "순수한 것과 높은 향기와 의로운 것들"(「길까의 輓章」)을 지향하면서, 민족의 자주적인 국가를 수립하기 위해 정치적으로 발언하는 중에도 문학의 본령을 훼손하는 일체의 행태를 비판한 행동하는 지식인이었다.

2. '민족의 시인'의 시론

일찍이 김기림은 1920년대의 '편내용주의적'인 경향을 지칭하여 '자연발생적 시가'라고 규정하였다. 그는 "높은 思想의 化石을 머리에 바뜬 채"(「사슴의 노래」) 이념을 추종하는 전대의 성향을 비판하면서, 그것을 극복하기 위한 대안으로 주지주의 시를 선보였다. 그렇지만 그의 시적 성취에 대한 평가는 대부분 부정적이다. 그가 의욕적으로 펴낸 장시집 『기상도』(창문사, 1936)는 사상이 부족하다는 평과 함께 "풍자적 내지 상징적 서정시가 되고 말았다"[16]는 힐난을 받았다. 이때 지적된 사상성의 부족 문제는 그의 시세계를 거론할 적마다 되풀이 거론되었다. 식민지 종주국에서 영문학을 전공하고 귀국하여 새로운 시론을 앞세우며 평단을 충격했던 그였으나, 예상과 달리 시적 성과는 만족스

---

15) 권영민, 『해방 직후의 민족운동론 연구』, 서울대출판부, 1986, 108쪽.
16) 최재서, 「현대시의 생리와 성격—장편시 『기상도』에 대한 소고찰」, 『문학과 지성』, 인문사, 1938, 89쪽.

럽지 못했다. I. A. 리처즈를 사숙한 그의 시론은 여러 명의 동조자를
거느릴 수 있었으나, 시 부문에서는 소기의 결과를 도출하지 못한 것이
다. 그의 의도는 이국정조를 내세워 식민지 현실로부터의 탈출을 욕망
했지만, 형상화된 현실은 "역사적 사회적인 일 초점이며 교차점"[17]과
상이했다. 그만큼 김기림의 초기시는 현실과 상거를 띠고 있었다. 이런
비판에 대하여 그는 성찰적 자세로 대응하며 시적 번민을 거듭하였다.
그 결과 다음 작품을 계기로 그는 식민지의 구체적 현실을 자각하여
"생활은 문학의 영구한 고향"[18]이라는 자기인식적 성향을 내면화할 수
있었다.

> 아모도 그에게 水深을 일러준 일이 없기에
> 힌 나비는 도모지 바다가 무섭지 않다.
>
> 靑무우밭인가 해서 나려 갔다가는
> 어린 날개가 물결에 저러서
> 公主처럼 지처서 도라온다.
>
> 三月달 바다가 꽃이 피지 않어서 서거푼
> 나비 허리에 새파란 초생달이 시리다.
> ―「바다와 나비」[19] 전문

　김기림은 '아모도 그에게 水深을 일러준 일이 없기에' 무밭을 바다로
착각하는 '나비'였다. 그에게는 '수심'을 알려줄 선배가 없었다. 그의 시

---

17) 김기림, 『시론』, 백양당, 1947; 『김기림전집·2』, 77쪽.
18) 김기림, 「시의 회화성」, 『시원』, 1934. 5; 『김기림전집·2』, 107쪽.
19) 『여성문학』, 1939. 4; 『김기림전집·1』, 174쪽. 발표 당시의 제목은 「나비와 바다」
　　였다.

를 가리켜 "외적인 화려함과 이색성에 비하여 때때로 알맹이 없는 내용을 나타내 보이는 경우가 있다"[20]는 비판은, 현실과 괴리된 이국 문명의 과잉 현상을 지목한 것이다. 이것은 시인과 현실 간의 심리적 거리를 적절히 조절하지 못한 김기림의 과오이다. 그는 '역사적 사회적인 일 초점이며 교차점'이라고 규정했던 현실을 찾아 나설 수밖에 없었다. 그는 전대 시인들의 관념지향성을 비판했던 태도를 반추하고, 현실을 외면하고 지성으로 도포했던 오류를 사상하기로 결심한 것이다. 그는 "나를 얽매인 이 現在로부터/나는 언제고 脫走를 계획한다"(「東方紀行」)고 선언한 뒤에, 당대 민중들의 생활에 배전의 관심을 쏟았다. 그는 '三月 달 바다가 꽃이 피지 않'은 줄 뒤늦게 알아차리고, 자신의 시에 범람하는 이국정조가 '높은 思想의 化石' 못지않게 비현실적이라는 사실을 발견할 수 있었다. 그가 자신의 시적 단점으로 지적되었던 구체적 경험과 주제의 유리현상에 대하여 고민한 바는 다음의 예시에 나타나 있다.

> 그러나 지금
> 너는(觀念아) 나를 떠나가거라
> 그리고 너를 招待하는 「봘레리」의 사랑으로 나가렴
> 지금 나를 誘惑하는 것은
> 『무엇인가?』가 아니다
> 다만 『엇지할가?』다
> 오래인 歷史의 곰팡이에 저린 무겁은(빗 일흔) 觀念의 禮服을 버서버리고
> 나는 가련다
>
> 醉한 街頭

---

20) 조병춘 『한국현대시사』, 집문당, 1980, 210쪽.

생각에 잠긴 大地
숨쉬는 한울
(너는 잇스럼으나 자못 하름다운 觀念의 딸아)
너는 한개의 感傷的인 位置에 停止한다
나는 다만 한개의 方向을 찾는다.

길―
일즉이 하는 躊躇하기 위해 잇든 너
지금은 다만 거러가기 위하야
行動의 地平線으로 달린다
너는―

새로운 美學의 「페―지」속에서
타는
行動 行動 行動 行動의 旋律
　　　　　　　―「觀念訣別」[21] 부분

　　그는 "시인의 그 자신의 감성과 체험과 교양을 속일 때 그는 사실에
있어서 독자를 속이는 것"[22]이라고 선언하며, 자신을 유혹하는 고민을
고백한다. 그것은 '『무엇인가?』'가 아니라 '『엇지할가?』'이다. 그는 자기
반성에 대한 답으로 '오래인 歷史의 곰팡이에 저린 무겁은(빗 일흔) 觀
念의 禮服'을 벗어버리고 '하름다운 觀念의 딸'과 이별할 것을 작정한다.
그의 다짐은 식민지시대의 말기에 향리에서 심화되었다. 그의 귀향은
파시즘 체제의 구축으로 대다수 작가들이 훼절하는 와중에 단행된 것
으로, 그는 침묵하여 신념의 훼손을 막을 수 있었다. 그는 칩거하는 동

21) 『조선일보』, 1934. 5. 15; 『김기림전집·1』, 326-327쪽.
22) 김기림, 「시의 르네상스」, 『조선일보』, 1938. 4. 10; 『김기림전집·2』, 123쪽.

안에 동족들의 비극적 생활을 목도하고 "東方의 거리로 가서 거기서 奇蹟이 도적처럼 와서 꿈을 일흔 사람들을 우끼는 것"(「奇蹟」)을 소망하였다. 사실 김기림의 시편들을 읽노라면, 해방에 대한 간절한 희망이 도처에 산재되어 있다. 다만 그것이 일제의 폭압적 검열 제도를 피하기 위해 지적 비유를 통해서 우회적으로 장치되어 있을 따름이다. 작품 속에 구현된 허구적 실재는 시인의 실존적 현실과 등가관계를 형성한다. 작품이 항상 외부세계를 지향하는 시인의 독백이라는 사실은, 그의 시를 재해석할 당위성을 제공해준다. 그런 점에서 그가 '새로운 美學'의 '길'로 '行動 行動 行動 行動의 旋律'을 정한 것은 시사적이다.

김기림의 결의는 해방기의 현실을 정면에서 파악하려는 움직임으로 나타났다. 그는 조선문학가동맹에 가입하고 각종 집회에 능동적으로 참여하였다. 그는 한 잡지에서 '청년문학자의 당면 임무'를 설문하자 "오늘의 현실 속에서 인민이 무엇을 느끼며 고민하며 갈망하는가를 그 진실한 모양대로 모든 것 그리고 그 속에서 값있는 생활의 길을 탐구하는 일"[23]이라고 답하였다. 그것은 그가 현실 인식을 고양한 시인들이 새로운 시대의 문학을 개척하기를 기대한 발언이다. 이처럼 그는 '현실'을 강조하면서, 이전의 시에서 문제시되었던 현실과의 유리현상을 지양하려고 노력하였다. 그가 이 무렵에 "문제는 신념이 시 속에 들어오느냐 마느냐에 있는 게 아니라 신념이 어떻게 시적 경험 속에 잘 유기적으로 흘러 스며 있느냐에 있는 것뿐이다"[24]고 얘기하는 것도, 결국 시와 대상 또는 시인과 현실간의 거리를 좀더 밀접히 관련시키려는 자기 최면적 발언이다. 그는 해방이라는 초유의 격동기를 맞아 '『엇지할가?』'

---

23) 김기림, 「문학자의 말(설문답)」; 『김기림전집·6』, 150쪽.
24) 김기림, 『시의 이해』, 을유문화사, 1950; 『김기림전집·2』, 261쪽.

와 '어떻게'에 유념하면서, 자신의 시작품 속에 신념이 유기적으로 삼투
되기를 기대했다. 이러한 태도는 시적 긴장감을 유지하려는 윤리의식
의 발로이며, 해방공간에서 지식인의 책임을 다하려는 그의 개결한 신
념으로부터 비롯된 것이다. 그러므로 민족의 주체적 의지에 반하는 생
경한 이념을 앞세워 정치적 분단을 획책하는 당시의 시국을 비판한 그
의 의지는 충분히 예상할 수 있다.

> 첫 잔은
> 금이 간
> 자꾸만 금이 가려는 民族을 위하여 들자
>
> 다음 잔은
> 속임 많던 고약한 어저께를 잊기 위하야!―
>
> 그 다음 잔은
> 우리들
> 뭉어져 가는 아름다운 생각을 위하여
>
> 피는 과연 물보다도 진한 것인가
> 아! 그러나 『도그마』는 피 보다도 진하였다
> ―「새해앞에 잔을 들고」[25] 부분

김기림은 새해를 맞아 '자꾸만 금이 가려는 民族'의 분열을 안타까워
한다. 그것은 "왕들과 왕적인 신사들은 이 하나이려고 하는 세계의 奔流
를 여전히 몇 갈래로 자꾸 쪼개려 하며 또 갈래갈래 사이에 높은 담을

---

25) 『주간 서울』, 1949. 1. 10.

쌓아 두려고 전력을 다할 것"[26]이라고 진단했던 바의 연장선상이다. 1948년 8월 남한에서 대한민국 정부가 출범하자, 북한에서는 9월 조선민주주의인민공화국이 수립되었다. 이러한 정치 상황은 김기림이 우려하던 바가 현실로 나타난 것이다. 그는 신탁통치 문제로 정국이 소란했을 당시에, 분단체제를 고착화시키려는 어떠한 움직임도 반대한 바 있다. 그것은 독립 국가를 건설하고 싶은 민족의 염원에 반하는 것이고, 민족의 공동체의식을 훼손할 위험이 컸기 때문이었다. 그는 자신의 바람과 다르게 진행되는 정국의 추이를 관찰하면서 '『도그마』는 피 보다도 진하였다'는 사실에 절망한다. 일찍이 "시인이야말로 이 새 공화국을 지킬 가장 열렬한 시민의 한 사람"[27]이라고 믿었던 그로서는, 민족의 의지와 상관없이 강요된 강대국의 정치적 이해관계에 따라 남북이 분열되는 현실이 안타까웠다. 시에서 "어조는 주관적인 정서의 뉘앙스뿐만 아니라 객관성을 주장하는 가치평가까지도 표현하게 된다"[28]는 사실을 기억하면, 그가 '듦어져 가는 아름다운 생각'으로 돌아가기를 바라는 것은 당시의 정국을 조종하던 미소 양국과 정치적 이익을 공유하던 정치가들에 대한 비판을 함의하고 있다. 그들에게는 민족의 장래보다도 정치적 이익이 우선이었다. 이에 김기림은 민족공동체의 분열을 막고, 민족의 정치적 능력을 제고할 수 있는 방안을 모색하게 되었다.

　이런 측면에서 김기림이 '상상의 공동체'[29]를 구성하는 언어에 관심을 기울인 것은 주목할 만하다. 그는 해방기의 현안과제였던 민중들의

---

26) 김기림, 「하나 또는 두 세계」, 『신문평론』, 1947. 4; 『김기림전집·5』, 253쪽.
27) 김기림, 「우리 시의 방향」, 1946. 2. 8; 『김기림전집·2』, 137쪽.
28) Jan Mukařovský, 「시적 언어란 무엇인가」, 박인기 편역, 『현대시의 이론』, 지식산업사, 1990, 71쪽.
29) Benedict Anderson, 윤형숙 역, 『상상의 공동체』, 나남, 2002.

계몽사업에 가담하여 문맹퇴치사업을 추진하였다. 그는 민중들의 국어 수행능력을 배양하는 것이야말로, 그들로 하여금 주체적이고 민주적인 정부를 수립하는 정치적 능력을 확보하는 길이라고 판단하였다. 그의 계몽사업은 동맹의 문학대중화운동과 연계되어 문맹 퇴치, 시조의 부활, 한글 전용 등으로 연결되었다. 예컨대, 그가 "국어 또는 한 민족의 민족시 속에 살며 그것과 함께 호흡하며 그것을 길러 가며 북돋아주며 밀어가는 곳에 시인의 중요한 임무와 자랑이 있을진대 지나간 날의 대부분의 시조시인은 한문과 한문투의 얼치기 말의 죽은 무덤에서 먼지를 호흡하면서 그나마도 아무 運算에도 쓸데없는 虛數 부스러기를 주무르고 있는 것"[30]이라고 비판한 것은, 세 가지 사업이 분리될 수 없다는 사실을 강조한 것이다. 아울러 그것들은 김기림이 당시에 표방했던 비평적 신념, 곧 공동체 시론의 구체적 실천 방안이었다.

김기림이 민족공동체의 버팀목이었던 언어에 관심을 기울인 것은 합리적인 선택이면서, 동시에 다목적인 용도를 내장하고 있다. 그는 공동체의 구성원들이 현실 정치의 국면을 정확히 파악하여 정치가들의 선동에 흔들리지 않기를 기대했다. 그는 자신의 바람을 실천할 수 있는 방안을 국어에서 찾았다. 그는 언중들이 하루빨리 문맹상태를 해소해야만 그들이 원하는 자주 정부를 수립할 수 있으리라고 예상하였다. 그는 민주주의 경험이 전무한 민족 구성원들 간의 의사소통이 원활히 이루어진다면, 민족공동체를 분열시키려는 정치가들의 술수를 충분히 분쇄할 수 있을 것이라고 판단한 것이다. 설령 그의 노력이 정세의 변화로 인해 소기의 목적을 달성하지 못했더라도, 민족의 분열 사태를 우려하면서 양심적인 지식인의 설자리를 모색했다는 점에서 유의미하다.

---

30) 김기림, 「시조와 현대」, 『국도신문』, 1950. 6. 9-11; 『김기림전집·2』, 345쪽.

이런 측면에서 그는 정치 담론이 지배하는 해방공간에서 "현실의 초점에 대한 예리한 감수와 똑바른 파악과 흐리지 않은 전망"(「시와 민족」)에 기초하여 정치와 문학의 경계에서 균형감각을 유지한 비평가였다. 그의 민족 통합을 위한 집요한 노력은 분단을 가속화한 한국전쟁이 발발하기 전까지 계속되었다.

> 민족의 비애를 스스로의 비애로 삼고, 민족의 꿈을 스스로의 꿈으로 지닌 채 민족과 더불어 그 불행과 고난을 함께 나누는 것―그것은 비록 영웅의 길은 될 수 없으나 어쩔 수 없이 예술가의 기꺼운 길인가 하오. 나는 지금 여천이 무엇을 생각하고 무엇을 하고 있는지 모르오, 그러나 우리의 공동생활의 실감이요, 새 생활 새 문화 건설의 부동원리가 바로 민족이라는 신념은 편석촌으로 하여금 끝끝내 「계급의 시인」일 수 없게 하였으며 차라리 가난한 자 남루를 달게 견디는 그러나 영광스러운 「민족의 시인」의 길을 걷게 하는 것이었오. 이것이 또한 여천과 편석촌이 갈리는 십자로인 것이오. 이 또한 인간성의 본연의 소리에 충실하려는 인류적 입장, 편석촌 대 김기림에도 통하는 길인 줄 믿소.[31]

1949년 10월 19일 대한민국 정부는 공산당의 불법화를 선언하였다. 이에 따라 공식적으로 공산당을 축출하고, 유관인사들에 대한 검거 열풍이 불었다. 그러나 좌익 작가들 중의 주요 인물들은 이미 월북한 뒤였다. 그 중에서 이원조는 식민지시대에 김기림의 비평적 동료였으며, 1930년대 전형기의 비평을 담당했던 인물이다. 그는 해방기에 임화와 함께 문단의 질서를 재편하는데 솔선하였다. 그의 월북과 비평적 능력을 안타깝게 여긴 김기림은 '여천/편석촌'이라는 아호를 동원하며 자신

---

31) 김기림, 「평론가 이원조군―민족과 자유와 인류의 편에 서라」, 『이북통신』, 1950. 1; 『김기림전집·6』, 140쪽.

의 소회를 솔직하게 토로하고 있다. 이러한 방식의 글쓰기는 상대와 자신의 차이점을 명료하게 드러내는데 효과적이다. 곧, 이 방식은 '여천과 편석촌이 갈리는 십자로'를 세상에 천명하고, 그의 비평적 신념을 거론하기 위한 전략적 선택인 것이다. 이 점에서 그의 글쓰기는 성공적이었고, 자신의 말하고자 하는 바를 남김없이 표출할 수 있었다. 일제시대에는 시대적 환경 때문에 지적 글쓰기로 주제를 은닉한 그였지만, 정치적 해방기를 맞아 글쓰기 방식을 달리 하며 소기의 성과를 거둔 것이다. 그것은 '민족의 비애'와 '민족의 꿈'을 자신의 것과 동일시한 그의 신념에서 기인한다.

아울러 위 글은 김기림의 납월북 시비를 명료하게 정리해준다. 그는 자신이 월북하지 않은 이유를 이남에서 국제 정세에 시달리는 '민족의 고난과 슬픔을 있는 그대로 아로새겨 자기의 예술 속에 남겨 보고자' 했기 때문이라고 밝히면서, 이원조에게 '민족과 자유와 인류의 편에 서라'고 충고하며 월남을 권유하였다. 월북한 문우의 귀환을 간절히 바라면서, 그는 민족을 우선시하는 신념을 명료하게 표백한 것이다. 이어서 그는 이 무렵에 역설했던 '새 생활 새 문화 건설의 부등원리가 바로 민족이라는 신념'에 기초한 사실을 재강조하고, 자신이 '민족의 시인'의 길을 선택하게 된 배경으로 '인간성의 본연의 소리에 충실하려는 인류적 입장'을 내세웠다. 이것은 종래에 그가 표명했던 한국 시의 세계적 보편성 확보 문제를 재론한 것이다. 바꾸어 말하면, 이북에서의 문단활동은 민족과의 긴밀한 소통을 지향하는 자신의 신념과 배치되고, 천부적인 '인간성의 본연의 소리'를 형상화하기에 부적합하다는 주장이다. 그는 문학의 본질을 훼손하는 정치체제에 거부감을 표하여 자신의 확고한 정치의식을 증명한 셈이다. 이와 같이 김기림은 등단 초기에 지녔던 사회와 현실에 대한 관심을 해방기의 특수한 정치적 조건에서 재발견하고 심화하였으며, 당대의 화두였던 민족의 통합과 공동체의식을 최우선 가치로 설정한 '민족의 시인'이었다.

III. 결론

해방 후 김기림은 민족의 미래를 걱정하며 비평 활동을 재개하였다. 그는 해방을 맞아 새롭게 수립되는 민주정부가 민족의 자주적 결정에 의해 강대국의 간섭으로부터 자유롭기를 희망했다. 이런 신념은 일제 말기에 향리에서 칩거하며 획득했던 인식의 소산이다. 그는 이 기간 동안 시론과 시작품의 유리된 원인에 대하여 고뇌했으며, 그 결과로 식민지의 구체적 현실을 발견하게 되었다. 그가 해방기를 맞아 문학단체에 가입하여 활동하고, 각종 집회에 적극적으로 참여했던 이면에는 고향에서 확보한 현실 중시의 관점이 자리하고 있다. 그는 사유의 결과들을 해방기의 정치적 장면에 균형적으로 적용하였고, 그 내용은 두 가지로 요약할 수 있다.

첫째, 김기림은 문학과 정치의 접점에 대해 고민한 뒤에 작가들이 정치 현장에 직접적으로 참여하기보다는 작품 생산에 진력하기를 권했다. 그는 소위 '정치와 협동하는 문학'을 주장할 경우에도 양자의 상호 존중을 바탕으로 문학의 본질을 앞세웠다. 그는 작가들이 민족의 장래를 생각하지 않고, 정치판에 개입하여 민족의 공동이익보다는 자신의 이해관계를 우선하는 태도를 비판하였다. 그가 작가들의 정치지향적 행태를 우려한 것은, 그들이 신봉하는 이념이 민족의 분열을 획책하는 요소로 작용하리라고 예견했기 때문이었다.

둘째, 김기림은 '민족의 시인'이 되기를 꿈꾸었다. 그는 등단 초기부터 식민지시대부터 좁은 의미의 민족문학을 초월하여 문학의 보편적 가치를 추구하였다. 그가 동료들의 월북 대열에 합류하지 않고 이남에 잔류한 이유는 문학적 신념의 차이에 있다. 그는 경색된 이념으로 수립된 이북의 정치체제가 문학의 본질과 인간성을 중시하는 비평관을 보장하지 않을 줄 알았다. 또 계급주의적 시각에 입각하여 민족의 구성원들을 재단하는 이북의 이념을 그로서는 허용하기 어려웠다. 왜냐하면 그에게 민족의 통합과 국토의 통일은 결코 양보할 수 없는 최우선 과제였기 때문이다.

이와 같이 해방기에 김기림은 철저히 민족중심적인 정치의식에 토대하여 행동하였다. 그는 민족의 단결을 저해하는 일체의 행동을 비판했으며, 민족이 주체가 되는 독립 국가를 건설하기 위하 정치적 발언도 마다하지 않았다. 그의 정치의식은 신탁통치의 찬반 문제로 촉발된 갈등 국면에서 선명하게 드러났다. 그는 민족의 미래를 염려하지 않은 채 미소 양국의 이익과 타협하는 정치가들이나, 정치가들의 주장을 무비판적으로 복제하는 작가들에게 실망감을 표출하였다. 그의 관심은 오로지 민족의 주체적 의지에 입각한 민주주의 국가의 건설에 있었다. 이런 측면에서 민족을 최우선한 그의 정치의식은 새롭게 조명되어야 하고, 그의 시와 시론들은 재검토되어야 할 것이다.

해방기 시문학 연구

민주주의와 민족문화 건설의 전제조건

김기림의 계몽운동론

Ⅰ. 서론

해방 정국은 각종 정치적 주장과 요구가 족출하는 혼돈의 장이었다. 이민족의 지배로부터 벗어난 감격은 갖가지 주장들로 대체되었고, 정국의 선제권을 확보하기 위한 집단간의 알력은 도처에서 갈등 국면을 생성하였다. 이 시기의 정치적 결사체들이 저마다 정치적 구호를 앞세우면서 명분을 선점하기 위해 각축했던 이유도, 혼란한 정국을 조속히 평정하여 소기의 정치적 목적을 달성하려는 의도의 소산이었다. 그러나 당시 전인구의 80%에 가까운 문맹률은 국가의 정체(政體)를 설정하는 단계부터 심각한 장애 요인으로 대두되었다. 문맹을 퇴치하지 않고서는 해방의 정치적 가능성을 모색하기가 난망하였다. 문맹의 완전한 퇴치까지는 일정한 시간과 꾸준한 정책적 지원이 수반되어야 하지만, 문맹 퇴치 사업을 전담할 정부조차 수립되지 않은 실정이었다. 그런 까닭에 시기상의 긴박성에도 불구하고, 이 사업을 추진할 만한 동력을 갖추기는 어려웠다. 이 점은 문맹퇴치운동에 참가할 단한 인적 자원을 확보하고 있었던 조선문학가동맹의 정치적 판단을 촉진하는 계기로 작용하였다. 이에 따라 문맹퇴치사업은 작가들의 참여를 독려하면서 운동 차원으로 편입되었다.

김기림이 해방기를 맞아 보여준 행적은 이 사업의 추이와 밀접하게 관련되어 있다. 이러한 움직임은 그가 식민지시대부터 간헐적으로 발표했던 민중에 대한 친밀감의 재출현이었다. 그는 공식석상에서 민중 계몽사업의 필요성을 적극적으로 개진하였고, 운동의 최전선에 참여하여 지방 순회 대열에 합류하였다. 그러한 움직임은 해방기의 독특한 정치적 지형이 가격한 결과이지, 그가 여느 동맹원들처럼 문맹퇴치운동을 정치적 차원에서 수용한 것은 아니다. 이것은 그가 특정한 이념을 추종하는 세력들이 장악한 문학단체에 가입한 사실과 관련되어 오해의 소지로 작용하기도 했다. 그러나 그는 문맹퇴치운동을 위시한 계몽사업을 범민족적 과제이자 지식인에게 부여된 시대적 소명으로 인식했을 뿐이다. 이 점은 강조되어야 한다. 그의 태도는 해방기를 맞아 문맹 상태의 민중들을 계도함으로써, 그들이 소망하는 민주주의 국가의 건설을 지원하려는 순정한 신념에서 비롯된 것이다.

따라서 이 무렵에 김기림이 주력했던 민중계몽운동의 성격은 명확하게 규명되어야 한다. 그는 동맹의 구호였던 '민족문화' 대신에 '민주문화'를 제창하였다. 이것은 동맹의 운동에 내포된 '민족'의 배타성을 지양하고, 그의 지론이었던 세계사적 보편성을 구현하는 '민주'의 참여적 맥락에 주목한 것이다. 그는 '민주문화'를 건설할 물질적 토대를 구축하기 위해 민중지향적 시론과 실천, 시조의 중시, 한글 전용 운동 등에 주력하였다. 이 세 가지는 신생 조국의 주체였던 민중의 계몽사업으로 수렴된다. 곧, 그의 계몽운동론은 '민주문화'의 수립에 필요한 민중들의 역량을 제고하기 위한 세부적인 실천 전략이었던 셈이다. 이 점은 그의 시와 시론 등을 세밀히 점검할 필요성을 배가시킨다. 디에 본고는 해방기에 발표된 김기림의 계몽운동과 관련된 시론에 논의를 집중함으로써, 해방기에 그가 취했던 일련의 선택과 행동들이 신념의 소산이었다는 사실을 밝히고자 한다. 이와 같은 분석 결과들을 종합하노라면, 그가 진력했던 계몽운동의 성격이 드러날 것이다.

II. '민주문화론'으로서의 계몽운동론

1. 민중지향적 시론의 전개

해방기 김기림의 관심은 당시의 현안과제였던 '민주문화'의 건설에 집중되었다. 그는 이 과제를 해결하기 위하여 각종 정치 집회에 참석하였고, 여러 문우들을 만나며 시대적 특성에 부합되는 일과를 찾았다. 해방 이전부터 정치의식을 간간이 드러낸 바 있었으므로, 그가 이 시기에 문학과 정치의 접점에 대하여 골몰한 것은 새삼스러운 것이 아니다. 그는 시국에 대한 판단과 민중들의 요구를 반영하면서 문우들의 회합에 참석한 뒤에, 해방기의 특수한 조건을 타개할 수 있는 현실적 방안을 모색하였다. 그것은 "아모도 흔들 수 없는 새나라"(「새나라 頌」)를 세우기 위하여 민중들의 구체적 삶의 현장에 지속적인 관심을 기울이는 것이야말로 지식인의 책무라고 생각한 김기림의 선택이었다. 그의 움직임은 예전의 행동과 다르게 비추어질 수 있으나, 식민지시대에 발표한 평문들을 정밀하게 검토해 보면 일관된 태도인 것을 알 수 있다. 이 시기 김기림의 활동은 신념의 변화를 의미하기보다는, 등단 이후부터 견지했던 지성과 현실 중시의 균형감각이 구체화한 것으로 파악해야 하는 것이다. 즉, 그의 주장은 민중에 대한 각별한 애정의 발로였지, 정치적 목적을 달성하려는 의도의 발현이 아니었다.

김기림은 비평 초기부터 서구의 모더니즘에 경도된 주장만 발표한 것이 아니라, 생활에 대하여 지속적으로 관심을 표명했었다. 그는 최초로 발표한 평문에서 프롤레타리아문학과 로맨티시즘의 문제점들을 동시에 지적하고, 시를 "생활의 배설물"[1]이라고 규정한 바 있다. 그 이후에도 그는 "민중의 일상 언어의 자연스러운 상태에서 발견하는 미와 탄력과 조화"[2]를 위해 생활을 중시하는 의견을 계속적으로 피력하였다. 해방은 그뿐만 아니라 민족 구성원들에게 형언할 수 없는 감격을 안겨주었고, 그런 사회적 분위기에 동조한 그의 시작 태도는 비판할 것이 아니다. 왜냐하면 그는 사회현상에 대한 관찰을 게을리 하지 않은 지식인이었고, 시와 생활의 상호관련성을 항시 의식하던 시인이었기 때문이다. 이 점은 그의 시와 비평에 접근하는 동안, 언제나 전제되어야 할 덕목이다.

> 8월 15일은 분명 우리 앞에 위대한 '낭만'(로망틱)의 시대를 펼쳐 노았다. 그러나 또다시 감상적으로 이 속에 탐닉하기에는 우리는 너무나 큰 통찰과 투시를 준비해야 할 것이다. 한 고전주의도 아니다. 한 상징주의도

---

1) 김기림, 「시인과 시의 개념」, 『조선일보』, 1930. 7. 24-30; 김학동 편, 『김기림전집·1』, 심설당, 1988, 296쪽. 본고에서 인용하는 텍스트는 『김기림전집』에 의하고, 이하의 인용 표기는 권수와 쪽수를 가리킨다. 단, 논의의 필요상 발표지지를 병기하기로 한다.
2) 김기림, 「피에로의 독백」, 『조선일보』, 1931. 1. 27; 『김기림전집·2』, 303쪽.

아니다. 한 초현실주의도 아니다. 우리는 모든 그런 것을 지나왔다. 인제
야 우리 앞에는 대전 이전에 좀처럼 상상할 수 없었던 새로운 세계가 탄생
하려 하고 있다. 조선은 문을 열고 이 세계와 마조서게 되었다. 이 새로운
세계―「올덕스·헐쓸레」가 빈정댄 그런 의미가 아니고 진정한 한 새로운
찬란한 세계―가 완전히 인류의 것이 되기까지에는 아직도 여러 가지 진
통이 있을는지 모른다. 그러나 먼저 여명의 前哨에 눈을 뜬 사람 또 먼저
번 기이한 발자취에 귀가 밝은 사람들의 꾸준하고도 끈직한 노력만이 참
말로 이 새로운 세계의 문을 열어제낄 수 있을 것이다.

시의 문제도 실상은 이러한 인류의 문제 속에 무처있는 것이다. 시의
문제만을 동따로 찾어 당긴다든지 해결하려는 것은 쓸데없는 일 같다.
인류의 문제를 거쳐서 그 속에서 시의 문제도 해결해 나가는 것, 그 길밖
에는 없을 상싶다.

8월 15일 이후 많은 벗들이 나에게 새로운 시론을 보이기를 청했다.
지금 말한 것이 나의 친절한 벗들에게 보내는 나의 생각의 요점이다.[3)]

식민지 시절부터 원주민들의 비참한 삶에 관심을 표명한 김기림에게
해방 조국은 민중의 주체적 역량을 강화하기에 적절한 기회였다. 이런
상황에서 그가 낭만적 감정이 충일한 해방기의 특수성과 민중 생활을
관련시켜 의사를 표명하는 것은 자연스럽다. 말미에 언급한 바와 같이,
인용문은 해방을 맞아 쓴 그의 '새로운 시론'으로 보아도 무방하다. 그
는 세계대전의 종전으로 '진정한 한 새로운 찬란한 세계'가 대두되었다
고 전제한 뒤에, 독립 국가의 수립 과정에서 '여러 가지 진통'이 수반될
것을 예상하고 있다. 그의 진단은 "새해와 希望은 몸부림치는 民族에게
주자"(「새해의 노래」)는 신념을 충실히 반영하고 있으며, 시대적 특수

---

3) 김기림, 「머릿말」, 『바다와 나비』, 신문화연구소, 1946; 『김기림전집·1』,
   157-158쪽.

성을 고려하더라도 충분히 합리적이다. 그는 각종 주장이 난무하고 사
회적 충돌이 빈번하게 일어날 판국에 '시의 문제만을 동따로 찾어 당긴
다든지 해결하려는 것은 쓸데없는 일'이고, 앞으로는 '인류의 문제를 거
쳐서 그 속에서 시의 문제도 해결해 나가는 것'이 시인의 바른 태도라고
강조한다. 그는 해방기의 시인들이 '꾸준하고도 끈직한 노력'으로 역사
의 진보에 대한 신념을 피력하고, 그것을 '예술의 성장을 위한 윤리'로
파악하기를 기대하였다. 그가 이때 좌익측에 의해 주도된 문학단체에
가담하여 친일 잔재의 청산 대열에 합류한 것도 이런 맥락에서 이해되
어야 할 것이다. 이미 문단에서 중견시인의 반열에 오른 그는, 해방 조
국의 건설 사업에 참여하는 것을 시대적 임무로 인식했던 것이다.

   김기림의 주장은 좌우 작가들의 합작단체였던 조선문학가동맹의 발
기식장에서 보고한 「우리 시의 방향」에도 나타나 있다. 이 문건은 "해
방기 비평의 실체적 국면을 포괄하는 문제적 시론"[4]인 바, 그는 시인들
에게 '생활의 체험을 통하여 인민의 진실한 모양을 붙잡게 될 것'을 반
복하여 강조하였다. 그가 언급한 '생활의 체험'은 다수를 차지하는 민중
들의 궁핍한 현상을 도외시할 수 없는 시인의 양심으로부터 비롯된 것
이다. 민중에 대한 관심은 이 시기에 김기림의 비평적 기반을 지성보다
는 구체적 생활 장면에 집중하도록 견인하였다. 해방을 맞아 독립국가
로 출범하는 마당에 시인들이 '사람의 흘린 피와 더운 입김'을 외면하지
않아야 하는 까닭인즉, 그것이 외세에 의해 강요되었던 민중들의 정치
적 소외현상을 반복하는 것이기 때문이다. 그러므로 시인들은 "백성의
소리는 구수하고 眞心이 드러"(「데모크라시에 부치는 노래」) 있다는 사

---

4) 최명표, 「해방기 김기림의 시론 연구—'우리 시의 방향'을 중심으로」, 『한국말글
   학』 제17집, 한국말글학회, 2000. 8, 394쪽.

실을 명심하여 '그들이 구하는 말'에 주의를 기울이지 않으면 안 된다. 그것은 '대중 속에서 나누는 생활의 감정'을 간과하지 않는 민중친화적인 태도를 지닌 시인에 의해 형상화되는 것으로, 김기림은 '대중'의 '생활'에 배어 있는 '감정'에서 '眞心'을 찾으려고 노력하였다. 그 결과, 그가 해방기에 발표한 작품에서는 모더니스트다운 절제 과정이 생략되거나, 집단의 정서를 중시하는 조선문학가동맹의 성향과 중첩되는 양상이 노출되기도 한다. 이런 점들을 고려해보면 "김기림을 모더니스트로 절대화시키는 오류 또한 피해야 한다"[5]는 지적은 경청할 만하다.

> 문학이 인민의 이익에 연대관계를 맺으려는 것, 따라서 인민의 생활, 그 속에 기반을 두며 그 생활의욕과 감정과 실천에 휘적시운다는 것은 문학의 충실한 성장을 위해서도 반가운 일이었다. 그러나 명심해야 할 것은 문학을 위해서 인민이나 생활이 있는 것은 아니었다. 바로 그 역이야말로 진인 것이다. 인민과 그 생활의 희생이나 부정 위에서 번영하려는 문학이 있다면, 이는 한 반민족적 범죄행위임에 틀림없다.[6]

김기림은 '인민과 그 생활의 희생이나 부정 위에서 번영하려는 문학'을 '반민족적 범죄행위'와 동일시하고, '문학이 인민의 이익에 연대관계를 맺으려는 것'에 관심을 기울였다. 그가 문학대중화운동에 적극적으로 참여하고 시인들의 시낭독을 고평한 까닭은, 시인과 독자간의 괴리를 예방하려는 충심에서 기인한 것이다. 이 무렵에 전위시인이었던 이병철이 「김기림씨에게 드리는 편지」(『예술신문』, 1947. 5. 5)에서 객관

---

5) 임규찬, 「김기림과 모더니즘론의 변화 양상」, 『문학사와 비평적 쟁점』, 태학사, 2001, 299쪽.
6) 김기림, 「문학의 전진」, 『조광』, 1948. 10; 김학동, 『김기림평전』, 새문사, 2001, 352쪽.

적 정세의 악화를 돌파하기 위한 수단으로 시작품에 상징적 기법을 사용하는 것에 대하여 묻자, 김기림은 "새로운 시는 더욱 명확하고 단순하고 소박하여야 할 것"[7]이라고 반대하였다. 이처럼 계몽의 대상이었던 민중들에게 문학작품의 향유 기회를 보장하기 위한 방편으로 '명확하고 단순하고 소박'한 심미적 기준을 제시할 정도로, 당시 김기림의 민중친화적 태도는 비평적 신념이었다. 그렇다고 해서 그가 시의 자율성을 철회한 것은 아니었다. 그는 정치적 행사에서 낭독시를 발표한 전위시인들의 시집에 서문을 쓸 정도로 시의 현장성에 주목하면서도, 그들이 정치적 열정에 압도될 것을 우려하며 "얼마만한 리리시즘의 습도가 필요한가"[8]를 알기 바랐다. 이처럼 그는 시와 정치의 경계를 분명히 전제했거니와, 그것은 전위시인이었던 김광현(「김기림씨에 대한 일고」, 『신인』, 1948. 3) 등으로부터 비판받는 빌미로 작용하기도 하였다. 해방정국이라는 특수 상황에서도 시의 본질은 존중되어야 한다는 확고한 믿음 위에서 그의 시론은 전개된 것이다.

2. 민족적 시형식의 중시

시조는 한국 고유의 장르이다. 시조는 고려 귀족문화의 유산으로 비롯된 것이 분명하지만, 조선 후기에 이를수록 평민의 참여에 힘입어 형식을 파괴하는 등, 나름대로 자생적 역량을 구축하고 있었다. 그러다가 애국계몽기에 불어 닥친 외세의 침노와 외래 장르의 출현으로 시조의

---

7) 김기림, 「이병철군 서한에의 회답」, 『예술신문』, 1947. 5. 5
8) 김기림, 「『전위시인집』에 부침」, 『경향신문』, 1946. 10. 31; 『김기림전집・2』, 149쪽.

형식적 속성은 위축되기 시작했다. 마침내 형식의 제도적 보루였던 나라의 멸망으로 인해 시조의 위세는 급격히 저하되었고, 외래의 리듬과 형식이 시의 근대적 자질로 규정되기 시작했다. 이러한 환경의 변화는 민족의 문학사적 전통을 심각하게 위협하였고, 뜻있는 문인들이 국민문학운동을 일으켜 "시조를 중심으로 한 민족적 문학양식의 부흥"[9]에 앞장선 것이다. 이 운동이 카프에 대한 반동과 1926년 조선어연구회에 의해 제정된 이른바 '가갸날'의 영향으로 시작된 것은 부인할 수 없는 문학사적 사실이다. 이 운동은 시조의 장르에 함의된 민족 정서를 최대한 활용하여 피식민지인으로 전락한 민족의 비애를 위무하면서, 동시에 민족적 시형식의 소생을 도모하였다. 이러한 역사적 배경을 헤아리면서 식민지의 정치적 성격을 고려해 보면, 운동의 의의는 결코 가볍지 않다.

해방은 시조의 중흥을 도모할 수 있는 호기였다. 그러나 시조의 부흥운동은 시인의 수적 열세와 문단의 건설기라는 특수성 때문에 우선순위로 설정되지 못했다. 이때 조선문학가동맹의 출범식장에서 김태준은 "고전의 학습·연구·보급을 가두에, 근로층에, 공장에, 농촌에 널리 진출시키지 않으면 안 될 것"[10]이라고 보고하여 민족 유산의 계승 문제를 대중화운동의 차원에서 검토할 것을 제안하였다. 그의 주장은 시조를 지칭한 것은 아니지만, 포괄적이나마 문학 유산의 계승 문제를 본격적으로 거론했다는 점에서 유의미하다. 그처럼 이 문제는 "작품의 생산이나 재생산 영역에서뿐만 아니라 소통과 수용의 영역에서도 중대한

9) 김용직, 『한국 근대문학의 사적 이해』, 삼영사, 1982, 46쪽.
10) 김태준, 「문학 유산의 정당한 계승 방법」, 조선문학가동맹 편, 『건설기의 조선문학』, 온누리, 1988, 118쪽.

역할을 갖는 것"[11]이지만, 동맹원들의 논의는 구체적인 실천 방안을 모색하기보다 추상적인 수준에 머물렀다. 그와 달리 김기림은 민족의 문학적 유산의 하나로 시조의 중요성을 되풀이하여 강조하였다. 그의 주장은 내부의 비판을 초래할 것이 분명하였다. 그렇지만 그는 해방기라는 역사적 시기를 맞은 민족적 시형식의 중요성을 인식하고 있었기 때문에, 비평적 신념에 따라 의견을 제출하는데 주저하지 않았다. 그것은 "모든 신념을 차례차례로 잃어버린 생활처럼 지옥은 없을 것"[12]이라고 선언했던 김기림의 당연한 선택이었다.

> 서투른 내노래 속에서
> 헐벗고 괄시받던 나의 이웃들
> 그대 우름을 울라 아낌업시 울라
> 憤을 뿜으라
>
> 내 목소리 무디고 더듬어
> 그대 앞은 사연 이루 옴기지 못하거덜랑
> 내 아둔을 채치라
> 목을 따리라
>
> 사치한 말과 멋진 말투
> 詩의 貴族도 한량도 아니라
> 그대 그슨 얼골 흙에 튼 팔뚝이 사로워
> 그대 속에 자라는 새날 목노아 부르리라
> ─「나의 노래」[13] 전문

---

11) 김윤태, 「해방 직후 민족문학론의 문학유산 계승 문제」, 『한국 현대시와 리얼리티』, 소명출판, 2001, 333쪽.
12) 김기림, 「신념있는 생활」, 『조광』, 1939. 1; 『김기림전집·6』, 132쪽.

　그가 해방을 맞는 당대 민중들의 감격을 노래한 것은 자신의 비평적 견해에 대한 시적 소임을 다하려는 의지의 산물이었다. 이 작품은 해방기를 맞아 김기림이 시가 아닌 '노래'를 운위하게 된 배경을 추측케 해 준다. 그는 '사치한 말과 멋진 말투'를 추구했던 과거의 시작 활동을 반성하고, '새날'의 환희를 누리는 민중들의 '사연'에 시적 관심을 기울이기로 다짐한다. 자신의 시를 '노래'로 규정한 그의 인식 전환은 "고독한 영혼의 독백이 아니라 새 역사를 맨드러가는 민족의 베일래야 베일 수 없는 한토막으로서의 함 사람의 무엇보다도 노래라야 했다"(「새 노래에 대하야」)는 고백에서도 확인된다. 그것은 "어서 새날이 오는 것을 보고 싶다"(「房」)던 그가 '빛의 회복'을 맞으려고 준비한 자세이다. 자신이 고대하던 '太陽의 風俗'을 현실적으로 구현하게 된 감격은, 정제된 언어로 서술되는 시보다는 '노래'로 불려야 제격이다. 김기림은 노래에 반영된 집단적 정서에 주목하고, 해방기의 시대적 정서를 형상화하기에 적합한 장르로 시가 아닌 '노래'를 선택한 것이다. 따라서 그의 관심이 예로부터 민족의 집단적 정서를 형식화한 시조로 이동하는 것은 어색하지 않다.

　아울러 그가 시조 작가들이 귀족계급이었다는 사실을 수시로 비판했던 점을 상기해 보면, 자신을 '詩의 貴族도 한량도 아니라'고 선언한 의미를 유추할 수 있다. 일찍이 김기림은 "시조 같은 것을 高調하면서 고전 부흥이라 생각하는 것과 같은 단순한 회고운동에는 반대"[14]한 바 있다. 그것은 시조의 귀족성과 언어에 대한 부정적 인식에 기인한 것으로, 시조부흥운동을 기화로 역사적 진보의식이 반동적 경향으로 흐를

---

13) 김기림, 『새 노래』, 아문각, 1948; 『김기림전집·1』, 217쪽.
14) 김기림, 「신민족주의 문학운동」, 『동아일보』, 1932. 1. 10; 『김기림전집·3』, 229쪽.

것을 우려한 것이다. 예컨대, 그가 "시는 일찍이 평민과 타협하기 위하
여 귀족적인 「리듬」을 버리고 산문시로 나타난 때가 있었다"(「현대시
의 전망」)고 단언한 것에 주목하면, 민중들의 생활과 유리된 시조 작가
들의 비민중성과 관념 취향의 시어에 초점을 맞춘 본의를 헤아릴 수
있다. 김기림은 시조 작가층의 확대로 시도된 형식의 파괴를 옹호하면
서, 그런 움직임을 장르의 발전을 기약하는 징후로 파악하였다. 곧, 그
의 시조론은 시조 장르에 대한 부정적 인식의 소산이 아니라, 민중들의
참여를 차단한 작가들의 귀족의식을 비판한 것으로 보아야 타당하다.
또한 그가 '그슨 얼골'과 '흙에 튼 팔뚝'을 예찬한 것은 '나의 노래'가 나
아갈 방향을 예징하고 있다.

> 鄕歌 歌謠 歌辭 時調에
> 되쳐 되쳐 울리는 그 목소리
> 강과 호수와 또 비취빛 하눌
> 가는 곳마다 비최는 얼골
> 아― 무시로 내 피부에 닿는 것
> 귀에 울리는 것 다가오는 것
> 그는 내 祖國
> 내 자랑일러라
> ―「祖國의 노래」[15] 부분

　주지하다시피, 그는 모더니즘을 신봉하여 식민지 시대에 카프 계열의
시작품에서 남발되는 집단지향적 성향에 반감을 드러내었다. 그런 김기
림이 "불길처럼 일어서며 찾던 백성들의 나라와 꿈"(「다시 八月에」)을

---

15) 『연합신문』, 1950. 5. 24; 김학동, 앞의 책, 345쪽.

'노래'하기 시작한 것이다. 그가 '조국'을 찬미한 것은 식민지 원주민에서 주권 국가의 국민으로 신분을 회복한 감격의 표현이었다. 해방은 필연적으로 정치적 자유의 회복을 전제하는 까닭에, 집단의 감정이 사회현상으로 표출될 수밖에 없다. 김기림이 이 시기의 성과를 가리켜 "8·15 직후에 조선시인이 찾아 얻은 커다란 수확은 공동체의식의 자각"[16]라고 규정한 것도 그 때문이었다. 대표적인 지성론자였던 그가 '鄕歌 歌謠 歌辭 時調' 등, 민족의 시형식을 거론하며 '되쳐 되쳐 울리는 그 목소리'를 발견한 것은 예사롭지 않다. 그가 이 무렵에 모더니즘을 주창했던 이전의 행보를 유예하고, 재래의 문학적 전통에 관심을 쏟기 시작한 것은 예정된 순서였다. 이런 측면에서 김기림이 시조를 비롯하여 고전까지 포괄하며 설계했던 민족문학의 구도는 검토되어야 한다.

> 우리가 말하는 민족문학은 아무런 감정도 자기도취도 필요로 하지 않고 현실의 구체적인 역사적·사회적 제 계기에서 제기될 것이며, 일면에 있어서는 특수한 사회적 내용을 가지면서 타면에 있어서는 세계사적 요구의 발현이라고 하여 마땅하다. 즉 문학의 민족적 형식의 완성, 반봉건주의 싸움에 의한 급속한 근대화라는 점에서는 주로 특수한 사회적 내용의 소산이라고 하겠으며, 반제국주의 싸움에 의한 인류의 자유와 세계 평화의 옹호, 반파시즘의 싸움에 의한 문화의 세계성의 완성과 또 진정한 인민적 문학의 수립이라는 세 가지 점에 있어서는 바로 세계사적 사명에도 연결되는 것이라 하겠다. 이것이 우리가 기도하는 민족문학의 성격이 아닐까 생각한다.[17]

위의 언급에는 "이 시대에 사는 지식계급이 그 독자의 눈을 가지고

---

16) 김기림, 「시와 민족」, 『신문화』, 1947; 『김기림전집·2』, 150쪽.
17) 김기림, 「민족문화의 성격」, 『서울신문』, 1949. 11. 3; 『김기림전집·3』, 158쪽.

사회와 인생을 바라본 그러한 정직한 문학"[18]의 필요성을 강조하는 김
기림의 신념이 개입되어 있다. 그가 강조한 '일면에 있어서는 특수한
사회적 내용을 가지면서 타면에 있어서는 세계사적 요구의 발현'은 해
방 이전부터 견지했던 비평관의 반복이다. 즉, 해방기의 시조에 부과된
시대적 과제는 민족적 형식에 보편적 내용을 수용하여 '문화의 세계성
의 완성'에 기여하는 것이다. 그것은 김기림이 "선대로부터 물려 가지고
온 우리들의 옛 노래와 현재의 우리들 중의 자연발생적인 노래들 속에
담겨 있는 조선 정조는 과연 조선 역사에 어떠한 감정을 결과했는가"[19]
라고 회의했던 바를 상기하면 분명해진다. 그는 시조에 담긴 정조와
당대 사회의 유리현상을 지적하면서, 양반층이 독점적으로 향유했던
시조의 '결과'를 비판하고 있는 것이다. 그것은 '진정한 인민적 문학의
수립'을 위해 척결되어야 할 요소로서, 민족문학의 방향에 대한 질의를
수반한다. 이에 그는 '문학의 민족적 형식의 완성'을 도모하기 위해 시
조의 현재적 위상을 점검하기에 이른다.

　　정형시라면 덮어놓고 반발 또는 경멸·타기·조롱하는 것은 오늘의 젊
은 시인 또는 젊은 독자 사이에 너무나 깊이 박혀버린 풍속이다. 그것은
「유럽」 상징파 운동에서 물려가진 「자유시」라는 생각이 우리 사이에 너
무나 뚜렷이 자리잡혀 버린 데서 온 자연스러운 생각이겠다. 오늘 시라고
하면 동서양을 막론하고 외래 자유시를 일컫는 것으로, 그 대신 정형시라
하면 무슨 화석이라도 대하는 것처럼 다루는 것이 우리의 버릇이다.[20]

18) 김기림, 「문학비평의 태도」, 『조선일보』, 1934. 3. 25-4. 3; 『김기림전집·3』, 128
　　쪽.
19) 김기림, 「장래할 조선 문학은」, 『조선일보』, 1934. 11. 14-15; 『김기림전집·3』,
　　131쪽.
20) 김기림, 「시조와 현대」, 『국도신문』, 1950. 6. 9-11; 『김기림전집·2』, 341쪽.

김기림은 시조에 대하여 '반발 또는 경멸·타기·조롱'하는 젊은 시인들의 행태에 안타까움을 표하고, 나아가 시조를 '화석'처럼 대하는 평단의 접근 자세에 대해서도 유감을 표명한다. 그가 '「자유시」' 외의 시를 인정하지 않는 풍토를 비판한 것은 "8·15 해방 이후 민족의식에 대한 자각과 함께 전통적인 것에 대한 회귀라기보다는 그것에 대한 관심에서 온 것"21)이다. 그는 해방기를 맞아 민족의 고유한 문학적 자산을 소생시키는데 관심을 쏟았다. 그는 해방이 "민족적인 관념주의의 고질에서 벗어나는 정신적인 해방이기도 해야"22) 한다고 보았기 때문에, 이 시기야말로 시조에 내재되어 있는 '민족적 관념주의'를 청산할 수 있는 호기로 판단하였다. 이것은 그가 여느 비평가들과 달리 폭넓은 비평적 안목으로 문학사적 전통과 당대의 문학현상을 조감하고 있었다는 사실을 반증한다. 그는 정치적 해방을 맞아 민족문학의 전개 방향을 모색하는 과정에서 시조의 형식적 특성에 주목하였고, 시조가 지닌 정서의 표현 방식을 발전시킬 수 있기를 희망하였다. 그러나 한국전쟁이 발발하여 납북되면서, 그의 시조론은 구체적 성과를 도출하지 못한 채 중단되고 말았다.

3. 우리 말 운동과 새 문체론

해방을 맞아 각 단체에서는 문맹 상태의 민중에 대한 계몽사업을 급선무로 파악하고 여러 가지 활동을 전개하였다. 이 사업은 선호하는 이념을 초월하여 반드시 해결되어야 할 범민족적 현안과제였다. 조선

---

21) 김학동, 앞의 책, 197쪽.
22) 김기림, 「소설의 파격」, 『문학』, 1950. 5; 『김기림전집·3』, 191쪽.

어학회는 1945년 8월 25일 긴급 임시총회를 개최하고 활동에 착수하여 같은 해 9월 '조선어학회 교재편찬위원회' 명의로『중등조선말본』을 편찬하였으며, 조선어학관을 설립하여 국어 강습회를 개최하는 등, 해방기의 특수한 상황에 기민하게 대응하였다. 또 조선문학가동맹은 1946년 2월 9일 조선문학자대회에서 "국어의 재건과 정당한 발전을 위하여 국어 연구와 보급 사업 가운데 뿌리깊이 박혀 있는 국수주의를 배제하고 과학적인 국어 정책의 수립과 실행을 위한 일반 사업에 솔선 참가할 것"[23]을 명시하였다. 더욱이 문맹퇴치사업은 동맹에서 역점적으로 추진했던 문학대중화운동의 성공을 도모하기 위해서도 필요하였고, 조직의 확대와 세력의 확장에 필수적이었다.

  김기림은 이 대회에 보고된「계몽운동 전개에 대한 의견」에서 문맹퇴치운동의 방향을 제시하고, 부속 계획으로 '계몽운동을 위한 중간적 철자법 연구 제정 기관의 설정'과 '문체 평이화의 노력' 등을 제안하였다. 그의 논지는 "정치 이데올로기를 삼투시키기 위한 기초 공작"[24]의 성격과 중복되는 부분도 있으나, 다른 동맹원들의 그것과는 일정한 변별점을 갖고 있다. 하나는 그의 동맹 참여가 정치적 이념의 실현을 위한 것이 아니라, 해방기를 맞는 지식인으로서의 책무적 성격이 강했다는 점이다. 다른 하나는 그가 민족어로서의 국어에 관심을 갖게 된 시점은 훨씬 이전이었다는 점이다. 그는 해방 전에 "얼마 전부터 내 가슴에 걸려서 아직까지도 잘 내려가지 않는 것은「민족과 언어」의 문제"[25]라고 고백하면서, 식민지 원주민으로서의 자기정체성에 대하여 심각한 고뇌

---

23) 조선문학가동맹,「제1회 전국문학자대회의 결정서」, 조선문학가동맹 편,『건설기의 조선문학』, 온누리, 1988, 169쪽.
24) 이우용,『해방공간의 민족문학사론』, 태학사, 1992, 90쪽.
25) 김기림,「민족과 언어」,『조선일보』, 1936. 8. 28;『김기림전집·6』, 126쪽.

를 표백한 바 있다. 식민지 종주국에서 외국문학을 전공한 그에게 국어의 지위를 박탈당한 조선어의 운명은 민족의 처지와 동일시되었던 것이다. 이후에 표명된 김기림의 국어에 대한 안타까움은 시작품에 삼투된 자의식[26]을 점검하면 확인 가능하거니와, 언어에 더한 관심은 해방기까지 계속되었다. 그의 태도는 동맹원이었던 이태준기 조선문학가동맹의 출범식장에서 이전의 국어관을 철회하며, 국어는 "과학적이라기보다 감상적 애무의 대상"[27]이라고 자기비판을 결행한 것과 대비된다.

> 전인구의 약80%가 우리 글을 읽을 줄 모르고 99% 이상이 민주주의에 대한 이해와 훈련이 아주 없다고 하여도 과언이 아닌 오늘의 문학 조선의 한심한 실상에 대해서 우리는 조선의 전지식인의 주의를 환기코져 한다. 민주주의 독립 국가 건설의 기초 공작으로서 우리는 이에 전지식인을 동원하여 일대 문맹 소멸 운동을 급속활발하게 발전하며 아울러 민주주의의 역사적 변천 과정과 그것이 현단계의 조선에 있어서 ㄱ진 특수한 현실적 과제에 대한 이해를 인민 대중 속에 널리 삼투시키며, 또 그들로 하여금 민주주의적 사고방식에 익숙케 하고 그것을 일상생활화하며 실천화하게 함은 오늘의 조선에 있어서 가장 긴급을 요하는 일이라 하겠다. 이리함으로써만 진정한 의미의 민주주의 조선의 실현을 기대할 수 있으며, 나아가서는 인민 대중을 가능한 모든 경우의 파시즘의 위협으로부터 방위하는 견고한 정신적 방파제를 인민 속에 구축하는 일이 될 것이다.[28]

위에서 알 수 있다시피, 김기림은 '인민 대중'의 문맹퇴치를 지식인의 사명으로 인식하고 있다. 그는 "민족과 공동체 의식을 지니고 나가며

26) 이에 관해서는 최명표, 「해방기 김기림의 시에 나타난 자의식」, 『한국문학이론과 비평』 제39집, 한국문학이론과비평학회, 2008. 6, 63-86쪽 참조.
27) 이태준, 「국어 재건과 문학가의 사명」, 조선문학가동맹 편, 앞의 책, 130쪽.
28) 김기림, 「계몽운동 전개에 대한 의견」, 조선문학가동맹 편, 위의 책, 146쪽.

나아가야 하던 또 나갈 수 있는 것은 다름 아닌 인민 대중이며 인민
대중이야말로 역사적·사회적·현실적 민족의 중추며 공동체의식의
유지자"(「시와 민족」)로서 '인민'과 '대중' 등을 구분없이 사용하였다. 그
의 용례는 '인민'을 "노동자·농민·기타 중산층이나 지식계급층 등을
포섭하는 의미에 있어 이 말 가운데는 피착취의 사회계급을 토대로 한
다는 일층 농후한 사회계급적인 요소가 더 많은 개념"(「문학의 인민적
기초」, 『중앙신문』, 1945. 12. 12)이라고 파악한 임화와 차이난다. 임화
는 부르주아민주주의혁명을 완수하기 위한 전술상의 목적으로 "통일전
선 내에 포함되는 전계급"[29]으로서의 '인민'을 호명한 것이다. 양인의
용례는 해방기의 문단을 응시하는 태도의 구분을 요구한다. 임화에게
'인민'은 현단계의 혁명 과업을 투쟁으로 변모시키기에 소용되는 '인민'
이었지만, 김기림에게는 '역사적·사회적·현실적 민족의 중추'로서의
'인민 대중'이었다. 김기림의 용례는 과학적 규정이나 계급적 구분에 괘
념치 않고 용어를 사용하여 동맹원들의 것과 변별된다. 그것은 그가
동맹원들과 현실에 대한 계급적 시각을 공유하지 않은 사실을 반증하
며, 그에게는 '인민 대중'으로 하여금 '민주주의적 사고방식에 익숙케
하고 그것을 일상생활화하며 실천화'하는 것이 관심사였을 뿐이다. 이
것은 해방기에 그가 간행한 『문장론신강』의 발간 취지를 "언어학의 한
부면일망정 과연 좀더 쉬운 말로는 서술될 수가 없을까―어려운 한자와
한문투로서만 학문은 기재될 수 있을까―하는 문제를 스스로 힘자라는
데까지는 한번 시험삼아 해결해 보려는 데 있었다"[30]고 언급한 부분에

29) 서경석, 「미 군정기 민주주의 민족문학론과 인민성의 문제」, 김윤식 외, 『해방공
      간의 민족문학 연구』, 열음사, 1989, 52쪽.
30) 김기림, 「머리말」, 『문장론신강』, 민중서관, 1950; 『김기림전집·4』, 10쪽.

서도 거듭 확인된다.

따라서 김기림이 '어려운 한자와 한문투'를 극복하기 위한 구체적인 노력을 기울이는 것은 당연하였다. 그는 특히 한자의 기의성에 특별히 관심을 쏟았다. 그것은 한자어에 함의된 관념성과 귀족의식에 주목한 결과이다. 그는 한자어가 함의하고 있는 추상적 개념들이 마술적 힘을 발휘하여 외국의 선진문명을 습득하는데 방해되는 논리를 구축한다고 보고, 양반과 지식층에 의해 사용되는 한자어의 계급적 성격을 비판하였다. 또한 한자어의 남용이 독자의 작품에 대한 접근을 훼방하고, 작가들의 관념 취향을 습관화시킨다고 그가 말한 것은 시조의 귀족적 성격을 비판했던 논조의 연장선상이다. 김기림은 "모든 것이 새로워야 할 때에 우리 말 우리 글도 참말 민주적 민족문화 새 과학과 기술 위에 설 민주주의 조국 건설에 가장 알맞고 능률적인 태세를 갖추고 나서야 될 것"[31]이라고 주장하며 '우리 말 운동'을 제안하였다. 그의 제안은 "구체적 현실에 기초한 것이자 문화의 민주화를 위한 토대를 제시했다"[32]는 점에서 유의미하며, 다음과 같은 당면목표를 거느리고 있다.

첫째 문자로서의 한글의 더 넓고 급속한 보급.
둘째 한자어의 정리(여기서 정리라 함은 그저 없애는 것을 의미하는 것은 아니다. 필요한 것과 불필요한 것, 피할 수 있는 것과 불가피한 것을 널리 일상 쓰는 말과 학술어·전문어 등에 걸쳐 캐어내는 것을 의미한다).
셋째 일어와 일어에서 온 말을 정리할 것.
넷째 한문투·일어투를 몰아내고 우리 말체를 확립하는 것.

---

31) 김기림, 「한자어의 실상」, 『학풍』, 1949. 10; 『김기림전집·4』, 275쪽.
32) 이미순, 『김기림의 시론과 수사학』, 푸른사상, 2007, 240쪽.

다섯째 일상 말해지는 구어를 점근선(漸近線)으로 하고 늘 그것에 가까워 갈
   것.[33]

한자를 폐지하는 것은 한글의 국자로서의 위상을 제고하고, 독립국
가의 언어 주권과 문화적 자율성을 확보하는 계기이다. 그것은 귀족계
급에 한정되었던 국문 해독자의 범위를 민중까지 확대함으로써, 문맹
의 타파라는 현실적 과제를 해결하면서 민중들의 참여 의지를 도출할
수 있는 수단이었다. 이 문제를 두고 당시 사계에서는 한자의 전면 폐지
론과 점진적 폐지론으로 대치하였다. 전자는 급진적인 순한글운동의
추진으로 배타적 성격을 드러냈고, 후자는 현실적 문제를 인정하여 민
중들의 언어 혼란을 최소화하자고 주장하였다. 이런 판국에 김기림은
우리 말 운동의 준거를 '일상 말해지는 구어를 점근선으로 하고 늘 그것
에 가까워 갈 것'으로 설정함으로써, 언중들의 국어생활을 존중하며 혼
란을 최소화하는 방안을 지지하였다. 또 그는 "한자 제한에 대하여는
일부의 소아병적 급진적 全廢論은 도리어 광범한 의미의 정신적 계몽
운동에 저해를 가져올 염려가 있다는 점에서 우선 제한의 가능성에 대
하여 어학자와 實際家와 손을 잡아 가지고 과학적 기본적 조사 연구기
관을 두며, 그러한 준비 아래서 문체의 평이화를 더욱 추진"(「계몽운동
전개에 대한 의견」)할 것을 권고하며, 한자어를 전폐하고 순우리말로
바꾸자는 소위 '국어의 순수주의'에 동의하지 않았다. 이런 태도를 살펴
보면, 그는 한자의 폐지로 인해 부족해질 어휘를 보충하기 위한 전제조
건으로 언중들의 합의를 우선시한 현실주의자였다. 이것은 그가 민중
의 계몽사업을 조기에 달성할 수 있는 물질적 기반으로 언어에 주목한

---

33) 김기림, 「새 문체의 갈 길」, 『신세대』, 1949. 3 · 4 부록; 『김기림전집 · 4』, 169쪽.

사실을 입증한다.

> 문화의 민주화 또는 민주 문화의 건설은 그러므로 그 전파 방편의 관점
> 에서 말과 글의 문체에 관련해서 아래의 두 문제를 구체적으로 제기해야
> 할 것이다.
> 하나, 민주적인 글자 기호의 확립과 또 대중화
> 둘, 문체의 민주화
> 하나는 한글의 철저한 사용과 그 보급으로서 해결지을 문제다. 적어도
> 한자의 힘을 빌지 않고, 한글로 오늘의 문화의 높은 내용을 거리낌없이
> 다룰 수 있도록 되어야 할 것이다. 유감이지만 오늘의 우리 어문 생활의
> 실체는 한문과 국어 혼합시대를 면치 못하고 있다 할밖에 없다. 이상으로
> 서는 하루바삐 완전한 우리말「한글」상태로 우리 어둠 생활을 통일하고
> 높여야 할 것이다.[34)]

　김기림의 '민주문화'는 "특권적인 귀족주의적 요소를 완전히 청산한
그대로 대중의 생활에 뿌리박고 그 속에 퍼져가서 그들의 복리를 증진
하는 그러한 성질의 문화"(「새 문체의 요망」)이다. 그것은 '민주적인 글
자 기호의 확립과 또 대중화'와 '문체의 민주화'를 통해 달성되는 것이어
서, 필연적으로 한글의 상용화를 전제한다. 이에 따라 그는 "조선말은
조선인의 표현의 의욕에 가장 알맞은 것"(「시인으로서 현실에 적극 관
심」)이라고 주장하면서, 작가들에게 민중들의 높은 문맹률을 고려하여
평이한 문장을 사용할 것을 권장하였다. 그것은 '한문과 국어 혼합시대'
를 조기에 종결함으로써, 민중의 주체 의지에 의한 '민주문화'를 이룩하
는 기반이다. 그가 민중들의 문화생산능력을 신뢰하게 된 동기는, 외국

---

34) 김기림, 「새 문체의 요망」, 『자유신문』, 1948. 10. 31-11. 2: 『김기림전집·4』,
　　163쪽.

어의 조어 과정에 나타난 민중들의 언어능력을 주목한데 있었다. 그는
'통조림'과 '양담배' 등을 예로 들면서, 민중들이야말로 "새 말을 만드는
데 있어서 서투른 순수주의자들보다는 사뭇 천재"[35]라고 호평하였다.
그는 그들의 언어수행능력이 '민주문화'의 건설 사업에 필수적인 동력
으로 작용하기를 희망했던 것이다. 이것이 그가 민중들의 삶에서 유통
되는 기층언어에 관심을 표명하게 된 직접적인 이유였다. 그는 이른바
'상상의 공동체'[36]를 구성하는 언어에 주목함으로써, 민중들의 정치 참
여 기회를 확대하여 민족공동체의 분열을 막고자 했다. 그러한 노력은
해방 조국에서 민중들이 정치적으로 소외되지 않기를 바라는 김기림의
충정일 뿐만 아니라, 식민지시대라는 정치적 조건 때문에 민중들에게
소홀했던 비평적 오류를 시정하기 위한 심리적 구속행위의 일환이기도
했다. 비록 '민주문화'론이 논리적 체계화를 이루지 못하였으나, 그가
해방기에 진력한 계몽운동의 성격을 담보하고 있는 점은 사실이다.

III. 결론

해방 후 김기림은 '민주문화'의 건설 사업을 담당할 주체로 민중을
주목하였다. 그의 지론은 조선문학가동맹의 소위 '민주적 민족문화'와
중첩되지만, 양자 사이에는 주체를 비롯하여 몇 가지 층위에서 상이점
이 발견된다. 그의 선택은 새로운 국가를 수립하는 과정에서 필연적으

---

35) 김기림, 「새 말 만들기」, 『학풍』, 1949. 7; 『김기림전집·4』, 209쪽.
36) Benedict Anderson, 윤형숙 역, 『상상의 공동체』, 나남, 2002 참조.

로 대두될 정치적 주체의 역량 제고라는 측면에서도 민중친화적이었다. 그가 이 무렵에 주력했던 계몽운동은 '민주문화'의 건설에 필요한 민중들의 문화 생산능력을 극대화하기 위한 실천 전략이었다. 그의 신념은 민중지향적 시론의 전개, 시조에 대한 관심, 우리 말 운동 등, 세 가지의 강조점들이 서로 맞물리면서 전개되었다. 그가 내세운 논리는 동맹의 것과 마찰하거나 중첩되면서 진행되었고, 그로 인해 선행연구에서 소홀히 취급되는 결과를 야기하였다.

김기림의 해방기 활동은 1930년대 초기부터 지향했던 지성과 현실의 상호관련성을 탐색하던 모습의 재현이었다. 그는 당시의 시급한 과제였던 민중들의 문맹 타파를 위해 언어생활에 관심을 표명했다. 그는 한자의 점진적 폐지를 통해 완전한 한글화를 추구했으며, 그것은 국어의 주권을 회복하고 언중들의 국어생활을 효율화하려는 의도였다. 그가 우리 말 운동에 진력하게 된 동기는, 민중들의 문맹 퇴치를 통해서 당대의 과제였던 '민주문화'의 건설 과정에 필요한 동력을 확보하는데 있었다. 아울러 그것은 계몽을 통해서 민중들의 정치적 역량과 문화생산능력을 제고하기 위한 지식인의 고뇌에 기인한 것이다. 그의 노력은 납북이라는 비극적 사태를 맞으면서 중단되었지만, 당대 현실에 토대한 온건하고 합리적인 접근 자세였다. 특히 그가 비평적 관심을 표했던 시조에 관한 논의를 확대하지 못한 것은 시사적으로 다쉬움을 남겼다.

해방기 시문학 연구

'나방'이 되어버린 '나비'의 꿈
김기림의 「우리 시의 방향」의 시사적 의의

Ⅰ. 서론

8·15 해방은 한국 근대사에서 외국에 대한 문호 개방 이후 다가온 변혁기이며, 자주적으로 민족문제들을 해결할 수 있었던 '선택과 결단'의 기회였다. 이 무렵 대두되었던 민족 문제는 자주적 민족국가의 수립, 일제 잔재의 청산 그리고 민족적 역량의 극대화로 요약할 수 있다. 이 세 가지는 상호 긴밀하게 연관되어 있으며, 그 중에서 우선적인 것은 자주적 민족국가의 수립이었다. 이 문제를 해결하기 위해서는 다른 두 가지가 뒷받침되어야 했으며, 이러한 역사적 조건들은 문학과 정치의 경계를 무너뜨리는데 작용하였다. 그러므로 해방 직후 문학의 운동 방향은 당연히 민족문학의 건설 문제로 초점화될 수밖에 없었고, 이것은 해방 직후의 문학가들로 하여금 상호간의 현격한 이념차를 인식하면서도 합작하도록 강요한 배경적 요인이었다.

식민지시대의 대표적인 모더니스트였던 김기림은 1946년 2월 한국 문학사에서 유례가 드문 좌우합작의 문학단체인 조선문학가동맹이 주최한 조선문학자대회의 준비위원 자격으로 「우리 시의 방향」을 보고했다. 이 글은 그가 해방 후 최초로 발표한 글이지만, "역사에 대한 그 나름의 전망은 없고 매우 상식적인 선에 멈추어져 있"[1]다고 비판되었다. 이와 함께 그의 해방기 시세계를 천착한 연구물들은 부정적인 결과를 언급하는데 집중되었다.[2] 그러나 이 글은 그가 해방기에 주체적으로 '선택'했던 문학적 스펙트럼을 드러내면서, 해방을 기점으로 달라졌던 그의 시와 시론의 변모 과정을 살필 수 있는 관점을 시사한다는 점에서 비평사적 의의를 갖기에 충분하다. 아울러 해방기 비평의 초점이었던 이념의 대결 국면을 문학의 본질적 국면으로 전환시키는 계기가 되었다는 점에서도 반드시 검토되어야 한다.

본고는 그동안 이루어진 김기림에 관한 논의의 불구성에 대한 반성적 토대 위에서 출발한다. 한 비평가의 정신사적 궤적을 온전히 이해하기 위해서는 국지적인 논의를 지양하고, 전체적인 문맥 안에서 비평적 논리의 변모 과정을 추적해야 하기 때문이다. 따라서 본고의 목적은 「우리 시의 방향」에 내재된 문제적 성격을 점검함으로써, 김기림 비평의 논리적 일관성을 복원하는데 있다.

---

1) 김윤식, 「해방공간의 시적 현실」, 『해방공간의 민족문학 연구』, 열음사, 1989, 155쪽.
2) 권영민, 『해방직후의 민족문학운동 연구』, 서울대출판부, 1986, 160쪽.
김용직, 『해방기 한국시문학사』, 민음사, 1989, 194쪽.
문덕수, 『한국모더니즘시연구』, 시문학사, 1992, 154쪽.

II. 민족현실의 수용과 전체시론의 심화

김기림은 「우리 시의 방향」을 통해서 종래에 견지했던 모더니즘에 기초한 비평적 논리를 정교화하는 한편, 시대적 현실에 대한 깊은 관심을 드러냈다. 그는 이 글에서 문학과 정치의 상관성을 논의하면서, 그 적절한 거리를 탐색하고 있다. 특히 문단의 이념 대립을 해소할 수 있는 방법론을 강구하여 제시했으며, 민족문학운동전선에 직접 참여하여 자신의 논리를 행동으로 실천하였다. 그는 전체시론을 구체적으로 탐구한 결과를 시집으로 발간하기도 했는데, 이러한 과정은 그의 비평적 생애 중에서 가장 주체적인 '선택'에 힘입은 것이다.

1. 민족현실과 시인의 길

해방 직후 한국 문단은 문학의 이념적 토대가 형성되지 않았기 때문에, 문학의 물질적 토대 또한 유동적이었다. 문학과 정치는 "해방기 비평의 기본적인 물음의 한 형태로 출발"[3]하였고, 정치와 문학의 연대가 가속화되는 상황 속에서 김기림은 정치적 신념을 드러내지 않으면 안 되었다. 그는 해방기의 정치적 상황을 정확하게 파악하고 있었는데, "우리들의 생활의 설계와 조직이어야" 할 정치가 위정자들의 권력 의지 때문에 혼란해졌다고 판단했다.

> 위정자들은 이번 신탁문제를 기회로 연합국으로부터 우리 조선을 유리

---

3) 송희복, 『해방기 문학비평연구』, 문학과지성사, 1993, 47쪽.

하게 전개시킬 생각보다도, 이 기회에 자기네의 세력 지반을 확장하려고 들었든 것은 참말 괘심한 일이었습니다.[4]

　그는 이러한 시국관에 기반하여 민족문제에 관심을 갖고, 자주적 민족국가의 건설을 위한 전단계로 전개된 민족문학운동전선의 대오에 동참하였다. 그가 남겼던 해방공간에서의 행보는 이데올로기가 상충되는 현장에서 모더니스트로서의 비평적 균형감각에 터하여, 문학과 정치의 상관관계를 모색하려는 시도에 다름아니었다. 이것은 그가 전통적인 동양사상을 배격하고 서구의 모더니즘을 추종했던 일제시대의 비평적 허물을 발견하고, 점차적으로 식민지 현실에 대해 구체적인 시각을 확보하면서 발표했던 자기인식적 평문들과 동궤에 놓인다.

　김기림은 1930년대 중반부터 그동안 비평적 기반으로 삼았던 모더니즘을 반추하면서, 사회적 현실의 문학적 수용에 관심을 기울이기 시작했다. 이 때 그에게 이상적으로 인식된 인물은 모더니스트 중에서 현실 참여를 주장했던 스티븐 스펜더였다.[5] 해방기에 그가 「우리 시의 방향」을 비롯한 여러 평문에서 시와 민족현실 간의 상관성을 본격적으로 거론한 것이나, 시인들의 귀족적 취미를 반대한 것, 정치적 참여 문제를 거론한 것 등은 스펜더의 이론적 우산 아래서 한 발언이다. 그렇다면 그의 행동 성향은 해방 이전부터 정치지향적이었음을 알 수 있는데, 식민지 현실 속에서 '지성'이라는 우회로를 통해 자신의 정치적 발언 수위를 조절하고 있었는지도 모른다. 그는 식민지시대의 사유 결과를 바탕

---

4) 김기림・백철・박치우・정근양, 좌담 「건국 동원과 지식계급」, 『대조』, 1946. 7.
5) 김용직, 「한국시의 스티븐 스펜더 수용」, 『한국근대문학논고』, 서울대출판부, 1985, 156-180쪽.
　　문혜원, 「김기림과 스티븐 스펜더의 비교문학적 고찰」, 『한국 현대시와 모더니즘』, 신구문화사, 1996, 203-217쪽.

으로 해방기 동안 지성을 통해 "시인은 문화의 전면적 발달 과정에서 의식한 가치 창조자로서 참가하여야 한다"[6]는 비평적 주장의 실천 방안을 모색하기 시작했다.

「우리 시의 방향」은 조선문학자대회에서 보고된 것이지만, 그의 비평적 견해를 드러내는데 주력한 평론의 성격이 강하다. 그는 이 글의 서두에서 "가장 전형적인 제국주의의 진탕"[7]으로부터 해방된 비평가로서의 감회를 진술하고, 식민지시대의 시는 "그 자신의 피해를 될 수 있는 대로 적게 하기 위하여" 정치로부터 "비통한 대피와 퇴각을 결행하는 길"을 선택했으나, '새나라'는 "시의 자유를 보장하는 나라"이므로 정치적 피해의식을 가질 필요가 없다고 주장하였다. 그의 모더니즘 시론이 1930년대의 "한국시가 방향을 잡도록 하고, 그 목표를 설정하여 실천할 수 있도록 했던 최초의 시도"[8]였다는 사실을 고려하면, 이 글은 해방기에 지도비평의 차원에서 모더니즘 비평관의 신장을 꾀한 문건으로 파악할 수 있다.

김기림은 문학가들이 정치 상황에 직접적으로 연루되거나 행동하는 일은 경계하였다. 그는 문학의 자율성과 정치적 독립을 지향하면서, 자신의 시론을 부단히 변주하는데 힘썼던 것이다. 그가 문학가의 정치 참여 문제에 대해 "문학인들이 정계에 들어가되 문학인의 입장으로서 참가해야 될지 혹은 일개 시민으로서 참가하는 것이 좋을지 한 번 생각해 볼 과제"[9]라고 유보적인 태도를 보인 것도, 문학과 정치의 경계가

6) 김기림, 「시작에 있어서 주지적 태도」, 『신동아』, 1933. 4
7) 김기림, 「우리 시의 방향」, 조선문학가동맹 편, 『건설기의 조선문학』, 1946. 앞으로 각주없이 인용하는 글은 모두 이 글을 가리킨다.
8) 채만묵, 『1930년대 시문학연구』, 한국문화사, 2000, 178쪽.
9) 김기림 외, 앞의 좌담.

넘나드는 데 대해 비판적이었기 때문이었다. 이러한 비평관은 김동석,10) 신남철,11) 한효12) 등의 주장과 동열에 선다.

> 문인은 글을 쓰자는 것이지 정치판이나 그 밖의 어떤 세력에 붙어서 동족의 대립과 음모 따위 험한 장난에 휩쓸려서는 절대 안 되오. 좌우익이 다 뭣이란 말이오. 지금처럼 문인에게 있어 양심과 진실이 소중한 때는 없오. 북에서나 남에서나 다 위태로운 길을 택하고 있다오. 동족이 서로 원수같이 굴고 싸우면 장차 큰 피를 보게 될 것이오. 그러니 이 나라의 장래가 걱정이란 말이오.13)

위 증언은 해방기에 그가 문학가들의 "양심과 진실"을 담보로 문학의 정치적 독립을 추구했던 비평관의 실체를 재확인해준다. 그는 문학가들의 직접적인 정치 참여에 대해서는 회의적이었지만, 정치적 현실의 문학적 수용에는 적극적인 태도를 보였던 것이다. 따라서 그가 이 무렵에 문학뿐만 아니라, 문맹 퇴치 및 계몽운동,14) 지식인의 정치 참여 문제,15) 문학과 정치,16) 문학의 대중화 문제17) 등 광범한 부문에 걸쳐 관심을 피력한 것은 "이 나라의 장래가 걱정"되었던 비평가의 충정에서 우러난 것으로 파악해야 한다. 그가 비록 당대 민중의 현실을 시적으로

---

10) 김동석, 「시와 정치」, 『신조선보』, 1945. 12. 17-18
11) 신남철, 「문학과 정치」, 『신문학』, 1946. 4.
12) 한효, 「민족문학과 정치성」, 『문학』, 1946. 7.
13) 김규동, 「시는 사람이다—김기림과의 대화」, 『시와시학』, 2000. 여름호, 55쪽.
14) 김기림, 「계몽운동 전개에 대한 의견」, 조선문학가동맹 편, 『건설기의 조선문학』, 1946.
    김기림, 「문화의 운명」, 『문예』, 1950. 3.
15) 김기림 외, 앞의 좌담.
16) 김기림, 「정치와 협동하는 문학」, 『경향신문』, 1947. 6. 8
17) 김기림, 「우리 시의 방향」.

수용하는 데 동의했다고 할 지라도, 그것은 조선문학가동맹의 심미적 준거였던 '인민성'과는 다르다. 그는 이 동맹의 주요 사업이었던 문학의 대중화 문제를 사회주의 국가의 건설이라는 조직 차원의 특정한 목적에서가 아니라, 실용론적 모더니즘의 실천 차원에서 접근했을 뿐이다.

해방 직후 김기림이 발견한 민족공동체는 그의 시와 비평에서 "가장 크고 귀중한 보화"였다. 그가 일제 말기부터 관심을 가졌던 민족현실의 탐구는 민족공동체를 지탱해주었던 역사적 문학 형식에 대한 관심으로 구체화되었는데, 민중 정서에 기초한 민족문학 형식인 시조에 대해 언급한 것이 그 보기이다.[18] 사실 민족공동체는 그의 지론이었던 모더니즘이 식민주의의 지적 배경으로 작용하는 현장에서 비평적 글쓰기로 생존했던 피식민지인으로서의 자각과 무방비 상태로 맞은 해방공간에서 지식인의 설자리를 탐색했던 사유의 결과로 발견되었다. 그는 해방기의 시인들이 공동체 의식에 투철한 "새로운 세계의 계시자이며 예언자"로서, 개인적 서정보다는 집단적 정서의 형상화에 노력하기를 기대했다. 그에게 민족은 해방기라는 역사적 조건을 해결할 주체이면서, 현실적 여건을 돌파할 역량을 비축하기 위해 끊임없이 계몽되어야 할 객체이기도 했던 것이다. 그 동안에 해방기 그의 시세계를 거론한 연구물들이 이러한 결론을 공통적으로 언급한 것은 당연한 귀결이었고,[19] 그것은 김기림의 발언을 되풀이한 것에 지나지 않는다.

---

18) 김기림, 「시조와 현대」, 『국도신문』, 1950. 6. 9-11
19) 조용훈, 「일상적 삶과 공동체의식으로서의 시학」, 김학동 편, 『김기림연구』, 시문학사, 1991, 110-153쪽.
　　정순진, 『김기림문학연구』, 국학자료원, 1991, 160-176쪽.
　　김학동, 「'태양'·'태풍'·'바다'의 심상과 공동체의식−김기림론」, 『현대시인연구·Ⅰ』, 새문사, 1995, 690-763쪽.
　　박정자, 「김기림시연구」, 『언어의 혁명』, 답게, 1996, 131-158쪽.

> 우리 시가 해방시를 통해서 얻은 자못 중대한 것은 한 공동체의 의식이었던 것이다 …(중략)… 한 번 얻어본 공동체의 의식은 8·15 이후의 우리 시의 가장 크고 귀중한 보화다. 여기다가 우리는 다시 세계사의 감각과 의식을 부어 넣어 완전히 우리 것을 만들어야 할 것이다 …(중략)… 한 가지 크게 경계해야 할 일은 새로운 모양으로 한 편에서 일어나는 예술지상주의의 협위다.[20]

위의 인용문에서 김기림이 염려하는 "새로운 모양으로 한 편에서 일어나는 예술지상주의의 협위" 양상은 민족문학운동전선의 분열 조짐을 차단하기 위한 발언이다. 그가 이 글을 쓸 무렵은 조선문필가협회(1946. 3)와 조선청년문학가협회(1946. 4)가 결성되고, 김동리에 의해 '문학정신의 본령정계의 문학'인 이른바 순수문학론이 제창될 때였다. 그의 주장은 '예술지상주의자'들의 문학적 탐색이 해방기에 배제되어야 할 '이익인'을 추구하는 데 집중될 것이라는 우려에서 비롯되었다. 그가 말하는 '이익인'은 자본주의가 출산시킨 속물적 인간을 가리키므로, 예술지상주의 문학은 "근대 사회의 분화 과정이 낳은 한 불행한 결과"를 재촉하게 되고, 결국 민족문학운동전선의 해체와 민족 역량의 약화를 초래하게 될 것이기 때문이다.

김동석은 김기림의 정치적 성향을 가장 먼저 포착한 당대의 비평가였다. 그는 『기상도』의 한 구절을 예로 들면서 "일본 제국주의 강압 밑에서도 이렇게 행동하고 싶어했거든 하물며 작금의 편석촌이랴"[21]고 되묻고, 그의 시 「우리들의 8월로 돌아가자」는 지식인이 느낀 환멸의 비애였다고 적었다. 이 지적은 "지성에 의한 감정의 정화작용"[22]을 요

20) 편석촌, 「시단 별견」, 『문학』, 1946. 7.
21) 김동석, 「금단의 과실―김기림론」, 『신문학』, 1946. 8.

구하기에는 해방기의 문단 상황이 급박했다는 사실을 의미하며, '환멸
의 비애'가 조기에 소멸되어 김기림이 민족문학 건설에 매진할 수 있는
정치적 분위기가 조성되기를 기대한 것으로 파악하는 것이 타당하다.

김기림이 이 무렵의 시작품에서 "헐벗고 괄시받던 나의 이웃들"(「나
의 노래」)에 대해 한없는 애정을 표현하고, "나라를 판 것은 언제고 백
성이 아니라/벼슬아치요 세도댁이었다"(「데모크라시어 부치는 노래」)
고 비판한 것은 "시인과 대중의 분리" 현상을 야기할 '이익인'과 '예술지
상주의자'들을 경계하기 위한 것이었다. 그러므로 그가 해방기에 요구
되는 '새로운 인간 타입'으로 "이익인을 완전히 지양한 집단인, 과학인,
세계인, 문화인"을 설정한 것은 현실지향적인 모더니스트의 면모를 여
실히 보여준다. 특히 "세계사의 감각과 의식을 부어넣어 완전히 우리
것으로 만들어야" 한다는 주장은, 그가 여전히 "세계문화에 공헌"해야
하는 모더니즘을 비평의 벼리로 삼고있음을 확인시켜 주었다. 이러한
측면에서 「우리 시의 방향」은 "새로운 '눈'은 작은 주관을 중축으로 하
고 세계 · 역사 · 우주 전체로 향하여 복사적으로 부단히 이동 확대할
것"[23]을 기대했던 비평적 전망의 확장이라고 할 수 있다. 그것은 민족
이 당면한 현실 상황을 정면으로 돌파하면서, 아울러 문학의 자율성을
확보하기 위한 비평적 발언이었다.

2. 전체시론의 구체적 탐구 : 『바다와 나비』, 『새노래』

김기림의 전체시론은 일종의 '종합에의 의지'를 드러낸다는 점에서

---

22) 김기림, 「현대 예술의 원시에 대한 욕구」, 『조선일보』, 1933. 8. 10

23) 김기림, 「포에시와 모더니티」, 『신동아』, 1933. 7.

통합지향적이다. 그는 「우리 시의 방향」에서 한국 현대시사의 연속성을 의식하고 "이 역사적인 자유로운 자리와 반가운 날을 함께 하지 못하고 이미 고인이 된 여러 선배와 동료"로서 이상화, 김소월, 이장희, 이상, 박용철 등을 실명으로 거론하며 '경의'를 표하였다. 그가 강조했던 모더니즘을 추구한 시인 외에도, 다양한 시세계를 대표하는 시인들을 고루 거명하여 균형잡힌 시사적 안목을 드러냈다. 또한 조선문학가동맹의 주요 인물인 임화와 식민지시대에 기교주의 논쟁을 벌였던 박용철을 거명함으로써, 민족문학 건설에 앞서 이룩해야 할 비평적 화합을 모색하고 있다. 이것은 그의 전체시론이 문단의 통합 논리로 발전할 수 있음을 보여준 징후였다.

  김기림은 이 글에서 해방기의 가장 시급한 과제였던 문학가들의 친일문제에 대해 공동책임론을 제기하였다. 이 무렵에 문학가들의 친일문제는 자주적 민족국가와 민족문학을 건설하기 전에 반드시 척결되어야 할 걸림돌이었다. 그는 문학가들이 일제시대에 강제적 혹은 자발적으로 범했던 허물의 근원은 "실로 우리들의 정신의 내부에 먼저 있는 것"이므로, 민족적 구성원들은 "아픈 상처와 과실 때문에 좀 더 통렬하게 통곡"한 뒤에 "민족적으로 새로운 공화국에 발을 들여놓을 진정한 시민권을 가지게 될" 수 있다고 주장하였다. 이러한 전제 위에서 "굴욕과 배신과 변절과 거짓과 아첨에 찬 36년" 동안 훼절했던 시인들의 친일행위에 대해 "한 개의 예외를 청"하였다. 그의 공동책임론은 조선문학가동맹의 간부로서의 인기 발언이 아니라, 비평적 신념이었던 전체시론의 정치적 국면이라고 할 수 있다. 그가 카프 해체 이후에 그 조직원들과 비교적 우호적인 관계를 유지했던 것이나, 해방 후 그들과 같은 조직 내에서 쉽게 융화할 수 있었던 것은, 이와 같은 시론을 배태한 그의 사상적 융통성에 크게 힘입은 것이다. 당시의 상황으로서는 매우 민감한 반응을 야기할 만한 이 주장은, 조선문학가동맹의 주류를 이루었던 임화 등 이른바 카프 해소파들의 입지를 넓혀주었다. 그는 "심각한 민족적 자기반성이 필요"한 해방기의 시대적 특수성을 고려하여 문단의 화합을 도모하는 차원에서 이 의견을 제출했던 것이다.

김기림은 식민지시대부터 전체시론에서 '전대의 경향파와 모더니즘의 종합'을 시도하였다. 하지만 그에 대한 면밀한 기획과 실천이 따르지 않았으므로, 그의 시론은 試論的 위치에 머물렀다. 그는 상충된 두 유파를 종합하거나 절충하는 데 수반되는 문제점과 구체적인 실천 방안을 충분히 제시하지 못했던 것이다. 그러나 해방기에 그의 전체시론은 내용이나 기교의 특별한 우위를 배제한다는 점에서, 정치적 이념에 의해 대립된 비평적 관점의 통합 방법론으로 기능할 수 있었다.

> 시를 기교주의적 말초화에서 다시 끌어내고 또 문명에 대한 시적 감수에서 비판으로 태도를 바로잡아야 한다. 그래서 사회성과 역사성을 이미 발견된 말의 가치를 통해서 형상화하는 일이다. 이에 말은 사회성과 역사성에 의하여 더욱 함축이 깊어지고 넓어지고 다양해져서 정서의 진동은 더욱 강해야 한다. 전시단적으로 보면 그것은 그 전대의 경향파와 '모더니즘'의 종합이었다.[24]

그는 이 글에서 1930년대의 시작품에 나타난 '기교주의적 말초화' 현상은 언어의 사회성과 역사성을 외면한 데서 파생한 것으로 진단하고 있다. 그의 주장은 「우리 시의 방향」에서 구체적으로 논의되었는데, 해방기의 시인들은 민족문학 건설의 "가장 적절 유효한 전달 표현수단"인

24) 김기림, 「모더니즘의 역사적 위치」, 『인문평론』, 1939. 10.

언어의 '사회성과 역사성'을 주목해야 한다는 것이다. 이 주장은 그가 시의 대중화는 "대중의 의욕과 고민과 이념을 조직하며 형상화하며 또 그것들이 침투된 것이 아니면 아니 될 것"이라고 강조하면서, "대중-그 것은 시의 온상이며 領野일시 분명하다"고 언급한 데서도 확인된다. 그 는 시의 대중화를 위해 "인민의 진실한 모양을 붙잡게 될" 민중들이 사 용하는 기층언어의 시적 수용을 권유하였다. 곧 난해한 시어를 구사하 여 "공상적인 관념론"을 설파하거나, "시의 고립"을 자초해서는 안 된다 는 것이다.

당시의 김기림은 식민지시대를 공동 체험했던 지식인으로서 민중에 대한 채무의식을 갖고 있었다. 당대의 식민지 현실에 대해 집요한 관심 을 기울였던 그는 계급과 언어의 상관관계에 주목하게 되었다.

> 조만간 시인은 그들이 구하는 말을 찾아서 가두로 또 노동의 일터로
> 갈 것은 피하지 못할 일이다. 거기서 오고가는 말은 살아서 뛰고 있는
> 탄력과 생기에 찬 말인 까닭이다. 가두와 격렬한 노동의 일터의 말에서
> 새로운 문체를 조직한다는 것은 이윽고 시인 내지 내일의 시인의 즐거운
> 의무일 것이다.[25]

김기림은 시의 역사적 진행 과정을 리듬에서 산문화로 파악하고, "민 중의 일상 언어의 자연스러운 상태에서 발견하는 미와 탄력과 조화가 새로운 산문예술"[26]이라고 보았다. 그는 음악성을 중시하는 귀족적인 시를 비판하고, 민중들의 기층언어에 대해 지속적으로 관심을 표명했 다. 민중의 구체적 삶을 시작품으로 실천했던 그의 노력은 새로운 문체

---

25) 김기림, 「오전의 시론」, 『조선일보』, 1935. 9. 27.
26) 김기림, 「피에로의 독백」, 『조선일보』, 1931. 1. 27.

에 대한 모색으로 나타났다.[27] 그는 시인들에게 "새 나라의 주인이 될 대중을 그 생활을 통해서 포옹하고 이해"하기를 권유하면서, 해방기 문학대중화론의 비평적 화두를 제출했던 것이다.

김기림의 이러한 비평적 논리의 보강은 전체시론의 심화로 구체화되었다. 비록 그가 해방 후에 전체시론을 표나게 내세우지 않았다고 할지라도, 그 보기를 전위시인들에게 "우리 시의 앞날을 위해 한 굳은 약속을 던져주나, 거기는 淋漓한 감정이 그대로 肉色을 들추어놓기도 하며, 감상주의와 개념화의 경향성이 경계되므로 적당한 리리시즘의 습도가 가미되어야만 늠름하게 대중 속에 파고들 것"[28]이라고 주문한 데서 찾아볼 수 있다. 그는 당시 촉망받던 '시단의 결사대'인 전위시인들의 시적 실천을 고무하는 한편, 그들의 시에서 극복되어야 할 문제점을 지적하는 비평적인 충고를 잃지 않았다. 이것은 "인민 속으로" 들어간 시인들이 "한 사람의 참 시인"으로 거듭나기를 바라는 선배시인의 기대이면서, 민족문학운동전선에서도 끝내 포기할 수 없었던 비평적 신념의 표현이기도 했다. 그는 "전혀 흥분하지 않고 양면의 극단을 동시에 부정하여 조화적인 입장을 취하려는 태도"[29]를 지닌 균형주의자였던 것이다. 그의 균형잡힌 비평 태도는 식민지시대에는 당대의 시작품들에 부족했던 지성의 문제를 거론하면서 비평을 한 단계 성숙시킨 공적으로 작용하였고, 해방기에는 민족문학 건설의 논리적 기초를 제공하였다.

27) 김기림, 「새 문체의 요망」, 『자유신문』, 1948. 10. 31-11. 2.
　　　김기림, 「새 문체의 갈 길」, 『신세대』, 1949. 3. 4.
　　　김기림, 「새 말 만들기」, 『학풍』, 1949. 7.
28) 김기림, 「서」, 『전위시인집』, 노농사, 1946.
29) 전기철, 『한국현대문학비평입문』, 자유사상사, 1995, 301쪽.

모더니즘에 기초한 그의 비평적 균형감각은 시의 '편향화한 기교주의'와 문명에 대한 비판을 기반으로 전체시론을 강조한 데서 확인된다.

> 이미 그 역사적 의의를 잃어버린 편향화한 기교주의는 한 전체로서의 시에 종합되어야 할 것이다. 그것은 한 조화있고 충실한 새 시적 질서에의 지향이다. 전체로서의 시는 우선 기술의 각 부면을 그 속에 종합 통일해 가지고 있어야 할 것이다. 그러나 전체로서의 시는 그 근저에 늘 높은 시대정신이 연소하고 있어야 할 것이다.[30]

이 글은 그가 미래파에게서 "최초의 근대시의 붕괴작용"을 보고, 그들을 가리켜 "미래파는 오늘은 완전히 '뭇솔리니'의 '팟쇼' 국가의 충실한 심복의 임무에 영광을 느끼고 있다"[31]고 비난한 뒤, 모더니즘의 병폐를 인식할 무렵에 쓴 것이다. 그는 일찍이 지성의 우위를 강조하면서 '감상적인 낭만주의 시'와 '격정적 표현주의 시'와 함께 내용 우위의 시를 동시에 비판했었다. 김기림이 시대정신을 강조한 것은 기교주의의 반사회적·반역사적 경향을 우려했기 때문이었다. 그의 초기 비평에서 도시문명의 예찬으로 파악했던 시대정신은[32] 해방기에 "조화있고 충실한 새 시적 질서에의 지향"의식이 드러나는 "전진만을 아는 시정신"으로 변주되기에 이르렀다. 그에게 시대정신은 전체시론을 심화하는 데 필요한 비평적 근거가 되었다.

김기림은 전체시론의 실천과 "중대한 역사의 전환기에 있어서 시인에게 필수한 역사적 의식의 실체"를 확인하기 위해 해방기의 민족문학

30) 김기림, 「기교주의 비판」, 『조선일보』, 1935. 2. 10-14.
31) 김기림, 「현대시의 전망」, 『동아일보』, 1931. 7. 30-8. 9.
32) 신재기, 「김기림 비평의 근대성」, 『한국근대문학비평가론』, 월인, 1999, 205쪽.

건설 현장에 직접 참가하는 한편, 두 권의 시집을 발간하였다. 해방 직후의 시는 현실세계의 변화에 대한 순발력이 뛰어난 갈래상의 이점을 최대한 활용하여, 급격한 정세의 변화를 주도하려는 상충된 이데올로기의 대립 현장에서 효과적인 역할을 담당했다. 김기림도 다수의 행사시를 통해 정치 현장에 참가했으며, 구체적인 시작품으로는 「두견새」, 「자유로운 아메리카」 등을 들 수 있다. 전자는 학병 동맹 사건으로 유명을 달리 했던 학병을 추모하는 행사에서 낭독되었던 작품이고, 후자는 미국의 독립기념일을 축하하는 내용의 작품이다.

그가 해방기에 발간한 시집들은 "백의 시론보다는 한 권의 뛰어난 시집이 나와야 할 것"이라는 시대적 소명을 의식하여, 민족 현실에 대한 시적 관심과 형상화 문제를 "시인의 내부에서 시작하여 민족에로, 다시 민족을 넘어서 세계에로 확대"하고자 노력했던 실천 행위였다. 이것은 해방 이전의 "국적없는 그의 시에서 문명비판적인 언어들은 이국취향의 엑조티시즘과 서구 과학문명 동경의 정서를 반영하면서, 관념의 유희 차원에 머물"[33]렀던 데 비하면 인식의 전환이라고 할 수 있다. 그만큼 해방기를 지내는 김기림의 고뇌의 폭은 크고 심도는 깊었던 것이다. 이 시집들은 편향된 문학사적 관점을 가진 연구자에 의해 "이데올로기에 의한 시적 지성의 파탄"[34]이라고 비판받았다. 하지만 이 견해는 그의 시와 시론의 변모 과정에 대한 치밀한 검토와 분석이 이루어지지 못한 채, 연구자의 정치적 이데올로기에 의해 자의적으로 재단된 것이다. 그는 해방기의 시인들에게 "실로 끊임없는 모색과 모험"을 요구했

---

33) 전정구, 「과학문명의 동경과 근대의 미완성─김기림의 『기상도』」, 『언어의 꿈을 찾아서』, 평민사, 2000, 271쪽.
34) 권영민, 앞의 책, 160쪽.

지만, 결코 반지성적인 감상의 범람현상을 변호하지는 않았다.

> 8월 15일은 분명 우리 앞에 '낭만'(로맨틱)의 시대를 펼쳐 놓았다. 그러
> 나 또다시 감상적으로 이 속에 탐닉하기에는 우리는 너무나 큰 통찰과
> 투시를 준비해야 할 것이다.[35]

　김기림은 인용문에서 살필 수 있는 것과 같이 '낭만의 시대'인 해방기
의 시가 전대의 시를 '또다시 감상적으로' 답습해서는 안 된다고 단언하
면서, '원시적 명랑에 대한 욕구'를 반영한 로맨티시즘을 찾았다. 이 때
의 로맨티시즘은 전대의 '감상적인 로맨티시즘'이 아니라, 시인은 항상
"말할 것도 없이 늘 진보의 편이고, 미래의 동반자일 것"이며 "새로운
나라의 등불이며 별"이어야 한다는 점에서 '적극적 로맨티시즘'을 가리
킨다. 한 시대의 시대정신은 그것에 가장 적응한 구상작용으로서의 양
식을 요구한다고 보았던 그는, 해방기와 같은 "정신적 · 혁명적 앙양기
는 적극적인 '로맨티시즘'의 양식"[36]이 요구된다고 주장했다. 그는 시국
에 대한 정확한 인식에 기대어 해방기 변혁운동에 복무하는 시인의 자
세를 탐구하고 있었다. 이것은 그가 해방 공간에서의 시적 전개 방향을
구체적으로 제시하면서, 자신의 시적 성취 방향을 시사한 것이다.

　그가 해방 후 첫번째로 발간한 시집은 『바다와 나비』(신문화연구소,
1946)이다. 이 시집은 1930년대 말기부터 그의 시론에 표출되기 시작했
던 모더니즘에 대한 반성의 흔적을 찾아볼 수 있다는 점에서 중요한
의미를 갖는다. 특히 해방 이후 변모된 그의 행적을 고려하면, 이 시집

---

35) 김기림, 「머릿말」, 『바다와 나비』, 신문화연구소, 1946.
36) 김기림, 「시의 기술, 인식, 현실 등 제문제」, 『조선일보』, 1931. 2. 11-14.

이 갖는 무게는 결코 만만한 것이 아니다. 그의 시세계가 이 시집에 이르러 "다분히 주정적이고 정감적인 세계로 전환"37)한 데 대해 "주지적인 것의 심화 과정으로 이해하는 것이 바람직할 것"38)이라는 견해가 있다. 그러나 이 의견은 김기림의 시세계와 시론의 변화 과정을 통시적으로 살피지 않은 단견으로, 그가 해방 후에 보여주었던 다양한 비평적 관심에 대한 검토 과정을 누락시킨 오류이다. 김기림은 해방을 계기로 "정서의 시대는 일시에 물러가고 감정의 시대가 온 것"39)이라고 하면서, 해방기 민족문학운동전선의 확대를 선도했던 전위시인들의 '분노의 언어'를 옹호했었다.

김기림이 해방 후 두번째로 발간한 것은 『새노래』(아문각, 1947)이다. 이 시집 역시 특정한 이데올로기를 신봉하는 연구자에 의해 "작품의 예술적 가치가 거의 없는 좌경적인 정치주의 시집"40)으로 폄하되었다. 그렇지만 해방 이전과 대비하여 두드러지게 달라진 그의 시세계를 검토하는데 누락되어서는 안 될 시집이다. 더욱이 그는 한국시사에서 드물게 시와 시론을 겸비했던 존재였으므로, 그에 관한 종합적인 이해를 위해서도 검토할 필요성이 제기된다.

> 우리는 일찍이 쎈티멘틀 로맨티시즘의 홍수 속에서 시를 건져냈다 … (중략)… 그러나 건져내 놓고 보니 그것은 청결하기는 하나 피가 흐르지 않는 한낱 '미이라'였다. 시의 소생을 위하여는 역시 사람의 흘린 피와 더운 입김이 적당히 다시 섞여야 했다.41)

---

37) 김학동, 「김기림의 시작활동」, 『김기림전집·1』, 심설당, 1988, 385쪽.
38) 홍성암, 「김기림론」, 『한국현대비평가연구』, 태학사, 1998, 173쪽.
39) 김기림, 「시와 민족」, 『신문화』, 1947.
40) 문덕수, 앞의 책, 154쪽.
41) 김기림, 「새노래에 대하여」, 『새노래』, 아문각, 1947.

이 글은 그가 혁명적 시대 상황을 주도할 수 있는 "가장 풍부하고 다양한 가능성"의 하나로 '시의 소생'의 필요성을 거론한 것이다. 그는 「우리 시의 방향」에서 해방기의 시를 "위대한 민족적 참회의 제단에 바치는 가장 임리한 제물"로 명명하고, "사람의 흘린 피와 더운 입김이 적당히 다시 섞여" 있기를 바랐다. 그것은 일찍이 그가 현대 문명이 위기 국면에 봉착했다고 진단하면서, 문학은 "인간을 그리워하게 될 것이었고 심오한 휴매니티(인간성) 위에 문학의 모든 분야를 새로이 건축하려는 요구"[42]를 수용해야 한다는 주장의 확장이었다. 해방 조국에서는 "실패한 근대의 반복을 보아서는 아니 될 것"이므로, 그는 시인들에게 치열한 시대정신을 소유하기를 강권하였다.

이로써 그가 "백의 시론가보다는 한 사람의 참 시인"의 출현을 대망하면서, "오늘의 시인"으로서 "오늘의 문제를 스스로 해결하"기 위해 '센티멘틀 로맨티시즘'과 미이라 같은 '모더니즘'의 합일을 추구했던 배경을 살필 수 있다. 이러한 주장은 일제 시대부터 서서히 드러나기 시작했던 그의 시론의 심화 과정과 일치한다. 그는 해방기에 "시인이 새로운 시대정신을 획득하고 그에 합당한 형식을 추구할 때, 시대가 요구하는 새로운 문학 양식을 찾을 수 있다"[43]고 보고, 두 권의 시집을 통해 구체적으로 실천하였다. 이것은 그가 "모더니즘의 막다른 골목에서 시의 정치 수용을 꾀한 것"[44]이 아니라, 해방기의 시대상황에 적합한 '경향파와 모더니즘의 종합'을 추구했던 전체시론의 생생한 실천 사례였다.

---

42) 김기림, 「새 인간성과 비평정신」, 『조선일보』, 1934. 11. 16-18.
43) 오형엽, 『한국근대시와 시론의 구조적 연구』, 태학사, 1999, 103쪽.
44) 김용직, 앞의 책, 1989, 194쪽.

3. 자율적 '선택'과 타율적 '전향/파탄'

김기림은 1945년 8월 16일 출범한 조선문학건설본부의 시부 위원장을 맡았으며, 8월 18일 조선문학건설본부가 조선문화건설중앙협의회의 산하 기구로 출범되자 중앙집행위원 겸 문화부 위원을 맡았다. 1945년 12월 13일 이 단체와 조선프롤레타리아예술동맹 산하의 조선프롤레타리아문학동맹이 통합을 위한 예비 회합을 가질 때 그는 조선문학건설본부의 대표로 참가했다. 그가 참가한 이 모임에서는 12월 6일 두 단체의 통합을 위한 공동성명서를 발표했다. 이 성명서에 도함된 행동 강령은 일본제국주의 잔재의 소탕, 봉건주의 잔재의 청산, 국수주의의 배격이었는데, 이것은 이듬해 조선문학자대회에서 채택된 강령의 기반을 이루었다.[45]

특히 김기림이 「우리 시의 방향」과 함께 보고했던 「계몽운동 전개에 대한 의견」은 해방기의 민족적 과제였던 문맹 퇴치의 필요성을 본격적으로 거론했다는 점에서,[46] 탁월한 현실감각에 토대한 지도비평적 역량의 과시라고 할 수 있다. 이 문건의 영향으로 조선문학가동맹은 문학 대중화론을 본격적으로 제기하게 되었다. 그는 이 대회가 끝난 뒤 집행위원으로 선출되었으며, 1947년 7월에는 문화공작 활동에 참가하여 경북지방을 순회하였다.[47] 이것은 그가 해방기에 드러난 역사적 조건과 민족적 모순을 해결하려는 노력의 하나였다.

---

45) 조선문학자대회에서 채택한 강령은 "일본제국주의 잔재의 소탕, 봉건주의 잔재의 소탕, 국수주의의 배격, 진보적 민족문학의 건설 그리고 조선문학의 국제문학과의 제휴" 등이다. ― 김영민, 『한국현대문학비평사』, 소명출판, 2000, 17쪽.
46) 이우용, 『해방공간의 민족문학사론』, 태학사, 1992, 89-90쪽.
47) 『민성일보』, 1947. 7. 25

　　이와 같이 해방기에 보여주었던 김기림의 행태는 식민지시대부터 줄
곧 견지했던 민중에 대한 지속적인 관심에서 유래한 것이다. 지식인의
계급적 한계를 자각하고 있던 그에게 민중은 "이념의 차원이라기보다
윤리적 태도"[48]에 속하였다. 이 점이야말로 카프나 다른 모더니스트들
과 구분되는 그의 문학적 변별성을 드러내는 주요 요소이다. 그가 소설
「어떤 인생」(『신동아』, 1934. 2)의 참봉 영감, 「번영기」(『조선일보』,
1935. 11. 2-11. 13)의 창호, 「철도연선」(『조광』, 1935. 12-1936. 2)의 박
존의 영감 등을 통해서 형상화했던 소외의식은, 민중에 대한 관심의 소
설적 표현이었다. 해방기에 그가 '선택'했던 활동들은 이와 같은 구체적
문건에 근거한 비평사적 맥락 안에서 파악되어야 할 것이다.

　　해방기에 보여준 그의 행동은 일제하의 처신과는 다르게 보일 수 있
다. 그는 지사이기를 요구하는 식민지시대의 민족적 요구를 마다하고,
한사코 지식인으로서의 시인의 자세를 유지했었다. 문학을 현실 개조
의 수단으로 파악하는 비평적 관점을 채택할 수 없었던 철저한 모더니
스트 김기림은 식민지시대에 모더니즘의 폐해를 인식하기 시작한 뒤,
고향에 칩거하면서 자신의 시와 시론에 대한 진지한 자기부정을 통해
변증법적 확대를 꾀했었다. 그러다가 그는 해방공간이라는 역사적 상
황 속에서 민족의 모순과 외세에 의해 강요된 이데올로기가 충돌하는
구체적인 삶의 현장을 목도하고 민족문학 건설 현장에 적극 참가하는
한편, 문학적 관심을 촉구하는 여러 가지 평문을 발표했던 것이다. 그러
므로 김기림에게 "8・15의 체험은 그로 하여금 정당한 역사관을 확보하
는 주요한 계기가 되었으며, 인식의 불구성을 정상적인 것으로 바로잡
게"[49] 했다는 주장은 철회되어야 한다.

---

48) 조달곤, 「전체시론」의 향방」, 『한국근대시문학연구』, 새미, 2000, 61쪽.

그러나 지금까지 제출된 연구물들은 이와 같은 사실을 외면한 채, 해방 후 김기림의 비평 행태를 '전향'이나 '파탄'으로 파악하고 있다. 백철의 증언에서는 김기림의 주체적인 '선택'을 탈색시켜서, 자신의 허물까지 동일하게 범주화하려는 혐의가 포착된다.

> 해방 뒤 기림이 조선문학건설본부에 가담했고, 그 뒤 문학가동맹의 '이슈'를 앞세운 전국문학자대회에서 시분과의 책임을 맡은 것은 사실이지만, 그것은 저쪽의 정책상의 포섭에 불과한 것이오. 그가 무슨 공산주의적인 의식이 있어서 그렇게 된 것은 아니었다.[50]

백철은 이 글에서 김기림의 자의에 의한 '선택'조차 '포섭'으로 자리매김하고 있다. 그는 식민지시대에 자발적으로 '전향'을 '선택'하여 친일문학에 참여했지만, 김기림은 그와 달리 비평적 논리를 반추하면서 민족현실을 발견하고자 노력했었다. 그는 자신의 '2차 전향'을 합리화하기 위한 동반자로 김기림을 '선택'했으나, 그것으로 자신의 전향 이유를 상쇄시킬 수는 없다. 무엇보다도 그는 김기림의 자의에 의한 '선택'을 자신의 관점으로 파악함으로써, 그를 이데올로기의 피해자로 둔갑시키는 이중의 피해를 안겨주고 있는 셈이다.

이러한 사례에서 볼 수 있듯이, 한 시인의 자의에 의한 '선택'마저 '전향'이나 '파탄'으로 서술하는 문학사가들의 평가는 수정되어야 한다. 김기림에게 '전향'은 남한만의 단독 정부 수립 이후 조선문학가동맹이 불법단체로 규정되고, 그 조직원들이 대부분 월북했을 당시 월남자인 그

---

49) 이동순, 「김기림의 시작품을 새롭게 읽는 방법」, 『민족시의 정신사』, 창작과비평사, 1996, 337쪽.
50) 백철, 「참 좋은 작가들이었는데」, 『중앙』, 1978. 5, 209쪽.

가 귀향하지 못하고 보도연맹에 가입한 경우에만 해당한다. 그에게 월
북은 화려한 귀향이어야 했는데, 이미 지주계급으로 몰려 재산을 몰수
당했기 때문에 월북할 수 없었다.[51] 아울러 해방 후 민족국가 건설을
위한 전단계로 민족문학운동에 복무했던 전력은, 또 하나의 배타적 이
데올로기 집단에게 허용될 리 없었다.

한때 "시인이야말로 이 새 공화국을 지킬 가장 열렬한 시민의 한 사
람"일 것이라는 기대에 부풀어 민족문학의 건설에 모든 비평적 역량을
쏟았던 김기림의 자율적 '선택'은, 조국에게 강요된 대립적 이념 앞에서
타율적 '전향'을 "선택"하지 않을 수 없었다. 그는 비평적 신념과 시대적
소명의식에 입각하여 민족문학의 건설 현장에 참여했지만, 결국 "자기
네의 세력 지반을 확장하려고 들었든" 남북한 위정자들의 권력 의지에
의해 무산되고 말았다. 이것은 그의 비평적 논리와 신념의 강도가 허약
하거나 소박해서가 아니라, 정치의 하부구조로서 문학이 갖고 있는 생
리적 한계였다.

III. 결론

해방 후 김기림이 처음으로 발표한 「우리 시의 방향」은 해방기 민족
문제를 포함하여 비평적 관심 분야를 진술하고 있다. 그는 이 글에서
당시의 시급한 과제였던 자주적 민족국가와 민족문학의 건설 방향에
앞서 척결되어야 했던 일제 잔재의 청산 방안 등을 두루 제시하였다.

---

51) 강유일, 「김기림 미망인 김원자 여사 대담 기사」, 『주간조선』, 1987. 8. 30.

이러한 민족적 현안과제 해결의 비평적 근거는 그의 전체시론이었다. 그는 이 시론에서 민족문학운동전선에 참여하는 논리를 찾아내었고, 두 권의 시집을 통해 자신의 시론을 실천하였다. 또 그는 이 시론을 토대로 해방기의 혼란스런 상황 속에서도 문학의 자율성을 의식하면서 정치적 독립을 추구하려고 노력했다.

비록 김기림의 시도는 이념의 날카로운 대립 앞에서 무력화되었지만, 해방기 문학의 다양한 국면을 문제삼았다는 점에서 값진 평가를 받아야 할 것이다. 특히 이 글은 해방 이후 그의 시세계와 시론의 확대 과정을 점검할 수 있게 해준다. 그의 모더니즘적 비평관은 일제 말기의 반성적 모색기를 거쳐, 해방기에도 여전히 지속적으로 전거되었던 것이다. 비평사적 관점에서는 그의 실용주의적 시론과 비평을 통해 민족문학의 건설 현장에 부족했던 비평적 균형감각의 사례를 시작품과 평문을 통해 확인할 수 있다.

해방기 김기림의 시적·비평적 행동은 모두 주체적인 자유의지에 의한 '선택'으로 파악해야 한다. 그러나 '나비'가 되려고 했던 그의 '선택'은 해방 정국의 복잡한 판세 속에서 자신의 의도에 반하여 '나방'으로 추락하고 말았다. 그것은 '수심을 몰랐던' 그의 운명이었고, 결국 정치적 현실이라는 '바다가 무섭지 않았던 한 균형주의자의 추락이었다. 이런 점에서 「우리 시의 방향」은 김기림 비평의 전체적 문맥 속에서 중요한 위치를 차지하며, 비평사적으로는 해방기 비평 양상의 실체적 국면을 담당하고 있다.

해방기 시문학 연구

정치적 신념과 시적 자의식

김기림 시의 자의식

Ⅰ. 서론

김기림은 해방을 맞아 향리에서 상경한 뒤에 종전과 달리 정치지향적 성향을 과감히 드러내었다. 그는 민족 내부 문제의 척결을 주장하기도 하고, 각종 정치 집회에 적극적으로 참가하기도 했다. 그가 신생 조국의 문학단체에서 주도하는 집회들이 정치적 성격을 함의하고 있는 줄 알면서도 굳이 참석한 것은 신념을 실천하기 위한 움직임이었다. 그는 다른 작가들의 정치 참여도 해방기의 특성을 고려하여 수락하였는데, 그것은 작가로서가 아니라 개인의 자격에 한한 것이었다. 그는 문학의 자율성을 훼손하지 않으면서, 작가의 정치 참여 욕구를 충족할 수 있는 한도 내에서 정치와 문학의 협력을 승인한 것이다. 물론 자신의 정치 참여를 합리화하기 위한 일환으로 그런 결정을 내린 것일 수 있다. 하지만 그것보다는 김기림이 지니고 있었던 정치적 신념이 해방기라는 시대적 조건을 맞이하여 표면화된 것으로 보는 편이 타당하다. 사실 그는 식민지시대부터 정치지향적 의사를 간헐적으로 표시하였다. 시집

『기상도』(창문사, 1936)가 출간되었던 당시에 "『기상도』의 작자는 천문 기사가 되어 현대 세계의 정치적 기상을 관측하고 있다"[1]는 평언이 제기될 정도로, 김기림은 국제 정세에 관심을 기울이고 있었다. 다만 그의 정치적 견해는 일제의 강점이라는 시대적 특수성을 감안하여 '지성'이라는 우회적 장치를 통해 풍자적 양상으로 표현되었을 뿐이다.

해방기의 특수성을 고려하여 문학과 정치의 상관성을 인정하면서도, 문학의 본질적 영역을 확보하려는 김기림의 발언은 일견 모순되는 듯하다. 식민지시대와 해방기라는 전혀 이질적인 시간과 공간 속에서 그는 자신의 문학적 신념을 구현하고자 노력했으나, 한국전쟁 중에 납북되면서 문학 세계를 완결하지 못하였다. 이런 연유로 해방기에 이룩한 그의 문학 행위, 특히 모더니즘문학관의 쇠퇴 여부에 대한 비판적 의견들이 제출되고 있는 실정이다. 그렇지만 왕성하게 활동하려던 찰나에 문학사에서 실종된 그의 비극적 생애를 감안한다면, 연구자들의 비판은 다소 가혹하기도 하다. 그는 이 무렵에 발표한 시작품에서 자신의 신념을 용해하기 위해 번민하는 한편, 정치적 이념을 앞세워 대립하는 문단의 통합을 시도하면서 심리적 갈등을 겪었다. 이 점이야말로 기왕의 논의에서 누락된 부분이며, 본고에서 집중적으로 천착하고자 하는 점이다. 본고는 해방 전후의 맥락에 유의하면서 비평적 신념을 견지하기 위한 그의 노력을 구명함으로써, 그의 시적 성취수준에 관한 논의의 외연을 확대하는데 일조하고자 한다. 그 과정에서 김기림의 고뇌가 함의하고 있는 정치적 의미가 드러나기를 기대한다.

---

1) 최재서, 「현대시의 생리와 성격―장편시 『기상도』에 대한 소고찰」, 『문학과 지성』, 인문사, 1938, 92쪽.

II. 정치적 담론과 문학적 신념의 충돌

1. 자의식의 출현 배경

식민지시대에 김기림이 발표한 시편들을 자세히 읽노라면, 시적 감동을 불러일으키기에는 미흡한 것이 사실이다. 그 이유는 "김기림의 대부분의 시가 현실적인 시를 가장한 〈여행의 시〉라는 데 있다"[2]. 예를 들어 "平和는 지금은 傳說 속의 全然 無害한 임검(王)이 되어 大英博物館의 陳列壇 우헤 勳章을 차고 졸고잇다"(「苦待」)는 표현에서 추측할 수 있듯이, 그는 이국 문물을 통해 관념을 표현하여 그것의 현실적 맥락을 사상해버린다. 그가 본래 표현하고자 했던 바는 일제에 의해 조성된 전시 상태의 물질적 조건일 터이다. 하지만 평화가 '傳說 속의 全然 無害한 임검(王)'이라는 과거적 유물로 격하되고, 식민지 원주민들이 확인 불가능한 '大英博物館'에 진열되면서 그의 본의와 다르게 현실과의 유리현상이 초래되었다. 이러한 시작 태도는 당시의 사회적 제약 조건을 돌파하기 위한 시적 전략일 수 있지만, 한편으로는 식민지의 모순들을 소홀하게 취급할 소지가 다분하다. 또한 김기림은 시집 『태양의 풍속』(학예사, 1939)을 발간하면서 "어대로 가느냐고? 그것은 내 발길도 모르는 일이다. 다만 어대로든지 가고있을 것만은 사실일지다."(「어떤 親한 『詩의 벗』에게」)라고 언급하여 자신의 시작품들이 생산되는 상황을 우회적으로 서술하고 있으나, 이 진술은 '내 발길도 모르는 일'처럼 구체적 지향점을 확보하기에 미흡하다.

2) 김우창, 「한국시와 형이상」, 『궁핍한 시대의 시인』, 민음사, 1993, 49쪽.

두 사례에서 알 수 있듯이, 내면상으로 그는 암울한 시대의 조건으로
부터 부자유한 현실적 자아를 부단히 인식하고 있었던 것으로 보인다.
하지만 시적 대상에 지성을 투사하는 과정에서 현실과의 부조화를 극
복하지 못했다. 그 배경적 요인은 그가 앞선 세대의 문학적 유산 위에서
출발하기보다는, 유학 시절에 습득한 외래 사조의 검증 과정을 생략하
고 도입한 시행착오에 있다. 그런 결과로 모더니즘의 확산을 위해 동원
한 '바다'와 '기관차' 등의 여행 모티프들에 내재된 탈출 욕망이 부각되
지 못한 채 생활 장면과 상거를 띠게 되었고, 그것들이 서구 문명과
사조의 전신자 역할에 한정되는 불이익을 받게 되었다. 이처럼 그의
시에서 두드러지게 검출되는 이국적 문물들은 개별적 정서의 등가물이
아니었기 때문에, 시적 현실로 제공된 물질적 기반은 사실성을 결여할
수밖에 없었다. 그 주된 이유는 김기림이 공식적으로 제시한 지성의
불분명한 성격에 있다. 그의 지성이 시대 상황에 따라 시적 활로를 모색
하는데 기여한 것은 사실이지만, 시작품에서는 이국적 풍물의 표상인
양 진열되어서 문제였다.

> 나의 祖先은 어린 아이엿다. 나는 不幸이도 어느새 어린아이로부터 어
> 른으로 자라나 버렷다.
> 어린 마음― 그것은 세계의 心臟이다. 宇宙의 焦點이다. 藝術의 肥料다.

> 아이들의 世界에는 戀愛가 없다. 잇는 것은 愛情이다. 그러니까 幸福할
> 밖에 잇소?

> 아이의 理智는 시끄러운 論理를 모른다. 그것은 道德觀念과 法律條文과
> 規律의 習慣과 批判을 超越한 곳에서 無明 속의 寶石과 같이 차게 빛난다.

事實을 말하면 『메―텔링크』도 수염은 갈라붓엇어도 어린애가 되고 십어서 『파랑새』를 쓴게라고 自白하지는 못하고 죽었다.

『마티쓰』가 세상에서 참말로 부러워한 것은 翰林院의 椅子가 아니고 『어린애의 눈』― 바로 그 눈이엿다.

어린애는 작난할 때에만 때때로 本來의 天使의 얼골로 도라간다.

모―든 사람이 참말로 사람이 되려면 演說工夫를 해가지고 國際聯盟으로 가기 전에 純全한 어린애로부터 다시 出發하는 것이 좋앗을 것이다.

人類를 그 早老에서 救援하는 方法말인가? 간단하다. 이 地上에 永遠한 幼稚를 汎濫시키는 일이다.
　　　　　　　　　　　　　　　―「小兒聖書」(『조선문학』, 1934. 1) 전문

　김기림은 외국문학 전공자답게 문학사의 선험적 결핍 증상을 의식하였다. 그는 '나의 祖先은 어린 아이엿다'는 불경스러운 발언처럼 전대의 문학적 업적을 비판적으로 계승하기보다는, 당대의 문학이 나아갈 방향을 모색하고자 진력하였다. 어린 마음이 '세계의 心臟, 宇宙의 焦點, 藝術의 肥料'라면, 정상적인 발달 과정을 거치지 않고 '어린아이로부터 어른으로' 성장한 시인의 불행은 당연한 결과이다. 그것은 "記憶은 가장 믿기 어려운 그림자"(「힌 薔薇처럼 잠이 드시다」)라고 생각한 역사관의 소산이지만, 그는 과거와의 단절감과 함께 "가슴이 둥근 少年일 수 없고 나"(「追憶」)라고 탄식하며 소년시절로 회귀할 수 없는 안타까운 심정을 동시에 드러내고 있다. 그에게 '祖先'은 현재적 사태를 야기할 만큼 고루한 '祖先'인 동시에, 되돌아가고 싶은 '少年'이었던 심이다. 그것들이 동일한 맥락에서 양가감정을 수반하게 되자, 그는 개별적 정서와 역사적 사건을 일거에 취급할 수 있는 수사적 책략을 고안하기에 이른다. 그의 시도는 어휘의 변칙적 용례에서 확인할 수 있다. 김기림에게 조선은 "祖國 아닌 祖國"('中禪寺湖', 「東方紀行」)으로 부인할 수 없는 '조국'이었으나, 멸망한 왕조 '朝鮮'을 명시적으로 표기하는 것은 위험한 처사였다. 더욱이 그는 식민지 종주국에 유학한 지식인으로, 한번도 항일 의사를 표시한 적이 없었다. 언제나 지적 소양에 기반한 평문으로 발언하기에 익숙한 그가 시대 사정을 명분으로 "戀愛와 같이 싱겁게 나를 떠난 希望"(「올배미의 呪文」)을 시적 용기에 의탁하고 싶었는지 모른다. 그는 개선될 기미를 보이지 않는 현실에 분노하면서 '朝鮮'을 '祖先'으로 변칙 표기하는 언어유희를 통해 전언의 전달을 기도한 셈이다.[3]

아울러 '모—든 사람이 참말로 사람이 되려면 演說工夫를 해가지고 國際聯盟으로 가기 전에 純全한 어린애로부터 다시 出發하는 것이 좋앗을 것'이라는 김기림의 발언은 주목되어야 한다. 이것은 조선 침략의 만행을 외교적 수사로 왜곡하는 일본을 야유하는 표현이다.[4] 그는 일

---

3) 김기림은 수필 「豆滿江과 流筏」(『삼천리』, 1930. 9)에서 "滿洲와 『시베리아』를 가로막고 돌아앉은 長白山脈과 그리고 그 아래 흐르는 千里長江이 이루는 天國의 지대는 일찍이 우리의 **祖先時代**에는 실로 절호의 국방의 요지였다"라고 언급하여 동일한 언어유희를 재연하고 있다. 이와 같이 의도적으로 '朝鮮時代/祖先時代', '朝鮮/祖先' 등으로 변칙 표기하여 일제의 검열을 피하면서 소기의 목적을 은폐하는 그의 수사적 책략은 별고를 요한다.(밑줄: 인용자)

4) 이 작품이 발표되기 전에 일본은 1931년 9월 만주사변을 일으켰다. 일본은 이듬해 3월 만주국의 수립을 선포하고, 9월 일만의정서에 조인하며 외교적 승인 절차를 마무리하였다. 이에 반발한 중화민국은 국제연맹에 제소하였고, 다수의 회원국들은 그에 동조하여 일본군의 철수를 결의하였다. 일본은 만주국을 '五族協和(일본, 조선, 만주, 중국, 몽골 등 5개 민족의 협력과 화해)'의 상징이라고 주장하는 한편, 조약의 당사국은 중화민국이 아니라 만주국이라고 강변하며 결의안의 수용을 거부하였다. 그럼에도 불구하고 국제연맹이 만주국을 일본의 괴뢰정부라고 규정하며 조사단을 파견하는 등 국제 정세가 불리하게 전개되자, 일본은

본의 외교 행각에 은폐된 위선적 태도를 가리켜 "演說은 암만해도 빛나지 않는 全혀 가엾은 黃昏"(「海圖에 對하야」)이라고 조롱하고 있는 것이다. 또한 그가 '아이의 理智는 시끄러운 論理를 모른다'고 힐난하는 것은 주변국과의 마찰을 일삼는 일본에 맞설만한 외교적 역량을 갖추지 못한 조선과 중국의 형편을 지적한 것이다. 두 나라는 '道德觀念과 法律條文과 規律의 習慣과 批判을 超越한 곳', 곧 주자학적 세계를 추구하느라 지배 담론의 변경을 수락하지 않았다. 만국 공법의 논리를 수용하지 않은 양국은 외교 무대에서 자국의 이익을 확보할 수 없었고, 일본은 개화된 물적 토대를 바탕으로 서구 중심의 국제 질서에 편승하여 동북아시아의 신흥 강국을 자처하였다. 비록 세계사조 질서에 편입하려는 외교적 노력은 부족했지만, 일본의 야만적 침략이 자행되기 이전의 세계야말로 '本來의 天使의 얼골'이 유지되는 본연의 세계였다. 타국의 주권을 강탈하여 외교적 권한을 대행하는 일본의 연설은 '어린 아이'를 현혹하는 요설일 뿐이다. 따라서 일본의 외교적 궤변은 '시끄러운 論理'로서, 결코 '人類를 그 무老에서 救援하는 方法'이 될 수 없다. 김기림은 이처럼 일본에 대한 항의표시조차 지적 비유에 의탁하여 결행하고 있다.

　　生은 다만 死에의 冒險이 아니고 무엇이랴?

　　生活— 現代에 잇어서는 大部分 그것은 自己의 虐殺이다(結局 申叔舟가 最高의 生活哲學者엿다).
　　　　　　　　　　　　　　—「나의 聖書의 一節」(『조선문학』, 1934. 1) 부분

_____

중국에 대한 침략 책동을 노골적으로 드러내면서 1933년 국제연맹을 탈퇴하고 말았다.

이 작품을 김기림은 앞의 인용시와 같은 잡지에 발표하였다. 그는 삶이란 죽음에 이르는 도정일 뿐이라는 염세주의적 철학에 동의하면서 '結局 申叔舟가 最高의 生活哲學者엿다'고 자조하는 등, 생존을 위해서라면 신념의 훼절도 문제시하지 않는 듯한 태도를 보인다. 그런 자세는 신숙주가 세조의 권력 찬탈 음모에 협조하여 동료들을 배신하고 일신의 영달을 도모했다는 역사적 사실을 근거로, 당시의 작가들이 친일문학의 대열에 합류하여 신념을 철회하는 행위를 승인하게 된다. 김기림은 신숙주의 현실적 선택을 인용하여 식민지 당국의 교활한 공작에 무방비 상태로 노출된 문단의 현황을 허탈하게 소묘하면서도, 동료들의 변절 행위를 '自己의 虐殺'과 동일시하는 비판적 시각을 유지하고 있다. 그와 더불어 김기림은 주변 상황의 악화된 실체를 정확하게 드러내기 위한 방편으로 '聖書'의 권위를 차용하여 실체적 진실을 서술하고 있다.

그렇지만 본래적 권위를 상실한 '聖書'는 '人類를 그 罕老에서 救援하는 方法'이 될 수 없다는 점에서 본연의 지위를 잃어버리고 '연설'과 동격에 놓인다. 양자는 식민지의 현실적 조건을 왜곡하거나, 민중들에게 현재 상황의 인고를 권유하는 추상적 발화에 지나지 않아서 구원의 기능을 담당할 수 없다. 그 결과로 김기림은 자신의 시적 노력들이 소기의 성과를 거두지 못했다는 사실을 자각하게 된다. 이에 그는 1930년대 중반기부터 "연약하려는 落望하려는 나를 노려보는 엄숙한 눈살"(「連禱」)로 자신의 문학행위에 대한 비판적 점검을 시도하였다. 그는 고향에 기거하는 동안에 문단과의 거리를 유지하며 침묵함으로써, 문학과 현실의 상관관계를 재인식할 수 있었다[5]. 그의 성찰은 작품 안에 수용되어 시적

---

5) 김기림의 '침묵'은 일제 말기의 생존 전략이자 파시즘에 저항하는 형식이었고, 비평적 전망을 통한 문학적 신념의 단련 방식이었다. 이에 대해 "이러한 침묵으

진정성을 확보하도록 추동하였으며, 자의식이 발아하는 심리적 배경으로 작용하였다.

> 간밤의 설합우에서
> 林檎은 암고양이처름 孤獨하다
> 나는 如前히 인색한집웅밑에서 떠는 한거루寒帶의 植物이다……
> 꿈속에서조차 卑怯한나……
> 드디여 한 愛人도 못되는나……
> 드디여 한 아들도 못되는나……
> 드디여 한 아버지도 못되는나 ……
> 드디여 한 犯人도 못되는나 ……
> ―「나」(『시원』, 1935. 4) 부분

식민지 원주민으로 살아가는 지식인의 비애가 절로 드러난 작품이다. 그의 '꿈속에서조차 卑怯한 나'에 대한 도저한 자괴감이야말로, 해방 이전에 그가 처한 현주소였다. 모더니즘을 앞세워 도회적 지성의 표출을 확대하려던 그의 문학적 열망은 강포한 객관적 현실 앞에서 무력화되었다. 일제는 총동원 체제를 강요하며 군국주의화를 재촉하였고, 작가들은 각자 살 길을 찾아 경향 각지로 흩어졌다. 김기림 역시 낙향하

로서의 저항은 결코 우연한 것이 아니고, 그의 문학 활동 초기부터 견지해 온 근대의 위기에 대한 명확한 자기 인식과 식민지로서의 조선에 대한 자의식에서 나온 것"(김재용, 「김기림―동시성의 비동시성과 침묵의 저항」, 『협력과 저항』, 소명출판, 2004, 221쪽)이라고 주목한 견해는 시사적이다. 한편 이 견해는 김기림을 식민성 근대주의자로 파악하는 논자(구모룡, 「식민성 근대주의의 한 양상」, 『문학수첩』, 2005. 여름호)에 의해 반론이 제기되고, 다시 재반박(홍기돈, 「일제 강점기 김기림의 의식 변모 양상」, 『근대를 넘어서려는 모험들』, 소명출판, 2007) 되었으며, 최근에 '동아시아적 시각'으로 접근한 논자(구모룡, 「김기림 재론―동아시아적 시각으로 읽은 1930년대 후반 김기림 문학」, 『현대문학이론연구』 제33집, 현대문학이론학회, 2008. 4)에 의해 재반론이 제기된 상태이다.

여 내일을 기약할 수밖에 없었다. 그로서는 이국에 의한 지배 상태를
원상복구하는 것이 우선적 희망사항이었으나, 그것은 개인의 능력으로
는 해결할 방도가 없었다. 이러한 절망적 상황 요소들은 그로 하여금
'愛人, 아들, 아버지, 犯人'도 못되는 '나'의 가난한 현실을 직시하도록
강권하였고, 그는 '인색한집웅밑에서 떠는 한거루寒帶의 植物'과 다름
없는 신세를 한탄하기에 이른다. 그 탄식은 "바다를 꿈꾸는 바람의 歎
息"(「아스팔트」)처럼 원초적 공간을 향한 염원이기 때문에, 그가 공간
을 확보하기 위해서는 기존 질서를 전복하지 않으면 안 된다.

　　이런 점에서 주목할 시어가 '犯人'이다. 김기림은 '愛人, 아들, 아버지'
처럼 평범한 인물을 지칭하는 '凡人'이라는 단어 대신에, 고의로 '犯人'
을 사용하고 있다. 식민지의 '愛人, 아들, 아버지'는 점령자에게 일방적
으로 강탈당한 공간의 반환을 요구하는 '犯人'들이다. 하지만 김기림은
"『뉴톤』의 눈을 놀래인 훌륭한 능금"(「林檎밭」)처럼 주변의 인식을 일
거에 반전시킬만한 능력을 갖지 못한 까닭에, 세계와 단절된 '한거루寒
帶의 植物'로 실외에 존재하는 국외자이다. 비겁한 그는 실내 공간으로
진입할 엄두도 내지 않은 채 '인색한집웅'을 원망할 뿐이다. 그는 당면
한 사태의 해결책을 능동적으로 강구하지 않고, 침묵으로 관망하면서
'犯人'이 될 기회를 포기한다. 그는 집안으로 들어가는 대신에 '한거루'
로 남는 고독을 선택한 것이다. 그의 고독은 '犯人'을 욕망하면서도 '凡
人'에 머물고 있는 태도에서 비롯된 심리적 자질로서, 자의식의 근원으
로 작용하여 양자 사이의 갈등을 촉진시킨다. 고독은 그가 집단지향적
성향의 카프와 달리 "힌 배암이처럼 寂寞하게"(「感傷風景」) 지성을 중
시하는 모더니즘을 주창했을 때부터 예견된 것이다. 그가 습득한 이론
적 배경은 식민지 현실을 적극적으로 변혁하기에는 역부족인 채 '암고

양이처럼 孤獨'한 상태에 놓여 있었다. 조국은 세계대전을 배경으로 한 사상사적 조류에 호응할만한 물리적 조건을 상실한지 오래였기 때문에, 그가 고독의 표상으로 도입한 한대식물과 능금은 개인적 상관물로 기능할 뿐이다. 그리하여 김기림은 '愛人, 아들, 아버지'를 따라 '犯人'이 되지 못한 '어린 아이'로서, 세계의 폭력성에 대항하지 못한 자의식으로 인해 존재의 고독을 체감할 수밖에 없었다.

2. 통합지향적 문학 활동의 좌절

일찍이 김기림은 "가령 그래서 만들 수만 있다면 그것이 당장 인정되든 10년 후 백년 후에 인정되든 내지는 知己를 천년 뒤에 기다려도 좋다는 엄청난 말하자면 高麗磁器工의 후예다운 자존심과 신념만은 있어야 된다"(「문단 불참기」, 『문장』, 1940. 2)고 주장할 정도로 신념을 중시했던 시인이다. 그런 그도 해방 전후에 발표된 작품에서 자신의 문학관과 외적 조건의 충돌로 인해 초래된 자의식을 노출하고 있다. 그것은 "『기상도』 이후의 시편들은 거의 개아적인 정감의 차원에서 발상하고 있음은 전환적 의미를 갖게 되는 것"[6]이라는 지적과 연관된 것으로, 그의 시에 현저히 표출되기 시작한 자의식은 이 시기의 특징이라고 할 수 있다. 그 직접적인 이유는 외세에 의한 강점 상태일 테지만, 식민지 말기의 칩거 생활도 주요 원인이다. 그는 고향에서 문단과 거리를 두고 지내는 동안에 자신의 문학적 성취수준을 확인하고, 비평적 사유를 통해 식민지 문학의 물질적 조건을 점검하였다. 그 결과 그는 모더니즘 문학의 토착화를 위해서는 민중들의 생활 현장에 밀착할 필요성을 절

---

6) 김학동, 『김기림평전』, 새문사, 2001, 149쪽.

감하였고, 문학의 자율성을 옹호하면서 문단 세력의 통합 기반을 마련하는 일이 선결되어야 한다는 사실을 깨닫게 되었다.

　해방 후 상경한 김기림은 문학 단체에 가입하여 고위직을 수락하고, 여러 단체에 이름을 등재하였다. 또한 문학상으로 반대편에 속하는 작가들과 과제의 해결 방안을 공동으로 논의하기도 하였다. 그렇지만 당시의 대립하는 문단은 작가들의 조직체가 우선시해야 할 문학의 본질적 측면보다는, 정국을 장악하기 위한 정치권의 이념과 이익을 앞세우고 있었다. 문학이 정치적 목적을 달성하기 위한 수단으로 종속되면서, 조직원들 중에서는 운동에 대한 회의를 품는 숫자가 늘어났다. 그렇다고 하여 자신이 종사했던 조직의 논리와 대척점에 서서 작가들이 취할 수 있는 선택의 폭은 넓지 않았다. 그들은 조직에 봉사하는 동안 불가피하게 찬동한 경력과 발설한 의견 때문에, 상대 조직의 주의주장에 쉽사리 동조할 수 없었다. 그뿐만 아니라 조직원들 간의 인간관계마저 불순해져 있었으므로 쉽게 다가가기도 어려웠다. 그것은 자신들의 선택에 대한 책임을 추궁당하는 것이었기에, 해방기의 작가들은 상호간에 범접하기 힘든 '벽'을 의식하지 않으면 안 되었다. 그것이 전적으로 자신들의 책임은 아닐지라도, 자의에 의한 선택의 결과였던 것은 분명하였다. 김기림이 "門이 아니라 壁인 것 같다"(「길」)고 자조할 정도로, 양측은 도저히 화해할 수 없는 지경에 이르렀다. 다만 해방기라는 역사적 조건이 그들의 결별을 유보시키고 있었을 뿐이다.

　　壁을 헐자
　　그대들과 우리들 사이의
　　그대들 속의 작은 그대들과 또 다른 그대들 사이의

우리들 속의 작은 우리들과 또 다른 우리들 사이의

아마도 그것은
金과 銀과 象牙로 쌓은 恥辱의 城일지도
모른다 그러면 더욱 헐자

낡은 장벽을 묾어버린 우에 거기
새날의 大路를 뽑자
그대들과 우리 다
함께 갈 大路를 뽑자
　　　　　—「壁을 헐자」(『새노래』, 아문각, 1948) 전문

　　작품의 문면에 나타난 바와 같이, 김기림은 '그대들과 우리들 사이'의 '벽'뿐만 아니라 '그대들 속의 작은 그대들과 또 다른 그대들 사이'와 '우리들 속의 작은 우리들과 또 다른 우리들 사이'의 벽까지 모두 헐어 버리자고 호소한다. 그의 '金과 銀과 象牙로 쌓은 恥辱의 城'까지도 헐자는 주장은 이념의 소지 유무를 초월하여 범문단적인 민족문학 건설 사업을 완수하기 위한 전제조건으로 모든 작가들을 아우르며 '함께 갈 大路'를 개척하기에 유용한 통합적 자세를 요구한 것이다. 그렇지만 첨예한 이념의 대결장에서 '어린 아이' 같이 순정한 그의 설득이 주효할 리 없었다. 당시의 작가들은 '벽'을 허물기보다는, 도리어 이중삼중으로 '벽'을 더욱 견고하게 쌓으면서 상대방의 접근과 방해 공작을 차단하려고 힘을 쏟았다. 민족 구성원들이 간절하게 소망하는 "英이도 蘭이도 順이도 나도 함께 살 나라"(「우리들 모두의 꿈이 아니냐」)의 운명은 분단을 획책하는 정치 세력들에 의해 좌우되고 있었다. 문단은 정치 세력들이 생산하는 이념과 운동 방법을 복사하여 유포하는 일에 열심이었고, 시인들은 저마다 추종하는 정치적 입장을 따라 동료의식보다는 동지적 연대를 중요시하였다. 이런 실정을 안타깝게 여긴 김기림은 '그대들과 우리 다' 건국 사업에 투신하던 초심으로 돌아갈 것을 요망하였으나, 시인들은 집단의 이익을 효과적으로 창출하기 위해서 골몰할 뿐이었다. 그들 상호간의 의사소통을 가로막는 장애요인을 '벽'으로 진단한 김기림은 '그대들과 우리들'에게 '우리들의 八月'이 지닌 의미를 상기시키기에 이른다.

> 들과 거리 바다와 企業도
> 모도다 바치어 새나라 세워가리라—
> 한낱 벌거숭이로 도라가 이 나라 지주돌 고이는
> 다만 쪼약돌이고저 원하던
>   오— 우리들의 八月로 도라가자.
>
> 명예도 지위도 호사스런 살림 다 버리고
> 구름같이 휘날리는 祖國의 기빨 아래
> 다만 헐벗고 정성스런 종이고저 맹세하던
>   오— 우리들의 八月로 도라가자.
>   —「우리들의 八月로 도라가자」
>   (『바다와 나비』, 신문화연구소, 1946) 부분

당대의 비평가가 적절하게 지적한 바와 같이, 이 시는 "지식인이 느낀 환멸의 비애"[7]를 서술한 작품이다. 김기림에게 민족문학의 건설 사업은 '헐벗고 정성스런 종'이고자 맹세했던 바의 실천 행위였기 때문에,

---

7) 김동석, 「금단의 과실—김기림론」, 『신문학』, 1946. 8; 김동석, 『김동석평론집』, 서음출판사, 1989, 46쪽.

애초부터 "눈부시는 月桂冠은 우리들 본시 바라지도 않은 것"(「序詩」)
이었다. 그의 충정은 사욕이나 권력에의 의지에서 비롯된 것이 아니었
으므로 '구름같이 휘날리는 祖國의 기빨'만 있으면 충분하였다. 그러나
다른 작가들은 해방 이전부터 단련한 정치적 신념을 구체적으로 실천
하기 위해 궁행하였다. 양측의 다른 행동은 가치관의 차이에서 비롯된
것이지, 상호 우열이나 우선순위를 가릴 성질의 것이 아니었다. 출발선
상에서부터 화학적 결합을 담보할 수 없는 일시적 동거 상태로 시작한
그들간의 이념적 편차는 시간이 흐를수록 현격한 양상을 띠게 되었다.
이러한 추세를 안타깝게 여긴 그는 '오— 우리들의 八月로 도라가자'고
절규하고 있다. 김기림은 "오— 명예도 지위도 富貴도 다 싫소"(「어린
共和國이여」)라며 현실적 욕망을 억제하고 민족공동체의 건설에 매진
할 것을 거듭하여 권유했으나, 문단은 문학 외적 담론을 따라 분열하는
양상을 띠었다.

　김기림은 다방면에 걸쳐 정치적 견해를 피력했는데, 한결같이 문학
과 정치의 경계를 의식하며 행동하였다. 그는 문학과 정치의 상관성을
인정하면서 "새로운 생활의 창조를 가장 능률적으로 이루기 위하여 그
집중적인 기능의 담당 부면인 정치에 협동한다고 하는 것이 오늘의 문
학의 독특한 성격일 터"(「정치에 협동하는 문학」)라고 수긍하면서도,
양자의 동일시에 대해서는 비판적인 태도를 고수하였다. 문학의 자율
성을 일관되게 지향한 그의 비평적 신념은 태생적으로 소속한 조직과
의 결별을 예비하고 있었던 셈이다. 이런 측면에서 그의 발언은 정치적
혼란의 배후를 간과한 '어린 아이'의 낭만적 몸부림에 불과하며, 특정
집단의 이익을 확보하기 위해 각축하는 문단에서는 부적합하였다. 이
념이 충돌하는 운동 현장에서는 냉정한 이성보다는 예민한 감정의 대

립이 우선할 수밖에 없는 까닭에, 조직의 입장에서는 자신들의 주장에 유리한 논리를 제공하는 논자가 필요하였다. 김기림은 운동전선의 배면에 은닉된 정치적 노선의 위력을 경시한 것이다. 신생 국가의 정부 수립 단계에서는 필연적으로 정치 담론이 우세한 지위를 점유할 수밖에 없다. 그런 이유로 정치적 현실을 문학적 열정으로 타개하려고 시도한 '정성스런 종'의 노력이 양측으로부터 수용되기를 기대하는 것은 무망하였다.

3. 정치적 무이념의 비극성

김기림은 조국의 건설 운동에 열성적으로 참여하였다. 그가 해방 공간에서 보여준 일련의 행적들은 그것을 명백하게 증명한다. 그는 "새해와 自由와 希望은 괴로운 民族끼리 난우어 가지자"(「새해의 노래」)고 주장하면서 민중과의 정서적 거리감을 지양하고, 혼란한 문단의 정지 작업에 솔선하면서 민족문화의 건설에 매진하였다. 아울러 그는 해방 후 두번째로 발간한 시집 『새노래』(아문각, 1948)에서 자신이 표방했던 모더니즘 문학관조차 유예시키고, 이전에 의도적으로 소홀시했던 현실과의 유리 현상을 타개하려는 노력을 보여주었다. 이와 같은 징후는 식민지시대에 발표된 평문에서도 간헐적으로 표출된 바 있어서 놀랄 일이 아니다. 그러나 그가 해방 공간에서 공동체를 발견하며 표명한 순수한 열망은 소속한 문학 조직에서조차 배제되었는데, 그 이유는 김기림의 평문들에 함의된 '문학적' 가치관 때문이다. 정치 담론이 지배하는 해방정국에서 김기림은 각종 문학적 논의들이 본질적 국면에서 이루어지기를 희망했으나, 그의 소박한 바람은 대립적인 이념을 실현하기에 적합한 정치체제를 추구하는 운동 전선에서 배제되었고, 스스로 '아이의 *理智*는 시끄러운 *論理*를 모른다'고 말했던 그의 평문들은 출발점행동을 정치적 신념에 둔 조직체들에 의해 거부되었다. 이것은 그가 문학을 정치에 복속시킨 작가들에 비해 정치적 학습을 체계적으로 이수하지 못한 사실과 함께, 문학과 정치의 상관관계를 '문학적' 관점에 한정한 판단착오를 입증하고 있다. 그는 정치한 문학적 논리를 갖추고 있었지만, 현실적인 정치적 논리를 체계화하지 않았던 것이다.

해방기의 최우선적 화두는 당연히 이민족의 압제로부터 해방된 '민족'에 집중되었고, 모든 논의는 정치적 담론의 허용 범위 안에서 전개되고 있었다. 이런 판국에 김기림이 "『민족적』인 것을 시간·공간을 초월하는 영원한 것으로 취급하며 부분을 전체에까지 확대하는 허무한 전제에서 출발하는 그릇된 문제 설정의 방식"(「민족문화의 성격」)을 배제하도록 촉구하더라도, 문단은 그의 주장에 함의된 '문학적' 의도를 인정하지 않고 자의적으로 인용할 뿐이었다. 해방기의 특수한 상황에서 '純全한 어린 아이' 같은 그의 의견은 설자리를 찾지 못한 채 기표처럼 부유할 수밖에 없었던 것이다. 그러므로 해방 전에 문학적 신념의 심화를 도모했던 김기림이 극심한 절망감에 사로잡혀 자신의 행동을 반추하며 자학하게 된 것은 예정된 수순이었다. 그가 성찰적 사유를 통해 현실의 수락 정도를 고민할수록, 지성을 옹호하던 문학적 신념은 억압되면서 자의식의 유로현상을 수반하였다. 이 무렵에 그는 『시론』(백양당, 1947)을 집필하여 새로운 비평 이론을 소개하는 노력을 마다하지 않았으나, 작품상으로는 자의식의 누출을 방지할 수 없었다 양자간의 괴리야말로 해방기에 김기림이 처했던 곤혹스러운 처지를 극명하게 드러내고 있다.

오늘도 故鄕은 千里요 또 五百里
뜻하지 않은 緯度가 銀河로구나

사랑스런 살부치들
쟁쟁한 목소리 아물거리는 얼골
도시 허위잡을 수 없이
구름만 北으로 밀려가는구나

여러 十年 하로같이 모다들 고대던 것
눈앞에 얼른거리면서도 종내 나사지도 않어
동무와 안타까운 소식 이야기하며 밤을 새우며
목이 말라 가슴이 타 냉수를 켜며
이달도 손때 밴 字典을 팔아 즐거히 살아가리
　　　　　―「오늘도 故鄕은」(『새노래』) 전문

　　김기림에게 고향은 "저 머언 太陽의 故鄕"(「쇠바퀴의 노래」)이다. 그
곳은 '肥滿하고 魯鈍한 午後'의 시간이 아니라 '太陽의 風俗'이 지배하는
절대적 공간이다. 해방 후 진주한 북쪽 당국에 의해 지주계급으로 낙인
된 김기림은 고향으로 돌아갈 수 없었다. 더욱이 북쪽은 남쪽보다 더
경직된 이념을 척도로 성분을 분류하여 주민들을 통제하고, 그들로부
터 재산을 몰수하여 분배하는 정책을 집행하고 있었다. 그는 고향을
그리워하면서도 돌아갈 수 없는 처지에 몰린 것이다. 비록 '여러 十年
하로같이 모다들 고대던 것'을 이루었어도 '눈앞에 얼른거리면서도 종
내 나사지도 않'는 혼미한 정국은 그에게 깊은 좌절감을 안겨주었다.
신생 국가의 상층구조를 선점하기 위한 정파간의 이념은 물리적 충돌
로 비화되기 일쑤였고, 김기림처럼 '문허진 터를 닦고 나는 그 우에 너

를 위한 작은 '宮殿'을 세우려고 했던 부류들은 논의선상에서 제외되었
다. 가산을 몰수당한 김기림의 재정적 궁핍상은 '이달도 손때 밴 字典을
팔아 즐거히 살아가리'라는 자조 속에 드러나 있거니와, 근근이 연명하
는 남쪽에서의 가난한 물질적 삶에 내재된 정신적 빈곤 상태는 해결할
방도가 없었다. 그가 동의했던 민족문학 건설 사업은 정세의 영향으로
좌절될 위험에 봉착하였고, 그로 인한 실망감은 경제적 궁핍과 상호작
용하며 배가되었다. 그는 '사랑스런 살부치들'과 '쟁쟁한 목소리 아물거
리는 얼골'을 그리워하면서 조국의 신산스러운 형편을 받아들일 수밖에
없었던 것이다.

　이러한 사태는 특정한 정치적 이념을 선택하지 않은 김기림의 업보
였다. 해방 조국은 김기림에게 "時間과 空間이 아득히 닷대인 곳"(「知慧
에게 바치는 노래」)이었으나, 정치 담론이 우월적 지위를 점하고 있던
당시에 문학의 역할이란 정치적 이익에 봉사하는 수단에 불과했다. 그
는 운동전선에 복무하던 작가들이나 상대 조직의 작가들에게 '인간적'
관계로 기억될 뿐, 양자 공히 '문학적' 동료나 '정치적' 동지로 수용하기
를 거부하고 있었다. 그들에게 문학은 정치행위와 등가였기 때문에, 정
치와 문학의 상호 존중을 내세우는 김기림과의 제휴는 현명한 처사가
아니었다. 이 점에서 그에게 환멸감을 안겨준 것은 생경한 이념이 아니
라, 그와 함께 문단을 구성하던 작가들이었다. 그는 식민지시대처럼 '암
고양이처름 孤獨'한 지성인으로 해방기를 보내지 않으면 안 되었던 것
이다. 그의 지성은 균형감각을 유지할 수 있도록 지탱해준 인식론적
기반이었으나, 집단적 감정이 우선시되는 난국에서는 해방 이전부터
태동하기 시작한 자의식을 충격하여 "해방공간에서 문학가동맹의 테제
가 갖는 폭발적인 열정을 지속시키지 못한 원인"[8]으로 작용하게 되었

다. 스스로 "오래인 歷史의 곰팡이에 저린 무겁은(빗 일흔) 觀念의 禮服
을 버서버리고"(「觀念訣別」) 투신했던 민족문학의 건설 현장에서 체험
한 좌절감은 그의 시적 행로를 반추하도록 만들었다. 그 증거는 자신의
마음을 "눈포래 부는 날은 소리치고 우오/밤이 물러간 뒤면 온 뺨에 눈물
이 어리오"(「유리窓」)라며 유리에 비유한 시편 등에서 찾아볼 수 있다.

> 닥아 앉아
> 가장 그윽한 얘기 낮에 듯지 못하던 가장 깊은 데를 스치는 얘기를 들
> 려주게
> 오늘밤 내가 아마 몹씨 약해서 그런가보이
>
> 파도치는 바다를 잠재우는 바람처럼
> 내 가장 슲은 곳과 앞은 고장을
> 情이 배인 눈초리로 쓰다듬어 주렴
>
> 내 본시 한없이 약하고 허물 많은 俗된 人間일 따름
> 호걸도 영웅도 아무 것도 될 수 없음을 구지 후회치 않으나
> 다만 착하게 人情의 그늘에 서로 의지해 삶이 소원이네
>
> 不義와 싸울적엔 표범처럼 强하라 채찍을 치라
> 혹은 사특한 利害로하야 발길이 주춤거림은 아닌가
> 아첨가 위협 때문에 허리가 주추러들믄 아닌가
> 자빠지기 쉬울 적에 말로 그대 한 마리가 무쇠기둥이었네
>
> 그러나 오늘밤만은 그 거센 얘기일랑 그만두고
> 저 가슴 속 제일 깊은 구석구석까지 슴이는 그런 얘기를 들려주세

---

8) 조영복, 『문인기자 김기림과 1930년대 '활자-도서관'의 꿈』, 살림, 2007, 329쪽.

人間以上인 것처럼 성을 내면 도모지 무서우이
저 가장 약하고 슮은 즘생처럼
눈물이 고여 그대 눈방울이 더욱 영롱하이
　　　　　　―「닥아 앉아 가장 그윽한 얘기……」(『새노래』) 전문

　김기림은 '내 본시 한없이 약하고 허물 많은 俗된 人間일 따름'이라고 자신을 질책하면서 답답한 심정을 나약한 어조로 토로하고 있다. 이처럼 김기림은 해방기의 여러 시편에서 곤혹스러운 심정을 표백하였다. 그는 자주 독립 국가의 출범과 민족 문화의 건설을 향한 자신의 의지와 다르게 "꿈과 대낮의 지경이 분명치않은"(「童話」) 정국의 혼미한 판세를 따라 문단의 분열이 가속화되자 극도의 실망감을 감출 수 없었다. 그는 문단을 주도하던 비평적 권위를 상실한 '가장 약하고 슮은 즘생'에 지나지 않았던 것이다. 그 연유는 해방기의 특수 상황에 부응하느라 유보했던 비평적 신념의 결과였다. 이때 김기림은 "비유와 상징과 같은 시의 수사학보다는, 수식 없이 명쾌하고 간결하게 그려내는 방식을 선호"[9]하였는 바, 그의 시도는 개별적 감정을 이입한 노래로 구치화되었다. 사실 그는 해방을 맞아 "떨어져나간 한 고독한 영혼의 독백이 아니라 새역사를 맨드러 가는 민족의 베일래야 베일 수 없는 한토막으로서의 한사람의 무엇보다도 노래라야 했다"(「새노래에 대하야」)고 고백했거니와, 해방의 순간을 시가 아닌 노래로 형언하기를 의도하였다. 해방기라는 역사적 공간에서 식민지시대 말기의 성찰 결과를 토대로 민중들의 삶에 관심을 쏟던 그는 정국의 특수한 조건에 부응하여 민족문학의 건설 사업에 동참하고자 모더니즘적 시보다는 '노래'에 치중한 것이다.

---

9) 이미순, 『김기림의 시론과 수사학』, 푸른사상, 2007, 42쪽.

   그러나 '다만 착하게 人情의 그늘에 서로 의지해 삶이 소원'이었던 김기림의 소박한 바람은 한국전쟁 중 납북되는 통에 역사의 이면으로 산화되었다. 그가 해방기의 정치적 가능성에 기대를 걸고 "모더니즘과 사회성의 종합"(「모더니즘의 역사적 위치」)에 비평적 역량을 기울이던 찰나, 동일 민족간의 전쟁은 보도연맹에 가입한 그의 전력을 용납하지 않았다. 그는 일생동안 한번도 이념을 선택하지 않았으나, 분단된 조국은 이념 대신에 '저 머언 太陽의 故鄕'을 현실에서 구현하고자 헌신했던 그의 책임을 추궁한 것이다. 이민족의 지배 하에서도 문학적 신념을 철회하지 않았던 그가 생존을 담보하기 위해 선택한 전향이 동족에 의해 승인받지 못하는 신생 조국의 현실은 그로 하여금 "人生은 고약한 곳 아예 올 데가 아니었다"(「길까의 輓章」)는 절망감을 토로하도록 재촉하였다. 그의 후회는 민족 내부의 모순이 초래한 비극적 결과이자 문학사적 불행이었고, 동화할 수 없는 이념에 기반을 둔 정치체제가 조성하게 될 폭력적 상황을 암시하는 예언이었다.

III. 결론

   해방 정국에서 보여준 김기림의 행적은 식민지시대와 상당히 달랐다. 그는 종래에 주장했던 문학론의 연속선상에서 문학과 현실 간의 거리감을 완화하기 위해 노력하였다. 그는 상극의 이념을 소지한 작가들과 어울리면서 민족 문학의 기반을 구축하느라 분주히 움직였다. 그것은 '純全한 어린아이'의 심정으로 문단의 통합이라는 역사적 과제를 수행하기 위해 '정성스런 종'을 자처한 그의 순수한 열망이었다. 하지만 정치적 담론을 복사하여 유포하는 공작에 치중하던 문단에서 그의 노력은 갈등 사태를 야기하였다. 그는 자신의 선택에 대하여 번뇌하면서도, 시대적 현안과제의 해결에 적극적으로 참여하였다. 그것은 해방 이전에 문학적 신념과 현실 사이의 격차를 해소하는데 노력할 것을 다짐했던 결심의 실천이었고, 역사적 공간에서 지식인으로서의 책임감을 이행하려는 진지한 몸부림이었다. 그 와중에서 봉착한 심리적 갈등은 김기림의 시작품에 자의식을 노출하도록 조장하였다.

그러므로 이 시기 김기림의 시에 나타난 자의식은 문학적 신념을 주체적으로 실천한 결과의 부산물이었다. 외적으로는 그 전의 주장들과 상치된 것처럼 보이지만, 내적으로는 민중에 대한 그의 관심은 일관되게 유지되어 왔다. 한때 지적 비유로 표현되었던 식민지 종주국에 대한 거부감은 해방 정국에서 구체적 행동으로 실천되었다. 그는 정치적 논리가 횡행하는 이 시기에 '문학적' 관점을 견지하며 민족 문학 건설 사업에 정진했으나, 정국의 변화에 의해 그의 행적은 수포로 돌아가고 말았다. 그 후에 김기림은 보도연맹에 가입하는 등 현실적 난관을 돌파하기 위해 노력했으나, 그것은 도리어 한국전쟁 중에 납북되는 빌미로 작용하였다. 그의 납북은 정치적 필요에 의해 문학적 신념이 재단되는 나쁜 선례를 남기었다. 그로 인해 잠시 유보되었던 김기림의 모더니즘 문학이 본격적으로 전개되지 못한 것은 더욱 불행한 사태였다. 이런 측면에서 해방기에 구체화된 그의 시와 행동은 정치와 문학의 접점에 대한 끊임없는 토론을 요구하며, 시인의 자의식을 소홀하게 취급해서는 안 된다는 사실을 웅변하고 있다.

제 2 부

해방기 시인론

해방기 시문학 연구

시인의 정치적 움직임과 시의 성격

임화의 시와 행동

I. 서론

한국문학사에서 임화(1908-1953)처럼 '신화'로 굳어지는 인물도 드물다. 부언할 필요도 없이, 그는 시인, 비평가, 문학운동가, 영화배우, 조직가 등, 다방면에 걸쳐 활동하면서 괄목할만한 업적을 남겼다. 그의 활약상은 여느 작가들에게서 유례를 찾아보기 힘든 것이 사실이다. 이러한 업적 때문에 그의 문학 세계는 연구자들에게 문호를 개방하면서도, 동시에 미로를 제공하기도 한다. 현재까지 이룩한 대부분의 연구 성과가 기존 연구의 동어반복이거나, 언어유희에 함몰되는 듯한 결과를 산출하는 것은 그의 문학세계가 갖는 방대한 영역과 행동성에 기인한다. 그는 특유의 비평적 순발력으로 평단의 각종 논쟁을 선도하였을 뿐만 아니라, 문학의 운동적 측면을 새롭게 개척하는데도 부지런하였다. 그의 선구적인 실천으로 인해 동인 중심의 문단 모임이 청산되어 비로소 근대적 체계를 갖춘 조직체로 출범할 수 있었고, 작가들은 정치와 문학의 상관관계를 인식하게 되었다고 해도 과언이 아니다. 그의 다양한 재능이 한데 결집하여 드라마틱한 장면을 연출한 시대는 아무래도 해방정국이다. 이 시기에 임화는 민족문학 건설 현장에 투신하여 분주한 몸놀림과 글쓰기를 보여주었다. 그는 이 사업을 일종의 시대적 '임무'로 파악하였으며, 등단 이후 축적했던 이론적 공부와 비평적 글쓰기를 동원하여 신속하게 평단을 평정하였다.

해방은 모든 작가들에게 새로운 전기를 제공하였다. 비로소 작가들은 모국어로 사유할 수 있게 되었고, 사위에서 억압하던 감시의 시선을 의식하지 않아도 되었다. 이 때 발표된 작품들에서 흥분한 어조를 쉽게 찾아볼 수 있는 것도 그 때문이다. 하지만 미처 충분히 대비하지 못한 상태로 맞은 해방의 충격 앞에서 작가들은 창작에 힘쓸 겨를이 없던 차에 문단과 정치의 연대가 모색되고 있었으므로, 문단의 조직화 양상을 관망하면서 신념의 결단을 준비해야 했다. 이때 임화에 의해 문단은 다시금 조직의 대상으로 부상하였고, 정치체제에 종속된 문학의 실체가 드러나게 되었다. 그의 부지런한 움직임에 맞서 우익측의 작가들도 문학 조직을 결성하고, 임화가 주도하는 문학 단체와 비방전을 계속하며 대결 국면을 조성하였다. 양자의 대립 양상은 온전히 해방정국의 이념 대립을 복사하고 있거니와, 임화는 탁월한 정치 감각을 바탕으로 피아를 명료하게 구분하면서, 남로당의 정치 노선을 문단에서 충실히 수행하는 전위의 역할을 담당했다. 그에 의해 문단은 통일전선전술의 적용 대상으로 편입되었고, 좌우익의 세력 대결은 심화되었다. 그의 문학적 재능은 정치적 수완과 등질화되었으며, 작가들은 포섭과 배제의 대상으로 구분되었다. 이 점에서 해방기에 보여준 임화의 행동은 문제적이다. 그의 선택과 집중은 문단을 양분하는 촉매로 작용하였고, 그로 인해 문단은 정치적 영향력에 따라 이합집산되는 추세를 보였다.

본고는 해방기에 국한하여 임화의 시와 행동의 상관관계를 규명하는 데 목적을 둔다. 이 시기에 그는 기다렸다는 듯이 전면에 나서서 문학 조직을 장악하였고, 민족문학 건설에 필요한 투쟁 대오를 정비하였으며, 박헌영의 남로당에 충성하는 정치적 신념을 솔선하여 실천하였다. 그의 움직임과 발언에 의해 해방공간의 문단 조직이 요동쳤으나, 이에 대한 연구자들의 관심은 소홀했던 편이다. 그것은 기왕의 연구 성과들이 1930년대를 중심으로 이루어졌다는 반증이면서, 동시에 연구의 시기 대상을 확대할 필요성을 제기한다. 그의 노력에 대한 공과를 평가하기에 앞서, 그가 선택하고 집중했던 실적들은 정직하게 승인되어야 한다. 그러기 위해서는 해방기에 보여준 그의 시와 행동들이 객관적 시각으로 서술되어야 할 터이다.

II. 정치적 수단으로서의 시

1. 친일 행각에 대한 자기비판

다수의 작가들이 그러하듯이, 임화도 식민지시대의 허물로부터 자유로울 수 없다. 그의 행적이 자발적 친일행위는 아니었다고 하더라도, 그가 민족의 구성원으로서 정치적 신념을 훼손한 경력을 가진 것은 부인할 수 없는 사실이었다. 그는 1934년 6월 소위 신건설사 사건으로 카프 맹원에 대한 일제의 검속 당시, 연행 중에 실신하여 구속을 피하는 통에 의혹의 눈초리를 받았으며, 이듬해에 카프 해산계를 제출하는 과

정에서도 모호한 행동을 취하였다. 그는 1939년 3월에는 이광수, 박영희, 김동환, 최재서, 이태준 등과 함께 황군작가위문단의 9인 실행위원으로 선발되었고, 10월 30일 창립한 조선문인협회의 발기인으로 참여하기도 했다. 비록 그가 시작품의 발표를 중단하고 친일 성향의 집회에 불참했다고 할지라도, 연명을 위해 등재한 사실은 카프 서기장을 역임한 경력에 누가 된 것은 분명하다. 또한 임화는 1942년 3월 일제의 조선군사령부에서 제작한 징병 찬양 영화 [너와 나(きみとぼく)]의 대본을 직접 교정하고, 1943년 4월 창립된 조선문인보국회의 평론부 위원으로 등재된 사실에 대해서 구체적으로 해명하지 않는 등, 그의 수상한 행적에 대한 의혹이 불식된 것은 아니었다.

이러한 전과에도 불구하고, 그는 해방되자마자 이전의 지위를 회복하였다. 그것은 주도면밀한 기획처럼 정연한 순서에 따라 집행되었는데, 그는 철저한 정치적 이념에 입각하여 일련의 회합을 주선하면서 정치적 행보를 계속하였다. 이러한 회동은 그의 **빼어난** 정치 감각을 엿볼 수 있는 모임이었다. 그러므로 해방 직후 열린 최초의 작가회의가 "종파주의 따위는 감히 얼굴을 내밀지 못할 만큼 감격적이자, 불안하며 또한 순수한 것"[1]은 아니었을 것이라는 점에 주목해야 한다. 임화는 1945년 8월 17일 이원조, 백철 등이 참석한 원남동 회동을 주도하였다. 그는 놀랍게도 조선총독부의 기관지 『매일신보』 북경 특파원으로 종사하다가 귀국한 백철을 회담장으로 끌어들였다. 이것은 두 사람간의 개인적 우정에 기인한 초대와 응낙이었으나[2], 그보다는 해방공간에서 임

---

1) 김윤식, 『해방공간의 문학사론』, 서울대출판부, 1989, 61쪽.
2) 임화와 백철의 우정에 대해서는 김윤식, 『임화연구』, 문학사상사, 1989, 360-419쪽 참조.

화의 움직임에 관심을 집중하는 작가들의 불안을 무마하면서, 자신의 친일 행각을 상쇄시키는 효과를 의도하였다. 백철은 중일전쟁 이후 카 프측의 논리를 제척하고, 점차 친일노선으로 경사되었던 경력의 소유 자이다. 임화로서는 새로운 국가 건설에 소용되는 백철의 학력과 경력 을 이용하여 해방 문단의 복잡한 질서를 정리하고, 자신의 약점으로 지 적되었던 포용성을 약화시킬 필요가 있었다. 그것은 문단의 여러 세력 들을 결집하여 민족문학운동전선을 구축하고, 앞으로 전개될 좌우익의 정치 대결에서 승리하기 위한 발판을 마련하는 일이기도 했다.

그렇지만 임화의 행동은 친일분자의 완전한 숙청을 주장하는 프롤레 타리아예술동맹원들에게 비판의 대상이었다. 물론 임화는 그들의 요구 조건을 상세히 파악하고 있었으나, 자신이 친일의 원죄의식을 지니고 있었으므로 그들의 요구를 수용할 수 없었다. 이에 따라 임화는 12월 12일 아서원에서 열린 문인 회동을 주선하여 좌담회를 통한 작가들의 각개격파를 바탕으로 조직의 설립에 앞서 사전 작업을 계속하였다. 이 어서 그는 1945년 12월 31일 봉황각에서 열린 문인 좌담회에서 엄정한 자기비판을 결행한다. 그의 태도는 마치 "내가 한 마리 이름없는 버레 와 다른게 무엇이냐"(『신동아』, 1935. 12)고 묻던 비장한 결의를 연상케 한다. 그는 해방기의 최우선 과제였던 자기비판 문제에 대해 일급 비평 가답게 정연한 논리로 방향을 제시하였다.

자기비판이란 것은 우리가 생각했던 것보다 더 깊고 근본적인 문제일 것 같습니다. 새로운 조선 문학의 정신적 출발점의 하나로서 자기비판의 문제는 제기되어야 한다고 생각합니다. 그런데 자기비판의 근거를 어디에 두어야 하겠느냐 할 때, 나는 이렇게 생각합니다. 물론 그럴 리도 없고,

사실 그렇지도 않겠지만, 이것은 단순히 예를 들어 말하는 것인데, 가령 이번 태평양전쟁에 만일 일본이 지지 않고 승리를 한다─이렇게 생각해 볼 순간에 우리는 무엇을 생각했고, 어떻게 살아가려고 생각했느냐고 묻는 것이 자기비판의 근원이 되어야 한다고 생각합니다. 이때 만일 내가 한 명의 초부로 평생을 두메에 묻혀 끝내자는 한 줄기 양심이 있었는가? 아니면 내 마음 속 어느 한 귀퉁이에 강렬히 숨어 있는 생명욕이 승리한 일본과 타협하고 싶지는 않았던가? 이것은 내 스스로도 느끼기 두려웠던 것이기 때문에, 물론 입밖에 내어 말로나 글로나 행동으로 표시되었을 리 만무한 것이고, 남이 알 리도 없을 것이다. 그러나 나만은 이것을 덮어두고 넘어갈 수 없을 겁니다. 이것이 자기비판의 양심이 아닌가 하고 생각합니다. 이럼에도 불구하고 이 결정적인 한 점을 덮어둔 자기비판이란 하나의 허위상 가식이라고 생각합니다. 그러기에 우리가 모두 겸허하게 이 아무도 모르는 마음 속의『비밀』을 솔직히 덮어두는 것으로 자기비판의 출발점을 삼아야 한다고 생각합니다. 그리고 자기비판에 겸허가 왜 필요한가 하면, 남도 나쁘고 나도 나쁘고 이게 아니라, 남은 다 나보다 착하고 훌륭한 것 같은데, 나만이 가장 나쁘다고 엄히 긍정할 수 있어야만 비로소 자기를 비판할 수 있기 때문입니다. 이것이 양심의 용기라고 생각합니다.[3]

임화는 해방기에 제출되는 자기비판이 일상적 차원의 것보다 '더 깊고 근본적인 문제'라는 점에서, 무엇보다도 '자기비판의 양심'에 따라 각자의 '비밀'을 고백하는 '양심의 용기'를 전제하고 있다. 그의 견해는 전적으로 옳지만, 그에 따른다면 누구도 친일 의혹으로부터 자유로울 수 없다. 작가들은 일제의 강포한 탄압정책을 겪으면서 '태평양전쟁에 만일 일본이 지지 않고 승리를 한다'면 어떻게 살 것인지 미래에 대한 불안과 공포에 빠졌을 터이고, 따라서 그의 의견을 좇는다면 아무도 윤리적 죄책감으로부터 벗어날 수 없게 된다. 임화는 남들을 비판하기에

---

3) 임화, 「문학자의 자기비판」,『중성』, 1946. 2.

앞서 자신의 과오를 구체적으로 정직하게 인정하고 비판한 것이 아니라, 그의 과거 행적에 의심을 품은 다수의 작가들까지 포함하여 모든 작가들이 한번쯤 간직했을 법한 '비밀'까지 고해하기를 요구하고 있다. 곧, 그것은 "그의 자기비판이 지닌 바 탈이데올로기 성향"[4]에 기인하는데, 그의 논리는 작가들의 불안 심리를 이용하여 혼란한 해방정국에서 갈피를 잡지 못하는 작가들을 포섭하는 방편으로 자기비판을 단행한 것이라고 볼 수밖에 없다.

그와 유사한 경우가 이미 단편서사시논쟁에서 임화에 의해 시도된 바 있다. 그는 권환의 「평범하고도 긴급한 문제」(『중외일보』, 1930. 4. 10-18)와 안막의 「맑스주의 예술비평의 기준」(『중외일보』, 1930. 4. 19-5. 30)에 뒤이어 「시인이여! 일보 전진하자!」(『조선지광』, 1930. 6)를 발표하였다. 당시 카프 동경지부에서는 국내의 조직을 접수하기 위한 일련의 움직임이 있었다. 세 사람이 모두 무산자사에서 공산주의 이념을 학습한 뒤 귀국했다는 사실을 고려하면, 세 편의 글이 연이어 발표된 것은 예사로운 일이 아니었다. 임화는 자신의 작품을 고평한 김기진을 공격함으로써, 자신의 일본 유학을 지원해준 박영희에게 진 채무를 변제하며 일거에 김기진과 동열에 설 수 있었다. 그는 자신의 문학적 야망을 파악한 무산자파들의 충동에 동조함으로써, 이후에 무산자 계열이 중심이 된 문학운동의 볼세비키화에 복무할 여지를 마련한 것이다. 그는 카프 조직의 개편 과정에서 권환, 안막 등과 함께 중앙위원으로 보임되어 카프의 볼세비키화를 주도하는데, 이로써 무산자파가 논쟁을 전개한 이유와 거기에 동조했던 그의 의도가 드러난다. 그의 자기반성적 평문은 결국 카프 조직원이 아닌 무산자파의 일원으로 조직을 접수하

---

4) 김용직, 『임화문학연구』, 세계사, 1991, 154쪽.

기 위한 전위로서의 '선택'이었다.[5] 이처럼 임화의 자기비판은 특정 의
도를 은닉하고 소기의 목적을 달성하기 위해 모종의 행동에 착수하기
전에 제출되었다. 그것은 고도의 정치적 책략 아래에서 진행된 전술상
의 '선택'이었다. 그는 상대의 허점을 교묘히 이용하여 자신의 약점을
상쇄시키는 한편, 본래의 의도를 관철시키는 수완을 보이는 지략가였
다. 이러한 태도는 그를 시인이라기보다는 조직운동가로 자리매김하도
록 만든다. 임화는 작가로서의 자기비판조차 정치적 목적을 달성하는
데 활용하였으며, 그것의 성격은 다른 이의 자기비판과 비교할 때 분명
하게 드러난다.

　1946년 2월 조선문학가동맹의 출범식에서 김기림은 조선문학자대회
의 준비위원 자격으로 「우리 시의 방향」을 보고했다. 특히 김기림은
이 글에서 해방기의 가장 시급한 과제였던 문학가들의 친일문제에 대
해 공동책임론을 제기하였다. 당시의 상황으로서는 매우 민감한 이 주
장은 조직의 주류를 이루었던 임화를 비롯하여 이른바 카프 해소파들
의 입지를 넓혀주었다. 그는 심각한 민족적 자기반성이 필요한 해방기
의 시대적 특수성을 고려하여 문단의 화합을 도모하는 차원에서 이 의
견을 제출했던 것이다.[6] 김기림이 1930년대에 기교주의 논쟁의 상대로
논전을 벌였으며, 이념상으로도 상통하지 않는 임화를 포용한 것은 해
방기의 당면과제로 대두된 독립국가의 건설 사업에 참여할 문단의 통
합을 이루기 위한 사전 정지작업으로 제시된 것이다. 그의 취지인즉
"문인은 글을 쓰자는 것이지 정치판이나 그 밖의 어떤 세력에 붙어서

---

5) 최명표, 「단편서사시론」, 『한국문학논총』 제24집, 1999. 6, 133쪽.
6) 최명표, 「해방기 김기림의 시론 연구―'우리 시의 방향'을 중심으로」, 『한국말글
　학』 제17집, 한국말글학회, 2000. 8, 377-395쪽.

동족의 대립과 음모 따위 험한 장난에 휩쓸려서는 절대 안 되오"[7]라는 발언에서 헤아릴 수 있듯이, 순수하게 해방 문단의 화합을 위한 제안 속에서 그는 '민족의 통곡 소리가 좀 더 침통하게 이 땅을 진동'해야 한다는 단서를 달고 있다. 일제에 부역한 혐의는 특정인 한 사람의 과오가 아니라, 모든 작가들에게 공통적으로 문제되어야 할 사안이었다. 그러므로 김기림은 '대중을 속이며 역사를 속이며, 가장 무서운 것은 스스로의 양심을 속여가며 침략자의 복음을 노래하던 날'의 허물을 용서받기 위해 '통절한 회오'를 요구한 것이다.

임화의 논리는 김기림의 그것과 동질적이다. 단지 구분할 만한 것으로는, 김기림이 공식석상에 알맞게 총론적 차원에서 비판 기준을 언질했다면, 임화는 친밀한 작가들의 비공식 석상이라는 특수성을 고려하여 좀더 구체적이고 솔직하다는 점이다. 또한 김기림의 제안은 순수한 의지의 발로였지만, 임화의 그것은 고도의 정치적 복선을 은폐한 전술상의 선택행위라는 점에서 다르다. 결과적으로 김기림의 배려에 의해 임화는 친일파 청산의 시대적 조류로부터 피신할 수 있었다.

2. 거리의 시학

미처 준비되지 못한 채 맞은 해방으로 인해 대부분의 작가들은 혼란스러워 하였다. 해방의 감격을 작품으로 적극적으로 반영하여 시대적 의무감을 이행할 수 없을 만큼 혼란스러웠기 때문에, 작가들은 정치적 소용돌이 속에서 중심을 잡기 힘들었다. 더욱이 해방은 과거의 순결을 요구하는 정치 행위였기 때문에, 작가들은 저마다 문단의 움직임에 촉

---

7) 김규동, 「시는 사람이다―김기림과의 대화」, 『시와 시학』, 2000. 여름호, 55쪽.

각을 곤두세우고 있었다. 오장환은 "나도 밑천을 털고보면 그런 놈 중의 하나이다"(「병든 서울」)고 선언하면서 식민 치하의 삶을 자기비판했거니와, 작가들은 일제하의 이력이 야기할 불이익을 우려하면서 시국의 추이를 관망하는 형국이었다. 그런 정세는 대부분의 작가들로 하여금 문단 조직을 선택하는 과정에서 신념보다는 일신의 안위와 문학적 미래의 보장 여부를 최우선적으로 고려하도록 만들었다. 이 시기에 조직된 문학단체들의 발기인 명단에 중복 수록된 작가들이 흔했던 것도 이런 사정에 기인한다. 그러므로 해방공간에서 본격적인 서정시를 발표하기보다는, 자신의 목적이나 집단의 요구에 응하여 행사시를 발표하는 일이 훨씬 수월하였다. 그렇지만 혼란기에 자신의 신념을 공표하는 것처럼 위험한 일은 없다. 단, 정치적 이념을 확고하게 체계화한 시인의 경우에는 혼란한 정국 상황이 도리어 유용한 조건이었을 터이다.

임화는 해방기에 본격적인 작품을 발표하기보다는, 각종 행사용 낭독시와 추도시 그리고 기념시 등을 발표하는데 전력하였다. 이것은 이무렵에 그의 시적 위치를 증명해준다. 해방기에 발표한 임화의 시작품에는 "식민치하를 부끄럽게 살아온 자신의 자의식이 드러나는 한편, 해방기의 사회적 사건들이나 행사들을 시적으로 수용하는 양상으로 드러난다"[8]는 점이다. 그는 시인이라기보다는 운동가로서 조직에서 주최한 각종 행사를 기념하거나 조직원들의 참여를 독려하는 시와 그들의 사망에 대한 조의 표명용 시편들을 지속적으로 발표하였다. 이러한 움직임은 시의 심미적 성취를 저해하지만, 조직원들의 정서를 한데 결집하는 효과를 거두기에 안성맞춤이었다. 임화는 조직운동가이기에 앞서 시인이자 비평가였으므로, 대중들의 정서적 동선을 자극하기에 알맞은

---

8) 이형권, 『한국 현대시의 이념과 서정』, 보고사, 1998, 93쪽.

시의 장르상의 효용성을 활용하여 조직의 목적하는 ㅂ를 성취하였다. 또한 그의 시작품들은 식민 치하에서 훼손되었던 도덕적 권위를 회복하는데 기여하였을 뿐만 아니라, 다수의 작가들이 운등전선으로 복귀할 수 있는 명분을 제공하였다. 그가 이 시기에 발표했던 시작품을 일람해 보면 다음과 같다.[9)]

〈작품 정보가 표기된 시〉

「해방 조선의 노래」, 『문화전선』, 창간호, 1945. 11.

「헌시—조선청년단체총동맹 결성 대회에」, 『건설』, 1946. 1. 19

「학병 돌아오다」, 『학병』, 창간호, 1946. 1.

「초혼—1946년 1월 19일 새벽 서울 삼청동 조선학병동맹회관 전투에서 사몰한 세 용사의 영령 앞에 드리노라」, 『자유신문』, 1946. 1. 28

「발자욱—붉은 군대를 환영하기 위하여」, 『적성』, 1946. 3.

「나의 눈은 핏발이 서서 감을 수 없다—메이데이를 위하여」, 『현대일보』, 1946. 5. 1

「손을 들자—어린이날을 위하여 삼화피복공장 방 소년에게」, 『조선인민보』, 1946. 5 .5

「제사—1946년 5월 6일 망우리 묘지에 가장한 전몰 3용사의 묘제를 당하여 조선학병동맹의 위촉으로 일문을 초했노라」, 『해방일보』, 1946. 5. 9

「민애청가」, 『노력인민』, 1947. 7. 5

〈작품 정보의 표기가 없는 시〉

「3월 1일이 온다」, 『자유신문』, 1946. 2. 25

---

9) 시작품의 제목은 김외곤 편, 『임화전집·1』(박이정, 2000)의 '제4부(1945-1947)'에서 발췌한 것이다. 임화는 1947년 시집 『찬가』를 발행했으나, 그의 설명에 따르면 수록 작품들은 대부분 해방 전에 쓴 것들이다. 그러므로 이 시집을 중심으로 그가 해방기에 발표한 시작품을 선별하는 것은 무리이다.

「깃발을 내리자」, 『현대일보』, 1946. 5. 19

「청년의 6월 10일로 가자」, 『조선인민보』, 1946. 6. 10

「박헌영 선생이시여 『노력인민』이 나옵니다」, 『노력인민』, 1947. 6. 19

「9월 12일—1945년, 또다시 네거리에서」, 『찬가』, 백양당, 1947.

「길—지금은 없는 전사 김치정 동무에게—해방전사추도대회에서 돌아오
　　며」, 『찬가』, 백양당, 1947.

「계관시인—옥중의 유진오 군에게」, 『찬가』, 백양당, 1947.

「우리들의 전구—용감한 기관구경비대의 영웅들에게 바치는 노래」, 『찬
　　가』, 백양당, 1947.

「높은 산봉우리마다」, 『찬가』, 백양당, 1947.

　위의 보기처럼 임화는 해방을 맞아 대부분의 작품을 행사용으로 발
표하였다. 그러한 사실은 작품의 부제로 표시된 각종 행사의 내용을
통해서 확인 가능하거니와, 작품 관련 정보를 표기하지 않은 시편에서
도 특정한 목적의식을 검색할 수 있다. 말하자면 그는 이 시기에 시인으
로서 작품을 창작했다기보다는, 시의 장르적 특성을 이용하는 운동가
로서의 역할에 치중하였다. 곧, 해방기에 발표된 임화의 시편들은 "자
신의 내면적 진실을 진지하게 탐색한 결과로 우러나온 것이 아니라, 현
실 정치적 과제와 결부되어 산출된 것"[10]이 대부분이다. 이런 점에 비
추어 보면, 해방기 임화의 시는 거리의 시라고 할 수 있다. 그는 조직운
동가로서 작가와 대중이 만날 수 있는 거리를 선호하였다. 문제는 그의
시의식이 정치적 의도를 은닉한 채 구체화된다는 사실이다. 그는 서정
시인의 자격으로 정치 집회에 참여한 것이 아니라, 정치 조직의 책임자
로 참가하고 있었던 것이다. 그가 이 시기에 철저히 시의 효용적 가치에

---

10) 김정훈, 『임화시연구』, 국학자료원, 2001, 320쪽.

주목하여 이른바 전위시인들처럼 자신의 동조자들을 복제하면서 행사시를 양산하도록 이끈 것도 정치적 목적을 달성하기 위한 책략이었다. 전위시인들은 이념의 실체를 미처 학습하지 못한 채 임화가 주도하는 각종 집회에 나아가 군중들의 동조를 선동하는 행렬에 동참하였다.

그 대표적 시인이 유진오이다. 그는 1946년 9월 1일 민주주의 민족전선이 주최한 국제청년데이 기념대회에서 시「누구를 위한 벅차는 우리의 젊음이냐?」를 낭독한 뒤 미군정 포고령위반죄로 구속되어 1년간 청주교도소에서 복역하였다. 그의 구속은 민족문학운동전선에 복무하는 조직원들의 행동을 위축시키기에 충분했고, 그것은 전선의 악화와 조직의 동요로 이어질 기미를 보였다. 더욱이 유진오의 구속을 계기로 점차 가속화될 투쟁 환경의 불안과 전선의 붕괴 조짐을 조기에 차단할 필요성에 부심했던 임화는 1946년 9월 아내 지하련과 월북하면서 「계관시인─옥중의 유진오 군에게」라는 헌시를 남겼다. 하지만 조직의 상층부를 공백상태로 남긴 채 월북한 사태에 직면한 조직원들의 대오는 해이해지기 마련이다. 군정 당국은 법률적 집행 권한을 무기로 집요하게 조직을 압박하였고, 그에 맞선 조직원들은 굴복하거나 저항하면서 분열되어 갔다. 그러므로 유진오가 출감한 뒤에 시「山」(『문학』, 1948. 4)에서 "이따금 얼굴 익은 동무들이/악수도 없이/눈만을 꿈벅이고 지내치는" 현실에 대해 "쌍, 가슴아픈 오늘날이다"고 분노한 것도 당연한 일이었다.

　①朝鮮 勤勞者의
　　偉大한 首領의 演說이
　　流行歌처럼 흘러 나오는

『마이크』를 높이 달고

② 부끄러운
　　나의 生涯의
　　쓰라린 記憶이
　　鋪石 마다 널린
　　서울ㅅ거리는
　　비에 젖어

③ 아득한 山도
　　가차운 들窓도
　　眩氣로워 바라볼 수 없는
　　종로ㅅ거리

④ 저 사람의 이름 부르며
　　偉大한 首領의 萬歲 부르며
　　개아미 마냥 몽여 드는
　　千萬의 사람

⑤ 어데선가
　　외로이 죽은
　　나의 누이의 얼골
　　찬 獄房에 숨지운
　　그리운 동무의 모습
　　모두 다 사라오는 날
　　그 밑에 戰死하리라
　　노래 부르던 旗ㅅ발
　　작구만 바라보며

⑥자랑도 財物도 없는
　두 아이와
　가난한 안해여

⑦가을 비 차거운
　길가에
　노래처럼
　죽는 生涯의
　마지막을 그리워
　눈물 짓는
　한 사람을 爲하여

　　원컨대 勇氣이어라.
　　　　　―「九月 十二日―一九四五年 또 다시 네거리에서」[11] 전문

　위 시는 임화가 1945년 9월 12일에 서울에서 열린 조선인민공화국 수
립과 조선공산당 재건 경축 시가행진을 보고난 감격을 쓴 것이다. 그로
서는 5년만에 쓴 시작품이다. 일제의 압력에 굴복하여 영화 제작에 참여
하고, 시쓰기보다는 영화 작업으로 소일하며 글쓰기를 중단했던 그였지
만, 해방을 맞아 거행된 행진 광경을 목격하며 침묵하기에는 그의 정열
이 허락지 않았다. 이에 앞서 그는 "해방 조선은 인민의 나라"(「해방 전
사의 노래」, 『무궁화』, 1945. 12)라고 선언했거니와, 인민의 가두행진을
보고 시를 창작했다고 해도 새삼스러운 일이 아니다. 이미 봉황각 좌담
을 통해 자기비판이라는 요식행위를 거행한 임화였으므로, 막 출범하
는 '인민공화국'의 축하 행렬은 일제 말기의 침묵 상태를 일거에 소거해

---

11) 임화, 『讚歌』, 백양당, 1947, 9-13쪽. 번호 표시: 인용자.

버릴 만큼 감격적인 사건이었을 것이다.

①에서 임화는 시가 행진을 선도하는 행렬의 모습을 제시하여 시의 창작 의도를 분명하게 드러낸다. 이 날 서울에서는 전혀 어울리지 않는 두 행사가 열렸다. 하나는 임화가 경축한 행사이고, 다른 하나는 건국준비위원회에서 미군을 환영하는 시가행진이었다. 두 행사가 서울에서 열린 것만 보아도, 당시의 불안한 정정을 짐작할 수 있다. 임화가 전자를 경축하는 것은 당연한데, 이 작품은 그 자리에서 발표된 것이 아니라 공식적 발표 경로를 생략한 채 두 해 뒤에 출간한 시집에 수록되었을 뿐이다. 아울러 그가 이 무렵 개최된 정치 집회에 강사로 나서거나 시작품을 낭독하지 않은 것으로 미루건대, 해방정국에서 임화의 임무는 작품의 발표와 같은 문학 활동보다는, 문학 부문의 투쟁 역량을 강화하고 조직원들을 포섭하는데 국한되었을 공산이 크다.

②는 시인의 식민지시대에 대한 자기반성을 드러낸 연이다. 그의 자기비판에 대해서는 앞 절에서 살펴보았거니와, 그는 해방기의 운동가로서 지녀야 할 덕목 중에서 가장 필수적인 윤리적 요소를 결여한 흠이 있었다. 그가 일제 말기에 보여준 친일 행적이 그것인데, 그의 혐의는 도덕적 우위를 확보하는데 큰 걸림돌이었다. 장차 전개될 운동 국면에서 주도권을 장악하기 위해서는 과거의 '부끄러운' 과오를 서둘러 반성할 필요가 있었으므로, 임화는 동물적 정치 감각에 의지하여 자신의 약점을 사전에 폭로하여 반대자들의 명분을 선점해버렸다. 그는 여전히 자신에게 의혹을 보이는 작가들을 향해 다시금 '쓰라린 記憶'을 '鋪石' 위에 내려놓으며 한껏 몸을 낮춘다. 하지만 그의 반성은 '비에 젖어'버리기 때문에, 작가들 앞에 제출되지 못한다. 그는 비교적 솔직하게 자기비판을 감행한 이 시편조차 공개적으로 발표된 것이 아니라, 해방 후

두 해를 맞아 시집에 묶인 '부끄러운' 모습으로 행해지고 있는 것이다.

③은 조선인민공화국이 선포되던 날의 거리 풍경을 보고 느낀 바를 술회한 연이다. 그는 먼 산과 가까운 창조차 '현기로워 바라볼 수 없는' 종로에서 해방 조국의 불안한 미래를 조감하고 있다. 그 어지럼증은 "광복을 맞은 시인의 창조적 무기력증이 새 현실을 맞이할 정신적 준비가 되어 있지 않아 '현실을 포착할 힘'이 없기 때문에 비롯된 것"(「조선문학의 지향」, 『예술』, 1946. 1)이다. 그는 '새 현실을 맞이할 정신적 준비'와 '현실을 포착할 힘'을 갖추지 못했기 때문에, 종로에서 벌어지는 광경에 현기증을 느낀다. 그렇지만 그는 이미 민족문학 건설 사업에 깊숙이 개입되어 있었고, 자신의 처지를 마지막 연에서 암시하며 다시 사업을 독려할 수밖에 다른 방도가 없었다. 개인이 아니라 조직원으로서 그에게 종로는 "눈바람 찬 불상한 都市 鐘路"(「네거리의 順伊」, 『조선지광』, 1929. 1)이다. 해방 조국의 수도는 '불상한 도시'의 이미지 대신에, 활력이 넘치는 약동의 현장이어야 옳다. 그렇지단 현실적으로 정치적 이념이 상반되는 두 집회가 동시에 열릴 정도로, 점차 분단체제를 지향하는 움직임이 가속화되어 '현기로워 바라볼 수 없는' '불상한 도시'였다.

④는 임화가 '개아미마냥 몽여드는' 인파를 바라보던서 자신의 소임을 다지는 연이다. 민중들의 행렬이 '위대한 수령의 만세'를 부르는 것은 신비의 인물 박헌영을 "조선의 강철 같은 존재요, 민족의 거상(巨象)"(김오성, 「박헌영론」, 『신세대』, 1946. 7)으로 추앙하는 선전 전략의 연장선상이다. 임화는 박헌영과 특별한 인연을 맺지 않았으면서도, 해방 이후에 그의 충성스러운 부하가 되어 각종 문화 투쟁을 선도하였다. 그것은 자신의 정치적 야욕과 권력 의지의 발현이던서, 이전의 친일

행각에 대한 동지들의 비판을 제압하기 위한 명분의 축적 행위이기도 했다. 그는 선배 비평가들을 향해 날선 도전의식을 감추지 않았으나, 박헌영에 대해서는 절대 복종하는 조직원으로서의 본분을 망각하지 않았다.

⑤는 민족해방전선에 복무하다가 죽은 동지들을 기리는 그의 조의가 표시된 연이다. 그의 시 「초혼—1946년 1월 19일 새벽 서울 삼청동 조선학병동맹회관 전투에서 사몰한 세 용사의 영령 앞에 드리노라」, 「손을 들자—어린이날을 위하여 삼화피복공장 방 소년에게」, 「제사—1946년 5월 6일 망우리 묘지에 가장한 전몰 3용사의 묘제를 당하여 조선학병동맹의 위촉으로 일문을 초했노라」, 「길—지금은 없는 전사 김치정 동무에게—해방전사추도대회에서 돌아오며」 등은 정치적 성격의 집회에서 낭독할 목적으로 창작된 것이다. 그가 생각하는 '나의 누이의 얼골'은 "우리 옵바와 피ㅅ줄을 갓치한 게집애"(『우리 옵바와 火爐』, 『조선지광』, 1929. 2)의 재판이다. 이처럼 해방기에 발표된 임화의 시는 공식적 용도에 맞추어 즉흥적으로 생산된 것에 지나지 않는다.

⑥에서는 처자식에 대한 가장의 미안함이 묻어난다. 그는 개인사적으로 불우한 생의 소유자였다. 빈궁한 가정에서 태어나 학업을 계속할 수 없었던 그는 독학으로 비평가의 반열에 올랐으며, 고유의 성실한 독서에 기초한 치열한 이론 투쟁을 통해서 명망가들을 격파하고 문학 조직의 수장을 역임하였다. 그는 시종일관 선명한 논리로 상대를 제압하여 자신의 목적하는 바를 성취하였으나, 객관적 정세의 악화로 인해 조직을 해산하는 과정에서 적절치 못한 처신으로 조직원들로부터 의혹을 사기도 했다. 작가로서 평범하지 못한 그의 인생은 가족들에게 희생을 요구할 수밖에 없었고, 더욱이 해방이 되자마자 가정보다는 운동전선

을 선도할 책무를 부여받은 처지에서 가장의 자괴감은 커질 수밖에 없었을 터이다. 그 결과는 한국전쟁 중에 헤어진 딸 혜란의 이름을 목놓아 부르는 「너 어느 곳에 있느냐」(1951)에서 비극적 결달로 제시된다.

⑦은 아무리 힘들고 어려울지라도 "인민과 더불어, 인민과 함께만 살 수 있었던 조선문학"(「인민 항쟁과 문학 운동」, 『문학』, 1947. 2)을 건설하는 현장에 나아갈 수밖에 없는 복잡한 심정을 고백한 연이다. 임화는 용기 있는 혁명가가 아니라, 용기를 필요로 하는 가장이었다. 이 점은 그의 유년기 체험과 이혼, 딸과의 이별 등에서 반복적으로 확대재생산된 것이다. 그의 감상적 성격은 투쟁 의지를 고양하는데 기여하지만, 한편으로는 끊임없이 아늑한 가정을 희망하도록 자극한 심층적 정서였다. 곧, 그의 감상적 낭만주의는 "자신의 기저 성향이면서 또는 정치적 억압으로부터 현실을 초극하기 위한 유력한 수단"[12]이었던 셈이다. 그는 평탄치 않은 가정에서 성장한 전력에 평범한 가정을 꾸리지 못한 실패한 가장으로서의 결격사유를 탕감받기 위해 투쟁의 전열에 동참한 것이다. 그는 외부의 도움을 전혀 받을 수 없는 생장 배경을 비평적 글쓰기로 보전하였으며, 남보다 더 투쟁적인 논조를 견지하여 조직의 우두머리들에게 인정받는 길을 택하였다. 그 예로 그는 카프의 서기장을 역임하는 동안에도 필설에 의탁하였지, 직접적으로 투쟁 전선에 복무하지 않았다. 이 점에서 그는 특이한 경력의 소지자이다. 단한번의 투옥 경험도 없고, 투쟁 경력도 변변찮은 그가 친일 혐의에도 불구하고 해방기에도 문단의 우두머리로 활약할 수 있었던 것은 미스터리이다.

---

12) 송희복, 『해방기 문학비평 연구』, 문학과지성사, 1993, 195쪽.

3. 정치적 이념의 전위적 실천

임화가 사회주의에 관심을 갖게 된 계기는 1925년경이었다. 이 시기에 그는 가부의 파산으로 인해 보성중학교를 중퇴하고 갖가지 서적들을 읽었다. 그의「어떤 청년의 참회」를 보면, 크로포트킨의 무정부주의와 마르크스의 사상을 접하게 된 것도 이 시기이다. 불과 18세의 청년 임화에게 초면의 외래 사상은 식민지의 현실을 객관적으로 인식하는 지적 토대로 작용하였고, 그는 다다풍의 작품을 습작하면서 사상을 내면화한 구체물로서 시를 생산하였다. 그는 해방되자마자 문학운동의 전면에 등장하여 일거에 해방기의 문단 주도권을 장악해버렸다. 상대 진영에서 미처 손쓸 겨를도 없이 민첩하게 진행된 그의 행보는 이 시기의 문단을 정치적 결사체의 종속단체로 규정하도록 만들었다. 지금까지 밝혀진 자료를 검색해 보면, 임화는 공산당원이 아니었음에도 불구하고 박헌영으로부터 절대적 신임을 획득하였다. 이 점에서 그의 사상적 거처는 구체적 형상을 갖추지 못하고 "민족은 인민이요, 인민의 이념만이 민족의 이념"(「민족문학의 이념과 문학 운동의 사상적 통일을 위하여」,『문학』, 1947. 4)이라는 추상적 수준에 머물러 있었는지 모른다.

임화는 박영희의 재정적 지원으로 일본에 유학할 당시에 고경흠이 조직한 조선공산당재건협의회 일본지국에서 모종의 학습을 받은 듯하다. 고경흠은 1929년 3월말 상하이에서 한위건의 밀명을 받고 파견된 ML파 공산당의 동경 연락원이다.[13] 그는 카프 동경지부를 무산자사로 개편하고, 코민테른의 12월 테제인「조선 농민 및 노동자의 임무에 관한 결의」에 의해 조선공산당을 재건하는 임무를 수행 중이었다. 이에

---

13) 서대숙,『한국공산주의운동사연구』, 이론과실천, 1995, 161쪽.

따라 광범위한 대중적 기반을 확충하기 위해 '전위당의 볼세비키화'를 주장하면서, 당의 이념을 홍보하기 위한 기관지 『예술운동』의 제호를 『무산자』로 변경하여 발행하는 등 합법적인 출판 활동을 강화하였다. 그때 소위 제3전선파로 카프의 방향전환을 주도하였던 이북만을 비롯한 김두용, 임화, 권환, 안막, 김남천 등이 그의 지도를 받은 인물들이다. 그로부터 이념 학습을 마친 임화 등이 귀국하여 카프를 장악하고, 문단에 이념을 확산하며 투쟁적 평문을 발표한 것은 주지의 사실이다.

임화는 1945년 8월 16일 김남천, 이원조 등과 함께 조선문인보국회 사무실을 접수하고 조선문학건설본부를 조직하여 서기장에 취임하였다. 이 단체를 토대로 조선문화건설중앙협의회를 조직하는데 앞장섰다. 그가 일제말 평론부 위원으로 이름을 올렸던 보국회의 사무실을 접수한 것은 상징적이다. 당시에 조선문학건설본부를 결성하기 위해 추진했던 원남동의 사전 회합에서 백철 등의 명백한 친일작가를 포함시켰던 것과 동일한 맥락에서 친일 문학의 총본산에 민족문학운동의 본부를 차린 것은 의아하다. 물론 이 건물이 여러 작가들이 회동하기에 적합한 지리적 잇점이 있기도 했겠지만, 그보다 임화는 이 건물에서 '일제 잔재의 소탕' 운동을 지휘하여 식민시대의 과오를 처분하고, 나아가 새로운 국가에 알맞은 민족문학을 건설하고 싶었을 것이다.

1945년 8월 20일 박헌영은 경성콤그룹과 화요회 일파를 중심으로 조선공산당재건준비위원회를 결성하고, 자술한 「현 정서와 우리의 임무 —정치노선에 대한 결정」, 이른바 '8월테제'를 통과시켰다. 그것은 8월 29일 동 위원회에서 채택한 「일반 정치노선에 대한 결정」과 대동소이하여 명칭상 혼용되고 있으나, 두 문건은 정치 동향이 추가되었을 뿐 내용면에서는 크게 다르지 않다.[14] 해방기의 임화는 박헌영의 정치 노선을 충실하게 추종하였다. 그는 박헌영을 가리켜 "조선의 스탈린과 같은 존재"(「인물 소묘, 박헌영」, 『신천지』, 1946. 2)라고 칭할 정도로 충성심이 돈독하였다. 박헌영은 토착적 공산주의자로 분류할 수 있거니와, 경성콤그룹을 중심으로 장안파를 흡수하며 남한 내 공산당의 재건에 성공한 박헌영에게 어울리는 작가는 이른바 카프의 비해소파에 해당하는 이기영, 한설야, 윤기정 등이다. 이 점에서 임화의 처신은 민첩하다. 그는 공산당의 통합 과정을 살피면서 김태준의 소개로 박헌영의 수하에 들어간 것이다.[15)]

임화는 카프 비해소파들이 38선 이북에 거주하는 것을 기화로 조선문학건설본부와 조선프롤레타리아문학동맹을 통합하여 1946년 2월 좌우합작의 문학단체인 조선문학가동맹을 발족시키는데 성공하였다. 그는 남한 내의 문학 조직을 선점하여 정비하고 장악함으로써, 그들과의 주도권 싸움에서 우위를 점유해버린 것이다. 이것은 북한에 거주하던 작가들을 제외하고 남한의 작가들을 아우르려는 현실적인 시도로 볼 수 있다. 다른 한편으로는 문단의 주도권 경쟁에서 우위를 선점하기 위한 정략적 사고의 일환으로, 남한 중심의 조직체 결성을 추진한 남로당의 정치적 의도를 복제한 것이다. 사실 동맹은 남로당의 장안파 흡수 전략에 부응하여 출범했을 뿐만 아니라, 카프 비해소파들에게 조기 월북의 동기를 제공한 사건이기도 하다. 곧, 임화는 박헌영과 비해소파의 합작을 사전에 봉쇄해버린 것이다. 하지만 프롤레타리아예술동맹에 소속한 다수가 불참하여 그의 공작은 반절의 성공에 그쳤고, 급기야 양측의 갈등으로 확대되어 월북 후의 조직 투쟁에서 임화에게 패퇴를 안겨

---

14) 임경석, 『이정 박헌영 일대기』, 역사비평사, 2004, 213-215쪽.
15) 이기봉, 『북의 문학과 예술인』, 사사연, 1986, 54쪽.

주는 빌미가 되었다. 이 점에서 그의 공작은 실패를 잉태한 성공이었다.

> 먼저 우리는 문화운동이 현하 전개되고 있는 민족통일전선의 일익이라
> 는 원칙을 운동의 기본 방침으로 삼지 않으면 아니 된다. 따라서 정치에
> 있어서와 같이 모든 종류의 분파주의와 분파 행동과 싸우는 것을 첫째의
> 임무로 삼으면서 부단히 뒤따라 발생하는 자연발생적인 혹은 소단체의
> 운동을 한 방향으로 규합 통일하기 위하여 노력해야 할 것이다. 이와 동시
> 에 이 통일운동의 근본 정신이 될 원칙을 수립하고 추진의 방향을 명시해
> 야 한다. 왜 그러냐 하면 문화의 통일전선은 담합에 의한 일시적인 타협이
> 나 무원칙한 형식상의 통일이 아니라 우리나라의 부르주아민주주의혁명
> 을 수행하기 위한 광범한 전선의 일익이기 때문이다.[16]

남로당의 통일전선전술을 충실하게 반복하고 있는 임화의 글은 당면 정세의 오판에 기인한다. 그는 남로당의 수령이었던 박헌영이 인민공화국을 건설하기 위해 채택하고 지시한 전술을 '문화운동이 현하 전개되고 있는 민족통일전선의 일익이라는 원칙'에 입각하여 발언하고 있다. 그는 "서울이 한반도의 중심이고, 일단 인민공화국만 들어서면 남북은 쉽게 뭉쳐진다"[17]는 안이하고 순진한 '작가적' 정서 판단에 토대하여 정국의 추이를 응시하였다. 하지만 그가 언급하는 분파주의는 조선문학가동맹의 발족 과정에서 조선프롤레타리아예술동맹원들의 외면, 우익측 작가들의 대립 단체 결성 등으로 발아한 상태였다. 그로서는 이들을 제외한 동맹원들의 분파주의를 예방하고자 위와 같은 발언을 제출하고 있지만, 그들의 협조를 도출하지 못한 것은 분명한 그의 과오

---

16) 임화, 「현하의 정세와 문화 운동의 당면 임무」, 『문화전선』, 1945. 11. 15
17) 김재용, 「해방 직후 임화의 민족문학과 통일 독립」, 문학과사상연구회 편, 『임화 문학의 재인식』, 소명출판, 2004, 306쪽.

였다. 아울러 그는 당국의 전면적인 압박에 밀리고 북한에서의 세력 싸움에서도 토착적 공산주의자들이 소련을 등에 업은 김일성 일파에 밀리는 박헌영의 처지를 제대로 인식할 수 없었다. 그는 거시적 관점에서 정국의 판세를 분석할 만한 고급 정보를 지니지 못했던 것이다.

임화는 박헌영으로 대표되는 남로당의 정치노선을 문학적으로 수용하였을 뿐만 아니라, 다른 작가들을 포섭하여 남로당의 전위로 활용하였다. 그는 1945년 12월 12일 미군정당국에서 조선인민공화국을 무효화하자, 조선문학동맹의 명의로 반박성명을 발표하였다. 이어서 모스크바삼상회의에서 신탁통치를 결정하는 것을 계기로 그의 시국 인식은 점차 불안한 징조를 띠기 시작하였다. 신탁을 둘러싸고 진행된 찬반투쟁은 필연적으로 군정당국의 지원을 받는 우익에 우세하게 전개되었고, 연일 계속되는 테러의 중심에서 좌익측은 물리적 투쟁의 강도를 높이지 않으면 안 되었다. 임화는 1946년 5월 이른바 정판사 위조지폐사건을 기점으로 이전보다 더욱 가열찬 투쟁의식을 표방한다. 이 무렵 좌익측의 민족문학운동전선은 지도부의 괴멸 위기에 봉착해 있었다. 특히 든든한 우군이었던 소련 영사관이 1946년 6월 23일자로 남한에서 철수를 단행하였으므로, 남로당의 쇠퇴는 이미 예정되어 있었다.

그들의 이념적 지도자였던 박헌영은 해방 후 조선공산당재건준비위원회를 지휘하다가 사정이 여의치 않자 1946년 10월 초순에 월북하였고, 이후부터 남한 내 조직의 문화투쟁은 해주분국을 통해 원격조종되는 형국이었다. 임화는 이원조, 이태준 등과 함께 해주 제일인쇄소로 소환되어 남로당 서울시지부의 김삼룡, 이주하 등과 연락을 담당하였다. 그는 해주에서 양남수로 변성명하고 기관지『노력자』를 주재하였다. 그는 이 잡지에 여러 글을 발표했을 것이나, 추측컨대 대남 투쟁을 선동하는 격문들과 각종 지시들이 주를 이루었을 것이다. 그의 지시에 의해 민주주의민족전선은 1947년 2월 남조선 문화예술가 총궐기대회를 개최하고, 6월에는 조선문화단체총연맹의 문화공작대를 파견하는 등, 다양한 문화운동을 전개하였다. 이와 같은 긴박한 시국 상황 속에서 임화는 시 「박헌영 선생이시어 우리게로 오시라」(『문화일보』, 1947. 6. 13)를 김남천의 산문 「민족 대서사시의 영웅적 주인공 박헌영 선생」과 나란히 발표하고, 이어서 시 「박헌영 선생이시어 노력 인민이 나옵니다」(『노력인민, 1947. 6. 19)를 발표하며 정세의 반전을 시도했으나, 이미 기울어진 판세를 뒤집기에는 역부족이었다. 마침내 미 군정 당국은 8월 13일 조선문학가동맹의 사무실 폐쇄를 명령하고 간부 검거령을 발동하였다. 그로서 임화가 선도하였던 남한 내 민족문학운동은 우익측에 제압당하게 되었고, 그는 북한에서 문단 권력을 선점한 프롤레타리아예술동맹원들과 주도권 다툼을 전개해야 했다.

Ⅲ. 결론

해방기의 임화는 자신의 전생에서 가장 분주하게 살았다. 그는 해방 이튿날부터 조직의 재건을 위해 앞장섰으며, 문단의 정치적 예속화를 서둘러 결정하였다. 이것은 그의 다방면에 걸친 상당량의 공적에도 불구하고 비판되어야 할 점이다. 이 시기에 임화는 민족문학 건설 사업을 일종의 시대적 '임무'로 파악하고, 등단 이후 축적했던 이론적 공부와 비평적 글쓰기를 총동원하여 평단을 평정하였다. 그에 의해 문단은 정치적 조직의 대상으로 부각되었고, 우익측의 작가들도 문학 조직을 결성하여 상호간의 대결 국면을 조성하였다. 양자의 대립 양상은 온전히 해방정국의 이념 대립을 복사하고 있거니와, 임화는 탁월한 정치 감각을 바탕으로 남로당의 정치 노선을 충실히 수행하는 전위의 역할을 담당했다. 그에 의해 문단은 통일전선전술의 적용 대상으로 편입되었고, 좌우익의 세력 대결은 심화되었다.

이 무렵에 임화는 시 「九月 十二日――一九四五年 또 다시 네거리에서」에서 복잡한 심정을 토로하였다. 그는 사랑하는 처자식을 두고 해방기의 민족문학건설 현장에 나아갈 수밖에 없는 자신의 처지를 합리화하였다. 그런 측면에서 이 작품은 그의 생리적 성향이었던 감상성의 일단을 노출시켜주었다. 그는 조선문학건설본부와 조선프롤레타리아문학동맹을 통합하여 조선문학가동맹을 발족시키는데 성공하였다. 그는 남한 내의 문학 조직을 선점하여 정비하고 장악함으로써, 그들과의 주도권 싸움에서 우위를 점유해버린 것이다. 하지만 프롤레타리아예술동맹에 소속한 다수가 불참하여 그의 공작은 월북 후의 조직 투쟁에서 패퇴를 안겨주는 빌미가 되었다. 이 점에서 그의 공작은 실패한 성공이었다.

시인의 침묵과 시적 방황의 상관성

정지용의 시와 침묵

해방은 피지배자들에게 형언할 수 없는 황홀경을 선사한다. 그들은 해방을 통해 과거의 고통을 이겨내고 무엇이든 해낼 수 있으리라는 막연한 자신감으로 충일하다. 더욱이 극악한 방법으로 천부적인 자유를 압살했던 일제의 패망은 식민지 원주민들에게 형극으르부터의 해방과 함께 잃어버린 '빛을 되찾는' 감격으로 다가왔다. 그간 일제의 압제를 피해 이국으로 유랑하거나 해외에서 독립운동전선에 트신했던 전사들이 귀국하면서 민족의 해방감은 극정에 달하였다. 그러한 환희 속에서 한민족은 서둘러 자주적인 민족국가의 수립을 위해 구성원들의 역량을 결집하고, 민주적 제도를 구축하기 위해 온갖 노력을 기울였다. 이런 정치 상황은 시인들의 감정선을 자극하기에 충분하였고, 시인들은 저마다 흥분한 어조를 동원하여 해방의 환희를 노래하느라 부산하였다. 그들은 좌우를 막론하고 해방의 순간을 만끽하면서, 민족의 나아갈 바에 대하여 고뇌하였다. 그들의 시적 대처방식에 따라 이 기간의 민족

정서는 층위를 달리하며 형상화되었다.

한국 "최초의 모더니스트"[1]라고 불렸던 정지용의 움직임은 해방기의 문단에서 주목 대상이었다. 그는 『문장』의 선고위원을 지내면서 여러 명의 후배들을 등단시켰을 뿐만 아니라, 시단의 한 축이었던 모더니즘 계열을 대표하는 시인이었다. 문단이 재편되는 과정에서 그의 선택에 따라 후배시인들의 행로가 달라지리라고 예상하는 것은 어렵지 않았다. 그는 당시 문단의 주도권을 선점하기 위해 적극적으로 활약하던 임화, 김기림 등과 동렬에 설 수 있는 중견시인이었다. 그럼에도 불구하고 정지용의 움직임은 모호하였다. 그 이유는 두 가지였는데, 적 치하에서의 행적과 시인이라는 입장이었다. 전자의 예로서 그는 한번도 일제에 직접적으로 대결의식을 표출하지 않았으며, 일제 말기에 친일시를 발표한 바 있다. 이 점은 그로 하여금 문단의 주도세력으로 자인하기보다는, 소극적 처신을 추동하도록 하여 그의 위상을 문단의 포섭 대상자로 격하시켰다. 후자는 문단의 주도자들이 제기했던 당대의 논점들에 합당한 의견을 제출하지 못하고 그것을 추수하는 시인으로 한정시켰다.

이에 따라 그 동안 제출된 해방기의 정지용에 관한 연구자들은 대부분 부정적인 결과를 제출하였다. 그 이면에는 해방 이전에 도달했던 시적 성취에 비해, 침묵에 가까운 그의 시작 활동이 자리하고 있다. 그는 이 시기에 종전과 달리 시작품의 발표를 자제하였고, 좌우의 이념을 앞세운 문단과 상거를 유지하였다. 그의 행동은 문단의 주도권을 장악하려는 세력의 의도에 동조하는 듯한 오해를 가져왔고, 본의와 다르게 일방적으로 재단되는 빌미로 작용하기도 했다. 이러한 결과는 전적으로 그의 선택에 따른 것이지만, 나름대로 정국의 추이를 살피면서 고뇌

---

1) 김기림, 『시론』, 백양당, 1947, 76쪽.

한 것은 사실이다. 식민지 시기부터 언어의 조탁에 공을 들였던 그로서는, 해방을 맞아 흥분된 감정을 여과없이 분출하는 시단의 경향에 동조하기 어려웠다. 그것은 그의 성격이나 그가 처한 위상과도 어울리지 않았다. 그가 이 무렵에 침묵하게 된 사정을 살피기 위해서는 해방 이전의 시에 함의된 바부터 통시적으로 파악해야 한다. 그는 초기에 고향상실감에 침잠하였다가, 식민지 말기에 이르러 소위 '산수시'의 공간을 개척하였다. 본고는 그가 상정한 세계가 해방기의 침묵을 야기한 동인이었다고 보고, 해방기 정지용의 시와 행동을 구명할 계획이다.

II. 시대와의 마찰과 침묵하는 자아

1. '兀然'과 '傲然'의 간극

지금까지 정지용의 시편들이 고평되는 이유는 "1930년대라고 하는 시대적인 상황이나, 역사의식이나 문명에 대하여 부딪힘이 없이 당시의 생활 체험에서 얻어지는 정감을 새로운 시적 방법으로 표현했다는 점"[2]에 있다. 이것은 역으로 그가 '시대적인 상황이나, 역사의식이나 문명'을 고의적으로 외면했다는 사실을 반증한다. 그는 남다른 절제에 기초하여 유학 체험, 고향, 가정사 등을 작품 속에 수용하면서도 감상의 유혹으로부터 벗어날 수 있었지만, 그 성과는 사회와의 철저한 단절 속에서 획득한 것이다. 그의 절제심은 타인에 대한 배제를 합리화하는 원동력이었다.

---

2) 채만묵, 『1930년대 한국시문학연구』, 한국문화사, 2000, 141쪽.

정지용은 1926년에 "나는 나라도 집도 없단다"(「카메 ٞ란스」)고 선언한 바 있다. 그는 식민지 종주국에 유학하는 도중에 느꼈던 식민지 유학생에 대한 차별, 고독 등에 터하여 '나'의 상태를 확인한다. 그에게 문제시되는 것은 언제나 '나'의 것이었다. 그는 자신과 관련되지 않은 것에는 관심을 기울이지 않았다. 그러므로 그가 당대의 피압박 상태에 있던 동족들의 구체적 현실을 형상화하는데 소홀한 것은 예정된 결과였다.

일제의 군국주의가 기승을 부리던 시기에 정지용은 식민지의 현실에 주목하기보다는, 자신의 시적 처소를 물색하느라 공을 들였다. 이처럼 "더 이상 직설적인 표현을 할 수 없었던 상황에서 지용이 찾아낸 유일한 시적 방법이 바로 시의 완전한 객관화 과정이었던 것"[3]이다. 정지용이 발견한 각종 시적 기교도 사실은 시대적 영향으로부터 자유스럽지 못한 것이었으니, 그는 이때에 시와 정치간의 함수관계를 파악했어야 옳았다. 하지만 그는 이마저 특유의 절제심으로 극복하려고 시도했다. 그 바탕에는 동양의 고전에 대한 교양이 자리하고 있으나, 현실과의 대결 국면을 회피하려는 의도가 개입되어 있다. 그는 "새새끼와도 언어수작을 능히 할가 싶어라"(「이른봄 아침」)던 재기를 수거하여 폐기함으로써, 세상과의 소통을 거부하고 침묵을 선택하였다. 침묵은 "그 자체가 비타협주의의 한 형식으로서, 예술적인 제스처가 아니라 사회적인 제스처"[4]라는 점에서, 사회적 위기 상황에서 나르시스적 폐쇄 국면으로 퇴각하는 수단이다. 정지용은 '비타협적인 한 형식'을 채택함으로써, 사회와의 단절을 시도한 것이다. 그는 이것을 "안으로 열하고 겉으로 서늘하옵기란 일종의 생리를 압복시키는 노릇"[5]인 양, 현실에 대한 시의

---

3) 오탁번, 『한국 현대시사의 대위적 구조』, 고려대민족문화연구소, 1999, 38쪽.
4) Arnold Hauser, 최성만·이병진 역, 『예술의 사회학』, 한길사, 1984, 489쪽.

우위를 주창하며 정당화했다.

　그 대표적 사례가 시집의 발간이다. 정지용은 첫 시집 『정지용시집』 (시문학사, 1935)에서 예찬하던 '바다'를 버리고, 두번째 시집 『백록담』 (문장사, 1941)에서 '산'으로 이동하였다. 그는 일제의 강포한 지배 정책에 정면으로 맞서기보다는, 스스로 고립되어 현실의 위협을 모면하기로 결정한 것이다. 그는 "海峽이 天幕처럼 퍼덕이"(「바다·6」)는 바다로부터 "新羅千年의 푸른 하늘"(「石榴」)을 찾아 산속으로 들어갔다. 그곳은 각종 소리로부터 격절된 공간으로, 해방될 때까지 그의 영혼이 안식할 수 있도록 모든 인연을 차단해주었다. 그러므로 공간 이동은 "미래지향성과 전통지향성 또는 방법주의와 정신주의 사이에서 갈등"[6]하는 그의 심리적 불안상태를 노출시킨다. 그것을 일러 소위 '산수시'의 진경이라고 할지라도, 그 시편들이 구체적 현실과의 절대적 절연 상태로 구축된 것은 달라지지 않는다.

　　伐木丁丁 이랬거니 아람도리 큰솔이 베혀짐즉도 하이 골이 울어 맹아리 소리 쩌르렁 돌아옴즉도 하이 다람쥐도 좃지 않고 뫼ㅅ새도 울지 않어 깊은산 고요가 차라리 뼈를 저리우는데 눈과 밤이 조히보담 희고녀! 달도 보름을 기달려 흰 뜻은 한밤 이골을 걸음이란다? 웃절 중이 여섯판에 여섯 번 지고 웃고 올라 간뒤 조찰히 늙은 사나히의 남긴 내음새를 줏는다? 시름은 바람도 일지 않는 고요에 심히 흔들리우노니 오오 견듸랸다 차고 兀然히 슬픔도 꿈도 없이 長壽山속 겨울 한밤내―

　　　　　　　　　　　　　　　　　　　　―「長壽山·1」[7] 전문

5) 정지용, 「시의 위의」『문장』, 1939. 11; 김학동 편, 『정지용전집·2』, 민음사, 1988, 250쪽. 본고의 작품은 이 전집에서 인용하고, 이하 권수와 쪽수만 표기한다.
6) 김재홍, 『현대시와 역사의식』, 인하대출판부, 1990, 377쪽.
7) 『문장』, 1939. 3; 『정지용전집·1』, 137쪽.

정지용은 자신의 시적 거소를 '長壽山'에 마련한 채, 일제의 식민 통치가 자아내는 암울한 현실을 감내하기로 결심한다. 그의 칩거는 동양적 정신주의의 구축이라고 운위할 수도 있으나, 분명한 것은 그곳이 현실세계와는 동떨어진 허구적 세계라는 점이다. 그는 그곳에서 '아람도리 큰솔이 베혀짐', '다람쥐도 좃지 않고', '뫼ㅅ새도 울지 않어' 등에서 보는 바와 같이, 부재 상황을 열거하며 존재의 침묵 상태를 지속하였다. 이처럼 정지용은 "肉體없는 寥寂한 饗宴場"(「毘盧峯·1」)의 고독한 경지를 형상화하는데 능란하다. 그는 산중에 편재하는 소리들을 차례대로 소거하여 '바람도 일지 않는 고요'를 빚는다. 그것은 '슬픔도 꿈도 없이' 이루어진 인공적인 적멸의 상태이다. 구체적 현실과 상거를 띤 관념적 공간은 "鬼神도 쓸쓸하여 살지 않는 한모롱이"(「白鹿潭」)로서, 세상 사람들과 소리로부터 차단된 곳이다. 소리는 존재의 증명표지라는 점을 고려하면, 그가 '長壽'하기 위해서는 세상의 온갖 잡음이 삭제되어야 한다. 그곳은 세계와의 단절감을 질료로 구성된 허상으로, 소리가 틈입할 수 없는 침묵의 공간이다. 그 곳의 의미는 "식민지 말기의 현실 위에 부유하는 고립무원의 공간으로 존재하지만, 자신을 위협하고 또는 포섭하려는 세계에 대해 저항하지도 혹은 투항하지도 않으면서 자기의 자리를 유지하고 있다"[8]는 점에 국한될 뿐이다. 그가 현실의 제반 국면을 외면하고 절대 고독을 추구하게 된 동기가 '長壽山'이란 시제에 은닉되어 있는 것이다.

이처럼 세상과 단절한 채 고요한 산중의 시적 공간에서 '兀然히' 견디며 침묵하던 정지용이 해방공간에 적응하기는 난망하였다. '바다'의 개방성에 압도된 나머지 "아모도 없는 나무 그늘 속"(「피리」)으로 도피한

---

8) 김신정, 『정지용 문학의 현재성』, 소명출판, 2000, 183쪽.

그였기에, 산과 바다의 중간에 있는 해방의 광장으로 나아갈 스 없었다. 그의 광장공포증은 민족 구성원들과 해방의 기쁨을 공유하지 못하도록 훼방하였다. 그러나 해방공간은 식민 당국에 의해 제거된 것들이 제자리로 돌아가는 곳이다. 그곳에서는 정지용에 의해 소거된 소리도 고유한 음색을 되찾는다. 모든 것들이 원래의 위치를 찾아 자리잡고, 모든 사람들이 일제히 환호성을 지르는 곳이 해방공간이다. 설령 그가 그곳에서 벌어지는 역사적 현장에 동참할 의사가 있었을지라도, 산중에 기거하느라 처분했던 현실 감각을 회복하기는 힘들었다. 그에게는 애초부터 정치적 신념이 존재하지 않았기 때문에, 해방이라는 이념의 충돌국면이 당혹스러웠다.

> 백성과 나라가
> 夷狄에 팔리우고
> 國祠에 邪神이
> 傲然히 앉은지
> 죽엄보다 어두운
> 嗚呼 三十六年!
>
> 그대들 돌아오시니
> 피 흘리신 보람 燦爛히 돌아오시니!
>
> 허울 벗겨주고
> 외오 돌아섰던
> 山하! 이제 바로 돌아지라.
> 자취 잃었던 물
> 옛 자리로 새소리 흘리어라.

어제 하늘이 아니어니
새론 해가 오르라

그대들 돌아오시니
피 흘리신 보람 燦爛히 돌아오시니!
　　　　　　　　　　　―「그대들 돌아오시니」9) 부분

　　정지용은 이 작품을 천주교회당의 임시정부 요인들 앞에서 낭독하며
경의를 표하였다. 한번도 일제에 저항하지 못한 그가 직접적으로 일제
에 대항했던 귀국 인사들에게 자격지심을 느끼는 것은 당연하였다. 그
는 "始終一如히 반탁 투쟁에 변절 없는 분은 大白凡翁뿐이시다"10)며 김
구에게 최경어를 사용하라고 권유하였으며, 여운형을 존경하여 설정식
의 시집평 말미에 '무심 여운형 선생 작고하던 날'11)이라고 부기하여
애도를 표하였다. 이전부터 '長壽山'에 시적 거소를 마련하고 하산하지
않은 채 해방을 맞은 그가 '외오 돌아섰던' 산에게 경의를 표하며 제자
리로 돌아오기를 바라는 것은 허사이다. 일찍이 "나의 生活은 일절 憤怒
를 잊었노라"(「時計를 죽임」)고 선언했던 그가 '夷狄'에게 억류당했던
'三十六年'에 분노하는 것도 어색하다. 그는 이미 모든 감정을 거세하고
'長壽山'에서 은거한 바 있다. 그런 경력의 소지자가 상황이 바뀌었다고
해서 새삼스럽게 '분노'를 운위하는 것은 어울리지 않는다. 작품에 장치
된 '憤怒'는 후렴구처럼 반복된 '그대들 돌아오시니/피 흘리신 보람 燦爛
히 돌아오시니!'에 의해서도 고조되지 않는다. 이 구는 음성상을 구현하

　9) 『혁명』 창간호, 1946. 1; 『정지용전집・1』, 159-160쪽.
10) 정지용, 「남북 〈회담〉에 그치랴?」; 『정지용전집・2』, 365쪽.
11) 정지용, 「『포도』에 대하여」; 『정지용전집・2』, 310쪽.

기 위한 전략일 터이지만, 대상에 압도된 그의 심중을 솔직하게 드러내
는데 기여할 뿐이다. 또 그것은 정지용이 "시는 언어의 구성이라기보다
더 정신적인 것의 열렬한 정황 혹은 旺溢한 상태 혹은 황홀한 사기"[12]
라고 말했던 바와 상위하다. 이 공백을 채울 길이 없었기에, 그는 해방
기의 '정신적인 것의 열렬한 정황'을 포착하지 못하여 시작 활동에 적극
적으로 나설 수 없었다.

> 어찌할 수 다시 어찌할 수 없는
> 길이 〈로마〉에 아니라도
> 똑바른 길에 通하였구나.
> 詩도 이에 따라
> 거칠게 우들우들 아름답지 않아도 그럴 수 밖에 없이
> 거짓말 못하여 덤비지 못하여 어찌하랴.
> ─「無題」[13] 전문

이 작품이 1949년 1월에 발표된 사실을 상기할 때, 정지용의 고뇌는
상당 기간 지속된 것으로 보인다. 먼저 그는 자신의 처지를 숨김없이
드러내면서, 민족을 충격한 해방의 감격을 인정하고 있다. 그는 '똑바른
길에 通'한 민족의 해방이 수반하는 혼란상태를 따라 시도 '거칠게 우들
우들 아름답지 않아도 그럴 수 밖에 없'다고 수긍한다. 다만 '거짓말 못
하여 덤비지 못하여 어찌하랴'라고 말하면서, 자신의 속사정을 변명하
고 있다. 시대 상황에 동참하지 못하는 그의 우유부단한 성격은 이 무렵
의 애매한 행적을 살펴보면 금세 판가름된다. 그는 조선문학가동맹의

---

12) 정지용, 「시의 옹호」, 『문장』, 1939. 6; 『정지용전집·2』, 243쪽.
13) 정지용, 『산문』, 1949. 1; 『정지용전집·1』, 163쪽.

출범식장이었던 조선문학자대회(1946. 2. 8-9)에서 박세영과 함께 「조선 아동문학의 현상과 금후의 방향」을 보고하기로 예정되어 있었고, 아동문학분과위원장으로 등재되었다. 또 그는 동맹에서 주최한 제1회 문예강연회(서울 종로기독청년회관, 1945. 9. 29)에서 시를 낭독하였다. 비록 그가 동맹의 행사에 소극적으로 참여했을지라도, 자신의 명의를 등재시키고 강연에 참가한 사실은 부인할 수 없다. 그것이 "시기지 않은 일이 서둘러 하고 싶기에"(「나븨」) 나섰던 것이라 하더라도, 그의 처신을 두고 "본의 아니게 조선문학가동맹에 등재되어 그의 이름이 오르내리게 된 것이 정지용의 비극이 시작되는 한 단초가 되었다"[14]고 옹호할 일은 아니다. 그의 납북이 비극이라면, 그 단초는 그가 제공했다고 보아야 한다.

또한 정지용은 이념의 대결 국면에서 자신의 정치적 신념을 명료하게 밝히지 않았다. 이 점은 이 시기에 활발한 작품 활동을 하지 않은 것과 맞물려 그의 입지를 곤란하게 만들었다. 그가 이 무렵에 발표된 글을 읽어보면, 동맹의 개념과 상당 부분 중첩된다. 일례로 그는 신탁통치 문제로 정국이 어수선한 시절에 "일률로 조선 민족이랄 것이 아니라 조선 민족이라는 어의의 품위를 엄격히 규정하기 위하여"[15] '인민'이란 용어를 사용했다. 그에 의하면 진정한 의미에서의 민족은 '인민'뿐이고, 권력의 비호를 받던 토착 지주와 자본가는 '인민'의 범주에 포함되지 않는다. 이러한 시각은 동맹의 계급적 논리와 흡사하다. 그의 "인민이 아니고서 또는 완전히 인민 계열에 전락하지 않고서야 민주주의적 신념이 육체적 실감까지 투철할 수가 없을까 한다"[16]는 주장도 동맹의

14) 김학동, 『정지용 연구』, 민음사, 1987, 159쪽.
15) 정지용, 「민족 해방과 공식주의」; 『정지용전집·2』, 385쪽.

노선과 구별하기 쉽지 않다. 그러나 그가 "인민 진영의 원리가 민족 해방의 원리가 되는 것이요 조선 통일 자주 독립의 공리가 되는 것"[17]이라고 주장하며 반탁을 공식주의라고 공격하는 좌익측에 분노한 대목에 유의하면, 민족 구성원들을 범박하게 '인민'이라고 총칭한 것으로 보인다. 이처럼 모호한 용례는 '인민'에 내재된 계급적 성격을 과학적으로 파악하지 않은 그의 소박한 인식을 드러내준다. 그것은 식민지시대의 '兀然히' 견디던 은일 정신을 해방을 맞아서도 '傲然히' 견지한 그의 인식 태도에서 기인한 것으로, 결국 불행한 사태를 초래한 원인으로 작용하였다.

2. '비애와 고독'의 경과

1930년대에 김환태는 정지용의 생활습관으로부터 천재성을 연역한 바 있다. 그는 대학 후배의 입장에서 정지용의 일상적 습관들을 열거한 뒤에, 천재들이 지닌 특징으로 "심한 마음의 동요"를 꼽았다. 동요는 언제나 "정밀과 균형을 동경하는 것"이므로, 천재는 "비애와 고독"을 숙명으로 타고난 불행한 족속에 속한다. 따라서 천재시인 정지용은 '정밀과 균형을 동경'하는 '마음의 동요' 때문에 "앞으로 몇 번이나 변모하여 우리를 놀라게 하여 줄는지 모르는 미완성의 시인"[18]이라는 것이다. 그의 평문은 지인에 의한 인상주의적 비평이라고 치부하기에는 예리하다. 그것은 정지용의 시적 변모 가능성을 예언하고, 그를 '미완성의 시인'으

---

16) 정지용, 「민주주의와 민주주의 싸움」; 『정지용전집·2』, 391쪽.
17) 정지용, 「민족 해방과 공식주의」; 『정지용전집·2』, 385쪽.
18) 김환태, 「정지용론」, 『삼천리문학』, 1938. 4; 문학사상자료조사연구실 편, 『김환태전집』, 문학사상사, 1988, 108쪽.

로 규정한 점이다. 공교롭게도 그의 예상은 현실화되어 정지용은 한국전쟁 중에 불의의 사고를 당하여 영원히 '미완성의 시인'으로 남았다.

　정지용이 해방기에 문단 활동을 소홀히 한 이유는 '바다'를 소재로 삼았던 일련의 작품에서 찾아볼 수 있다. 그가 이 작품들에서 추구한 묘사적 이미지는 자의식을 철저히 사상시켜 세계를 일원론적 시각으로 인식한 증거이다. 이러한 태도야말로 해방정국에서 그에게 혼란을 야기한 원인이다. 이미지는 시인의 구성방식에 의해 결정되기 마련이다. 그러므로 "이미지는 확장되거나 수축될 때 변형되는데, 이때가 이미지가 구성되는 감각의 강렬함이 증가되거나 감소될 때"[19]란 점에서, 해방공간은 그에게 새로운 '이미지'를 요구하고 있었다. 그러나 그는 문단에 새롭게 등장한 전위시인들을 가리켜 "8·15 직후 자까다비에 병정구두에 신발도 똑똑히 신지 못한, 징용에서 풀린, 감옥에서 나온, 징병, 학병에서 탈주하였던 젊은 놈들이 튀어나와 旗를 들고 시를 썼다"[20]고 비난하며 문단 세력의 변화를 인정하지 않았다. 더욱이 친일시 「異土」(『국민문학』, 1942. 2)를 발표한 전력 때문에 '젊은 놈들'로부터 불의의 일격을 당할 수 있었던 그는, 작품 활동보다 언론기관 등의 문학 외적 활동에 치중하였다.

　그렇지만 이런 경력은 그에게 문제사태를 비판할 뿐 책임지지 않는 언론인의 견해와 역사적 책임 추궁을 면할 수 없는 시인의 입장을 구분하지 못하도록 주선하였다. 당시 시대적 과제로 대두되었던 친일파 청산과 관련하여 정지용은 "혁명을 거부하고 친일반역도 숙청을 할 도리 있거든 하여 보소"[21]라며 냉소적 반응을 보였다. 또 신탁통치 여부를

---

19) Wilhelm Dilthey, 김병욱 외 역, 『문학과 체험』, 예림기획, 1998, 98쪽.
20) 정지용, 「『포도』에 대하여」; 『정지용전집·2』, 309쪽.

결정하기 위한 미소공동위원회가 3년여를 허송하며 민족의 열망에 부응하는 결론을 도출하지 못하자 "38선을 무찌를 자가 양군이 아니라 진정한 민주주의 민족진영의 조선 인민층"[22]이라고 주장하여 좌우측 문단의 주장과 상치되는 의견을 내놓았다. 이 발언은 사태의 본질을 직파한 것이지만, 한편으로는 그가 해방기 문단의 변모 상황을 제대로 파악하지 못했거나, 정국의 대결 국면을 조종하는 이념의 역할을 과소평가한 오류이기도 하다. 그는 "오직 예술문화의 순수와 영구를 조준하기 위하여 시는 절로 한층 고고한 자리를 잡지 않을 수 없는 필연성에 집착할 뿐이다"[23]는 신념을 지니고 있었기 때문에, 정세가 바뀌었다고 하여 그것을 철회하며 '징병, 학병에서 탈주하였던 젊은 놈들'이 판치는 문단으로 나아갈 수는 없었다. 일제의 통치하에서는 산중처소를 장만하여 '兀然히' 견뎠던 정지용이다. 그것은 그가 주체적으로 선택한 것이면서, 동시에 역사적 조건으로부터 강요된 것이다. 하지간 그는 이 점을 수락하지 않은 채, 자신의 신념과 상치되는 문단 활동을 거부해버렸다. 그것이 그로 하여금 고향을 찾아갈 기회가 마련되자, 귀향 대신에 남해안을 유람하도록 유인한 동인이다[24].

생활이 없는 사람에게 허무한 답쌓임―내게 대체 이 치다꺼리가 언제 끝이 나는 것입니까?
이 답쌓임에 눌리어 거저 죽어야 할지 혹은 마른 조가 껍질처럼 한 개의 생활이 아니라 한 개의 존재로서 역사의 물결에 마쇄(磨碎)되어버릴 것인

---

21) 정지용, 「민족반역자 숙청에 대하여」; 『정지용전집·2』, 368쪽.
22) 정지용, 「남북 〈회담〉에 그치랴?」; 『정지용전집·2』, 365쪽.
23) 정지용, 「시와 발표」, 『문장』, 1939. 10; 『정지용전집·2』, 249쪽.
24) 정지용의 기행문 「남해오월점철」(『국도신문』, 1950. 5. 7-6. 28)은 한국전쟁 중에도 계속되어, 북한군이 서울에 진입한 날까지 연재되었다.

지 또는 나려누르는 담천(曇天)을 떠받아 헐이고 치오르는 그 많은 독수
리떼의 하나이어야 할지—내가 회의자로 회피하기까지 갈 것이 아닌 줄을
구태여 모르는 바이 아닌 것은 현실과 사태가 8·15와 38선으로 하여금
바짝 들이몰아다 육박하였으므로 우리는 회의도 회피도 다소 시적 향락이
있을 수 있었던 허무에의 스페이스도 있지 않아 나는 다만 허덕치덕할
때 역사는 그 자신이 한 개의 천재이었음을 노현(露顯)한 것입니다.[25]

위와 같이 정지용이 극심한 허무경에 빠지게 된 이유는 식민지 말기
에 다다랐던 시적 경지에서 찾아볼 수 있다. 그는 전대의 이념지향적이
고 현실추수적인 경향의 시풍을 지양하고, 감정의 절약을 통한 언어의
미적 질감에 주목하여 절제의 진면목을 보여주었다. 이후에 그가 추구
했던 동양적 정신주의에 대해서는 여러 논자들이 찬양 일변도의 성과
를 제출한 바 있다. 그렇지만 정지용이 시대 상황을 외면한 채 "정신의
순결함을 강조하는 것은 혼탁한 현실로부터 시인을 격리시키는 결과를
가져올 가능성이 있다"[26]는 점은 소홀히 다룰 문제가 아니다. 왜냐하면
"체험한 현실에 대한 시인의 태도는 대체로 시인의 개인적 성향뿐만
아니라 당대의 문학 경향에도 좌우된다"[27]는 점에서, 그는 해방기의 낭
만적 분위기를 형상화할 방법을 모색해야 했다. 말하자면 그는 '개인적
성향'을 추구할 것인지, 아니면 '당대의 문학 경향'을 따를 것인지 결정
하지 않으면 안 되었던 것이다. 그렇지만 정지용은 '거저 죽어야 할지
혹은 마른 조개껍질처럼 한 개의 생활이 아니라 한 개의 존재로서 역사
의 물결에 마쇄되어버릴 것인지 또는 나려누르는 담천을 떠받아 헐이

---

25) 정지용, 「序 대신—시인 琇馨께 편지로」; 『정지용전집·2』, 318쪽.
26) 이숭원, 『정지용 시의 심층적 탐구』, 태학사, 1999, 219쪽.
27) Jan Mukařovský, 「시인이란 누구인가」, 박인기 편역, 『작가란 무엇인가』, 지식
산업사, 1997, 76쪽.

고 치오르는 그 많은 독수리떼의 하나이어야 할지' 고민하다가 모든 문
제를 역사적 차원으로 환원시켜버렸다.

이러한 태도는 그가 '유물사관과 순수문학'에 대한 견해를 묻는 기자
에게 "마치 유물사관을 즉시 〈무신론〉으로 속단하는 편견적인 유신론
자처럼, 그러므로 인류가 먹고 입고 살아 온 법칙과 사실의 역사에 대하
여는 신앙인도 예술가도 허심탄회로 연구하여 신앙과 예술에 막대한
공헌을 하여야 할 지적 책무를 부담할 것이지 학술에 대한 부당한 중상
과 속단을 피하여야 할 것"[28]이라고 대답하여 학문적 차원으로 환원시
킨 것과 유사하다. 문제의 초점을 역사나 학문으로 돌리는 그의 자세는
예민한 질문에 대한 회피의 성격을 갖고 있지만, 시 외의 다른 분야에
관한 지식을 갖추지 못한 그의 교양을 반증한다. 그처럼 정지용의 정치
적 무감각은 소문난 바이다. 평생 시업에 복무했던 그에게 정치적 이념
으로 충만한 해방공간은 생소하였다. 그에게 시는 "시 아닌 것의 배제
를 통해 이루어진 예술적 결정품"[29]이었다. 그런데도 그는 종전의 순수
시를 멀리하고, 시와 정치의 상관성을 찾느라 관심을 기울였다. 그렇지
만 시대가 요구하는 정치 감각을 갖추지 못한 그의 갑작스러운 행동은
자기모순을 결과하기 마련이다.

> 일제시대에 내가 시니 산문이니 죄그만치 썼다면 그것은 내가 최소한
> 도의 조선인을 유지하기 위하였던 것 이외의 아무것도 아니었다.
> 해방 덕에 이제는 최대한도로 조선인 노릇을 해야만 하는 것이겠는데
> 어떻게 8·15 이전 같이 矮小龜縮한 문학을 고집할 수 있는 것이랴?

---

28) 정지용, 「평화일보 기자와 일문일답」; 『정지용전집·2』, 408-409쪽.
29) 김용직, 「순수와 기법—정지용」, 『한국현대시인연구·상』, 서울대출판부, 2000, 95쪽.

자연과 인사에 흥미가 없는 사람이 문학에 간여하여 본 적이 없다.

오늘날 조선 문학에 있어서 자연은 국토로 인사는 인민으로 규정된 것이다.

국토와 인민에 흥미가 없는 문학을 순수하다고 하는 것이냐?

남들이 나를 부르기를 순수시인이라고 하는 모양인데 나는 스스로 순수시인이라고 의식하고 표명한 적이 없다.

사춘기에 연애 대신 시를 썼다. 그것이 시집이 되어 잘 팔리었을 뿐이다. 이 나이를 해가지고 연애 대신 시를 쓸 수야 없다.

사춘기를 훨석 지나면서부텀은 일본놈이 무서워서 산으로 바다로 회피하여 시를 썼다.

그런 것이 지금 와서 순수시인 소리를 듣게 된 내력이다.

그러니까 나의 영향을 다소 받아온 젊은 사람들이 있다면 좋지 않은 영향이니 버리는 것이 좋을까 한다.[30]

정지용이 "순수시를 지향하면서 현실에 안주하려 했던 점과 바다로, 산으로 또는 신앙의 세계로 시적 표현의 대상을 이동하면서까지 유랑 의식의 표출로 방어 메커니즘적 자세를 취했던 것은 모두 그 나름대로의 콤플렉스를 극복하고, 현실에 적응하기 위한 방책"[31]의 일환이었다. 그런데 해방기에는 '어떻게 8·15 이전 같이 矮小龜縮한 문학을 고집할 수 있는 것이랴'고 반문하면서, 자신을 '순수시인'으로 부르지 말 것을 요청하고 있다. 그것은 앞으로 시국의 형편에 맞추어 '국토와 인민에 흥미가 없는 문학'을 지양하고, 시적 방향을 전환하겠다는 선언이다. 하지만 그는 '자연과 인사에 흥미가 없는 사람'으로 과거적 존재였다. 스스로 "민족문학의 노선과 민족의 정치 노선이 서로 이탈될 수 없다는

---

30) 정지용, 「산문」, 『문학』, 1948. 4-5; 『정지용전집·2』, 219-220쪽.
31) 정의홍, 『정지용의 시연구』, 형설출판사, 1995, 259쪽.

것이 문학을 정치에 예속시킨다는 중상적 구실이 될 수 없는 것"[32]이라
고 주장하면서도, 한편으로 그는 "유물사관을 공부한 적이 없어서 이
문제는 나한테 과분한 숙제"(『산문』)라고 말하여 자기탈언을 부정하였
다. 이와 같이 정지용은 '민족문학의 노선과 민족의 정치 노선'을 합치
하려는 '과분한 숙제'를 해결하지 못하던 중, 정국이 급변하면서 조선문
학가동맹에 가담했던 전력 때문에 곤욕을 치르게 되었다. 마침내 그는
1949년 11월 4일 국민보도연맹에 자수하여 문학적 '전향'을 선언하며
정신적 방황을 정리하였다[33]. 그의 가맹은 명망있는 문화예술인으로는
처음이라서 도하 신문은 각별히 취급하였다.

> 나는 소위 야반도주하여 38선을 넘었다는 시인 정지용이다. 그러나 나
> 에 대한 그러한 중상과 모략이 어디서 나왔는지는 내가 지금 추궁하고
> 싶지 않은데, 나는 한 개의 시민인 동시에 양민이다. 나는 23년이라는 세
> 월을 교육에 바쳐왔다. 그래서 나는 집을 옮기는 동시에 경찰에 신변보호
> 를 요청했던 바, 보도연맹에 가입하라는 권유가 있어 오늘 온 것이다. 그
> 리고 앞으로는 우리 국가에 도움되는 일을 해볼까 한다.[34]

그는 '중상과 모략'을 받게 된 자신의 신세를 한탄하고 있으나, 그런
의심을 받을 만한 행보를 보인 것이 사실이었다. 정지용은 어중간한
자세로 좌우 양측으로부터 비판을 받았다. 그는 조연현으로부터 "씨의
감각도 언어도 씨의 어떤 정신적 필연성이나 심장의 요구에서 나온 것
이 아니라, 씨의 수공의 노력과 연마에서 나온 것"(「수공업예술의 말로

32) 정지용, 「조선시의 반성」, 『문장』, 1948. 10; 『정지용전집·2』, 275쪽.
33) 김기진, 『국민보도연맹』, 역사비평사, 2002, 77쪽.
34) 『동아일보』, 1949. 11. 5.

—정지용씨의 운명」, 『평화신문』, 1947. 8. 20-21)이라는 인신공격에 가까운 힐난을 받았다. 그의 비판은 합리적 논리에 입각한 것이 아니라, 정지용이 조선문학가동맹에 이름을 올리고 우익측의 문학 조직에 무관심한 것에 대한 반작용이었다. 한편 좌익측의 김동석은 정지용이 임시정부 인사들 앞에서 시를 낭독한 사실을 지칭하며 "그대가 맞이한 몇 사람 정치가보다도 이마에 땀을 흘려 낫을 잡는 사람, 헴머를 휘두르는 사람이 시인을 밥 먹이고 옷 입히지 않았던가"(「시를 위한 시—정지용론」, 『상아탑』, 1947. 3)라고 신랄하게 비판하였다. 그의 비판 속에는 정지용이 우파 문단에 적을 두지 않을까 염려하는 기색도 내재되어 있다. 동맹원으로서의 활동에 소극적이던 정지용이 우파 진영에 가담하게 된다면 상당한 전력의 손실을 수반하게 될 것이 분명하였다. 이처럼 좌우측으로부터 지탄받았던 그의 존재 가치는 당시 문단의 지위를 추측케 해준다.

정지용의 극적 변신은 해방기 정세의 추이를 반영하고 있다. 정치적으로는 1948년 5월 남한만의 단독 선거가 실시되어 8월에 대한민국 정부가 출범하였고, 이듬해 10월 정부는 공산당을 불법단체로 규정하였다. 문단에서는 1948년 12월 우익측의 전국문화단체총연합회가 '민족정신 앙양 전국 문화인 총궐기대회'를 주최했고, 이듬해 12월에 한국문학가협회를 출범시켰다. 이처럼 남북은 분단체제를 신속히 구축하기 위해 상대방의 이념을 추종하는 작가들을 회유하거나 탄압하였다. 이런 판국에 정지용의 전향 선언이 나온 것이다. 그는 한국문학가협회에 가입하여 『문장』의 선고위원을 거치는 동안에 배출했던 후배시인들과 조우하는 한편, 오랜 문우였던 이태준을 향해 "38선이 장벽이 아니라, 자네의 월북이 바로 분열"[35]이라며 월남할 것을 재촉하였다. 해방 후 좌우의 문학단체로부터 관심과 배제를 동시에 받았던 그의 방황이 끝나는 순간, 예기치 않은 한국전쟁이 일어났다. 이로써 그의 '비애와 고독'으로 점철된 "危殆 千萬 나의 마흔아홉 해"(「曲馬團」)는 다시 한번 이념의 와중에 휩쓸리고 말았다.

3. '장난감 없이 자란 어른'의 변명

주지하다시피, 정지용의 첫 시집 『정지용시집』에는 다수의 동시가 수록되어 있다. 그의 동시는 본격적인 작품 활동에 앞서 이수한 학습 결과로, 누이에 대한 그리움이 편편마다 배어 있다. 동시는 조실부모한 개인사적 사실과 연루되어 그에게 "육친의 없음을 채워줄 수 있는 유력한 정신 공간"[36]이었다. 이 점에서 정지용의 동시는 엄밀한 의미에서 동시가 아니다. 그것은 애초부터 동시라기보다는, 자신의 내부에서 온전한 정서 발달을 저해하는 심리적 자상을 치료하기 위한 자기최면적 발언이었다. 시인은 동시를 발표하는 동안에 느낄 수 있는 정서적 만족 상태를 체험할 목적으로 시가 아닌 동시를 선택했을 뿐이다. 그러므로 그의 동시에 나타난 시간은 철저히 과거시제에 입각할 수밖에 없었다. 시간이 과거에 정지되면서, 정지용은 미래에 대한 전망을 추구하기보다는 "부헝이 울든 밤"(「병」)을 그리워하는 회귀적 사유방식을 고수하게 되었다. 해방기에 그가 문단의 움직임과 거리를 유지하거나, 신진들의 등장을 비난한 사실도 그로부터 비롯된 것이다.

---

35) 정지용, 「소설가 이태준군 조국의 〈서울〉로 돌아오라」, 『이북통신』, 1950. 1; 『정지용전집·2』, 416쪽.
36) 최명표, 「'없음'의 구어적 표현방식―정지용 동시론」, 『아동문학의 옛길과 새길 사이에서』, 청동거울, 2007, 112쪽.

정지용의 과거지향적 시간의식은 그를 호명한 해방기의 시제와 맞지 않았다. 일제에 의한 강점 상태가 지속되는 기간에는 정지용의 시간의식이 일정한 의미를 확보할 수 있었으나, 그것이 해소된 해방공간에서는 동시의 시제도 달라져야 했다. 해방은 정치적 영역뿐 아니라 문학적 측면에서도 모든 가능성을 전제하므로, 현상에 대한 면밀한 관찰과 적절한 대응이 필수적이다. 특히 동시는 대상의 특수한 성향 때문에 시보다 더 현재의 순간을 중시한다. 따라서 집요할 정도로 과거시제를 고수하는 정지용에게 동시는 어울리지 않았다. 그에게 동시는 가족사적 사연을 토로하거나, 삭제된 기억을 되살리기 위한 수단에 불과했다. 이 점은 그가 배출한 청록파 시인들이 이 시기에 활발히 동시를 발표한 것과 대비된다. 그들은 해방기의 시대적 특수성을 고려하여 아동들이 나아갈 바를 명랑한 분위기로 표현하였다. 그렇지만 정지용에게 동시는 시로 나아가기 전단계의 습작 과정에 지나지 않았으므로, 중견시인의 반열에 오른 그가 후배시인들과 동열에 서기에는 격이 맞지 않았다. 이것은 그가 초기 외에 발표한 동시작품이 없다는 사실로부터 확인 가능하다.

또 정지용의 독특한 고향의식은 동시의 세계와 부합되기 어려웠다. 고향은 그에게 "그리던 고향은 아니러뇨"(「故鄕」)라며 부정하기 이전의 관념태로 존재하였다. 초기부터 잃어버린 고향의 '향수'에 집착한 그였기에, 해방으로 되찾은 '고향'의 현재를 시화할 수 없었다. 그의 고향은 해방을 맞아 '지금-여기'에 되찾은 모습이 아니었다. 그에게는 고향의 공간 표지보다도 정서상의 심리기제가 중요했던 것이다. 고향을 되찾고도 부정하는 그의 시간의식은 시는커녕, 동시의 창작도 불가능하게 만든 심리적 동인이었다. 그는 정서의 원형으로 재현되어야 할 고향을 부정한 전과 때문에, 원시적 질서를 추구하는 동시의 세계로 귀환할 수 없었다. 이에 그는 "장난감 없이 자란 어른"[37]으로 자처하며, 아동기의 궁핍상을 추억하는 일조차 공공연히 싫어하였다. 그러나 그것은 그의 세대가 보편적으로 경험한 것이지, 그에게 특별히 국한된 것이 아니다. 이러한 인식 태도는 현실과 동화되지 못한 그의 심리적 불안 상태를 반영하고 있다. 그가 성장기의 추억을 유별나게 개별화하는 한, 동심의 형상화를 표방하는 동시의 창작에 나설 수 없었다. 그는 문단 활동을 수반하는 작품의 발표 대신에, 아동 작품의 심사로 시대와 마찰하는 자아의 훼손을 지연시키고 있었을 뿐이다[38].

> 어린이에 대한 글을 쓰라고 하시니 나는 소년쩍 고독하고 슬프고 원통한 기억이 진저리가 나도록 싫어진다. 다시 예전 소년시절로 돌아가는 수가 있다면 나는 지금 이대로 늙어가는 것이 차라리 좋지, 예전 나의 소년은 싫다. 조선에서 누가 소년시절을 행복스럽게 지냈는지 몰라도 나는 소년쩍 지난 일을 생각하기도 싫다.
> 인생에 진실로 기쁨이 있는 때가 있다면 그것은 어린 시절뿐이요, 어린이들의 기쁨이란 순수하게 기쁜 것이다.

37) 정지용, 「장난감 없이 자란 어른」; 『정지용전집·2』, 351쪽.
38) 박태일은 「새 자료 발굴로 본 정지용의 광복기 문학」(『한국근대문학의 실증과 방법』, 소명출판, 2004, 83-145쪽)에서 「싹이 좋은 작품들」(『소학생』, 1947. 8), 「작품을 고르고서」(『어린이나라』, 1949. 5), 「작품을 고르고서」(『어린이나라』, 1949. 6), 「반성할 중대한 재료—특히 선생님들에게 드리는 말씀」(『소학생』, 1949. 7), 「평어」(『여자중학생 문예작품집』, 교육주보사, 1949), 좌담 「우리들의 설맞이 하던 이야기」(『어린이나라』, 1949. 1), 「어린이와 돈」(『소학생』, 1949. 5), 「어린이날 5월5일」(『어린이나라』, 1949. 5), 시 「椅子」(『혜성』 창간호, 1950), 「시집 『얼굴』을 보며」(정진업 시집 발문용 육필원고) 등의 수필 2편, 심사평 5편, 좌담 1편, 시 1편, 육필원고 1편을 발굴하여 논문의 달미에 소개하였다. 또 그는 「정지용의 미발굴 동요 '넘어가는 해'와 '겨울ㅅ밤'」(위의 책, 146-153쪽)에서 『신소년』(1926. 11)에 발표되었던 동시 「넘어가는 해」와 「겨울ㅅ밤」 등, 2편의 전문을 공개하였다. 본고에서는 박태일이 공개한 작품들을 원용하며 논의를 진행한다.

> 불행하게도 조선에 태어나서 기쁨을 빼앗긴 어린 시절에 나는 마침내
> 소년이 없고 말았으니 청년기도 없었던 것이요 애초에 청춘이 없었으니
> 말하자면 노년도 없이 우습게 쇠약하여 죽을 것 같다.[39]

보통학교에 다니는 동안 홍수로 인해 정지용은 가산을 잃어버렸다. 그로 인한 가난은 그의 성장 과정을 억압하였고, 자존심에 상처 받는 등 심리적 자상을 입게 되었다. 그의 동시에 유달리 가족 모티프가 빈번하게 등장하게 된 배경이다. 그는 '소년쩍 고독하고 슬프고 원통한 기억'을 생애 내내 잊지 않으며 살았다. 많은 사람들이 희망하는 유년기로의 귀의를 부정할 만큼, 그에게 각인된 상흔은 깊었다. 그런 연유로 해방기에 정지용은 '불행하게도 조선에 태어나서 기쁨을 빼앗긴 어린 시절'을 반복하고 있는 아동들이 올바로 성장할 수 있도록 관심을 기울였다. 그는 기성세대들이 아동들에게 불우한 환경을 제공하게 된 배경을 "민족과 사회적 위치에서 지적하고 비판하고 반성"[40]할 것을 촉구하였다. 그렇지만 그가 이 무렵에 발표한 잡문들이 특별히 주의를 끌지 못하는 이유도, 기성인들의 책임을 언급하는 수준에 머물러 있기 때문이다. 그 역시 아동에 관한 논의를 심화하지 않았을 뿐만 아니라, 아동 작품의 선별 기준도 "어른 흉내 낸 것 어린이의 생각답지 않은 것을 철저히 배척"[41]한다는 등의 상식적 수준을 넘어서지 못하였다. 그는 자신의 체험에 기초하여 '어린 시절에 나는 마침내 소년이 없고 말았으니 청년기도 없었던 것이요 애초에 청춘이 없었으니 말하자면 노년도 없이 우습

---

39) 정지용,「대단치 않은 이야기」,『아동문화』, 1948. 11;『정지용전집・2』, 427쪽.
40) 정지용,「반성할 중대한 재료—특히 선생님들에게 드리는 말씀」,『소학생』, 1949. 7; 박태일, 앞의 책, 92쪽.
41) 정지용,「작품을 고르고서 (4)」,『어린이나라』, 1949. 5; 박태일, 위의 책, 129쪽.

게 쇠약하여 죽을 것 같다'고 말하면서도, 후대의 아동들에게 '소년'을
되찾아주기 위한 구체적 대책은 제시하지 않았던 것이다.

당시의 아동문단도 좌우 대립으로부터 자유롭지 않은 상태였기 때문
에, 이념의 충돌을 마다하는 정지용의 활동 반경은 제한되어 있었다. 따
라서 그가 애초부터 자발적으로 참여한 것이 아니었으므로, 아동문학
잡지의 선고작업이 심리적 만족감을 안겨줄 수는 없었다. 더욱이 동시작
품의 심사가 아니라 아동들의 작문을 심사하는 것이었기에, 그의 성취감
을 충족시켜주기에는 역부족이었다. 이것은 전적으로 해방기의 잠재적
가능성을 인정하지 않는 그의 시간의식이 초래한 결과였다. 해방은 정지
용에게 단순한 정치적 의미 외에 특별한 의미를 갖지 못하였다. 그는
이 무렵에 발표한 시편들에서 해방의 환희를 절실하게 표현되지 않았을
뿐만 아니라, 민족 고유의 정서를 회복하게 된 기쁨도 표현하지 않았다.
이 점에서 그는 일관된 신념을 앞세우며 각종 집회와 운동에 적극 가담
한 모더니스트 김기림의 행적과 구별된다. 그는 향수와 결별하지 않은
채, '兀然히' 그리고 '傲然히' 해방정국의 분주한 움직임을 관망하다가 한
국전쟁을 맞고 말았다. 이처럼 해방기의 정지용은 마치 "모오닝코오트
에 禮裝을 가추고 大萬物相에 들어간 한 壯年紳士"(「禮裝」)처럼, 현실에
적응하지 못한 "아조 외로운 나그내"(「슬픈 偶像」)였다.

III. 결론

정지용은 시의 심미적 자율성을 자각한 최초의 시인이었다. 그가 한

국 시단에 끼친 영향은 막대하다. 전대의 성향과 구별되는 그의 시적 성취의 영향으로 감정 조절의 필요성이 인식되었고, 시어의 중요성이 주목되기 시작했다. 그는 이 점은 그의 시세계를 거론할 때마다 전제되어야 할 문학사적 평가이다. 그는 초기시에서 보여주었던 이미지즘적 경향을 초월하여 일제의 폭압이 극정에 달하던 1940년대에 이른바 '산수시'에 도달하였다. 그 세계는 일제에 의해 조성된 폭력적 상황으로부터 그의 시적 신념을 지켜주기에 적합하였다. 그는 동양적 은일의 정신에 바탕하여 자신을 억압하는 외적 조건들이 제거될 때까지 '兀然히' 견뎠다.

하지만 그가 구체적 현실과 단절한 채 '長壽山'에 칩거했던 경험은 결과적으로 해방기의 문단 활동에 장애가 되었다. 그의 소극적인 행동은 좌우측 문단으로부터 비판받았을 뿐만 아니라, 시적 변모를 도모하지 못하도록 만들었다. 그것은 그의 성품과 세계관에서 비롯한 것으로, 특정한 정치적 신념을 요구하던 당시 상황의 불가피성을 인정하지 않은 채 '순수예술'을 고집하는 문학관으로 나타났다. 이 무렵에 그는 이념과의 마찰을 피하여 아동문학 부문에 관심을 기울였지만, 아동 작품의 심사와 잡문의 발표에 그쳤다. 정지용이 해방기에 이러한 모습으로 일관한 원인은 식민지시대의 말기에 구축했던 시적 공간의 관념성에 있다. 그런 태도는 일제의 폭압이 사라진 해방공간에서 그를 현실과 유리된 채 살아가도록 견인하였다. 그로 인해 그는 이 시기에 시작 활동을 할 수 없었을 뿐만 아니라, 시적 전환을 꾀하지 못하고 비극적 사태를 맞게 되었다.

정치적 신념과 시의 일체화

박세영의 시와 시론

Ⅰ. 서론

한국의 현대사는 부단한 선택의 연속이었다. 특히 해방은 시인들에게 선택의 중요성을 일깨우면서 결과에 대한 책임추궁을 마다하지 않는 정치 현장이었다. 미처 해방을 맞을 준비도 갖추지 못한 시인들에게는 선택에 필요한 예비 지식을 마련할 시간도 허용되지 않았다. 식민지 시대에 친일과 저항의 갈림길에서 방황했던 그들은 반공과 용공이라는 상극의 이념 중에서 택일할 것을 강요받았다. 그들의 순간적 선택은 일생의 안위와 후세의 평가를 기약하므로, 선택의 상황에 직면한 당사자들은 나름대로 합리적인 이유와 논리를 갖춰야 했다. 그럼에도 불구하고 해방 공간의 특수한 조건은 시인들에게 결단을 재촉하고 있었다. 그들의 선택은 독자적인 판단이 대부분을 차지했으나, 더러 친구나 지인과의 인연 때문에 불가피하게 선택한 사례도 발생하였다. 이런 부류와 달리 한편에서는 선택의 시기를 지연시켜서 정치적 신념의 훼손을 예방하려는 무리들도 있었다. 어느 경우에도 개인의 자유는 위축될 수밖에 없었고, 자신의 선택을 합리화하기에 알맞은 명분기 필요했다. 해방 전부터 이념을 체계화한 시인들은 선택의 순간에도 망설이지 않았다. 그들은 지식인답게 정신적 흔적으로 방황한 내용을 역사 앞에 제출하였는 바, 시인들의 경우에는 시편에서 그 징후를 살펴볼 수 있다.

박세영(1907-1982)은 "일제 강점하 프로문학을 광복 후 북한문학에 접맥·계승 발전시킨 가장 대표적인 시인"[1]으로 평가받고 있다. 1922년에 배재고보를 졸업한 후에 연희전문학교에 진학하면서 염군사에 가담했다. 이적효와 최승호를 비롯한 염군사의 조직원들은 이듬해 발족한 파스큘라와 통합하여 1925년에 한국 최초의 문학 조직 카프를 결성하였다. 박세영은 배재고보 재학 중에 동창생 송영과 함께『새누리』라는 등사판 문집과『자유신종보』를 제작하며 습작시를 발표한 바 있다. 이후에 그는 중국의 각지를 여행하다가 귀국하여 1927년『문예시대』에 시「農夫 아들의 歎息」, 「山峽에서」 등을 발표하면서 본격적인 시작 활동을 전개했다. 박세영은 한번도 문단의 주류세력에 편입되지 않았으면서도, 자신의 문학적 출발점 행동을 수정하지 않았다. 주지하다시피, 카프의 주도권은 초기에 파스큘라의 박영희와 김기진이 장악했다가, 그 뒤에는 임화를 비롯한 제3전선파가 계승하였다. 그들은 일제의 교활한 파괴 공작에 각개격파된 채 1935년 카프의 해산을 전후하여 대부분 전향하거나 부일하였다. 그런 악조건 하에서 박세영은 친구 송영의 훼절 장면을 목격하면서도 신념을 철회하지 않았다.

이와 같이 박세영은 식민지시대를 거치면서도 비교적 충실하게 자신의 신념을 따라서 행동한 시인이다. 그는 해방기에 정치적 집회와 문단 모임에 열성적으로 참여하다가 월북하였다. 그런 맥락에서 그가 해방 정국에서 자진 월북을 결행하게 된 동기도 해명되어야 한다. 그러나

---

1) 김재홍,「신념파 프로시인, 박세영」,『카프시인비평』, 서울대출판부, 1990, 37쪽.

지금까지 보고된 선행연구들은 박세영의 시세계에 관한 언급에 치중한
결과, 그의 월북을 이념에 의한 당연한 선택으로 보고 있다. 그의 월북
을 당연시하는 태도는 북한에서 보여준 시적 경로를 파악하기에 용이
한 관점을 제공하기는 하지만, 그것이 타당한 입론으로 승인되기 위해
서는 객관적 자료에 근거한 과정이 제시되어야 할 것이다. 이 시기에
그가 보여준 정치적 견해와 신념의 관련성이 소상하게 구명되어야 하
고, 시와 시론의 영향관계도 밝혀져야 한다. 이에 본고는 그가 해방기에
발표한 시와 시론의 상관성을 검토하여 월북하게 된 동기를 유추할 목
적으로 기획된 것이다.

II. 정치적 신념과 시의 일체화

1. 해방의 시적 의미

해방의 기쁨은 비단 시인이 아니어도 동일한 무게로 느낄 수 있었다.
또한 민족해방전선에 복무한 경력의 유무를 떠나서도, 해방은 모두에
게 무한한 가능성을 안겨주었다. 그러나 가능성의 무한대야말로 해방
의 불분명한 성격을 선명하게 보여주기에 충분하다. 무엇이나 할 수
있다는 가능성은 벅찬 감동을 수반하지만, 반대로 그 두엇의 정체를 모
르는 이들에게 가능성은 다른 미로의 시작일 뿐이다. 마치 어둠의 동굴
에서 감금되어 있다가 풀려나 맞은 빛의 강렬함이 야기하는 막막함처
럼, 해방은 준비 안 된 민족으로서는 기쁨의 감정 외에 달리 내세울

게 없었다. 이러한 상황 속에서는 차라리 "새로운 시대가 시작되는 날 우리 앞에 벌어지던 화려한 광경은 솔직히 말해서 시가 되기에는 너무나 벅찬 감격"[2]이었다고 술회하는 편이 훨씬 솔직하다. 시적 용기에 담아낼 수 없을 정도로 무한한 가능성은, 시간이 흐르는 동안에 점차 실망으로 변모하였다. 해방 조국은 미소 강대국의 각축장으로 변모하였고, 시인들은 두 나라 중에서 하나를 선택해야 하는 기로에 직면하였다. 미국은 신흥 강국으로서, 반공을 무기로 친일관료와 매판자본가 등과 결탁하여 그들의 기득권을 보장해주기로 공공연히 합의한 판국이었다. 따라서 식민지시대에 투쟁 경력을 지닌 카프 시인들로서는 이념적 친밀도를 선택의 우선 덕목으로 설정할 수밖에 없었다.

그렇다면 일제에 의해 주권이 늑탈되었던 시기에 시로서 울분을 표했던 박세영에게 해방은 무슨 의미였을까. 가세가 몰락하여 고향을 떠나 강경까지 내려와 살아야 했고, 적국의 실정을 파악하기 위해 도일하려다가 분기를 억제하지 못하고 중국에서 방랑했던 그에게 해방은 "自由의 化神"(「山제비」, 『낭만』, 1936. 11)이 재림한 것처럼 느껴졌을지도 모른다. 그의 입장에서 해방은 지금까지의 고통스러운 생활을 청산하고, 국민들의 자유의지에 기초한 새로운 독립 국가를 건설할 수 있는 호기였다. 더욱이 청진 감옥에서 영어 생활을 하던 중에 맞은 해방이야말로 식민 치하에서 단련한 정치적 신념을 구체적으로 실천할 수 있는 공간이었다. 원주민 시인으로서 식민 당국의 감시를 받고, 독립운동을 하다가 투옥되어 이중으로 부자유를 체험한 박세영에게 해방은 무제한의 자유를 제공해주었다. 그가 "서른일곱살된 사구라"(「아— 여기들 모였구나」, 『문학』, 1946. 7)를 쫓아내고 해방을 맞은 소회를 감격스럽게

---

2) 임화, 「서」, 김상훈 시집 『대열』, 백우서림, 1947, 7쪽.

시화한 다음 작품은 이러한 판단을 살피기에 적절한 증거이다.

> 잃었든 祖國이여 다시 사러났는가,
> 一九四五年 八月 十五日
> 이날부터 建國의 새 歷史는 始作되어 온朝鮮 안에는 느구나 다─뛰었다.
> 일직이 맛보지 못하든 오늘의 이 歡喜!
> 一九一○년 九月 어느날 日韓合倂의 祝賀行列이 지나갈 제
> 어린 내 눈에도 눈물이 흘렀드니라
> 가슴에 멍이든지도 어느새 三十六年
> 자나 깨나 내 어찌 祖國을 니졌으랴.
> ─「八月十五日」(『예술운동』, 1945. 12) 부분

해방 조국의 환희는 '감정의 자연스러운 유로 현상'에 의탁하여 표현할 수밖에 없을 만큼, 박세영에게 생애 최초의 격렬한 감동을 선사하였다. 그의 기쁨은 '가슴에 멍이든지도 어느새 三十六年'의 비통한 심정이 드러나면서 배가된다. 카프가 해산계를 제출하기 전에 "낡은 白合같이 야윈 내 얼굴"(「自畵像」, 『신동아』, 1935. 9)을 보며 완강한 일제의 지배질서를 전복할 수 없는 무력감을 토로하던 표정과 다르다. 그것은 수형 기간 동안의 억눌린 감정과 해방의 정치적 의미가 복합적으로 작용하여 생성된 것이다. 그 역시 보통 사람들과 마찬가지로 해방의 순간을 각별하게 기억할만한 수사적 책략을 마련하지 못한 채, 우선 감정의 발산을 방임하고 있다. 그만치 해방은 형용할 수 없는 감동의 순간으로 다가왔다. 그리하여 가작 「山제비」에서 냉철한 자세를 견지했던 박세영마저 복받치는 감정을 주체하지 못한 채 눈물을 흘리고 있는 것이다.

하지만 눈물이 아무런 의미를 획득하지 못하게 되자, 그는 독립운동에 투신하던 몸을 독립국가 건설 사업에 재투신하지 않으면 안 되었다.

이미 정국은 정치적 이니셔티브를 장악하기 위한 정파들의 각축장으로 변모하였고, 문단도 우세를 점하기 위해 상호 비방과 세력 확장에 열심이었다. 독립이 운동과 국가에 공통적으로 관여할 때, 시인의 움직임은 목소리와 함께 구체적 행동을 모색하게 된다. 독립운동이 지하에서 은밀하게 이루어지는 속성을 지녔다면, 국가 건설은 지상에서 명확한 목표를 향해 공개적으로 진행된다. 박세영은 '일직이 맛보지 못하든 오늘의 이 歡喜'를 자주 국가 건설의 의지로 전환하고, 이전에 체험해보지 못한 공개적 행보를 감행하였다. 자신의 심중에 축적해두었던 신념을 구현할 수 있는 기회였으므로, 그의 시와 행동에는 망설일 이유가 없었다. 건국 사업에 동참하는 그가 시대적 소명의식을 내세우며 "**人民의 幸福과 새 建設을 위하여**"(「山川에 묻노라」, 『인민』, 1946. 1) 나아가는 발걸음이 당당하고 거리낄 것이 없음은 물론이다. 그에게는 독립운동과 건국운동은 동일한 운동의 다른 이름이었을 뿐이다.

> 비는 오고,
> 날은 어두워
> 咫尺이 안 보이는 논길로
> 나는 지금 **委員會**에 간다.
>
> 우산도 없이,
> 등불도 없이,
> 다만 바람에 섞인 빗소리,
> 또랑물 소리만이 요란히 들릴 때,
> 그 옛날 **戀人**과 같이 이 길을 걷던 때 보다도,
> 나의 마음이 기쁘고나.

지금 同志들은
나를 기다릴 게라
지나간 날 놈들은 독사와도 같이
우리를 물어 띄었지!
이 밤엔 비, 바람이 또 해살을 노는거냐,
그러나 가자
비는 오고,
바람은 불어도.

나는 이 밤 同志들과 같이
우리가 行動할 것을 그려보면서 간다,
同志들의 번쩍이는 그 눈동자들이
어쩐지 이 밤엔
내 길을 밝혀 주는 등불과도 같구나.

가자 어둠의 밤,
비는 오고,
바람은 불어도
―「委員會에 가는 길」(『우리문학』, 1946. 1) 전문

박세영은 예상보다 빠른 속도로 전개되는 정국의 추이에 대응하여 독
립국가의 건설을 향한 정치적 열망을 표현하고 있다. 시 속에 내재된
그의 의지는 당시에 "아 무엇이 작고만 겸연쩍은가"(「共青으로 가는 길」,
『병든 서울』, 1946. 7)라고 주저하던 오장환의 머뭇거리는 표정과 다르
다. 그가 자신의 결연한 의지를 '그 옛날 戀人과 같이 이 길을 걷던 때
보다도' 기쁜 표정으로 강조하고 있지만, 작품의 전반적인 어조는 낙관
적이지 못하다. 그가 이 작품을 탈고한 1945년 10월 16일 미국에서 체
류하던 이승만이 귀국하였고, 그에 앞서 미 군정 당국은 10월 10일 조선

인민공화국을 불인정하는 성명을 발표하였다. 이렇게 긴박한 정세 속에서 '委員會에 가는 길'은 분명히 '咫尺이 안 보이는 논길'이다. 비록 그가 '우리가 行動할 것을 그려보면서 간다'고 말할지라도, 시적 정조는 비바람 치는 일기와 밤이라는 시간적 배경을 압도하지 못한다. 그것은 시국의 정세 변화에 따른 불안한 징후를 반영한 결과이다.

그가 정치적 집회에 참여할수록 시적 성향은 정치판과 긴밀하게 결부될 수밖에 없었다. 비록 시에 관한 성찰적 기회를 보장받지 못할지라도, 박세영에게 시급한 것은 시와 정치의 일체화였다. 그런 태도는 불가피하게 시에 대한 정치의 우위를 인정하게 되고, 시의 정치적 종속화를 재촉하게 된다. 그렇지만 그에게는 독립국가의 건설이 현안과제였으므로, 시의 자율성이 훼손되는 것은 크게 문제되지 않았다. 그는 길조차 보이지 않는 비 오는 밤중에 '同志들의 번쩍이는 눈동자'를 '등불'로 삼고 길을 나섰기 때문에, 자신이 신봉하는 정치적 이념을 추호도 의심하지 않았다. 그러나 박세영의 기대와는 달리, 정국은 국토의 분단을 기정사실화하면서 강대국의 이익에 봉사하는 정치체제를 구축하기 위해 분주히 움직였다. 자국의 이데올로기를 복제하기에 용이한 신생국을 수립하려는 강대국의 의사결정에 따라 조국의 운명이 좌우되는 판국이었다. 자신의 신념에 입각한 행동이 무력화될 때, 시인은 시대의 특수한 조건을 담지한 작품으로 국면의 전환을 모색하게 된다.

2. 서사지향적 시의 재생산

해방을 맞은 시인들은 저마다 감격스러운 어조를 통해 자신의 소감을 토로하였다. 시의 미학적 장치보다는 해방의 감격에 제압당한 시인들은 감상성의 과다노출까지 너그럽게 용인하면서 자유를 되찾은 조국을 찬미하느라 공을 들였다. 해방의 의미는 전 부면을 지배하면서 사회운동의 성격을 규정하였다. 더욱이 해방을 맞아 조국을 떠났던 사람들이 귀국하게 되자, 시인들은 주권을 상실한 시기에 시의 대중성을 확보하기 위한 전략적 일환으로 유행시켰던 단편서사시 형식을 재활용하여 집단적 동질감을 드러내기에 노력했다. 이런 류의 시편들이 해방 정국의 사회적 조건을 담보하기에 적합한 것은 사실이다. 특히 그 형식이 특정 이념을 추종하는 일군의 시인들에게 집중적으로 발견된다는 점에서, 서사적 요소를 포함하고 있는 시편들이 함의하고 있는 정치적 목적은 쉽게 드러나기 십상이다. 비교적 장형시에 속하는 이 형식은 체험을 수용하기에 적합한 속성을 지니고 있었으므로, 민중들의 신산스러운 삶의 장면을 포착하는데 적격이었다.

식민지의 원주민으로서 박세영은 노농계급의 피폐한 현실에 지속적으로 관심을 표명했었다. 일찍이 그는 중국 사회주의 운동의 거점이었던 농촌을 주유한 바 있다. 그는 여행하는 동안에 한대 동북아시아의 맹주를 자처하던 나라가 열강의 침략에 의해 "넓은 들판엔 늘어가느니 주린 해골"(「江南의 봄」,『문예창조』, 1934. 6)로 변모한 모습에 연민을 표하면서, 외세에 강점된 조국의 형편과 견주어보았다. 이때의 시편에서 두루 검출되는 허무의식은 초기의 관념적 시편에서 문제된 점들을 극복할 수 있었던 배경 요인이기도 하다. 그것은 그에게 시와 구체적 현실 간의 상호관련성을 깨닫는 계기를 제공하였고, 이후의 시에서 양자의 상관도를 제고하는 노력으로 나타났다. 중국 민중들의 궁핍상을 직접 목도하면서 그는 사회주의 이념의 실현 가능성을 발견하게 되었고, 조국과 중국의 농민들이 공통적으로 겪고 있는 가난한 현실을 타개

할 수 있는 정치적 방안을 모색하였다. 그의 농촌 체험은 시적 정서와
결합하여 "식민 조국의 실상을 감상 어린 비애의 정서로 형상화하던
전대의 서정시들보다 한층 구체화된 현실 인식을 가능케 했고, 그런 변
모를 직접적 계기로 하여 당대 농민 정서를 시적으로 형상화하는데 성
공"3)하도록 추동하는 힘이었다.

일제의 무력 통치에 굴복하여 카프가 해산될 때에도 전향하지 않았
던 박세영에게 해방은 문학적 신념을 마음껏 표출하기에 알맞은 공간
이었다. 다른 시인들보다 윤리적 우위를 점유할 수 있었던 그는, 이 시
기에 프롤레타리아 해방을 향한 정치적 열망을 구현하기에 유리한 자
격을 지니고 있었다. 그는 각종 집회에 적극적으로 참가하여 개인적
신념을 행동화하는 한편, 여러 작품을 통해 정치적 견해를 표명하는데
서슴지 않았다. 당시의 정국 상황은 박세영을 위시하여 민족해방운동
에 복무한 세력들이 토착적 부르주아계급에게 밀리는 형국이었다. 그
들은 친일 대신에 친미반공을 내세우며 기득권을 옹호하는 한편, 독립
운동 세력을 무력화시키기 위해 사력을 다하였다. 이런 판세는 박세영
처럼 민족해방운동에 전력을 기울였던 신념의 시인에게 억제할 수 없
는 분노를 안겨주었다.

> 서울은 서글프고나
> 철갑을 둘렀다는
> 南山의 소나무들도
> 간곳이 어디메나
> 병풍같이 둘린 산이

---

3) 유성호, 「상징적 형상을 통한 현실 지향의 논리—박세영론」, 『한국 현대시의
  형상과 논리』, 국학자료원, 1997, 114쪽.

산마다 중 이마 같고나.
서울은 거칠고나
한때는 왜놈들을 덩그렇게 살리더니
지금은 팔도에서 쫓겨난
반역자들의 안식처가 되다니

팔은 것은 양심이요
얻은 것은 돈과 지위라고
외치는 자만이
그리고 물욕에만 미친 자들이
활갯짓하는 서울이어!
얼마나 가려느냐.
　　　　　—「서울의 俯瞰圖」(『신문학』, 1946. 11) 부분

　　해방을 맞아 상경한 박세영이 목도한 서울의 모습이다. 친일파들은
미 군정과 결탁하여 정국의 주도권을 장악하고 민족해방운동에 종사했
던 세력을 배격하기 위한 결사체를 만드는 등, 정세를 선도할만한 기득
권층으로 조직되고 있었다. 박세영은 이러한 광경을 목도하면서 "인민
의 뜻을 제치고 나서는"(「民族叛逆者」, 『햇불』, 1946. 4) 민족반역자를
처단하자고 역설하면서, 친일세력들이 신생 조국의 국가적 정체성을
훼손할 세력으로 등장하는 사태를 예방하기 위해 전력을 다하였다. 그
들은 '둘도 없는 내 귀여운 누이'를 비참하게 만든 당사자들이었기 때문
에, 박세영으로서는 엄격한 자기비판을 통해 자숙해야 할 세력이 전면
에 출현하는 것을 용납할 수 없었다. 그들의 조직적인 움직임에 맞서는
방안으로 그는 해방기의 역사적인 맥락을 배제하지 않고, 서사지향적
작품의 재생산을 통해 적극적으로 수용하였다. 해방 공간의 정치적 상

황이 박세영으로 하여금 카프 시절에 발표한 「바다의 여인」(『음악과
시』, 1930. 8), 「누나」(『카프시인집』, 1931. 11), 「산골공장」(『신계단』,
1932. 11) 등과 동일한 계열의 작품들을 재생산하도록 조장한 것이다.
그러한 자세는 "현실과 유리되지 않은 생생한 리얼리티를 제기할 때만
찾을 수 있다"[4]고 확신했던 그의 신념으로부터 비롯된 것이다.

박세영은 시의 사상성보다 낭만성이 해방기의 정서를 감당하기에 유
효하다고 판단하였다. 무엇보다도 정세가 불리하게 전개되고 있어서
정치 노선에 동참하는 대열의 확충이 시급한 상황이었기 때문에, 좌파
민족문학 진영에서는 격정적이고 감상적인 어조로 다수의 군중들로부
터 심정적 동조를 이끌어낼 필요가 있었다. 이 무렵에 생산된 다수의
서사지향적 시편들은 태생부터 정치적 의도를 공공연하게 내포하고 있
었던 것이다. 이런 측면에서 "해방의 감격과 사상의 자유스러운 분위기
를 완전히 자신의 내면세계에 용해시키지 못했다"[5]는 지적이 그의 시
에 나타난 감상성을 폄하하는 것이 아니란 사실은 음미할만하다.

> 순아 사랑하는 내 동생,
> 둘도 없는 내 귀여운 누이
> 내가 홀홀이 집을 떠날 때,
>
> 너는 열여섯의 소녀.
>
> …(중략)…

---

4) 조용훈, 「신념과 의지의 한 표상—박세영론」, 『근대시인연구』, 새문사, 1995, 358쪽.
5) 윤여탁, 「사상 우위의 문학관과 작품 행동으로서의 실천」, 윤여탁·오성호 편,
『한국현대리얼리즘시인론』, 태학사, 1990, 44쪽.

너, 내 사랑하는 순아!
빼앗긴 조국은 해방이 되여
왜놈의 넋이 타버리고,
오빠는 미칠 듯 서풍모냥 왔는데도
너는 병든 몸으로 돌아오다니.

딴 시약씨드냐,
그 고왔던 얼굴이 어디로 가고
내 그 옛날 순이는 찾을 길 없고나.

가여워라 지금의 네 모습
어쩌면 그다지도 해쓱하냐,
어린 너의 피까지 앗어가다니
놈들의 공장 악마의 넋이 아직도 씨였니.

그러나 너, 내 사랑하는 순아,
집을 돌보려는 너의 뜻 장하고나,
낮과 밤, 거리거리로
입술에 북홍칠하고 나돌아 다니는
오직 행락만 꿈꾸는 시약씨들 보다야.

왜놈의 턱찌끼를 얻어먹고 호사하며,
침략자와 어울리여 민족을 팔아먹으랴던
반역자의 노리개가 아닌 너 순아
차라리 께끗하고나,
조선의 순진하고 참다운 계집애로구나.
　　　　　　　─「순아」(『여성공론』, 1946. 1) 부분

박세영은 해방을 맞은 해 12월에 이 작품을 썼다. 순이는 민족운동전

선에 복무하는 오빠와 헤어져 도시의 공장에 다니다가 "黑死病菌보다도
더한 모리배"(「너이들도 조선사람이드냐」, 『조선시집』, 아문각, 1946.
12)들로부터 병을 얻어 귀향한 16세의 소녀이다. 그녀는 프롤레타리아
계급의 이중적 고통, 곧 무산계급의 궁핍상과 가부장적 질서를 감당하
는 여성으로, 당대의 억압된 인물군을 표상한다. 그는 물질적 조건 앞에
서 파괴된 한 소녀의 생을 형상화하기 위해 그녀와 화자 간의 시적 거리
를 고의로 삭제하고 있다. 거리의 좁힘을 통해 그녀와의 관계는 밀접해
지고, 순이의 신체를 가격한 환경적 요인이 전면으로 드러난다. 그는
외부 요인에 의해 정상적 성장기를 저해당하며 신병을 얻게 된 소녀의
순결한 영혼을 찬양하면서, 동시에 해방 공간의 문학운동이 나아갈 방
향을 설정하고 있다. 그것은 식민 통치 기간에 수탈의 대상이었던 노동
자, 농민의 권리와 이익을 보장하고, 그들의 일상적 삶을 방해했던 '반
역자'들을 청산하는 것이다.

따라서 그의 시에 나타나는 여성 편향성은 의도적인 설정이거니와,
그는 연약한 소녀를 등장시켜 만만치 않은 상황의 속성을 제시하고 있
다. 이러한 성향을 지목하여 "자연히 작품의 감상성과 낭만성을 불러일
으키게 되고, 이는 비극적 삶의 현실을 직시하여 구체적으로 묘사하기
보다는, 이것을 생략하고 비약하는 이상주의적 경향으로 귀착"[6]시킨다
고 비판하는 것은 시대적 맥락을 사상한 의견이다. 작품 속의 낭만성은
소녀로부터 비롯한 것이 아니라, 해방 공간의 정치적 가능성에 따른 낭
만적 성격에서 기원한 것이다. 박세영은 "義理란 깨알만치도 없는 너이
들"(「너이들은 가거라」, 『적성』, 1946. 3)과 다른 '조선의 순진하고 참다
운 계집애'의 자질을 드러냄으로써, 해방기의 시에서 집중적으로 조명

---

6) 한성우, 『박세영시연구』, 대광출판사, 2000, 76-77쪽.

되어야 할 무산계급의 실체를 제시하고 있다. 그의 노력은 순이의 가련한 처지를 '오직 행락만 꿈꾸는 시약씨들'과 대조시키고, 순이의 해쓱한 모습과 '입술에 북홍칠'한 여인들의 색채 대비를 통해 조성한 이분법적 대립 국면에 의해 전경화되었다. 그는 자신의 이념을 실현하기 위해 선행되어야 할 문제사태에 대한 이해를 바탕으로 시적 인물을 형상화한 셈이다. 그 다음에 착수할 과제는 현실 상황의 재현적 구성 과정에서 이념을 삼투시키는 방안을 강구하는 일이었다.

3. '진보적 민주주의'에 복무하는 시론

박세영은 1946년 2월 조선문학가동맹이 주최한 조선문학자대회에서 「조선 아동문학의 현상과 금후 방향」을 보고한 바 있다. 그는 이 보고에서 해방기 아동문학의 당면 임무로 '일본 제국주의의 소탕, 봉건적 잔재 청산, 아동문학에 대한 정당한 평가, 전문적인 아동문학가의 배출, 진보적 민주주의의 길'을 제시하였다. 그의 제안은 임화가 「아동문학 압헤는 미증유의 큰 임무가 잇다」(『아동문학』 창간호, 1945. 12)에서 아동문학의 현안으로 제기한 '일본 잔재의 청산' 등을 되풀이한 것으로, 당시로서는 상식적 차원의 상황 보고에 그치고 있다. 그가 아동문학 부문을 담당하여 보고하게 된 사정은 1926년부터 1934년까지 임화, 박아지 등과 잡지 『별나라』를 주재하면서 아동문학과 관련된 작품을 발표했던 경력에서 기인한다. 『별나라』지는 방정환이 주도하는 『어린이』지가 어린이문화운동을 전개하며 전국적 호응을 얻게 되자, 카프의 외연을 확대할 목적으로 발행된 잡지였다. 이 잡지는 방정환의 요절과 카프 작가들의 지원에 힘입어 상당한 영향력을 행사하였다. 이 시기에 박세영은

"목메어 새 쫓는 애들의 소리"(「田園의 가을」, 『山제비』, 1938)를 잡지에 반영하면서 아동문학의 중요성을 절감하게 되었다.

> 오늘날 조선의 정치 노선은 아는 바와 같이, 프로레타리아 혁명 단계가 아니라 부르조아 혁명 단계인 만치, 즉 민주주의는 민주주의로되 보수적 또는 파쇼적인 민족주의로서는 도저히 그 혁명 단계를 過程할 수 없고, 다만 조선 민족의 9할 이상이 넘는 이 무산계급을 위하여 그 생활과 이익을 보장해줄 수 있는 인민의 정권이 수립되어야 한다는데서 이 진보적 민주주의를 규정하고, 또 제창하게 된 것이다. 그러므로 만일 여기에 반발하고 이것을 도리어 반동이라 역도라 하는 자는, 나는 친일파요 나는 민족 반역자요 일본 제국주의의 계승자로 자처하겠다는 태도와 조금도 다름이 없을 것이다. 전일의 사상의 빈곤자가 오늘에 돌연히 가면을 쓰고 나온댔자 어색하기 짝이 없는 것이다.[7]

박세영은 해방기의 정치 상황을 '프로레타리아 혁명 단계가 아니라 부르조아 혁명 단계'로 규정한다. 그러므로 보수적 민족주의의 시각으로서는 객관적 조건을 타개할 수 없고, 오로지 무산계급의 이익을 보장하는 '진보적 민주주의'만이 시의적이고 유일한 방안이므로, 이러한 노선을 시비하는 부류는 민족반역자로 척결되어야 할 대상이다. 그는 '진보적 민주주의'에 관하여 자세히 논의하지 않았으나, 무산계급의 이익을 운운한 것으로 미루어 계급투쟁을 가리키고 있다. 박세영은 일제하에서 민족해방운동이라는 최우선 과제에 밀려 본격화되지 못한 계급해방이야말로 시급한 현안과제라고 보았다. 그와 같은 민족적 과제를 해결하기 위해서는 '보수적 또는 파쇼적인 민족주의'가 아니라, 혁명을

---

7) 박세영, 「조선 아동문학의 현상과 금후 방향」, 조선문학가동맹 편, 『건설기의 조선문학』, 온누리, 1988, 100-101쪽.

통한 사회의 발전이 정당한 운동 절차라는 것이다. 그가 이 시기에 재생산한 서사지향적 시작품에서 기층민중들의 현실을 포착한 이유도 계급해방의 일환이었고, 그것은 당시의 혁명적 상황에 대한 객관적 인식을 작품상으로 실천한 사례였다. 그에게 조국은 "종족적 차원의 그것이 아니라 계급적 차원의 그것"[8]으로 한정되었다. 따라서 그가 역설한 '진보적 민주주의'는 민족 내부의 모순을 지양하고, 세계사의 발전 법칙에 적합한 민주주의를 구현할 수 있는 정치적 패러다임을 말한다.

그의 강경한 주장은 "예술운동도 결국 계급적 진리의 인식과 실천뿐이다. 이데올로기엔 가식과 절충이 없다."고 선언한 프로예맹의 결성문과 상통한다. 그것은 우선과제의 선정과 이념의 편차 등에서 비롯된 운동전선상의 오류와 대립상뿐 아니라, 카프 시절의 동료들이 대오에서 이탈하는 현실에 대한 경고의 성격을 갖고 있다. 그는 원칙에 입각한 노선만이 운동의 혼선과 위기를 타개할 수 있다고 생각하였다. 박세영의 비판은 "勤勞하는 동무들을 팔아먹는 이녀석들"(「너이들은 가거라」, 『적성』, 1946. 3)과 다름없는 내부 구성원들을 포함하여 "民族을 사랑한다고 네 民族을 팔아먹던 생각"(「날러라 붉은 旗」, 『예술』, 1945. 12)의 친일 지식인에 이르기까지 전방위적으로 표출되었다. 이와 같이 위기 국면에 진입할수록 원칙을 강조하는 그의 태도는 확고한 신념에서 우러나온 것이다.

박세영의 시국에 대한 인식은 시적 대응 방식을 개진하는 자리에서도 확인된다. 그는 해방기 문학의 나아갈 바에 대하여 문학은 정치노선을 따르는 것이 타당하며, 이 노선을 떠나서는 문학적 평가를 내릴 수

---

8) 박수연, 「식민지적 디아스포라와 그것의 극복―박세영의 월북 이전 시에 대해」, 『한국언어문학』 제61집, 2007. 6, 225쪽.

없다고 주장하여 문학과 정치의 일체화를 추구하였다. 정치적 목적을 위해 시의 자율성을 과감히 포기하는 그의 발언은 "아프로 프로레타리아시만이 민중의 벗이 될 것이고, 기타의 오락물 같은 불순한 프로레타리아의 이익을 써난 모든 존재는 감히 몰락의 운명에 싸지고 말 것"(「조선프로시사론」, 『문학비평』, 1947. 6)이라는 확언에서 절정에 달한다. 이처럼 박세영은 해방기의 시인들에게 자신의 정치적 견해를 유감없이 표출하는 한편, 그것을 적극적으로 작품 속에 반영할 것을 주문하고 있다. 그의 태도는 시작 외의 비평 활동에 소홀했던 식민지시대와 판이하다. 이것은 해방 공간의 정세가 그의 예상과 달리 악화되고, 문단의 움직임이 자신의 신념과 상치되며 전개된 사실과 관련된다. 이에 박세영은 다시 한번 계급주의에 충실한 '진보적 민주주의'를 강조하면서, 시인들의 분발과 결연한 대응을 촉구하게 된다.

> 우리는 최근과 같이 사회적 정세가 날로 달러가는데 불구하고 어떤 순간적 사실을 시화했다고 하자. 그러나 이 시를 쓸 때의 정세와 다음날 정세는 급격한 변화가 이러났다고 하자. 그러면 이것을 발표할 수도 없고, 혹시 발표했다면 이는 비판받을 수밖에 없는 일이다. 그럼으로 시인은 보다 정확한 객관적 정세의 인식과 가장 냉정 또는 예리한 판단을 하는 역량을 갖이지 않으면 안 될 것이다. 그리하야 객관적 정세에 따르는 주류적 동향을 파악하고 항상 진보적 의식 밑에서 제작함으로써 그 시대상을 묘파하는 대작을 내일 수 있는 것이라 하겠다.
> 그렇다면 현하 정세와 시의 창작적 태도도 固式化하게 해방 국가와 반민주주의적 애국주의에 끝일 것이 아니요, 최대의 목표는 유구한 조선 민족의 隆興에 있는 것이다. 그러나 아모리 프로레타리아시인이라도 잣칫하면 민족주의 영향의 시를 쓰는 수도 없지 않아 있다. 그럼으로 적어도 이런 진보적 시인이라면 『권력은 인민에게로』, 즉 근로대중이 모든 권력

을 장악하는데서, 또한 이것을 **戰取**하기 위하야 투쟁하고 있다는 것을 잊어서는 안 될 것이다. 이것이 오늘날 우리들 시인에게 부여된 과제의 하나인 것이다.

　요컨대 일시적 어떤 감격에서 창작하였다 할지라도, 이것이 자기 일개인의 사상 감정이면서도 진보적 대중에 『앞필』할 수 있고, 공명될 수 있는 대중적 감정, 즉 조직화된 감정대와 같게 될 수 있다는 확고한 신념 밑에서만 가장 좋은 작품을 창작할 수가 있다는 것이다. 또한 앞으로 세계적 수준에 오를 수 있는 작품도 우리들 진보적 시인들에게서만 기대할 수 있다는 것을 확언하는 바이다.[9]

　박세영은 현단계의 시인이 취해야 할 마땅한 태도를 정치적 동향의 반영에서 찾고 있다. 그것이 시인에 의해 시대상을 묘과하는 방식으로 실현될 수 있다고 본 그는 '권력은 인민에게로'라는 진브적 의식을 사상적 배경으로 내세웠다. 그는 자신의 견해에 토대하여 '공명될 수 있는 대중적 감정'에 부합한 작품들을 직접 제출하였다. 이 시기에 그가 순이처럼 핍박받는 여성들에게 관심을 기울이고, 귀국 동포들의 궁핍상과 "간악한 親日派와 民族叛逆者들"(「너이들도 조선사람이드냐」, 『조선시집』, 1946)에게 민감히 반응한 것도, 사실은 자신의 시론을 시적으로 실천하고자 하는 노력의 소산이었다. 이것은 카프 시절의 시에서 일제에 대한 저항 의지를 노골적으로 드러내던 그의 시선이 객관적 정세의 변화에 따라 민족 내부로 민첩하게 이동한데 따른 결과이다. 그의 신념은 세월이 갈수록 공고한 논리로 체계화되었으며, 정국 추이에 따른 국면의 변화는 신념의 실체를 명확하게 드러낼만한 공간이었다.

　그러나 객관적 정세는 날로 악화되고, 문단의 움직임도 박세영의 신념

---

9) 박세영, 「현단계와 시인의 창작적 태도」, 『예술』, 1946. 2. 29쪽.

과 상거를 띠며 전개되었다. 1945년 해방 이튿날 조선문학건설본부를 조
직한 임화는 음악, 미술, 연극, 영화 부문과 연합하여 조선문화건설중앙
협의회를 결성하고, 순식간에 문화의 헤게모니를 장악하였다. 이에 반기
를 품은 이기영과 송영, 박세영 등은 좀더 교조적이고 비타협적인 논리를
앞세우면서 임화 측과 대립하였다. 그들은 카프의 정통성을 계승하고자
조선문학건설본부처럼 산하단체를 둔 조선프롤레타리아예술동맹을 1945
년 9월에 결성하였다. 이러한 움직임이 운동 전선의 대오를 약화시킬 것
을 우려한 조선공산당은 12월 13일 조선문학동맹으로 통합할 것을 명령
하였다. 그 후 이기영, 한설야, 안함광, 송영, 박세영 등은 월북하여 1946
년 3월 25일 북조선문학예술총동맹을 결성하고, 후일의 투쟁 거점을 선
점해버렸다. 그들의 반목 현상은 문단의 주도권 다툼과 함께, 운동상의
전략적 차별화를 강조하는 정치적 신념에 따른 예정된 수순이었다.[10]

이와 같이 박세영이 "밤마다 오는 그 사람 우리의 동무"(「밤마다 오는
사람」,『신문학』, 1946. 4)를 기다리다가 월북하게 된 직접적인 동기는
원칙에 충실한 정치적 신념과 문학관에서 기인한다. 그는 앞서 살핀 바와
같이, 해방 정국에서 시의 정치적 예속화를 마다하지 않을 만큼, 신념의
실천에 봉사하는 문학을 추구하였다. 이런 의견은 그가 카프 해산 후에도
"사실주의 내지 현실에 입각한 시의 길을 버리지 못했다"[11]는 사실과 연

---

10) 1945년 9월 4일 단행한 조선건국준비위원회의 제3차 조직 개편에서 박헌영 일파
    가 조직을 장악하자, 안재홍 등의 우파와 반박헌영 계열이 탈퇴하면서 조직의
    동력은 현저히 약화되었고 좌파는 내부 분열을 거듭하였다. 이 과정에서 박헌영
    이 주도한 조선인민공화국은 "소수 특권계급을 위한 반인민적 부르주아 정권"
    (이완범,『한국해방3년사』, 태학사, 2007, 89쪽)으로 규정되었다. 이러한 일련의
    움직임은 박헌영의 지시를 충실하게 수행하는 임화의 노선에 비판적이었던 작가
    들이 월북을 단행하는 계기로 작용하였다.
11) 김용직,「사실주의와 도식 성향」,『한국현대시인연구·상』, 서울대출판부, 2000,
    455쪽.

루된다. 그는 1939년 시집 『山제비』를 출판하면서 "어떠한 내용·형식을 취한다 하더라도 중추적 정신이 철저하고 양심이 북돋아 나오면 시의 명일을 비관할 바 아니다"(「자서」)고 주장하였다. 그의 다짐은 카프 해산 후의 암울한 상황에 대한 자기 점검의 성격을 갖고 있으며, 장차 그의 시와 행동이 나아갈 방향을 시사하고 있다. 그는 '중추적 정신'과 '양심'에 토대하여 해방 전후의 국면을 돌파하려고 시도하였다. 그러나 그의 노력은 문단의 권력을 점하고 있었던 임화를 위시한 조선공산당 계열의 통일전선전술에 압박되었다. 내외적으로 불리한 환경이 지속되자, 그는 정치적 이념과 문학관을 수호하기에 알맞은 체제를 찾게 되었다.

결국 그가 월북을 결행하게 된 이면에는 신념과 원칙의 훼손 가능성에 대한 우려가 자리잡고 있다. 그는 1946년에 월북하여 참가한 북조선문학예술동맹의 출판국 책임자로 재직하며 1947년 「애국가」와 김일성 찬양서사시 「밀림의 력사」 등을 발표하면서 북한 문단의 헤게모니를 장악하는데 성공하였다. 그는 1948년 최고인민회의 대의원과 문학예술총동맹의 중앙상무위원 등을 역임하였고, 1959년에는 '공훈작가' 칭호와 국기 훈장을 받으며 조국평화통일중앙위원회 중앙의원으로 선출되었다.[12] 그의 신분 상승을 가리켜 권력지향적 속성을 드러내었다고도 볼 수 있으나[13], 남달리 이념에 충실한 그의 입장에서는 당연한 보상이었는지 모른다. 그만큼 박세영은 시단에 등장한 이후부터 날이 갈수록 이념적 체계를 견고하게 단련하면서 시작 활동에 임하였다. 그의 신념이 가장 강렬하게 표출된 공간이 해방기였으며, 그의 월북은 신념의 완

---

12) 박세영의 북한에서의 활동에 관해서는 전영선, 「북한의 '애국가' 작사가, 장편서사시 『밀림의 력사』의 박세영」, 『북한을 움직이는 문학예술인들』, 역락, 2004, 31-37쪽 참조.
13) 대표적인 견해는 박남수, 『적치 6년의 북한 문단』, 보고사, 1999, 185-187쪽 참조.

성을 향한 자주적 선택이었다.

III. 결론

   위에서 살펴본 바와 같이, 박세영은 정치적 신념을 지키고자 노력한 시인이다. 해방기는 그에게 식민 치하에서 단련한 정치적 신념을 실천할 수 있는 공간이었다. 그는 이 무렵에 서사지향적 시편들을 재생산하면서 민중들의 구체적 삶을 수용하느라 분주하였다. 그가 순이처럼 핍박받는 여성들과 기층민중들의 궁핍상에 관심을 표한 것은 시적 실천의 증거이다. 그는 이들의 집중 조명을 통해 과거적 삶을 위로하면서 동료 시인들의 관심을 촉구하였다. 이러한 성향은 작품 중에서 시적 거리를 삭제하여 시와 현실 간의 밀접한 연관성을 강조하기에 효과적이었다. 그가 실천했던 시와 정치의 일체화는 해방기의 특수한 사정에 의해 타당성을 부여받을 수 있었다.

   카프 시절의 시에서 일제에 대한 저항 의지를 노골적으로 드러내던 박세영은 해방 정국에서 객관적 정세의 변화에 따라 민족 내부의 문제로 시선을 이동하였다. 그는 철저한 계급의식과 이념에 근거한 '진보적 민주주의'를 표방하면서, 시와 정치의 오차없는 일치를 추구하였다. 그의 의도는 임화가 주도하는 단체에 수용되기를 거부당했고, 그 와중에서 상대적으로 이념의 편차와 사업의 우선순위에 대한 이견이 노출되었다. 이에 박세영은 자신의 문학관을 옹호해줄 수 있는 정치체제를 찾아 월북함으로써, 원칙과 신념의 일관성을 유지하는 길을 선택하였다.

신석정 시에 나타난 뚜르게네프의 영향

시세계의 변화와 관련하여

> 문학가에게 정치는 해독한 것이다.
> ―이반 뚜르게네프

I. 서론

한국 근대문학의 초창기에 러시아 문학은 식민지 작가들에게 정서적 친밀감을 확보하면서 다량으로 유입되었다. 일본에 유학했던 그들의 독서 체험은 사회주의에 대한 동경의식 등과 어우러지면서 러시아 문학에 대한 친근감을 형성하는데 기여했다. 특히 일본과의 전쟁에서 패한 러시아에 대한 동정심은 러시아 국민들과 상실감을 공유하면서 일본을 공동의 적국으로 상정하도록 조장하였다. 이처럼 작가들이 정치적으로나 정서적으로 친러 경향을 띠면서, 러시아의 정치체제와 사회상황을 사실적으로 묘사한 똘스또이와 도스또예프스키 등에게 관심을 갖게 되었다. 그 뒤를 따라 1920년대에 본격적으로 소거된 이반 뚜르게네프(Ivan Turgenev, 1818-1883)는 두 작가의 명성에 가려져 있었지만, 서구에서는 그들보다 더 인정받고 있었다. 그 이유는 "그가 똘스또이나 도스또예프스키보다 더 적은 극단적 관점을 갖고 있었고, 특별한 방종과 종교적으로 수용된 견해를 갖고 있는 특이한 러시아적 특질을 보다

덜 지니고 있었기 때문"[1]이었다. 그의 작품들은 소설 외에도 당시 일본 문단의 경향을 따라 산문시가 집중적으로 소개되었다.[2] 뚜르게네프의 작품에 묘사된 러시아 민중들의 처지는 식민지 원주민들의 그것과 동일시되면서 작가들로부터 큰 호응을 얻었다.

그들 중에서 신석정의 시에 뚜르게네프의 작중인물들이 실명으로 등장한 사실은 이채롭다. 뚜르게네프의 작품들이 다량으로 번역되어 소개될 무렵에 습작하기 시작한 신석정은 문학에 뜻을 두고 여러 작품들을 섭렵하는 단계에서 그를 만난 듯하다. 신석정의 시에 출현하는 뚜르게네프의 인물들이 주목되어야 할 우선적인 이유는 발표 시기다. 그는 식민지 말기와 해방 공간에서 그것들을 발표하여 다분히 고의성을 드러내고 있다. 이 기간을 전후하여 그의 시세계는 판이하게 변모한다는 점에서, 신석정과 뚜르게네프의 영향관계는 반드시 검토되어야 한다. 특히 그의 해방기 작품에서 현저하게 표출된 좌파적 성향의 작품들을 정확히 해석하기 위해서라도 언급되지 않으면 안 된다. 이 점이 해명되어야 해방정국에서 수상한 행동을 보였던 그의 행적을 온전히 재구성할 수 있다.[3] 아울러 신석정과 불교, 유교 그리고 노장사상의 영향관계에 비해 소홀시 되었던 뚜르게네프의 영향력을 구명함으로써, 그의 시세계를 확대하는데 기여할 수 있을 것이다.

---

1) R. H. Stacy, 이항재 역, 『러시아문학비평사』, 한길사, 1994, 115쪽.
2) 뚜르게네프 작품의 번역 현황에 대해서는 김병철, 『한국근대번역문학사연구』, 을유문화사, 1988, 377-446쪽 참조.
3) 해방기의 신석정 시와 행동에 나타난 문제점은 최명표, 「정관자'의 이념적 혼란 —해방기 신석정의 시와 행동」, 『전북 지역 시문학 연구』, 청동거울, 2007, 267-291쪽 참조.

II. 뚜르게네프 수용과 시세계의 변화

1. 식민지 '자연'의 발견

1930년대에 신석정이 발표한 목가풍의 전원시들은 당대의 현실과 상거를 띤 관념태에 머물러 있었다. 그것은 그가 현실의 비극적 사태에 압도된 자아의 정신적 귀의처로 자연을 설정한 탓이다. 또한 그가 동경한 '자연'은 젊은 시절에 독파했다는 도연명의 『桃花源記』와 같은 전통적 세계가 아니라, 당시의 실정과는 괴리된 '어린 양', '늑색 침대', '조용한 호수'처럼 친서구적 전원의 성격이 강했다. 그러나 신석정이 1930년대 중반 이후부터 식민지의 자연에 내포된 정치적 의미를 인식하면서부터 서양적 '전원'의 성격을 탈피하게 되었다. 그로서 그는 식민지의 자연에 만연된 비극적 광경을 포착할 수 있었고, 이전으 시에 편재하던 추상적 요소를 지양할 수 있었다. 그가 이 무렵에 '어머니'의 "아름다운 傳說"(「이 밤이 너무 길지 않습니까」)에 함의된 "슬픈 傳說"(「슬픈 傳說을 가지고」)을 포착하게 된 이면에는 지도와 지구에 대한 관심이 작용하고 있다.

> 오늘 펴보는 이 **地圖**에는/朝鮮과 印度가 왜 이리 많으냐?(「地圖」, 1936)
> **地球**가 停止하고(「고운 心臟」, 1937)
> 노루 새끼 한 마리 뛰어다닐 **地球**도 없다(「슬픈 構圖」, 1937)
> 이 몹쓸 **地球**에 서서(「봄을 부르는 者 누구냐」, 1938)
> **地球**래두 邊方 몹쓸 땅이었다(「哀歌」, 1940)

이런 모습은 이전의 신석정 시에서 나타나지 않았었다. 그는 '몹쓸 地球'가 '몹쓸 땅'으로 전락한 지 오래된 사실을 깨닫고, 지구를 평면으로 나타낸 지도의 권력적 속성에 주목하고 있다. 다 알다시피, 지도는 19세기 후반에 유럽의 제국주의자들이 지리학을 학문으로 옹립하면서 장족의 발전을 거듭하였다. 그 후에 지리학은 국가 권력과 결탁하며 다위니즘의 비호 아래 지정학이라는 새로운 학문으로 영토를 확장하였다. 이런 학문적 사실을 통해 보더라도, 지도는 약소국가의 의지와 상관없이 제국주의자들의 침략을 고무하기 위한 도구적 지식으로 이용되고 있었다. 지도는 "한 개인의 내면세계와 외부세계 사이의 '중개자'이며, 세계를 '재생산'하는 것이 아니라 '구성'한다"[4]는 점에서, 신석정이 지도와 지구에 집요한 관심을 기울이는 자세는 유의미하다. 그 덕분에 그는 "저 너그러운 太陽이 抛棄한 地域"(「餘白」)으로 전락한 '朝鮮'과 '印度'를 발견하게 되었고, 식민지 원주민들의 비극적 삶이 존재하는 땅에 시적 관심을 집중할 수 있었다. 지도는 그에게 '내면세계와 외부세계'를 연결해주는 '중개자'였던 셈이다.

신석정의 관심 영역이 변경되면서 종전의 시에서 빈출하던 어법의 변화를 수반하였다. 일례로 그의 시에서 경어체는 '어머니'나 '자연'을 추상화하여 절대자로 추앙할 경우에 구사되었다. 그렇지만 그가 지도와 지구를 통해서 '자연'의 실체를 구체적 현실로 변환하자, 더 이상 '자연'은 경외의 대상이 아니었다. 그리하여 그의 시에 산재하던 관념적 요소는 추방되고, 식민지 원주민들의 고통이 정면에서 취급되기 시작했다. 그는 "생활과는 너무나 거리가 먼 지역에서 화조풍월을 읊조리는 시인이 있다는 것은 그렇게 반가운 일은 아니다"(「나는 시를 이렇게 생

---

4) Arthur J. Klinghoffer, 이용주 역, 『지도와 권력』, 알마, 2007, 24쪽.

각한다」)는 자각에 이른 것이다. 그는 어법의 변화를 통해서 식민지의 '자연'에 함의된 정치적 의미를 직시하고, 종전의 시에서 도외시했던 "俄羅斯의 숲에서 印度에서/朝鮮의 하늘에서 알래스카에서(「차라리 한 그루 푸른 대로」) 벌어지는 사태에 관심을 기울이게 되었다. 그가 '俄羅斯, 印度, 朝鮮'의 현실을 등가로 파악하게 된 배경에는 청년 시절에 독서했던 뚜르게네프의 작중인물들이 관여하고 있어서 검토를 요한다.

세상이 뒤집어졌었다는 그리고 뒤집어지리라는 이야기는 모두 좁은 房에서 비롯했단다

이마가 몹시 희고 秀麗한 靑年은 큰 뜻을 품고 祖國을 떠난 뒤
俄羅斯도 아니요 印度도 아니요 더구나 祖國은 아닌 어느 모지락스럽게 孤寂한 좁은 房에서 '그 전날 밤'을 새웠으리라

그 뒤
세월은 무수한 검은 밤을 데불고
무수한 房을 지나갔다

함박눈이 펑펑 쏟아지는 어느 겨울밤
새로운 世代가 오리라는
새로운 世代가 오리라는
그 막막한 이야기는 바다같이 터져나올 듯한 鬱憤을 짓씹는 젊은 '인사로푸'들이 껴안은 질화로 갓에서 冬栢꽃보다 붉게 피었다

千年이 지나갔다
좁은 房에서……
萬年이 지나갔다

좁은 房에서……
　　　　　　　　　　—「房」(『학우구락부』, 1939. 9) 전문

　　이 작품을 온전히 해석하기 위해서는 '인사로푸'에 대한 선이해가 필
요하다. 드미뜨리 인사로프는 뚜르게네프의 소설『그 전날 밤』의 주인
공이다. 1860년 1월에 발표된 이 작품의 제목은 농노해방의 '그 전날
밤'을 가리킨다. 러시아는 이 시기를 전후하여 혁명적 상황에 직면하였
다. 국내에서는 농민들이 지주들의 예속으로부터 벗어나기 위한 투쟁
을 계속하였고, 국외에서는 발칸반도를 중심으로 터키의 압제에 대항
하려는 움직임들이 곳곳에서 일어났다. 이러한 시국 상황의 추이를 주
시하던 뚜르게네프는 불가리아인 까드라노프와 러시아 처녀의 연애담
을 소설화하여 새로운 인물형을 제시하였다. 이전의 소설에 등장한 인
텔리겐차들이 귀족 출신으로 수동적 인물이었던데 비해, 그는 이 작품
에서는 행동하는 지식인의 형상을 선택하였다. 귀족의 딸 엘레나 스판
호프는 민중들의 비참한 생활에 동정심을 갖고, 그들을 돕기 위해 실천
지향적인 삶을 꿈꾼다. 평소 영웅적 남성과 만나기를 소망한 그녀는
이상주의자 베르세네프와 조각가 슈빈의 구애를 거절한다. 그 대신에
그녀는 터키의 압제에 대항하여 조국의 독립운동에 헌신하는 불가리아
의 가난한 유학생 인사로프를 선택하여 결혼하기에 이른다. 남편은 귀
국 도중에 병사하지만, 그녀는 남편의 조국을 구하기 위해 러시아로 돌
아가지 않고 불가리아에 잔류하기로 결심한다.

　　신석정은『그 전날 밤』의 독서 경험에 입각하여 '어머니' 대신 조국해
방전선에 복무하는 혁명가를 호명한다. 그는 등장인물의 교체를 통해
서 추상적 세계로부터 구체적 현실로 진입하여 '세상이 뒤집어졌었다는

그리고 뒤집어지리라'는 열망을 드러내고 있다. 그 과정에서 혁명적 상황을 모의하는 '방'의 정치적 성격이 강조된다. 방은 길폐된 공간성을 바탕으로 은밀한 거사를 도모하기에 적합한 곳이다. 신석정은 그 방에서 '이마가 몹시 희고 秀麗한 靑年'이 해방 전선의 확대 전략을 숙의하며 '그 전날 밤'을 보내는 장면과 인사로프가 동지들과 철야하던 소설 속 장면을 병렬적으로 배치하여 '무수한 房'의 음모를 공식화하고 있다. 그것은 '인사로푸'의 출현을 고대하는 그의 내밀한 바람이다. 아울러 신석정은 '俄羅斯도 아니요 印度도 아니요 더구나 祖國은 아닌' 곳을 공간적 배경으로 설정함으로써, 식민지를 경영하는 제국까지 혁명이 확산되리라는 기대감을 은밀하게 표하였다.

이처럼 신석정은 '인사로푸'들의 혁명 과업에 시상의 초점을 맞추고 있다. 그것은 이중적인 악천후 속에서 질화로를 둘러싸고 정담을 나누며 '새로운 世代'를 기획하는 광경에서 확인 가능하다. 그들의 투쟁 의지는 함박눈의 하양과 冬栢꽃의 붉음이라는 색채 대비 속에서 강조되어 '바다같이' 폭발할 순간으로 전경화된다. 그들은 "밤이 이대로 억만년이나 갈리라구……"(「고운 心臟」)라는 희망으로 현저적 조건을 감내하는 것이다. 그들의 미래에 대한 긍정적 전망을 도출해내고, 식민지의 '자연'을 응시하는 관점을 변경할 수 있도록 추동한 동인은 뚜르게네프의 영향력이었다. 그의 시에서 뚜르게네프는 중요한 시기에 호명되어 인식론적 전환을 충격한 것이다. 그러나 신석정이 인사로프를 앞세워 실체적 '자연'을 형상화하고자 시도했을 때, 일제는 군국주의의 완성을 위해 식민지의 정세를 더욱 악화시키고 있었다. 이에 그는 "내 人生思索하는 거룩한 瞑想"(「밤을 맞이하는 노래」) 속에서 침묵하게 되었고, '자연'은 '인사로푸'로 인격화된 채 해방을 맞게 되었다.

2. 정치의식의 표출

해방 후 양립하던 좌파의 문학단체는 조선공산당 최고 지도자 박헌영의 지시에 의해 조선문학가동맹으로 통합하며 조선문학자대회(1946. 2. 12-13)를 개최하였다. 이때 신석정은 주저없이 합류하여 자신의 정치적 신념을 드러내었다. 이 집회가 좌우파의 통합을 표방하였다고 할지라도, 그의 출석은 의외였다. 왜냐하면 그는 식민지시대에 한번도 좌파 시인들과 대오를 형성하지 않았었기 때문이다. 그가 좌파 주도의 통합 문학단체의 출범식에 참석한 동기는 대략 세 가지로 추정할 수 있다. 먼저 당시에 신석정은 지방에 거주하고 있었으므로 해방 후 서울에서 벌어지는 각종 상황을 정확히 접하기 어려웠을 터이다. 더욱이 그는 지역 내에서 허교하는 문우가 적었으므로, 중앙 문단의 움직임을 직접 목격하여 관련 정보를 취합하는 수밖에 다른 방도가 없었다. 그는 이전에 교류하던 『시문학』파 동인을 비롯한 문우들의 안부도 궁금하였고, 존경하던 김기림으로부터 앞으로 취해야 할 문학적 입장에 관한 조언이 필요하였다. 그러므로 그의 상경은 서울의 문단 상황을 파악하기 위한 목적이라고 보는 편이 타당하다.

> 벼슬을 잃으신 할아버지는
> 벼슬과 나라를 고소란히 斷念하면서
>
> 술과 친구와 글에 묻히어
> 말성많은 세월을 잊은듯이 보내시더니
>
> 나라를 잃으신 아버지는
> 육친도 벗도 고향도 斷念하면서

어무찬 설움에 큰뜻을 세우시고
밤길로 밤길로 國境을 넘어가시더니……

에미도 애비도 잃어버린 자식은
한때 제몸까지도 斷念하면서
갈러진 하늘을 목메이게 呼吸하더니
모조리 斷念하기를 서로 盟誓도 하였더니라
　　　　　　　　　　　―「三代」(조선문학가동맹 편,
　　　　　　　　『3·1기념시집』, 건설출판사, 1946) 전문

　이 작품의 배경에는 "그의 조부는 벼슬을 잃었고, 그의 부친은 일제의
탄압을 피해 만주로 떠났다"[5]는 가족사가 작동하고 있다. 이것이 사실
이라면, 이 시기에 신석정이 서울에 장기간 체류했던 이유가 된다. 진술
된 내용에 따르면, 그가 친부와의 상봉이나 안부라도 확인하기를 염원했
던 바람은 도로에 그친 듯하다. 신석정은 '한때 우리는 斷念의 哲學을
배웠느니'라는 부제 하에 국망이라는 역사적 사건으로 인해 발생한 삼대
의 비극을 공표하며 '벼슬과 나라를 고소란히 斷念'하고 '육친도 벗도 고
향도 斷念'하고 '제몸까지도 斷念'한 내용을 열거한다. 시인으로 추정되
는 자식은 '벼슬을 잃으신 할아버지'와 '나라를 잃으신 아버지'와 '에미도
애비도 잃어버린 자식'의 근황을 보고하면서 '갈러진 하늘을 목메이게
呼吸'할 뿐이다. 이처럼 망연한 태도는 시적 대상과의 거리를 조절하기
힘들 정도로 정향성을 상실한 신석정의 심리 상태를 반증한다. 그는 개
인사를 형상화하는데 집착한 나머지, 주관적 내용과 객관적 상황을 조화
시키지 못하고 있다. 그만큼 해방은 그로 하여금 정서적 반응을 앞세우

---

5) 황송문, 「신석정 시연구」, 문덕수·함동선 편, 『한국현대시인론』, 보고사, 1996,
　428쪽.

도록 견인하였고, 아래의 예문은 그에 대한 적절한 증거이다.

> 어머니의 품에로 돌아가는 길이 다시 열리던 一九四五年 八月 十五日. 나는 목놓아 울었습니다.
> 「인젠 어디로 가겠느냐」구요. 성한 피가 내 血管을 도는限, 「새벽」과 「아침」과 「대낮」을 찾어, 끝끝내 한송이 해바라기로 다시 피어보리다. 그것은 어느 가난한 마을 울 옆이래도 좋고, 나지막한 山기슭이래도 좋겠습니다.[6]

신석정은 해방을 맞이하여 '「새벽」과 「아침」과 「대낮」을 찾어, 끝끝내 한송이 해바라기'가 될 것을 다짐하고 있다. 그의 선언은 초기의 목가적 시풍을 유예하고, 운동 대열에 참가하기 위한 사전 포석이다. 그는 '어느 가난한 마을 울 옆이래도 좋고, 나지막한 山기슭이래도 좋겠습니다'라고 부연하면서 발언의 진정성을 강조하고 있다. 실제로 그는 이 무렵에 "순수 서정이란 따지고 보면 현실도피의 구실에 불과하다"(「시정신과 참여의 방향」)는 주장을 실천하듯이 현장에 소용되는 작품들을 발표하였다. 그는 해방을 맞으면서 '어머니'를 재차 호명하여 관념상으로 실재하던 이상향을 현실에 구현할 수 있으리라는 결의를 밝히고 있는 것이다. 하지만 그가 되찾은 나라를 '어머니의 품'이라고 표현하여 '조'국이 아니라 '모'국으로 파악하는 한, 초기시에서 관념의 성채를 주재하던 '어머니'에게 귀의하기 마련이다. 무릇 어머니는 '품에로' 돌아오는 자식을 무조건 포용해주는 존재이고, 자식의 입장에서 그 길은 '돌아가는 길'이다. 해방정국은 아늑한 품을 지닌 '어머니'보다는, 새로운 질서를 구축하느라 분주한 '아버지'가 필요한 시기였다. 따라서 신석정처럼 관념적 공

---

6) 신석정, 「나의 몇몇 詩友에게」, 『슬픈 목가』, 낭주문화사, 1947, 94쪽.

간에서 자족했던 시인이 해방기의 실천적 국면으로 진입하기 위해서는
내면에 잔존하는 '어머니'의 영향력을 완벽하게 제거할 필요가 있었다.

그러나 신석정은 모든 가능성이 존재하던 해방기에 '~이래도 좋고,
~이라도 좋겠습니다'라고 불분명하게 의사를 표명할 만큼, 해방의 감
격에 압도당하여 정치적 전망을 확보하지 못한 상태였다. 그는 좌파의
문학운동전선에 가담했으면서도 이념을 내면화하지 않았기 때문에, 급
속도로 악화되는 정치 상황에 부합하는 의견을 개진할 수 없었던 것이
다. 그 이면에는 그가 1930년대 중반까지 '어머니'라는 관념상의 절대자
에게 자신의 '꿈'을 고백하던 나르시스트였다는 전력이 연루되어 있다.
그와 같은 시인들의 문제점은 "자신의 '내면적' 체험을 기록함에 있어서
작가는 현실의 전형적인 부분에 대한 객관적인 설명을 제공하려고 하
는 것이 아니라, 다른 사람들로 하여금 그들의 주목·갈채 혹은 동정을
자기에게 쏟도록 유혹하여 비틀거리는 자신의 자아의식을 떠받치게 하
려고 애를 쓴다"[7]는 점이다. 그러므로 '어머니'에게 의지하느라고 '현실
의 전형적인 부분에 대한 객관적인 설명을 제공하려고 하는 것'에 노력
하지 않은 그로서는 자신에게 내재된 '자아의식'의 부정적 요소를 청산
하지 못한 채 방황할 수밖에 없었다. 즉, 정치적 논리를 습득하지 않았
던 그는 추상적이고 모호한 발언을 계속하기 위해 이전의 어법으로 '돌
아가는 길'을 택하지 않으면 안 되었다.

  그것은 확실히 음산한 劇場이었습니다.
  演劇이 始作하기 直前,
  그대 여윈 팔에 쇠고랑을 채운대로

---

7) Chrostopher Lasch, 최경도 역, 『나르시시즘의 문화』, 문학과지성사, 1989, 38쪽.

傍聽席을 돌아보는 눈이 차게타는 것은,
쉴새없이 끓는 그대 바른 意志의 表象이었습니다.

한때 地球를 둘러 맺던 쇠줄 마져
썩어 물러앉인 오늘에
서투른 演技를 자랑하며 옛劇場을 지키는 俳優들의
잠꼬대같은 審理와 서투른 論告와 어색한 求刑으로
그대가 어찌 詭辯에 쓸어지는
또한사람의 쏘크라테스가 되오리까?

기엏고 演劇은 暗黑속에서 끝났습니다.
달려가 그대 이마를 만지는 동무
쪼쳐가 그대 손목을 붙잡는 동무
억장이 막혀 그대로 바라보는동무
우리 綿綿히 通하는 성한 피와더부러
새로운 歷史의 審判을 약속하는
새별이 달낭하게 窓을 넘어 흘러옵데다.
　　　　　　　―「審判」(『문학』, 1947. 4) 전문

　신석정은 조선문학가동맹의 기관지에 함께 수록한 다른 동맹원들의
작품들과 달리 선명하지 못한 서술로 일관하고 있다. 일례로 위 작품을
발표한 동인으로 추측되는 '그대'의 형상이 선명하지 못하고, 제목으로
설정된 '새로운 歷史의 審判'의 정체도 불분명하다. 이 시기는 한국사에
서 유례가 없을 정도로 정치적 자유가 최대한 허용되고 있었으므로, 그
는 '審判'에 대한 '詭辯'을 구사하지 않아도 무방했다. 이것은 그가 해방
기의 혁명적 사태를 맞아 정치의식을 분출하고 있지만, 정작 정국의 추
이를 간파하기에는 역부족이었던 상태를 증거하고 있다. 일례로 그는

1946년 1월 12일에 쓴 시에서 "太陽을 議論하는 거룩한 이야기는/항상
太陽을 등진 곳에서만 비롯하였다"(「꽃덤풀」)고 선언하였다. 하지만 한
번도 현실적 국면에 개입하지 않았던 그가 '太陽을 議論하는 거룩한 이
야기'를 시화하기로 결심하자, 조직은 정치시를 요구하였다. 당시 문단
은 정치적 결사체의 하위 조직으로 편입되어 이념의 선전대 역할을 수
행하고 있었으므로, 그는 조직원답게 정치적 성향을 작품에 반영하지
않으면 안 되었다. 이에 신석정은 식민지 말기에 폐기했던 경어체를
재활용하여 '님'을 칭송하였다.

> 全羅道 光州땅 벽돌공장에서
> 당신의 등에 걸러지던 무거운 벽돌은
> 바로 그게 우리 『祖國』이었읍니다
>
> 太陽도 없는 욕된 하늘 아래
> 우리는 牧者를 잃은
> 한갓 헤매는 羊떼이었읍니다.
>
> 쇠사슬이 풀리고
> 새로운 太陽이 솟아오르는가 했더니
> 다시 南녘 하늘 아랜 몹쓸 風俗이 남아 잇어
> 祖國은 앓는 채 두 해를 꼽박 누어 있읍니다.
>
> 님이여!
> 당신이 열어주신 이 올바른 길엔
> 이다지도 원수가 많사옵니까?
> 자못 聖스러운 鬪爭의
> 幸福을 느끼어 즐거웁습니다

님이여!
당신은 또다시 앓는 祖國을 등에 지고
어느 으슥한 곳에서
『民族의 偉大한 指導者
朴憲永 先生의 逮捕令을 取消하라』
웨치는 人民의 소리를 들으시옵니까?

당신에게 나린 逮捕令은
바로 우리 人民에게 通하는 것이기에
그러기에 우리는 목마르게
당신을 부르는 것이옵니다

님이여!
당신의 목소리와 몸짓과
몸부름까지도 우리는 呼吸합니다
어서 돌아오소서
당신은 땅에서 솟아오른
太陽의 化身이옵니다
　　　　　—「님이여! 당신은 땅에서 솟아오른 太陽의 化身이옵니다」
　　　　　　　　　　　　　　　　　　　　（『문화일보』, 1947. 7. 5) 전문

　미군정의 박헌영 수배령에 따라 운동 전선이 위기 국면에 봉착하자, 좌파 진영의 기관지 『문화일보』는 이북에 머물고 있었던 박헌영의 귀경을 촉구하는 일련의 작품들을 연재하였다.[8] 신석정은 그 대열에 합

---

8) 이 무렵에 『문화일보』에 발표된 작품들은 김남천의 「민족 대서사시의 영웅적 주인공 박헌영 선생」(1947. 6. 13), 임화의 「박헌영 선생이시어 우리게로 오시라」 (6. 13), 오장환의 「시적 영감의 원천인 박헌영 선생」(6. 14), 김상훈의 「위대한 민족의 수령」(6. 14), 유운의 「인민의 곁으로 도라오라」(6. 17), 이병철의 「박 선생이어 태양처럼 나타나시라」(6. 18), 이수향의 「박헌영 선생이 오시어」(6. 22),

류하여 위 작품을 발표하였다. 그는 박헌영을 '목소리와 몸짓과/몸부림 까지도' 최상급으로 찬양하며 '목마르게' 부르면서, 인류의 원죄를 구속 한 절대자로 추앙하고 있다. 당시까지 박헌영과 공개적인 인연을 노출 시키지 않았던 그에게 박헌영은 과연 '太陽의 化身'일 정도로 이념적 우상이었을까? 이미 정치적 판세는 좌파에게 불리하도록 기울어진 마 당에, 굳이 '당신'을 향한 안타까운 심정을 표백할 만큼 그의 정치적 판 단능력은 취약한 상태였을까? 식민지시대처럼 향리에서 소란한 정국의 진정을 기다리며 시심을 보전해도 무방했을 그가 정치적으로 주목받을 줄 번연히 알면서도 작품을 발표한 사연은 무엇이었을까? 해방 이전에 발표했던 이른바 '전원시'는 혁명적 낭만의식으로 구성된 이상향이었 고, 신석정은 그 안에서 '民族의 偉大한 指導者'를 추종하며 자신의 신 분을 숨겼던 것일까?

　다수의 논자들이 인정하듯이, 신석정은 "언제나 崇高할 수 있는 푸른 山"(「靑山白雲圖」)을 찾아다니느라 현실과 거리를 유지하던 '목가시인' 이었다. 그런 그가 해방기에 느닷없이 박헌영을 찬양하는 정치시를 발 표하게 된 동기는, 그의 시에 나타난 지배소를 통해 우추할 수 있다. 전술한 바와 같이, 등단 후 그의 시에서 '자연'은 '어머니'의 품과 같은 절대적 공간이었다. 그 후에 '자연'은 '인사로푸'로 전이되었고, '어머니' 와 '인사로푸'는 동격화된 채 해방을 맞았다. 이미 해방을 '어머니의 품 에로 돌아가는 길'이라고 선언한 신석정은 조선문학가동맹의 배후 조종 자였던 박헌영에게 귀의한 것이다. 그로 인해서 그는 해방정국의 혁명

조남령의 「어서 오라 인민의 벗이여」(6. 24), 유진오의 「당신의 일흠을 물으면」 (6. 25), 한진식의 「박헌영 선생이시어 피는 이러히 빨르고 있읍니다」(6. 27), 김광 현의 「박헌영 선생을 모셔와야 한다」(6. 28) 그리고 신석정의 시(7. 5) 등이다.

적 상황에 편승하여 시적 긴장감을 이완하며 경어체를 재도입하였다.
하지만 시인이 관심을 기울인 정치적 사건을 시작품에 구현하려고 해
도, 대상과 시인 간의 단절현상은 극복할 수 없었다. 왜냐하면 신석정의
박헌영을 향한 존경심은 정치적 이념과 시적 신념이 혼화된 것이 아니
기 때문이다. 위 시에서 절박한 시인의 음성이나 투철한 이념을 추출하
기 힘든 이유인즉, 소위 영웅대망론의 시적 발현에 불과한 탓이다. 곧,
신석정은 그를 '새로운 世代'를 가져다 줄 '인사로푸'로 착각한 나머지,
박헌영을 '인사로푸'와 동일시하여 최고의 찬사로 문자화한 것이다.

이처럼 해방은 신석정의 시에 변곡점으로 작용하였다. 그는 해방을
맞아 정치적 열망을 적극적으로 표출하면서, 대부분의 작품들을 좌파
문단에서 주도한 지면에 발표하였다. 또한 작품들이 주제상으로 발표
지의 성격에 부합되고 있어서, 그가 순수문학을 표방하며 출범했던 『시
문학』파의 일원이었다는 사실과 견주어 보면 놀라울 변신이었다. 그는
등단 이후 자기만족적 관념의 성채에 안주하다가 해방기의 혼란한 사
태에 직면하여 그답지 않게 활발한 정치적 상상력을 발휘한 것이다.
그것은 그의 시를 관류하는 낭만적 성향으로 말미암은 것이다. 그가
해방 전에 '먼 나라'와 '어머니'를 찾아가거나, 해방 후에 박헌영을 찬송
한 것은 이상향이나 절대자에게 의지하여 문제를 해결하려는 습관의
반복이다. 그 연장선상에서 그는 해방기의 불확실한 정치적 가능성에
과도한 관심을 기울였다. 이것은 그가 "현실과 대척점에 위치하여 충족
감을 유발하는 이상적인 공간"9)으로서의 '자연'을 현실에서 실현할 수
있으리라고 기대한 열망으로부터 비롯된 것이다.

---

9) 이혜원, 「자연과 현실의 미학적 수용」, 『현대시의 욕망과 이미지』, 시와시학사,
1998, 289쪽.

3. 이상과 현실의 갈등

해방은 신석정에게 혁명의 시기였다. 그는 "한 편의 시는 겨레의 명든 가슴을 되찾아 주는 따뜻한 손길이 되어 줘야 하그, 같이 울어줄 수 있는 데까지 시인은 찾아가야 할 인고와 용기가 있어야 할 것"(「젊은 시인에게 보내는 편지」)이라는 신념에 입각하여 좌파 문단의 운동전선에 동조하였다. 그렇지만 시국의 영향으로 전선의 기세는 날이 갈수록 위축되었다. 그는 이런 형편을 맞아 "가는 곳마다 〈에레나〉는 많아도/아무데도 〈에레나〉는 없더라"(「너를 두고」, 1946. 2. 14)고 허망한 심정을 토로하면서, 뚜르게네프의 소설 『그 전날 밤』의 여주인공 '엘레나'를 호명하였다. 이처럼 그는 중요한 기로마다 뚜르게네프의 작중인물들에게 자신의 내면을 투사하고 있다. 그가 이 무렵에 '엘레나' 외에도 다른 작중인물을 재호명하였는데, 그 모습은 1939년에 '인사로푸'를 호명하여 갑갑한 상황의 타개를 모색하던 것과 흡사하다.

질 화로를 끼고 네 얼굴이 있다
모두 젊고 悲壯한 네 얼굴에
내 낡은 얼굴이 끼어 있다.

어떻게 人民을 위하고
어떻게 人民의 모습을 그려야겠느냐?는 젊은 畵家의 말은 山보다 무거웠다.

人民의 소리를 代辯할 수 있는
그리고 人民이 알아야 할 『詩』에
무슨 화려한 詩語가 오늘 또 다시 우리에게 必要하겠느냐?

절룸바리 아우를 등에 업고 三八線을 넘어왔다는
젊은 詩人의 날카로운 말이다.

여보!
詩니 그림이니 하는 奢侈品보다
우리 人民에게는 한술의 밥이 더 必要하지 않습니까?
詩와 그림이 꽃필 수 있는 나라를 먼저 세워야만 하겠다는 것은
젊은 經濟學者의 퍼붓는 말이다.

모스코—로 가겠다는 한살고 모스코—로 가야겠다는
바사로프를 닮은 젊은 科學者는
이미 마음은 눈덮인 西伯利亞를 汽車로 달리고 있었다.

마조 바라보는 네 얼굴에
알른 조선이 가로 뇌여 있다.
마조 바라보는 네 얼굴의 까만 눈에 빛나는 祖國이 멀리 있다.

　磊落한 볼을 다시금 열없이 만지는 낡은 내 얼굴이 움주기는 네 肖像畵
속에
　석기여 있어 줄거웁다.(1946. 11. 25)
　　　　　　　　　　—「움지기는 네 肖像畵」(『신천지』, 1947. 2) 전문

바자로프는 이반 뚜르게네프의 소설 『아버지와 아들』의 주인공이다.
그는 19세기 러시아의 봉건 질서를 대표하는 파벨키프사노프와 대립적
인 인물이다. 그는 예술과 문학을 불신하고 과학에 의한 진보를 절대적
으로 신뢰하였다. 그는 인간과 사회를 경멸하고, 계몽 이전의 몽매한
상태에 처한 러시아를 구제할 목적으로 낙향하였다가 죽는다. 바자로
프는 무신론자이며, 지극한 허무주의자이자 의학도였다. 그가 시대와

의 불화를 해소하지 못한 채 비극적 결말에 이른 것은, 당대의 완고한 질서에 침묵하던 지식인들의 행태를 비판하려는 작가의 의도였다. 그의 출현으로 부정적 이미지가 강했던 허무주의자는 "어떤 권위에도 굴하지 않고, 비록 그것이 존중할 만한 가치가 있다 할지라도 액면 그대로는 어떤 원리도 받아들이지 않는 자"[10]로 의미가 변할 만큼, 당대의 러시아 청년들에게 바자로프는 이른바 '잉여인간(superfluous man)'[11]을 대변하는 인물형이었다. 그의 등장에 힘입어 러시아의 인텔리겐챠들은 행동하는 지식인의 전형을 확보할 수 있었고, 전제 정치의 종말을 위한 투쟁 대오를 결속할 수 있었다.

이런 맥락을 고려해 보면, 이 작품은 앞에서 분석했던 「房」의 연작이다. 신석정은 인사로프들이 껴안은 질화로와 바자로프가 낀 질화로를 중첩시키고 있다. 두 작품에 공히 출현하는 질화로는 '새로운 世代'와 '詩와 그림이 꽃필 수 있는 나라'를 갈망하는 '잉여인간'의 순정한 의지를 증언하는 매개물이다. 인사로프와 바자로프는 질화로를 매개로 교차 출현하면서 해방 전후의 신석정 시에서 정치의식을 노출하도록 추동하였다. 그는 두 주인공의 혁명적 열정을 복사하여 '나라 찾기'와 '나라 만들기'라는 시대적 과업에 반응한 것이다. 그가 1946년 말에 바자로프의 출현을 기다리며 쓴 '人民이 알아야할『詩』'는 소설의 인물과 현실적 인물을 구분하지 않은 결과이다. 곧 "바자로프는 윤리적, 철학적 이

---

10) Johan Goudsblom, 천형균 역, 『니힐리즘과 문화』, 문학과지성사, 1993, 29쪽.
11) '잉여인간'은 알렉산드르 뿌시킨이 발표한 「예브게니 오네긴」의 주인공 오네긴에게 붙여진 명칭으로, 능력을 갖고 있으면서도 인생에 환멸을 느끼는 무기력한 존재를 가리킨다. 이러한 유형의 인간군은 전제주의와 농노제라는 19세기 러시아의 절망적인 정치 상황 때문에 좌절하는 지식계급의 한계를 반영한다. 그러므로 잉여인간은 서구문학에 나타나는 '반영웅', '성난 젊은이'와 비슷한 개념으로 파악해야 한다. ─이항재, 『소설의 정치학』, 문원출판, 1999. 56쪽 참조.

데올로기소가 아니라 문학작품의 구성요소"[12]에 불과한데, 신석정은 해방을 맞아 스스로 바자로프가 되어 '앓른 조선'을 치유하려고 시도했다. 그것은 '젊고 悲壯한 네 얼굴'에 압도된 '내 낡은 얼굴' 때문에 생긴 자괴감 때문이었다. 그는 '눈덮인 西伯利亞'로 떠난 '바사로프를 닮은 젊은 科學者'를 따라가지 못하는 자신의 처지를 안타깝게 여기고 있다. 마치 이태준의 소련 기행(1946. 10)을 연상시키는 듯한 그의 태도는 뚜르게네프의 소설에서 주목할 점이 "그의 양면성, 즉 낭만적 목가성과 정치성을 조화시키는 일"[13]이라는 경고를 미처 듣지 못한 탓이었다. 그 결과로 신석정은 등단 후에는 '낭만적 목가성'을 중시하다가 식민지 말기부터 '정치성'에 치중하였는데, 해방기에는 '낭만적 정치성'을 시의 방향으로 설정하게 되었다.

> 어슴발이 들 무렵에
> 젊은 놈이 찾아와서
>
> 『누굴 부뜰고 이 좁은 가슴을 터트려 보겠읍니까?』
> 막막한 이야길 듣는 나도
> 그 젊은 놈에겐 송두리채 붙잡혀줄 수도 없는
> 서러운 놈인가 보다
>
> 인젠 동무가 아니면 원수 뿐입니다
> 원수와 동무 뒤 섞여 사는
> 적막한 적막한 세상이래서
> 나는 젊은 놈을 따라 갈

12) Mikhail M. Bakhtin, 이득재 역『문예학의 형식적 방법』, 문예출판사, 1992, 40쪽.
13) Irving Howe, 김재성 역, 『소설의 정치학』, 화다, 1988, 130쪽.

힘도 여윘는가

어둔 하늘엔 별도 드믄데
부련듯 일어서며 젊은 놈은
가야겠다고 한다
젊은 놈을 따라나선 나는
『짐승들 요란히 우는 어둔 밤』 하며
내 귀에도 아스노라하니 들려온다.

고개에 이르자 젊은 놈은 기어ㅎ고
짐승들이 요란히 우는
어두운 속으로 끝끝내 떠나고 말았다

나는 내 여윈 손아귀에
그 젊은 놈이 남기고 간 體溫과 더불어
얼어붙은 내 가슴 저 한구석에 댕기고 간
빨가케 빨가케 타오르는 烽火를 본다

—「烽火」(『문장』 속간호, 1948. 10) 전문

한 편의 시는 "시인 자신에 의해서 실재하는 현실의 일부로 경험될 수 있는 허구적 인물에 대한 시인의 공감인 동시에, 다른 한편 삶의 진행 과정에서 때때로 시적인 허구의 일부로 표현되기도 한다"14)는 점에서, 해방기에 신석정이 발표한 작품들은 그의 정치의식을 반영하고 있다고 보아야 한다. 그러나 그는 정세의 추이를 예측하기는커녕, 문단의 움직임조차 제대로 파악할 수 없을 정도로 판단능력을 결여하고 있

14) Jan Mukařovský, 김성곤 · 유인정 역, 『무카로브스키의 시학』, 현대문학사, 1987, 62쪽.

었다. 이것은 그가 정치적 안목을 확립하지 못한 채 시국 상황에 압도되어 현실을 너무 낭만적으로 파악한 결과였다. 실제로 그가 앞의 작품을 발표할 당시에 조선문학가동맹의 지도부는 정세의 불리를 깨닫고 월북해버렸고, 그 뒤를 이어 작가들의 월북이 도모되고 있었다. 그런 판국에 신석정은 이 작품을 대한민국 정부가 수립된 두 달 뒤에 발표하면서 '동무가 아니면 원수'라고 단호하게 선언하고 있다. 이미 시국의 판세는 우파에 의한 단독정부의 수립으로 결정되었는데, 신석정은 정치적 이상과 현실적 조건 사이에서 방황하고 있었던 것이다. 정신을 보편적 충동이나 모든 인간이 공유하고 있는 의미를 추구하려는 동인이라고 할 때, 봉화를 향한 그의 정신적 지향은 나아가지도 물러서지도 못하는 곤혹스러운 상태를 대변하기에 충분하다. 현실의 변화를 수긍하지 못하고 '젊은 놈을 따라나선 나'이기 때문에, 끝내 '봉화'의 불길에서 '젊은 놈이 남기고 간 體溫'을 간직하려고 시도하는 것이다.

그렇지만 그의 가슴에 '빨가게 빨가게 타오르는 烽火'는 분단의 제도화로 인해 타오를 만한 객관적 조건을 상실하였다. 그는 '본다'라는 낱말에 자신의 행동을 위임한 채 정세의 변화를 관망할 수밖에 없었던 것이다. 그에 따라 신석정은 앞의 인용시를 발아시켰던 '즐거웁다'는 감정을 철회하고, 혼란스럽게 전개되는 정치판에서 후퇴하게 되었다. 실제로 신석정은 이 시를 발표한 후에 상당 기간 작품을 활자화하지 못했다. 그의 정치에 대한 관심은 한참 후에야 회복되어 "〈닥터·李〉의 肖像畵로 밑씻개를 하라"(「쥐구멍에도 햇볕을 보내는 民主主義 노래」, 1961. 1)는 분노로 이어졌다. 그만큼 해방기에 분출된 그의 정치의식은 시세계에 중요한 전환점으로 작용하였다. 그는 문청 시절에 읽었던 독서 체험에 기반하여 뚜르게네프의 '잉여인간'을 자처하였으나, 시국에 대한 낭만적 판단으로 도리어 시적 굴절을 초래하고 말았다. 그로 인해 신석정은 상당기간이 경과한 후에야 시작활동을 전개할 수 있었다. 그가 말년에 이르러 "뜨거운 눈물 지우던 나의 벅찬 *青春*"(「*氷河*」)을 술회하며 뚜르게네프를 다시 언급한 것은, 결국 해방기의 시적 방황에 대한 회한이다.

> 어찌 생각하면 인생은 「영원한 상실」인지도 모른다. 청춘도, 사랑도 끝내는 제 자신까지 상실하는 것이다.
> 그렇기에 투르게니에프도 이런 허무한 인생을 바사로프에게 대변시켰으며, 조국에 돌아가기 전 날 밤에 가여운 불가리아 청년 인사로프를 죽이고 만 것이다.[15]

신석정은 뚜르게네프의 독서 체험에 입각하여 '인생은 「영원한 상실」'이라고 '허무한 인생'을 반추하며 해방기의 혼란스러웠던 상황을 회고하고 있다. 해방 후 서울의 문단 활동을 정리한 신석정은 전주로 거처와 직장을 옮기고, 전라북도의 문단을 활성화하는 대열에 참가하였다. 그는 이병기가 주도하는 고향의 문단에 합류하여 후배 시인들의 정신적 지주 역할을 자임하였다. 이와 같은 일련의 움직임은 신석정으로 하여금 이전과 달리 현실의 구체적 조건들을 응시하는 계기가 되었다. 전주에 기거하는 동안에 그는 동양적 정신세계를 심화하면서 자연과 정신의 밀접한 상관관계를 의식할 수 있었다. 그가 노년에 '*山*은 어찌 보면 *雲霧*와 더불어 항상 저 아득한 하늘을 *戀慕*하는 것 같지만 오래 오래 겪어 온 피 묻은 *歷史*의 그 *生生*한 *記錄*을 알고 있다'(「*山*은 알고 있다」)고 단정한 배경에는 해방기의 방황이 자리잡고 있는 것이다.

---

15) 신석정, 「영원한 상실」, 『난초잎에 별이 내릴 때』, 예전사, 1984, 107쪽.

Ⅲ. 결론

신석정은 대표적인 목가시인이다. 그는 순수문학을 표방한『시문학』파의 일원답게, 서구적 전원을 자기만족적 공간으로 설정하며 현실과 거리를 두고 있었다. 이런 성향을 참작하면, 그는 해방 후 우파 측의 문단에 가담하는 편이 자연스러웠다. 그러나 그는 예상과 달리 조선문학가동맹에 가입하였고, 조직의 노선에 부합하는 작품들을 망설이지 않고 발표하였다. 그것은 그가 1930년대 중반에 접어들면서 식민지의 자연에 내재된 정치적 함의를 발견한 탓이었다. 그 이면에는 뚜르게네프의 소설 속 인물들이 영향을 끼쳤다. 그것을 계기로 그는 목가풍의 전원시와 결별하였고, 현실에 대한 시적 관심을 제고하게 되었다.

해방기를 맞아 신석정은 내면에 잠재되어 있던 정치적 상상력을 발휘하였다. 그는 인사로프와 바자로프의 출현을 대망하면서 정치의식을 표출하였다. 결국 그의 시도는 이념과 혼화되지 못하며 실패하였고, 그로 인해 그는 상당기간 시적 혼란을 감내하지 않으면 안 되었다. 그 후에 그는 '문학가에게 정치는 해독한 것이다'는 사실을 깨달으며 시와 정치 간의 적절한 거리를 유지하느라 공을 쏟았다. 이러한 움직임의 밑바탕에는 그가 문청 시절에 사숙했던 러시아 작가 이반 뚜르게네프의 독서 체험이 관련되어 있다. 그러므로 해방을 전후하여 신석정의 시적 전환을 충격한 뚜르게네프의 영향력은 정당하게 평가되어야 할 것이다.

시인의 정치적 선택과 시적 변명
김광균의 시와 시론

I. 서론

해방은 자주적 민족국가를 건설하기에 절호의 기회였다. 당시 문단
은 민족문학의 건설이라는 현안과제 해결을 위해 조직 역량을 결집하
였고, 정치적 신념에 따라 동조세력을 규합하는데 앞장섰다. 그러므로
이 시기의 문학은 차라리 운동의 연장선상에서 논의될 수밖에 없었고,
작가들은 저마다 선택을 강요받고 있었다. 해방은 "문제는 무엇을 어떻
게 쓰느냐는 것이 또한 시인의 고민으로 나타나게"[1] 된 사건이었다.
이러한 상황 아래서 대부분의 시인들은 작품 생산보다는 행동을 선택
하였다. 김광균의 경우도 예외가 아니었다. 그는 식민지시대를 대표하
는 모더니스트 중의 하나였지만, 해방 조국에서는 문단의 조직 운동에
앞장섰다. 이 때 그는 민족문학 건설의 대오에 참가하는 이유를 내세우
지 못했다. 그는 조직운동가도 아니었고, 이론적 비평가도 아니었으며,

---

1) 박세영, 「현단계와 시인의 창작적 태도」, 『예술』 제2권 제2호, 건설출판사, 1946. 2.

단지 한 사람의 시인이었을 뿐이다. 자신의 행동을 정당화한 논리를 갖추지 못한 시인의 앞길은 예정되어 있었다. 그는 필연적으로 조직의 생경한 체험만 습득한 채, 대오로부터의 이탈을 도모할 수밖에 없었다. 마침 발생한 한국전쟁과 그로 인한 동생의 납북, 동생이 경영하던 사업장의 인수 등은 그로 하여금 서둘러 시단을 떠나게 만든 외부 요인이었을 따름이다.

지금까지 김광균의 시에 관한 논의는 "향수의식에는 철저하지 못하나, 풍경 스켓취에는 성공한 소시민적 향수의 시"[2]라는 언급 이후, 대부분의 논의가 1930년대 모더니즘 범주에서 이루어져 왔다. 이러한 접근 태도는 이 시기에 발표된 특정 작품이나 시집에 국한하여 논의를 진행시키게 되고, 전체적인 시세계를 이해하려는 연구자들을 당황시킨다. 더욱이 해방기 그의 행적에 관한 연구는 거의 이루어진 바 없다. 이러한 연구 결과에 의해 김광균은 시사적으로 1930년대의 모더니스트로 설정된 채, 전생애에 걸친 시작 활동보다는 국지적으로 논의되고 있는 실정이다. 물론 그가 해방 이후에 단속적으로 시와 산문을 발표하기는 하였지만, 이전의 작품과 비교하여 보면 영성하기 그지없다. 하지만 엄연히 그가 해방기에 작품 활동을 한 이상, 이에 주목하지 않는 것은 연구자의 바른 태도가 아니다.

따라서 본고에서는 지금까지 소홀히 취급된 김광균의 해방기 시와 시론을 고찰함으로써, 그의 시작 활동 전반에 관한 연구를 촉구하는 기회로 삼고자 한다. 과작의 시인이었던 그는 해방을 기점으로 작품 발표를 더욱 소홀히 하였다. 그 이유 중의 하나는 기업 경영에 투신하게 된 개인사적 배경을 들 수 있다. 하지만 이 시기에 발표된 시와 시론을

---

2) 이병각, 「향수하는 소시민—김광균 『와사등』의 세계」, 『시학』, 1938. 10.

통해 살펴보면, 문단에 대한 환멸과 시적 성취에 대한 회오가 크다는 사실을 발견하게 된다. 그런데 해방 직후에 보여준 그의 행적은 수상하다. 그는 이 무렵 최대의 현안과제였던 민족문학 건설 사업에 종사했을 뿐만 아니라, 여러 문학단체에서 임원으로 왕성하게 활동하고 있었다. 또한 시보다는 시론을 발표하여 자신의 의견을 개진하는데 힘을 쏟았다. 그런데도 불구하고 그는 이념적으로 대척적인 문단에 가입하는 등 방황하는 모습을 보였다. 이에 본고에서는 그가 해방기에 발표한 글을 분석함으로써, 그의 시적 신념과 정치적 행동 간의 상관관계를 검토하고자 한다.

II. 시대 상황과 시적 신념의 관계

1. '푸른 종소리'의 시인

김광균(1914-1993)은 불과 13세의 나이로 「가신 누님」(『조선중앙일보』, 1926. 12. 24)을 발표할 정도로 조숙하였다. 이후에 그는 1937년 『자오선』 동인으로 참가하고, 명품 「雪夜」(『조선일보』, 1938. 1. 8)를 발표함으로써 비로소 주목받게 되었다. 특히 그는 당대의 비평가 김기림의 비평적 총애를 받으며, 1930년대를 대표하는 모더니스트 시인의 반열에 올라섰다. 1939년 그의 시집 『와사등』이 출간되었을 때, 이 시집들에 관심을 먼저 표명한 비평가는 임화였다. 그는 광장과 내면 사이에 서있는 현대인의 운명을 포착한 김광균의 "언어가 얽는 美妙한 회화"[3]에 주목하였다. 그는 창백한 우울을 단일한 색조로 묘사하는 김광균의 작품에서 당대의 정신을 문제삼은 것이다. 그 뒤에 김기림은 김광균을 가리켜 "소리조차를 모양으로 번역하는 기이한 재주"[4]를 가진 시인이라고 평하였다. 그의 평가는 후세의 연구 방향을 결정짓는 비평적 준거가 되었다.

김광균이 해방 공간에서 보여준 방황은 혼란스럽다. 해방 직후에 그는 "서른 여섯 해 비바람이 스쳐간 자최"(「날개」, 『해방기념시집』, 중앙문화협회, 1945) 위에 찾아온 해방의 기쁨을 노래하며 민족 문학 건설운동에 적극적으로 참여하였다. 먼저 그는 김기림, 오장환, 임화, 정지용 등과 함께 1945년 8월 16일 결성된 조선문학건설본부(위원장 이태준)의 시부 위원으로 선출되었다. 이 조직은 박헌영의 소위 '8월 테제'에 입각하여 통일전선전술과 부르주아 민주주의 혁명 단계론을 수용하여 노동자계급의 영도성을 인정하고 있었다. 이러한 이념적 기반 위에서 1946년 2월 8-9일 조선문학자대회를 개최했을 때, 김광균은 이틀간 출석하고 조선문학가동맹에서 서기국 위원과 시부 위원을 겸하였다. 이 조직은 카프 조직원과 해외문학파, 1930년대의 모더니스트 등을 중심으로 한 대중 조직으로, 여운형의 조선인민공화국과 박헌영을 대리한 김태준, 이강국의 지도를 받고 있었다. 김광균은 여운형의 장례일을 맞아 조시 「喪輿를 쫓으며—呂運亨 先生 葬禮날」(『우리신문』, 1947. 8. 3)을 발표하였는데, 이로써 미루어 보아도 그의 민족문학 운동 전선 합류는 자발적이었다.

---

3) 임화, 「시단의 신세대—교체되는 시대 조류」, 『문학의 논리』, 서음출판사, 1989, 299쪽.
4) 김기림, 「30년대 掉尾의 시단 동태」, 『인문평론』, 1940. 12; 김학동 편, 『김기림전집·2』, 심설당, 1988, 69쪽.

1946년 5월 4-5일 이루어진 소위 '정판사 위폐 사건'을 계기로 조선공
산당은 노선 수정을 단행하였다. 곧, 미군정과 우호 관계를 유지하며
조직의 확대를 꾀했던 박헌영의 기본 노선은 전면적으로 수정되어 이
른바 '7월 신전술'이라는 방어적 공세를 감행하였다. 이러한 상황에서
조선문학가동맹은 8월 10일 서울시지부(위원장 김기림)를 결성하고, 대
중화 논의를 진행하면서 해방 기념 각종 대중 집회를 거최하였다. 김광
균은 시부 책임자로서 조선문학가동맹 주최로 종로청년회관에서 열린
8・29 국치 기념 문예강연회에 참가했다가 오장환과 유진오의 시가 낭
독될 때마다 박수 소리와 아우성 소리 등에 의해 시낭독이 중단되는
소동에 "등줄기에 땀도 같고, 바람도 같은 것이 선득하였다"[5]고 한다.
1947년 조선문학가동맹(위원장 홍명희)은 김남천의 주도로 조직을 개
편하고 대중화 테제를 채택했을 당시, 시부 조직부장으로 임명된 김광
균은 맹원으로서 조직의 당면과제를 수행해야 함에도 불구하고, 그는
"낯설은 거리의 아우성 소리"(「瓦斯燈」) 같은 청중들의 박수소리에 동
조하지 않았던 것이다. 그는 문학가동맹의 간부이면서드 "그 후도 가끔
은 나갔는데, 맡은 일이 없어 회합에나 참가하고, 대개는 빙빙 돌다가
들어왔다"[6]고 변명함으로써, 자신의 행적을 스스로 부정하고 있다. 이
증언은 그의 해방기 행적을 규명하는데 상당한 시사줌을 제공해준다.
그는 민족문학 운동 전선에 가담한지 불과 1년만에 조직의 노선에 회의
를 느끼고 있었던 셈이다.

해방 후 민족문학운동 전선에 적극 참여했던 그의 변화된 태도는 식

---

5) 김광균, 「문학의 위기―시를 중심으로 한 일년」, 『신천지』, 1946. 12; 김학동・이
   민호 편, 『김광균전집』, 국학자료원, 2002, 319쪽.
6) 김광균, 「이미 죽고 사라진 사람들」, 『동서문학』 1988. 8, 49쪽.

민지시대의 행동 변화와 유사하다. 김광균은 1920년대에 등단한 뒤 개인적 감상을 노래하다가 현실비판적 성향의 작품을 발표하였다. 그는 "億萬年의 興亡을 고요히 나려다 보는 한울"(「한울」, 『동아일보』, 1929. 10. 13) 아래서 "무리지어 헤매는 흰옷 입은 이들"(「慶會樓에서」(『동아일보』, 1929. 10. 14)을 발견하게 된 이후부터 소위 단편서사시 계열의 작품을 발표하였다. 특히 「失業者의 五月」(『대중공론』, 1930. 6)과 「消息―우리들의 兄님에게」(『음악과 시』, 1930. 8) 등은 프롤레타리아의 시각에서 현실을 비판하는 내용의 작품이다. 또한 그는 「작가연구의 前記―신예작가의 소묘」(『조선중앙일보』, 1934. 5. 2-9)에서 일본작가동맹의 주요 작가들을 소개하며, 일본의 프롤레타리아문학에 깊은 관심을 가졌다. 이 글에서 그는 일본 작가들의 대표작과 생애를 요약하면서 "초보의 문학청년 동료에게 참고로 이 소묘를 試하는 의도"를 드러내었다. 하지만 그는 이 시기 민중들의 삶을 객관적 현상으로 인식한 것이 아니라, 당대의 모순에 의해 파생된 비극적 실체로 파악하고 있었다. 그의 인식은 식민 담론의 작동 현장에 대한 구체적 접근보다는 외면의 관찰 결과였기 때문에, 새로운 논리에 쉽게 흡수될 수밖에 없었다. 그가 1935년 김기림에 의해 주목할만한 신인으로 추천된 소식을 듣고, "승천을 시작하여 지붕을 뚫고 샤갈의 그림처럼 하늘로 높이 날았"[7]다는 회고는 이것을 반증해준다. 그는 이후부터 임화보다는 김기림에게 과도할 정도로 경도되어 이미지즘 시학을 추구하게 되었다.

1930년대 후반에 이르러 그가 갑자기 모더니스트로 변모하게 된 이유는 분명하게 밝혀지지 않았다. 하지만 이에 대해 그의 회고담 중에서 주목할만한 대목이 있다. 김광균은 1930년대 소공동 소재 낙랑다방을

7) 김광균, 「50년」, 『월간조선』, 1981. 5; 『김광균전집』, 396쪽.

드나들었다. 그곳에서 그는 김기림으로부터 프랑스 ㅅ단과 화단의 동향을 듣던 중에 "고호의 「水車가 있는 架橋」를 처음 보고, 두 눈알이 빠지는 것 같은 감동"[8]을 체험하였다. 그로부터 그는 세계미술전집을 구입하는 등 급속도로 회화에 몰두하게 되었다고 한다. 그의 시와 산문에서 회화와 관련된 요소들을 쉽게 찾을 수 있는 것도 이러한 이유에서 기인한다.[9] 이 점이야말로 그가 이미지즘을 경청하고, 주지주의 문학에 경도되는 계기로 작용하였다. 특히 그의 시에 나타나는 원근법 등 회화적 요소들은 소리를 혐오하는 시인의 태도를 증명해주기에 충분하다. 그는 「현대시의 황혼—김기림론」(『풍림』, 1937. 4)에서 현단계 시의 위기 상황을 초래한 내부 요인으로 음악성을 들었다. 그가 보기에 '시라고 불리워지는 음악'이 시를 후퇴시켰기 때문에, 앞으로 현대시는 "언어가 가진 음악적 측면을 내어쫓고, 그 자리에 현대의 지성"을 도입해야 한다는 것이다. 말할 것도 없이 김광균은 그 자리에 회화를 놓았다. 그림 속에는 음악 소리가 들리지 않기 때문에, 그는 이것을 '지성'의 대용물인 양 오해하였다.

　　　어느 먼 곳의 그리운 소식이기에

---

8) 김광균, 「30년대의 화가와 시인들」, 『계간 미술』 제23호, 1982. 가을호;『김광균 전집』, 407쪽.
9) 김광균의 시작품 중에서 회화적 제목을 설정한 것은 「蒼白한 構圖」(『조선일보』, 1933. 7. 22), 「風景畵」(『조선중앙일보』, 1934. 12. 9), 「思鄕圖」(『조선중앙일보』, 1935. 4. 24-4. 26), 「午後의 構圖」(『조선중앙일보』, 1935. 5. 1), 「壁畵」(『조선중앙일보』, 1935. 9. 26), 「孤獨한 版圖」(『조선중앙일보』, 1935. 9. 26), 「人生의 哀圖」(『풍림』, 1937. 1), 「風景」(『비판』, 1938. 7), 「뎃상」(『조선일브』, 1939. 7. 9), 「金銅佛耳」(『회귀』, 1986. 6), 「星群圖」(『회귀』, 1989. 11) 등이다. 또 그가 그림에 관해 쓴 산문은 「雨杜考」(『한양로타리클럽 주보』, 1979. 9. 3), 「화가·화상·화족」(『경향신문』, 1980. 9. 13, 9. 27-10. 13), 「30년대의 화가와 시인들」(『계간 미술』, 1982. 가을호), 「이중섭을 욕보이지 말라」(『경향신문』, 1985. 6. 8) 등이다.

이 한밤 소리없이 흩날리느뇨.

처마 끝에 호롱불 야위어 가며
서글픈 옛 자춰ㄴ 양 흰 눈이 내려

하이얀 입김 절로 가슴이 메어
마음 허공에 등불을 켜고
내 홀로 밤 깊어 뜰에 내리면

머언 곳에 **女人**의 옷 벗는 소리
　　　　　　　　—「**雪夜**」10) 부분

　　그는 눈을 '먼 곳의 그리운 소식'으로 전제했으면서도, 종결부에 이르
러서는 관능적 비유로 처리함으로써 눈 오는 소리를 들으려는 독자의
기대를 배반한다. 눈 오는 밤의 '처마 끝에 호롱불 야위어 가'는 야심한
시각의 정밀한 분위기는 즉물적 묘사에 의하여 '서글픈 옛 자춰'로 의미
변성을 일으킨다. 눈은 더 이상 '먼' 곳의 그리운 소식이 아니라, 더 '머
언' 곳에서 들려오는 여인의 옷벗는 소리로 변질되어 미약한 기다림마
저 소거되어버린다. 이것은 "감정의 본질을 언어에 의해서 명확히 하려
는 끊임없는 내적 욕구"11)라기 보다는, 감정을 건조시키고 대상의 감각
성을 강조한 것이라고 보아야 타당하다. 왜냐하면 그는 욕망의 내밀한
움직임조차 언어의 조형성 속에 은폐시키려고 노력했기 때문이다. 이
와 같이 '언어가 가진 음악적 측면'을 배척하는 시야말로 자신의 나아갈

---

10) 『조선일보』, 1938. 1. 8
11) 김규동, 「근대 정신과 『와사등』의 위치」, 김광균 시집 『와사등』, 삶과 꿈, 1994,
　　200쪽.

바라고 생각했던 김광균이 동일한 소리에 상이한 반응을 보인 점은 주목할 만하다.

 김광균에게 기적소리는 "멀―리 간 사람과/이미 죽은 사람들"(「汽笛」)을 부르는 소리였다. 그는 기적소리를 들으며 '가신 누님'(「가신 누님」)과 '어머님'(「碑」), '죽은 누이 경애'(「弔花」)를 비롯한 혈육의 죽음을 떠올리게 된다. 그러므로 "하―얀 汽笛소리"(「午後의 構圖」)처럼 죽음의 빛깔을 띠며, 혹은 "목쉰 汽笛"(「燈」)처럼 통곡의 소리와 동일하게 인식된다. 따라서 기적소리는 가능한 한 안 듣는 것이 최선책이다. 그런데 김광균은 해방기에 "汽笛소리 따라가고 싶고나/거기 쓸쓸한 사람이 모여 사는 곳"(「悲風歌」)을 그리워하면서 기적소리를 듣고 싶어한다. 이것은 개인사적 비극으로 인하여 혈육의 죽음을 수차러 목도한 뒤부터 기적 소리를 의도적으로 소멸시키던 시인이 도리어 혈육을 찾고 있다는 징후이다. 김광균은 이 무렵의 객관적 정세 변화에 이전의 민족문학전선 가담 사실에 당황하면서 소심증을 보여준다. 이미 정세는 우파의 기획에 따라 과거 민족문학운동전선은 와해될 위기에 직면해 있었고, 마침내 1948년 8월 남한 단독 정부가 수립되면서 조선문학가동맹은 불법단체로 규정되었다. 이에 따라 과거의 조직원들은 월북, 도망하거나 보도연맹에 가입하여 과거를 참회하는 반성문을 작성해야 하는 비참한 처지에 놓여 있었다. 급박하게 악화되는 주변 상황은 김광균으로 하여금 '기적 소리'를 다시 찾도록 만들었다. 그렇지만 그의 시작품에서 기적 소리는 다른 소리와 함께 사라진지 오래였다.

> 창백한 하늘에 걸려 있는 村落의 時計가
> 여윈 손길을 저어 열 시를 가리키면

날카로운 尖塔 같이 언덕에 솟아 있는
褪色한 聖敎堂의 지붕 위에선
噴水처럼 쏟아지는 푸른 종소리
　　　　　　　　―「外人村」12) 부분

　김광균은 "소리에서 소리의 힘을 제거했"13)던 시인이다. 소리를 싫어
하는 김광균은 시작품에서 회화적 요소를 끝까지 추구하여 소리를 거
세시켜버린다. 그가 설정한 '外人村'이라는 배타적 공간은 소리조차 존
재하지 않는 접근불가구역이다. 그곳의 시계는 열 시가 되어도 소리를
내지 않는다. 다만 '여윈 손길을 저어' 시각을 가리킬 뿐이다. 또한 종소
리는 "한낮이 겨운 하늘에서 聖堂의 낮 종이 굴러내리"(「山上町」)거나,
공간적 확산을 시도하지 않고 분수처럼 쏟아질 뿐이다. 이와 같이 김광
균은 소리를 배제함으로써, 시의 시각적 효과를 배가시키는 시작법을
견지하였다. 이러한 태도는 부산한 오전의 일상보다는 피곤한 오후의
일상을 묘사하는데 효과적이었다. 그러므로 그는 나른한 오후가 되어
야 "蒼白한 感傷"(「午後의 構圖」)을 찾아 "하이얀 들가의 외롭고 좁은
길"(「蒼白한 散步」)을 걷는다. 하지만 해방은 '정오의 태양 아래 혁명을
기획하고 있었다. 한때 조선문학가동맹의 맹원으로서 정치 활동과 문
학 활동을 동일시했던 그로서는, 점차 강화되는 우파 진영의 정치 공세
에 노출되어 가고 있었다.
　마침 일어난 여순사건은 문단과 김광균을 갈림길로 내몰았다. 1948
년 8월 정부 수립 후 10월에 일어난 여순사건은 우익 문단의 결속을

---

12) 『조선중앙일보』, 1935. 8. 6
13) 이사라, 「김광균시의 현상학적 연구」, 『시의 기호론적 연구』, 중앙경제사, 1987,
　　227쪽.

초래한 정치적 사건이었다. 이에 전국문화단체총연합회(위원장 고희
동)는 1948년 12월 27-28일 양일간 민족 정신 앙양 전국문화인 총궐기
대회를 개최하였다. 그리고 정부는 1949년 10월 공산당의 불법화를 선
언하였다. 이와 같이 우파 중심으로 정치 질서가 개편되면서 김광균은
다시 한 번 선택의 기로에 직면하였다. 하지만 해방 후 민족문학 운동에
가담했을 당시에 참가 이유를 밝히지 않은 그에게는 신념의 정리 과정
이 생략되어도 무방하였다. 그는 1949년 12월 17일 결성된 한국문학가
협회(위원장 박종화)의 중앙집행위원으로 선출되었다. 이듬해에 한국
전쟁이 발발하여 김광균은 동생이 납북되었고, 1951년 1·4후퇴 당시
자신은 부산으로 피난길에 올랐다. 그는 이때부터 동생의 회사를 경영
하며 시단과 거리를 두게 되었다. 그는 이것을 문학과 사업의 영역을
존중하는 신념의 소산인 양 변명했지만, 근본적으로는 문단의 소리를
듣기 싫었던 그의 의지가 재촉한 결행이었다.[14]

2. '시대의 거울'로서의 시

김광균은 "도시적 감수성을 세련된 감각으로 묘사한 기교파의 대표적
인물"[15]로 평가된다. 그는 1932년 경성고무주식회사에 취직하여 군산으

---

14) "6·25 전 해인가, 또 그 전 해인가 박거영 씨의 시집 출판기념회에서 반취가
   지난 김에 일어나 "박 시인! 시와 상업은 양립이 안 되니, 어느 한 쪽은 집어치우
   시오."하고 호령을 하여 박거영 씨가 짧지도 않은 얼굴을 더 늘이고 천정을 쳐보
   던 생각이 가끔 난다……십여 년 전에 박거영 씨에게 외람히 호령한 말은 사실은
   내가 나 스스로에게 던진 서글픈 호령인 것만 같다."-김광균, 「시와 상업」,
   1964. 6;『김광균전집』, 394쪽.
15) 김재홍, 「방법적 모더니즘과 서정적 진실」,『한국현대시인연구』, 일지사, 1990,
   259쪽

로 내려간 이후 1938년까지 그곳에서 생활하였다. 그는 이 해에 본사 근무로 발령받아 서울에서 하숙하다가 1941년에야 정착하였다. 이로써 알 수 있는 사실은 그의 시작 생애에서 중요한 시기는 대부분 군산에서 이루어졌다는 것이다. 따라서 그의 시작품에서 1930년대 경성의 번화한 모습을 찾아내는 일은 무료하다. 그는 군산이라는 당대 최대의 농산물 수출항에서 벌어지는 일제의 식량 약탈 행위를 애써 외면하고, 그곳에 모조 이식된 도시적 문물과 이국적 풍경에 시선을 집중하였다. 그러므로 그의 시에 나타나는 도시적 감수성은 찰나적이고 감상적인 것일 수밖에 없었다. 도시 문명에 대한 과학적 통찰을 시도하지 않은 채 해방을 맞은 그가 이성적 논리를 갖추지 못한 것은 당연한 귀결이었다.

따라서 일제의 식민지 상태로부터 해방된 김광균은 여느 시인들처럼 상당한 기대감을 표출하였다. 그는 문단의 조직 대열에 적극적으로 동참했을 뿐만 아니라, 시를 통해 당대의 정치적 조건에 민첩하게 반응하기를 마다하지 않았다. 그가 이 시기에 발표한 시와 산문은 대부분 해방기의 정치적 상황과 결부된 내용이다. 특히 학병 추모 특집에 수록된 시 「喪輿를 보내며」(『학병』, 1946. 2)는 그러한 사정을 뒷받침한다. 이 무렵에 그는 「永美橋—畏友 金管兄 丙戌正月初四日夜半에 五間水 밖 永美橋 밑에 까닭모를 죽엄을 하다」(『신문학』, 1946. 8), 「九宜里—弔 安東洙 君」(『협동』, 1946. 10. 10), 「詩를 쓴다는 것이 이미 부질없고나—哭 裵仁哲 君」(『신천지』, 1947. 10), 어려서 죽은 조카를 애상하며 쓴 시 「은수저」(『문학』, 1946. 7) 등 외에 작품을 거의 발표하지 않았다. 단지 1939년에 출판했던 시집 『와사등』(정음사, 1946)을 재판하였고, 제2시집 『기항지』(정음사, 1947)를 발행했을 뿐이다. 하지만 이 시집에 수록된 작품들도 대부분 식민지시대에 발표된 것이라는 사실을 고려하면, 과작의 시인이었던 그가 해방기에 발표한 작품은 소량에 지나지 않는다.

해방기 작가들의 고민은 "쓸 것이 많은 것 같으나 포착할 수 없었던 것"[16]에 있었다. 더욱이 문단이 정치 이념에 의해 장악되면서 작가들은 글쓰기보다는 행동에 치중하게 되었다. 이러한 복잡한 형국에서 이미지스트 김광균은 "나의 남은 半生의 길은 어디로 뻗쳐 있"(「黃昏歌」)는지 반추하지 않을 수 없었다. 그는 식민지시대에 현실비판의 작품을 발표하던 당시에도 문학 조직에 가담하지 않았을 뿐만 아니라, 정치지향적 행동을 보여주지 않았다. 해방 후에는 민족문학 진영의 각종 문학 집회에 참석하였지만, 그는 참여의 논리를 체계적으로 단련시키지 않았다. 그러므로 이 시기에 보여준 시와 산문은 "철학(사상)이 논리의 전개에 의존하는 것이라면, 김광균이 얼마나 이 방면에 훈련이 안 돼 있고 서투른가"[17]를 증명해준다. 그는 "시는 항시 그 시대의 거울"[18]이라고 주장한 바 있다. 이에 따라 그의 시에서 가장 중시되어야 할 덕목은 '현실에 대한 비평정신'이었다. 그렇지만 1920년대에 발표한 현실비판적 작품을 제외하고는, 대부분 그의 시에서 현실은 먼 풍경으로 묘사될 뿐이었다. 이것은 현실 생활의 소리를 싫어하던 그가 "'지금 여기'가 아닌, 익명성으로서의 '먼 저기'를 지향"[19]하기 때문에 발생하는 시적 한계였다. 이 점에서 그의 시론은 시와 일체화되지 못하고 유리된 채, 상식적 수준에서 논의되고 있을 뿐이다. 그는 '시대의 거울'보다는 내면의 거울을 중시했던 것이다.

---

16) 한설야, 「조선문학의 지향」, 『예술』 제2권 제1호, 건설출판사, 1946. 1.
17) 김춘수, 『시의 이해와 작법』, 자유지성사, 1999, 168쪽.
18) 김광균, 「시의 정신―회고와 전망을 대신하여」, 『경향신문』, 1947. 1. 15; 『김광균전집』, 328쪽.
19) 유성호, 「이미지즘 시학의 방법적 수용과 굴절」, 『한국 현대시의 형상과 논리』, 국학자료원, 1997, 147쪽.

이와 같이 시대와의 불화 상태가 지속되면서 김광균은 해방 정국에서 루쉰에 관한 자신의 의견을 피력한 바 있다. 그는 산문 「노신의 문학 입장」(『예술신문』, 1946)에서 "혁명의 혼탁과 동란의 戰塵에 싸여 작품과 인간이 격앙하고 충혈되었을 때, 홀로 靜謐한 비가를 노래하던 심정"을 헤아렸다. 그는 2년 동안 "중국 민족을 위하여 土豪劣神, 正人君子, 쿠데타, 좌익 속물, 자기 자신의 비애와 참혹한 싸움으로 자기 문학조차 완성하지 못하고 도중병사한 노신의 일평생이 상징하는 것이 앞으로의 조선 민족의 곤란과 작가의 전도가 아니기를 바라는 심정"으로 해방기의 혼란상을 주시하고 있었던 것이다. 곧 조국의 혁명운동에 복무했으면서도 동지들로부터 비판받고, 소설가로서 문학적 성취를 이루지 못한 루쉰의 생애와 자신의 일생을 동일시하고 있다. 그가 루쉰과 자신을 동일 차원에서 인식하기 위해서는 정치적 신념과 행동, 문학과과 작품 성향 면에서 유사한 점이 발견되어야 한다. 그렇지만 그와 루쉰의 생애를 비교해보면, 그의 논리는 허무한 상태에서 비롯된 생경한 시각을 노출시킨다.

> 시를 믿고 어떻게 살아가나
> 서른 먹은 사내가 하나 잠을 못잔다.
> 먼―汽笛 소리 처마를 스쳐가고
> 잠들은 아내와 어린것의 벼개 맡에
> 밤눈이 내려 쌓이나 보다.
> 무수한 손에 뺨을 얻어맞으며
> 항시 곤두박질해온 生活의 노래
> 지나는 돌팔매에도 이제는 피곤하다.
> 먹고 산다는 것.

너는 언제까지 나를 쫓아오느냐.

등불을 켜고 일어나 앉는다.
담배를 피워 문다.
쓸쓸한 것이 五臟을 씻어 내린다.
魯迅이여
이런 밤이면 그대가 생각난다.
온─세계가 눈물에 젖어 있는 밤
上海 胡馬路 어느 뒷골목에서
쓸쓸히 앉아 지키던 등불
등불이 나에게 속삭어린다.
여기 하나의 傷心한 사람이 있다.
여기 하나의 굳세게 살아온 인생이 있다.
　　　　　　　─「魯迅」[20] 전문

　김광균은 루쉰을 제목으로 삼아서 해방기를 보내는 소감을 술회하고
있다. 루쉰은 센다이의학전문학교에서 세균학 강의를 듣던 중에 러일
전쟁의 승리를 선전하는 영화 속에서 일본군에 체포되어 처형되는 중
국인에게 박수를 보내는 중국인을 보고 큰 충격을 받았다. 이에 그는
의사 되기를 포기하고, 일제의 식민 담론에 조종되는 어리석은 중국인
을 교화할 목적으로 문학예술운동에 투신하였다. 그는 귀국하여 중국
인들의 현실 생활을 개혁하기 위해서는 가열찬 혁명 투쟁이 필요하다
고 역설하였다. 그는 각종 강연과 토론을 통해 봉건 잔재의 척결을 주장
하는 한편, 명작 『아Q정전』을 저술하는 등 소설 발표에도 전력하였다.
그는 아Q를 통해 봉건계급이 인민에게 끼친 죄악스러운 영향, 인민에

---

20) 『신천지』, 1947. 3 · 4.

대해 조성한 정신적 상처를 고발하였다. 그가 창조한 아Q의 전형적 성격은 전형적 형상을 사실적으로 반영한 것이다. 그것은 현상에 대한 깊은 통찰로부터 비롯된다.

그러나 해방을 맞아 김광균은 사회현상에 대한 과학적 분석을 시도하지 않고, 혼란스러운 "馬券없는 競馬場인 서울 거리"(「乘用馬車」)를 배회하고 있었다. 그에게 현실은 문학적 현실보다는 '잠들은 아내와 어린것의 벼개 맡에' 있는 가족사적 현실이었던 셈이다. 이러한 이원적 현실 인식 태도는 그가 "도시적 체험을 인상적으로 그리는데 성공했을지 모르나, 현실성은 분명 결여되었다"[21]는 비판을 초래하게 된 원인이었다. 그런 측면에서 이 작품은 외형상으로는 시의 형식을 차용하고 있으나, 내면적으로는 자신의 일기에 가까울 정도로 솔직한 김광균의 심정이 드러나 있다. 먼저 1연에서 '서른 먹은 사내'는 지금까지의 시단 생활을 돌아보며 회한에 잠긴다. 그 회한은 '시를 믿고 어떻게 살아가나'라는 허무감 속에서 배가된다. 시인이 시에 관한 신뢰를 철회하는 것은 시쓰기를 그만두는 것과 동일하다. 그는 식민지시대부터 '무수한 손에 뺨을 얻어맞으며' 시를 썼지만, 해방을 맞은 지금에는 '지나는 돌팔매'에도 놀랄 정도로 무섬증을 나타낸다. 더욱이 시가 '먹고사는 것'을 해결해 줄 수 없는 줄 번연히 알고 있는 시인으로서는 시쓰기를 계속할만한 명분을 내세울 수 없다. 특히 그가 8·15 이후 정치적 행사나 사건이 있을 적마다 "이번에는 무슨 행사가 있으니 시를 써달라는 주문도 왔고, 이번 행사에 시를 안 쓰는 것은 무슨 일이냐는 질책이 있는가 하면, 눈치로 섭섭하다는 것을 알리는 사람도 있었다"[22]고 회고하는 것을 상

---

21) 조용훈, 「새로운 감수성과 조형적 언어」, 김학동 외, 『김광균 연구』, 국학자료원, 2002, 266쪽.

기하면, 이 무렵에 가졌던 시대와 문단 동료에 대한 환멸의식은 상당했다고 보인다. 그렇게 소란한 상황은 소리를 싫어하는 그의 시적 세계와 전혀 어울리지 않았던 것이다.

2연은 '그대'를 생각하는 내용이다. 루쉰이 상하이에서 보았던 등불은 김광균에게 속삭이지만, 그 내용은 밝혀지지 않았다. 루쉰은 1927년 10월 상하이에 정착하면서 마오뚠(茅盾), 꿔모로오(郭沫若) 등과 교유하면서 청년들과 토론하는 한편, 마르크스 이론을 번역하는데 몰두하였다. 그는 마르크스 이론을 받아들여 문예의 계급성을 인정하면서도 "모든 문학예술이 선전이긴 하지만, 모든 선전이 결코 다 문학예술인 것은 아니다"[23]고 단호하게 부정하였다. 이로써 그는 교조적 공산주의자들로부터 비판에 직면하게 되지만, 자신의 정치적 신념과 문학관을 굳게 지켰다. 아마 김광균은 루쉰의 이러한 면모에 주목하여 해방기를 보내는 혼돈의 심경을 토로했을 터이다. 하지만 루쉰이 상하이의 '胡馬路 어느 뒷골목'에서 조국의 장래를 걱정하고 있을 때, 김광균은 "왕십리 하늘 밑을 서성거리"(「永美橋」)고 있었다. 그는 루쉰처럼 정치적 신념과 문학관이 일체화되지 않았을 뿐만 아니라, 루쉰처럼 평생동안 문학에 종사하지도 않았다. 김광균은 문학과 사업의 기로에서 주저없이 사업을 선택하였으며, 그것은 가정 형편에 의한 것이라고 하더라도 루쉰에 비할 바가 못되었다. 그가 사업가로 변신하는 순간에 시는 여기로 취급되었고, 과거의 문단생활을 추억하는 매개물로 자리잡게 되었다. 이 시기에 그는 "詩를 쓴다는 것이 이미 부질없고나"(「詩를 쓴다는 것이

---

22) 김광균, 「문학의 위기─시를 중심으로 한 일년」, 『신천지』, 1946. 12;『김광균전집』, 320쪽.

23) 王士菁, 신영복·유세종 역, 『魯迅傳』, 다섯수레, 1997, 224쪽.

이미 부질없고나」)라는 탄식에 이르고 있었던 것이다.

일찍이 1940년에 김기림은 오장환과 김광균의 시집을 비교하여 "『와사등』은 말하자면 성년의 시인데, 『헌사』는 청년의 시"[24]라고 규정한 바 있다. 그의 평언은 비판조로서, 오장환이 당대의 모더니즘을 극복하기 위해 노력한데 비해, 김광균이 "기교주의의 말초화"[25]에 직면할 정도로 자신의 작품 세계를 고수하는 태도를 힐난한 것이다. 그러므로 이미 정식화된 '성년의 시'를 쓰는 김광균은 오장환처럼 자아비판을 감행하며 민족문학 건설 현장에 나아갈 때에도 소극적일 수밖에 없었다. 단지 그가 광장으로 나아가는 것은 "黃昏을 좇아 네거리에 달음질"(「廣場」)칠 경우에 국한되었다. 그는 도시의 광장이라는 근대적 열린 공간에서조차 전 세기의 이전부터 되풀이되는 '황혼'을 찾은 것이다. 이것은 그가 근대적 도시 문명을 노래하면서도 "그것을 파헤쳐서 깊이 체득하는 차원에서가 아니라, 그 이전의 가벼운 눈길로 그것을 풍경화해서 읊조린 데 그친 것"[26]이라는 사실을 확인시켜준다. 그에게 시는 '시대의 거울'로서의 기능을 상실한지 오래였다.

3. '형태의 사상성'의 실체

김광균은 해방기에 시에 관한 단상을 산문으로 발표하였다. 그의 발언은 정치적 격동기를 살아가는 시인의 자기옹호에 지나지 않는다. 왜냐하면 그는 해방기에 발표한 글에서 당시 가담했던 조직의 논리를 대

---

24) 김기림, 「30년대 掉尾의 시단 동태」, 『인문평론』, 1940. 12;『김기림전집·2』, 69쪽.
25) 김기림, 「모더니즘의 역사적 위치」, 『인문평론』, 1939. 10;『김기림전집·2』, 57쪽.
26) 김용직, 「식물성과 모더니즘」, 『한국현대시인연구·하』, 서울대출판부, 2000, 137쪽.

변한 것이 아니라, 자신의 문학관을 전개하는데 치중했기 때문이다. 그러므로 그의 산문은 종래부터 주장했던 시론의 연장선상에 있다는 점에서, 해방기의 행적을 재구하기 위해서는 식민지 시기의 시론이 필수적으로 검토되어야 한다. 그는 소위 '신세대론'이 전개되던 무렵에 「서정시의 문제(『인문평론』, 1940. 2)를 발표한 바 있다. 이 글은 김오성, 김남천, 오장환 등의 글과 함께 구세대 시에 대한 비판과 신세대 시의 나아갈 방향을 말한 것이다. 그가 이 글에서 주장한 도시적 서정과 형태의 사상성은 그의 시적 주장과 해방기에 발표된 글을 이해하는 준거를 제공한다. 김광균은 "시가 다른 문예와 궤도를 달리 한 독특한 형태를 가진 일종의 독특한 '형태의 사상성'을 가지고 있을 것"이라고 전제한 뒤, 형태의 사상성과 작품 내용과의 연쇄관계를 모색할 것을 권유하였다. 곧 그가 주장한 '형태'는 형식적 차원을 가리키는 것이 아니라, 양식적 차원에서 거론한 것이다. 그는 형태에 대한 구체적 언급은 생략하고, 상징주의 시는 19세기의 정신을 상징한다고 주장하면서 자유시 형태를 전 세기를 반영한 낡은 형태라는 부정적 의견을 제출하였다. 이로써 그의 논리는 현대인의 정신적 요구를 수용한 양식으로서의 형태가 아니라, 단순히 외형적 형태주의를 반복하고 있음이 판명된다.

이 부분에서 김광균은 김기림의 주장을 복사하고 있다. 김기림은 정지용의 시를 평하면서 "시간적이라고 한 것은 필연적으로 음악적인 것, 다시 말하면 가청적인 것을 의미한다"[27]고 말하였다. 김광균은 이 주장을 받아들여 전대의 시에서 검출되는 선조적 음악성을 자연발생적 시와 동일시하고 있다. 이런 점으로 미루어 볼 때, 김광균의 논의는 이성적으로 체계화된 것이 아니라, 범박한 수준에서 진행된 것이라고 할 수

27) 김기림, 「1933년 시단의 회고」;『김기림전집·2』, 62쪽.

있다. 예컨대 그가 음악성을 기준으로 자유시와 산문시를 대립적 관계로 파악하거나, 상징주의 시의 정신적 파격성을 음악적 요인으로 매도하거나, 내용의 형식으로서의 형태와 그것을 형성케 한 정신의 위력을 동질적으로 파악한 것 등은 그의 시론이 안고 있는 논리적 결함으로 지적될 수 있다.

> 새로운 시가 자연의 풍경에서 노래할 것을 발견치 못하고 정신의 풍경 속에서 대상을 구했고, 거기 사용된 언어도 목가적인 고전에 속한 것보다는 도시 생활에 관련된 언어인 것도 사실이다. 오늘 와서 현대시의 형태가 조형으로 나타나고 발달된다는 사실은, 석유나 지등을 켜든 사람에게 전등의 발명이 '등불'에 대한 개념에 중요한 변화를 주듯이, '형태의 사상성'을 통하여 조형 그 물건이 일종 사상을 대변하고, 나아가 그 문학에도 어느 정도의 변화를 일으키는 데까지 갈 것도 생각할 수 있다.

김광균에게 '지등/전등'의 대립적 비유는 새삼스러운 것이 아니다. 그에게 지등은 "어제도 오늘도 고달픈 記憶"(「紙燈」)의 불빛이고, 바람불 적마다 "작은 紙燈같이 흔들"(「少年 思慕」)거리는 과거의 유물이다. 이에 비해 전등은 번화한 도회지 문명의 상징물이다. 곧 그는 등불의 대조를 통해 시의 나아갈 바를 은유하고 있는 셈이다. 그렇지만 등불조차 그에게는 언제나 "차단─한 등불"(「瓦斯燈」), "초라한 등불"(「弔花」), "캬스파처럼 서러운 등불"(「눈오는 밤의 詩」), "조그만 등불"(「湖畔의 印象」)로 출현한다는 점에서, 등불은 도시의 문명적 요소와 함께 부정적 혹은 열성적 인자를 지니고 있다. 그 결과 그는 도시의 번잡한 중심부로 진입할 수 없었고, 교외의 한적한 풍경을 묘사하는데 그치게 되었다. 이것은 그의 시론과 시의 불일치상을 극명하게 드러내준다. 새로운 시가 '자연의 풍경'보다는 '정신의 풍경'에서 대상을 구했다고 할지라도, 그것이 풍경으로 파악된 이상, 형태의 '사상성'을 획득할 수는 없었다. 그의 시작품에서 회화적 이미지에 비해 사상적 잔해를 찾아보기 어려운 것도 이러한 이유 때문이다.

지금까지 지적된 그의 시적 흠결은 과도한 감상성, 과거적 시간의식, 미래지향성의 결여 등이었다. 이것은 회화적 요소의 도입으로 새로운 시적 경지를 개척한 성과에 비해, 시적 성취 수준을 비판하는 주요 근거로 제시되고 있다. 그 이유는 그가 현대시의 문명 비판에 동조하면서도 "문명의 재생에 대한 신념이 없었다"[28]는 데서 비롯된다. 이러한 신념의 결여는 전통의식과 역사적 전망의 결여로 이어져서 도시 문명을 비판하는 주체를 작품 속에 도입했으면서도, 정작 시인은 설자리를 잃어버리는 과실을 예정한다. 곧 자아의 소외에 의해 작품은 비애와 감상주의로 나아가게 된다. 그 결과가 물리적 현실에 반영되었을 때, 김광균의 실존적 허무의식은 배가되었다. 이것은 해방기처럼 급변하는 정세의 영향으로부터 자유로울 수 없는 시인의 행동을 제약하는 윤리적 동인이 되었다. 이 무렵에 김광균이 부쩍 시의 정신과 시인의 자세를 강조하는 것은 이러한 사정에 기인한 것이었다. 자신의 시적 한계는 '형태의 사상성'에서 말미암은 것[29]이라는 사실을 미처 깨닫지 못한 채, 그는 「30년대의 시운동」에서 찬란했던 지난날의 문명을 추억하였다.

형식면에서 모더니즘이 모처럼 주창한 언어의 새로운 구사가 방법론으로써 원숙해지기 전에, 잡다한 아류의 횡행으로 말초화했다. 이것은 모던

---

28) 문덕수, 『한국모더니즘시연구』, 시문학사, 1981, 289쪽.
29) 채만묵, 「형태의 사상성과 한계」, 『1930년대 한국 시문학연구』, 한국문화사, 1999, 282쪽.

이즘의 발생의 깊은 원인이 잠재한 서구 문명을 우리가 그대로 받아들이기엔 조선이란 후진 사회의 문명 기저가 심히 미숙하고, 우리나라의 문화 풍토가 거칠었기 때문에, 그것이 한 정신의 바탕을 거치지 않고 형식 운동에 그친 까닭이 아닐까 한다. 말하자면 문명을 감수하는데 그쳤을 뿐, 이것을 극복하는 노력에 매우 무력하였던 것이 모던이즘의 패색을 가져온 주요한 원인이 된 것이다.[30]

이 글은 그가 1930년대 모던이즘 운동의 실패 이유를 열거한 것이지만, 해방 이후 그의 시적 실패 이유를 해명하는 데에도 유효하다. 그는 한국에서 모던이즘이 실패한 원인으로 풍토적 요인을 들고 있으나, 그것은 궁색한 자기변명에 지나지 않는다. 그는 외부적 요인을 찾기에 앞서, 식민지 사회에 대한 과학적 인식과 현실적 모순을 파악했어야 옳았다. 그런 다음에 서구 모던이즘의 특징인 전통과의 단절, 주관성과 개인주의의 옹호, 문학의 자율성 등을 식민지적 상황에 변용할 방법을 모색했어야 했다. 그러나 김광균은 이 글에서 "30년대 그가 제기한 '형태(언어)의 사상성(주제)'이란 테마를 '언어적인 것과 과학적인 시대정신'과의 결합으로 번역"[31]하는데 머물고 말았다.

김광균은 이러한 미숙한 진단을 해방기에 반복적으로 제출하였다. 그러나 결과론적으로 볼 때, 그의 의견 속에는 의외의 목표가 내재되어 있었다. 그는 사숙한 김기림조차 민족문학 운동 전선에 합류한 시기에, 좌우파 문단으로부터 수용 불가능한 제안을 모던이즘으로 포장하고 있었다. 그는 이 글에서 김기림의 『시론』(백양당, 1947)의 표제를 『30년

---

30) 김광균, 「30년대의 시운동」, 『경향신문』, 1948. 3. 28.
31) 조영복, 「모더니즘 시의 '현실'과 그 기호적 맥락」, 『한국 현대시와 언어의 풍경』, 태학사, 1999, 60쪽.

대의 시운동』이라고 정해야 타당하다고 주장하면서, "모던이즘이 8·
15 후에 어떻게 변모하느냐는 금후의 중요한 문제의 하나"라고 지적하
였다. 이것은 그가 김기림의 이론적 우산 아래 모던이즘의 나아갈 바를
옹호하고 주장하고 싶은 욕망을 드러낸 것이다. 하지만 김기림은 문학
의 대중화 사업에 깊이 관여하느라 모던이즘을 재창할 수 없었다. 그것
은 오로지 김광균에게 시대적 과업으로 인식되었다. 그에게 시대성은
모던이즘의 방향성과 관련된 것이며, 시인의 개별적 신념과 결부된 것
이었다. 그러므로 이 시기의 집단적 정서를 표출하는 태도는 그에게
극복의 대상이었다. 하지만 그는 민족문학전선에 동참하여 임원진에
선출되는 등, 논리와 행동의 격차를 보여주었다. 이에 그는 모던이즘의
변모에 합당한 작품을 생산할 수 없었다.

　그의 이미지즘 시가 "선천성에 의한 것이 아니라, 의도적인 제작의
결과로 얻어진 것"[32]이라는 사실을 전제하면, 김광균은 해방기의 혼란
한 정치 상황과 문학운동 대열에 참여하느라 시쓰기에 필요한 정신적
여유를 가질 수 없었던 것으로 보인다. 따라서 그가 이 시기에 접어들어
작품 발표를 거의 중단하게 된 것은 여느 시인들의 경우처럼 특별히
주목할만한 것은 아니었다. 문제는 그가 이 무렵에 주장했던 새로운
현실을 표현하는 언어의 추구와 과학적 태도는 당시 문단에서 수용되
기 어려웠다. 그의 논지는 종래의 「서정시의 문제」를 자술한 것에 불과
한 정도이며, 두 글의 시간적 편차만큼 현실적 호소력을 발휘할 수 없었
다. 그러므로 그의 주장은 좌익 문단의 지도 이념과 배치되고, 우익 문
단으로부터도 배제되는 처지에 놓이게 되었다. 그는 해방기 문단 현실

---

32) 조동민, 「김광균 시의 모더니티」, 김용직 외, 『한국현대시사연구』, 일지사, 1983,
　　323쪽.

을 중재하기에 적합한 중간파가 아니라, 1930년대의 모더니스트였던 것이다. 따라서 그로서는 양파로부터 옹호/배제되지 않는 수준의 상식적 논의를 전개하면서 사태의 추이를 관망할 필요가 있었다.

이에 김광균은 민족문학 운동 전선에 가담하는 동안 "문학이 역시 정치 수업이 아니라 인간 수업"[33]이라는 평범한 주장을 되풀이하며, 장차 민족문학 건설 현장으로부터 이탈하려는 논리를 축적하고 있었다. 그는 해방공간의 문단 상황에 절망한 나머지, 산문 「시의 정신」에서 해방 시단에서 좌우익을 분류하는 태도가 문학운동을 거론할 때에는 적절하지만, 작품을 말할 때에는 시대 사조의 수용 여부에 따라 분류할 것을 권유하였다. 이에 따라 그는 해방기의 시인을 선도형과 거부형으로 이분하였다. 전자는 시대사조를 받아들이는 시인들로, 8·15 후 새로 작품을 발표하기 시작한 일군의 시인을 지칭하였다. 이에 비해 후자는 시대 사조를 거부하는 순수시를 쓰는 시인들을 의미하였다. 그는 두 부류를 향하여 공정하게 충고한 뒤에, 욕설과 인신공격을 삼갈 것을 권하며 글을 끝맺고 있다. 또 김광균은 「문학의 위기―시를 중심으로 한 일년」에서 "예술성을 상실한 시란 정치에 기여는 고사하고 모체인 문학까지 상실하는 우스꽝스러운 결과를 맺을 뿐"이라고 경고하고 있다. 그는 이어서 시인들에게 "작품의 사상성을 꾀하는 것보다 예술의 성립하는 기본 조건을 갖추는 것이 더 긴급한 일이고, 작품을 쓰고 발표하는 일보다 문학자로서 생활을 가질 것이 더 소중한 일"이라고 주장하였다. 하지만 이러한 그의 주장은 선명한 이념적 기반을 구축하지 못했기 때문에, 공소한 문장의 나열에 그쳤다.

김광균의 주장하는 바는 적대적 대립으로 일관하던 해방 시단의 좌

---

33) 김광균, 「문학청년론」, 1947. 1. 5; 『김광균전집·2』, 393쪽.

우측 어느 편에서도 수용될 수 없었다. 왜냐하면 그것은 당대의 비평가 김동석의 비판처럼 "관념론적 중용"[34]의 혐의를 모면할 수 없었기 때문이다. 그럼에도 불구하고 김광균은 식민지시대부터 주장했던 바를 반복적으로 재생함으로써, 시단으로부터의 소외를 의도적으로 재촉하였다. 이러한 태도는 해방기 문단과 동료들의 소리를 싫어했던 이미지즘과의 결별을 예비한데서 비롯된 것이었다. 나아가 이것은 더 이상 '시대의 거울'이 될만한 시의 '형태의 사상성'을 탐구할 수 없었고, 또한 조야한 '형태의 사상성'을 앞세워 시론을 설파하기에도 역부족이었던 김광균의 예정된 수순이었다. 그는 이 무렵에 모던이즘을 명분으로 시작 중단을 예비하고 있었던 것이다.

III. 결론

김광균은 해방기에 복잡한 행적을 보여주었다. 해방 직후 민족문학 건설 현장에 참가했던 그는, 이후에 객관적 정세가 악화되면서 조직 운동에 회의를 갖기 시작하였다. 이러한 그의 행적은 일제하에 보여준 의사 방향전화과 흡사하다. 그는 단편서사시 계열의 작품을 발표하면서 현실비판적 성향을 드러내다가, 일제의 군국주의화가 심화되면서부터 이미지즘 시를 발표하였다. 이것은 당대의 비평가들에게 착목되어 평단의 주목을 받게 되는 계기로 작용했지만, 즉물적 묘사로 일관하는

---

34) 김동석, 「시단의 제3당―김광균의 '시단의 두 산맥'을 읽고」, 『경향신문』, 1946. 12. 5

그의 시작법은 점차 평자들로부터 비판받게 되었다. 이와 함께 그가 해방공간에 사업자로 변신하여 시작 활동을 소홀히 한 것도, 그에 관한 연구 범위를 1930년대로 한정하는 원인이 되었다.

　그가 해방기에 발표한 시와 산문은 내면의 갈등을 담고 있다. 해방 이전부터 시의 음악성을 거세하는 것을 모던이즘 시의 나아갈 방향이라고 인식한 그는, 이 시기에 이르러 물리적 소리가 흥건한 민족문학운동 전선에 참가하였다. 그러나 소리를 혐오하는 그는 대오로부터 이탈할 명분을 축적하기 시작하였다. 그가 정치적 이념이 첨예하게 대립하는 해방기에 여전히 모던이즘의 시각에서 자신의 논리를 재차 전개한 것은 바로 이러한 명분 쌓기의 과정이었다. 그는 종래의 시로서는 '시대의 거울'로서의 기능을 감당할 수 없음을 깨닫고, 정세의 변화에 따른 가족사적 비극을 기회로 문학 외적 사업에 투신하게 되었다. 이것은 그의 시론을 구축했던 '형태의 사상성'이 초래한 결과였다.

'네거리'와 '뒷길'의 시학
이용악의 시와 행동

Ⅰ. 서론

  이용악(1914-1971)은 『시인부락』 동인들과 함께 이른바 '시단의 3세대[1]'에 속한다. 곧, 그의 출발점 행동은 2세대 시인 김기림, 정지용, 이상 등이 추구했던 모던이즘의 자장권으로부터 결코 자유롭지 못하다. 또한 식민지시대의 특수한 시대 상황은 그로 하여금 시단의 한 축을 담당했던 리얼리즘시를 배제할 수 없도록 만들었다. 그가 1935년 『신인문학』에 시 「敗北者의 所願」을 발표하며 등단할 당시는 카프 주도의 리얼리즘시가 퇴조하면서 모던이즘 성향의 시와 비평 이론들이 소개되고 있었다. 이러한 문단의 경향은 그의 시에 그대로 반영되어 하나의 특징을 이루었다. 그는 전대의 문제점을 비판적으로 계승하고, 혼란한 시단에 새로운 노력을 보여주어야 하는 시인으로서의 임무를 띠고 문단 활동을 시작한 셈이다. 그러한 시대적 책무성과 거인적 책임감은

---

1) 최재서, 「시단의 삼세대」, 『조선일보』, 1940. 8. 5.

그와 동시대의 시인들에게 부과된 이중의 과제였다.

그의 현실적 삶 역시 상이한 환경에 이중적으로 노출되어 있었다. 그는 고향에서 보통학교를 졸업한 뒤에 상경하여 고등학교에 다니는 동안에 식민지 수도 경성의 문명들을 체험하였다. 그 뒤에 그는 부두 노동 등으로 학비를 감당하며 일본 상지대학에서 공부한 뒤에 1939년 귀국하였고, 한때 김종한과 동인지 『二人』을 발간하였다. 식민지 종주국의 유학 경험은 경성 체험과 함께, 국경 지방 출신의 그에게 상당한 문화 충격을 안겨주었다. 고향과 타향, 조국과 외국, 식민지와 식민지 종주국의 이질적 공간 체험은 그에게 사유의 이중적 성격을 형성시켜 준 동인이었다. 한 시인에게 공간은 의식과 행동 성향을 결정하는 중요한 배경적 요인이라는 점에서, 그의 상이한 공간 체험은 의식상의 내홍을 적잖이 겪도록 만들었다. 이것은 문단 사조의 교체기에 등단한 그의 이력과 결합하여 자의식의 혼란을 초래하게 된 동기로 작용하였다.

이용악의 이중적 사유방식은 일제 말기의 행적에서도 발견된다. 그는 일본 유학 시절에 좌익 계열의 지하운동에 참가하기도 했으며, 또한 "조선 민족을 해방시키려는 혁명운동에 참가하여 여덟 번이나 일제의 악독한 경찰에 붙들리"[2]었다는 증언이나 "서울을 떠나기 전에 시집 『오랑캐꽃』을 내놓고자 했으나 뜻을 이루지 못했을 뿐만 아니라, 그 이듬해 봄엔 모 사건에 얽혀 원고를 모조리 함경북도 경찰부에 빼앗기고 말았다"(「『오랑캐꽃』을 내놓으며」, 『오랑캐꽃』, 아문각, 1947)는 자술에 기대면, 일제의 통치체제에 대한 그의 반발심리를 살필 수 있다. 하지만 그가 「눈 나리는 거리에서」(『조광』, 1942. 3), 「길」(『국민문학』, 1942. 3) 등에서 친일적 혐의를 내포한 시편을 발표한 것 역시 부인할

---

2) 김광현, 「내가 본 시인—정지용·이용악 편」, 『민성』, 1948. 10.

수 없는 사실이다. 물론 그는 시집을 출간하면서 "1942년이라면 붓을 꺾고 시골로 내려가던 해"(「『오랑캐꽃』을 내놓으며」)라는 언급에서 절필과 낙향을 결심하게 된 배경을 고백하기도 하였다. 이와 같이 그가 일제 말기에 취한 모호한 행동들을 종합해보면, 결국 그는 "적극 저항의 자세를 취하지도 못했고, 그렇다고 열성적으로 친일문학을 한 것도 아니다"[3]는 결론에 닿는다.

　이러한 모습은 그의 해방기 시와 행동에 그대로 삼투되어 나타났다. 그는 시대 상황에 동조하여 적극적으로 행동한 듯하나 시류에 능동적으로 영합하지 못하는 등, 비주체적이고 모호한 입장을 취하였다. 곧, 그의 시에서 주저하는 표정은 리얼리즘과 모던이즘의 교차 시점에 등단했던 사조상의 혼란에서 기인하였고, 역사적으로 변방 출신의 변두리 삶의 주체였던 그의 외국 체험은 각종 사고와 행동방식을 엉거주춤하게 지탱해준 지적 동인이었다. 그 결과 그는 일제에 대한 항거의지를 체현하면서도, 한편으로 침묵하는 이중적 행태를 보여주었다. 그는 해방공간에서 정치적 성향을 드러내며 집단적 문학운동에 참가하였지만, 심리적으로는 언제나 고향을 그리워하는 서정시인의 감수성을 견지하였다. 본고는 이러한 관점에서 해방기에 방황했던 이용악의 시의식을 살펴보고, 그 원인과 결과를 규명하는데 목적을 둔다. 그로서 상이한 이념의 충돌 현장에서 시인이 선택한 행동이 시작품을 충격한 배경이 드러나기를 기대한다.

---

3) 김용직, 「현실의식과 서정성—이용악」, 『한국현대시인연구 · 상』, 서울대출판부, 2000, 686쪽.

II. 이중적 사유와 고뇌의 표정

1. '네 거리'와 '뒷길'의 반목

해방은 정치적 의미와 함께 사회의 각 부문에 걸쳐 지대한 의미망을 생성하였다. 문학 부문에서는 민족문학 건설이 최우선의 과제로 대두되어 식민지시대 말기에 해체되었던 각종 단체의 재조직으로 실현되었다. 그러나 조직 운동의 경험이 없거나, 해방 조국의 미래상을 조감하지 못하는 작가들에게는 이 순간이야말로 갈등과 번민의 연속이었다. 식민지시대에 충실하게 이념을 단련한 부류들은 문단의 주도권 다툼에 나설만한 역량을 축적하고 있었다. 그들과 달리 지방에 거주하는 시인들의 경우에는 문단의 움직임을 예의주시하거나, 침묵으로 정치적 혼란기를 수습하거나, 가까운 문우와의 인연을 매개로 특정 조직에 이름을 등재하는 등, 다양한 모습으로 관심을 표시하였다. 그들 중에서 중앙 문단의 움직임에 촉각을 세운 무리들은 상경 체험으로 관심을 충족하였다. 해방 조국의 서울은 식민지 수도 경성의 수동적 이미지를 탈피하고, 비록 불확실성으로 충만하지만 미래의 실체를 구체화하려는 적극적 움직임으로 가득한 공간이었다. 경향 각지의 작가들은 각종 집회에 참석하고, 여러 잡지에 작품을 발표하거나, 자신의 의견을 개진하여 정치적 견해를 표하였다.

이 시기에 낙향했던 이용악도 상경하였다. 그는 해방 정국의 현실을 직시하면서 자신의 신념과 정세의 추이를 점검하지도 않은 채 민족문학 건설 현장에 동참하였다. 그의 행동은 상당히 갑작스럽게 이루어졌

는데, 그는 뚜렷한 조직 체험을 갖지 않았으면서도 운동 전선에 망설임
없이 합류하였다. 이 점에서 그의 행동은 해방기의 흥분 상태를 고스란
히 보여준다. 구체적으로 그는 임화 주도의 문학운동 단체에 초기부터
가입하여 적극 활동했을 뿐만 아니라, 각종 정치 집회에 능동적으로 참
가하여 일정한 역할을 담당했다. 이러한 사실로 미루건대, 그는 시 「구
슬」(『춘추』, 1942. 6)을 발표한 뒤 향리에 거주하는 동안에도 문단의
동향을 지속적으로 파악하고 있었던 것으로 보인다. 하지만 그의 상경
은 공간의 이동과 함께 시의식의 불가피한 혼란을 수반할 수밖에 없었
다. 해방 전까지 그의 시에 나타난 공간의식은 "북쪽으로 향하려는 구
심력과 북쪽으로부터 벗어나려는 원심력의 자장을 형성하여 양자간 서
로 길항하는 양상"⁴⁾을 띠고 있었다. 곧, 그는 남북을 오가면서 시의식의
균형 상태를 유지할 수 있었다. 그러나 그의 공간의식은 그가 해방을
맞아 서울이라는 실재 공간을 선택하게 되면서부터 균형감각을 상실하
였다. 이 시기에 그의 동선은 동시대의 정치 현장을 중심으로 확보되었
으며, 시적 공간 역시 정치적 집회에 한정되었다. 따라서 북쪽의 고향을
향하는 마음은 억압되고, 남쪽에 반외세 자주 국가를 수립하기 위한 정
치적 의지가 현저하게 노출될 수밖에 없었다. 이것은 이 무렵의 그가
한 조직의 일원으로서 불안정한 서울 생활의 경제적 불편을 감수하면
서 미처 논리를 갖추기도 전에 이념의 미망을 쫓은 결과였다. 하지만
날이 갈수록 위축되는 민족문학 운동 전선의 기세는 그로 하여금 정치
적 사정에 의해 어쩔 수 없이 풍화하는 시적 신념을 반추하는 계기가
되었다.

---

4) 강연호, 「이용악 시의 공간 연구」, 『현대문학이론연구』 제23집, 현대문학이론학
회, 2004. 12, 101-102쪽.

상경한 이후 그는 종전에 볼 수 없었던 활발한 활동으로 해방의 정치적 가능성을 일거에 성취하고자 하였다. 그렇지만 강대국 미국과 소련에 의해 원격조종되는 신생 조국의 정치 상황은 그의 뜻과 달리 만만하지 않았다. 북쪽이 소련에 의한 일방적 건국 절차가 신속히 진행되는데 비해, 남쪽은 서울이라는 공간적 특수성 때문에 두 강대국의 정치적 이익이 첨예하게 충돌하고 있었다. 서울을 선점하기 위한 양국의 노력은 다양한 결사체의 대립적 출현으로 더욱 혼란스럽게 전개되었다. 그들은 저마다 조직원들을 확충하여 우위를 점유하고자 노력하였다. 이때 민족문학 수립 현장의 방안으로 등장한 통일전선은 다수의 작가들에게 문학과 정치의 상관관계를 의식하도록 강요하였고, 그로 인해 문단의 분파적 집산이 가속화되었다. 결국 이 전략은 다양한 이념을 소지한 구성원 사이의 반목과 함께, 각 방면의 세력을 동일 조직에 흡수하는 데에서 파생되는 태생적인 문제점을 안고 있었다. 대부분의 조직은 일제시대부터 조직적인 운동전선에 투신했던 화려한 경력의 쟁쟁한 운동가들을 앞세웠다. 이런 판국에 제대로 이념적으로 무장하지 않은 채 민족문학 운동에 참가하게 된 이용악의 선택은 비극적 결과를 예정하고 있었다.

귀마춰 접은 방석을 베고
젖가슴 헤친채로 젖가슴 헤친채로
잠든 에미네며 딸년이랑
모두들 실상 이쁜데

요란스레 달리는 마지막 차엔
무엇을 실어 보내고

당황이 손을 들어야 하는 것일까

몇 마듸의 서양말과 글짓는 재주와
그러한 것은 자랑삼기에 욕되었도다
흘러내리는 머리칼도
목덜미에 점점이 찍혀
되려 복스럽던 검은 기미도

언젠가 쫓기듯 숨어서
시굴로 돌아온 시굴사람
이 녀석 속눈썹 츨츨히 길다란 우리 아들도
한번은 갔다가
섭섭히 돌아와야 할 시굴사람

불타는 술잔에 꽃향기 그윽한데
바람이 이는데
이제 바람이 이는데

어디루 가는 사람들이
서로 담뱃불 빌고 빌리며
나의 가슴을 건너는 것일까
　　　　　　　－「시굴 사람의 노래」 전문

　이용악이 해방 후에 최초로 발표한 작품이다. 그는 이 작품을 『해방기념시집』(중앙문화협회, 1945. 12)에 수록하는 것을 계기로 좌익 주도의 민족문학 건설 현장에 투신하였다. 이러한 움직임은 이념을 우선시하는 해방기의 좌우익 투쟁 현장에서 양자택일의 기로로 그를 내모는 빌미가 되었으며, 그는 좌익을 선택함으로써 운명을 결정하였다. 화자와 시인이 동일시될 정도로 식민지 말기에 '시굴사람'이 되었던 처지를 고백한 이 작품에서, 그는 시골에 은거하는 동안에 지난 시절의 과오를 반성하는 차원에서 '몇 마듸의 서양말과 글짓는 재주'를 자랑했던 과거의 행적에 대한 부끄러움을 토로하고 있다. 그것은 적어도 신생 조국의 독립운동에 참가하기 위한 시인의 사전 정지작업이며, 이민족의 지배하에서 고생했던 민족 구성원들에 대한 나름의 예의였다. 그는 시인답게 작품을 통해 과거의 시작업과 행동을 자기비판하고 있다. 그렇지만 모호한 시적 상황은 그가 처한 시대적 환경을 증명하듯 이미지를 쉽게 포착할 수 없도록 만든다. 그것이야말로 해방 후 그가 직면한 정치 상황이었을 터이다. 이용악은 정향성을 확보하지 못한 채 '어디로 가는 사람들'의 뒷모습을 응시하고 있을 뿐이다. 그 이유는 그의 이념 선택이 투철한 정치적 소신에 의한 것이라기보다는, 해방 정국의 혼란상 속에서 좀더 자신의 시적 신념과 유사한 문학단체를 선택한 점에서 찾아볼 수 있다. 또한 그 자신의 고향을 정치적 거점으로 활용하는 좌익의 정치 선전에 정서적으로 동조한 결과이다.

그의 선택 조건은 출신 성분과 결부시킬 때 확연하게 드러난다. 특히 국경을 넘나들면서 소금 밀매업에 종사했던 그의 가족사는 조부 대의 월경 체험과 함께 고스란히 전승되던 가업이었다. 이용악의 아버지가 객사하자 어머니는 솔가하여 함경북도 경성 지방에 정착한 뒤, 달걀장수 행상을 하는 등 극빈층으로 생업을 이어갔다. 그의 이러한 곤궁한 가정 경제는 지주계급 중심으로 구성되었던 남쪽의 지배계층과 대립을 이루었다. 당시 남쪽은 친일 부르주아의 이익을 대변하는 정치집단이 미국의 지원에 힘입어 만만찮은 세력을 결집하고 있었다. 그들은 기득권의 유지를 위해 외세의 개입을 정당화했으며, 도덕적 우위를 앞세우며 자신들을 압박하는 상대방을 적대시하였다. 물론 이러한 현상은 남북에게 공통적으로 적용된다. 북쪽에서는 소련의 지시와 지원에 힘입어 반대파를 숙청하면서 독자적인 정권을 수립하기 위한 절차를 진행하고 있었다. 또한 당시의 좌익 문단이 소련의 힘에 의지하는 북쪽 당국의 정치적 이익을 대변한 것도 부인할 수 없는 사실이다. 북쪽 출신의 이용악으로서는 출신 계급의 현격한 차이와 정치적, 경제적 의견차를 수용하면서 남쪽의 움직임에 동의할 수 없었다. 그것은 그의 시적 변모 과정을 고려하면 금세 밝혀진다.

그는 도일 체험과 시단의 시적 성향을 모던이즘의 범주에서 수용했던 초기의 시에 비해, 리얼리즘적 차원에서 가족사의 계보를 수용하여 민족사적 보편성을 추구한 작품에서 성공하였다. 그 이유는 그가 시작 활동을 활발하게 전개하던 1930년대 후반이 일제의 군국주의화가 가속화되던 시기로, 당국의 농업정책에 의해 다량의 이농민이 발생한 사회 현상과 연루된다. 그들은 생활의 터전을 찾아 도시의 주변부 삶에 편입하거나, 만주 등지로 떠나게 되었다. 당시의 여러 시인들은 이러한 사회적 참상에 안타까움을 표명하여 서사시풍의 작품들을 다투어 발표하였다. 그 역시 가족사적 체험에 기반한 서사지향적 시에 많은 관심을 기울였다. 당대의 비평가였던 최재서가 "이용악씨는 장편서사시를 여러 해 동안 계획 중이라고 들었고, 그것이 만주 표랑민의 생활의 노래일 것"[5] 이라고 예측한 것을 보아도, 그가 당시 민중들의 실상에 기울였던 관심의 정도를 알 수 있다. 이용악은 장편서사시보다는 만주 이주민의 비극적 삶을 형상화하는데 치중하였다. 그로서는 가족사적 체험을 반복하는 듯한 이주민들의 참상이야말로 우선적으로 시화해야 할 대상이었다.

---

5) 최재서, 「시와 도덕과 생활」, 『조선일보』, 1937. 9. 19.

그러나 상반되는 이념이 충돌하는 해방 정국에서 시적 환경은 새로운 영지를 확보할 수 없었기 때문에, 그의 위치는 애매한 처지에 놓였다. 당시에 그는 외적으로는 민족문화 건설 현장에 참가하고 있었지만, 내적으로는 이념의 완전한 습득을 이루지 못한 상태였다. 이로 인한 그의 심리적 갈등은 시작품에 여실히 반영되었다.

> 아무렇게 겪어온 세월일지라도 혹은 무방하여라, 숨맥혀라, 숨맥혀라, 잔바람 불어오거나 구름 한 포기 흘러가는 게 아니라, 어디서 누가 우느냐
>
> 누가 목메어 우느냐, 너도 너도 너도 피터진 발꿈치, 피터진 발꿈치로 다시 한번 힘 모두어 땅을 차자, 그러나 서울이어, 거리마다 골목마다 이마에 팔을 얹는 어진 사람들
>
> 눈보라여, 빗바람이어, 성낸 물결이어, 이제 휩쓰러 오는가, 불이어 불낄이어, 노한 청춘과 함께 이제 어깨를 이르키는가
>
> 우리 죄그마한 고향 하나와, 우리 죄그마한 인민의 나라와, 오래인 세월 너무나 서러웁던 동무들 참아 그리워, 우리 다만 앞을 향하여 뉘우침 아여 없어라
>
> ―「거리에서」[6] 전문

이용악은 집단에 대한 탐구보다는 자의식을 노출하는데 치중하고 있다. 그는 서울에서 생활하고 있는 동안에도 끊임없이 "그리운 곳 차마 그리운 곳"(「그리움」)이었던 북쪽을 그리워하고 있었다. 곧, 그는 '이마에 팔을 얹는 어진 사람들'이 사는 서울과 북쪽 사이에서 방황하는 심정

---

6) 『신천지』 제11호, 1946. 12. 이 작품은 「흙」(『경향신문』, 1946. 12. 5)으로 개제 수정되어 재발표되었는데, 3연이 앞에 추가되었다.

을 토로하였다. 그가 북쪽을 그리워하는 행위는 회향의 욕망을 강조하면서, 이 무렵의 그가 처했던 공간의식의 혼란을 보여준다. 그의 고뇌는 밤늦도록 선술집을 찾아다니며 "네거리는 싫여 네거리는 싫여/히 히 몰래 웃으며 뒷길로 가자"(「뒷길로 가자」)는 독백 속에서 명료히 드러난다. 그는 서울의 개방공간에 살아가는 동안에도 끊임없이 고향의 폐쇄공간을 그리워하고 있었던 것이다. 곧, 그에게 서울은 '네거리'였고, 북쪽은 '뒷길'이었다. 또한 '네거리'는 집단의 소리로 소란한 리얼리즘시의 현장이었고, '뒷길'은 서정적 자아의 독백이 잔잔한 모더니즘시의 은거지였다. 그는 이중적 사유의 소유자답게 사람들이 많이 모이는 네거리의 광장에 서있으면서도, 혼자서 '몰래 웃으며' 가는 뒷길을 선호했던 것이다. 그에게 북쪽은 현실적 고향이면서, 고단한 민족사적 비극의 현장이었다. 그러나 해방기의 북쪽은 민족의 궁핍상을 확인할 수 있는 만주를 범주상으로 제외하였기 때문에, 귀향의 표지로 기능할 뿐이었다. 내면의 갈등은 그가 참가했던 정치적 모임이나 문단의 조직체에 대한 실망감에서 야기된 것이다. 특히 그의 시에서 잘 등장하지 않는 웃음을 '뒷길'에서 찾았다는 점에서, 그의 웃음은 조직에 대한 조소의 의미를 띤다.

이와 같이 그는 해방기의 급변하는 현장에서 심리적으로 적잖이 갈등하고 있었다. 이 시기의 시작품에서 발견되는 감상성은 그의 심리적 이완 상태를 명료히 증명해준다. 감상성의 누출은 서술성에 바탕하여 민족의 비참한 현실을 형상화하던 그가 구체적 묘사를 포기하게 되자 비롯된 것이다. 그 결과 초기시에 나타나던 치기어린 감상성과 관념성이 되살아났다. 정치적 집회에 참가하는 도중에 그의 객관적 서술성은 약화되고, 집회의 선동성에 동조하는 감상성의 강화를 가져온 것이다.

이 무렵에 그가 남달리 갈등하는 작품을 발표하게 된 것은 바로 이러한 내면의 방황을 말해준다. 그는 정치적 신념을 좇아 민족문학운동에 투신했지만, 이념의 논리화를 이루지 못했기 때문에 오히려 종전의 서정성을 위축시키는 역기능을 초래했다. 그의 선택으로 인한 내면의 갈등 양상은 해방기에 발표한 작품에서 두루 검출할 수 있거니와, 그것은 한 시인의 정치적 선택이 초래한 시적 행로를 보여주는 사례이다.

2. 산문시형의 선택과 좌절

이용악은 일본에서 귀국하여 최재서가 주관하던 『인문평론』지의 기자로 근무하였다. 그의 이력은 서울에서 직장을 마련하는데 도움이 되었다. 그는 해방 후 조선문학가동맹에 가입하여 남로당에 입당한 뒤, 『중앙신문』기자와 좌익 문화운동의 선전지 『문화일보』편집인을 거쳐 1948년 9월부터 『농림신문』기자로 재직하였다. 이듬해 3월 그는 문맹 서울시지부의 간부였던 평론가 배호의 지령에 의해 불온 비라의 제작과 살포 공작에 중간 요원으로 참가하였다가 피체되었다. 그는 시인 이병철 등에게 재지령하여 문건과 기금 등을 수령하기도 하였다. 이 사건이 소위 '남로당 서울시 문련예술과 사건'이다. 1950년 2월 법원에서 10년형을 언도받고 복역 중에 그는 한국전쟁의 발발로 석방되었다. 이러한 수형 경험은 그의 시에서 해방 이전의 서정성을 거세하는 효과를 가져왔다. 그러나 그는 본질상으로 이념에 충실한 선동가가 아니었으며, 조직의 이론에 해박한 운동가는 더욱 아니었다. 그가 감옥 안에서 자신을 성찰하는 동안에 정치 상황은 그의 바람과는 달리 분단을 고착화시키는 방향으로 나아갔다. 그는 전쟁 개시 후 북쪽을 택함으로써,

남쪽을 택했던 해방기의 선택을 단박에 무화시켜버렸다.

그는 식민지시대에 이른바 유이민의 비극적 정서를 시작품에 수용하는 과정에서도 고유한 심미적 준거에 입각하여 형식적 접근 태도를 잃지 않았었다. 이러한 그의 노력은 "시에서 미학의 원리를 중시하고자 한 태도의 반영"[7]이라는 평가를 얻기에 충분하였다. 하지만 해방기에 발표된 이용악의 시는 종전의 시형으로부터 상당히 일탈된 모습을 띠었다. 이 시기 그의 시에서 검출되는 서사적 문장들은 시의 형식성을 훼손하여 종전에 보여주었던 미학적 심급을 스스로 폐기한 듯하다. 그 이면에는 무엇보다도 그를 둘러싸고 전개되었던 정치 상황의 영향이 작용하고 있다. 이 즈음에 시는 상황에 대한 응전력이 높은 장르였던 탓에, 집회시마다 주최측의 기획에 의해 집회의 성격을 드러내고 참가자들의 분위기를 고양하는데 유용성을 발휘하였다. 이러한 형편 때문에 그는 종래부터 견지했던 시형식 대신, 행사의 내용에 알맞은 작품을 발표할 수밖에 없었다. 이미 그는 상부의 지시에 불복할 수 없는 조직원이었기에, 특정 목적을 달성하기 위한 수단으로서의 시작품을 제출하지 않으면 안 되었다.

그렇지만 이용악에게 행사용 시의 창작은 낯설고 부담스러운 과제였다. 그가 식민지 시대에 보여준 시적 특장은 가족사와 개인사의 실체적 경험을 토대로 민중들의 기층 어휘를 적절히 취사선택하여 "시의 서정 공간 속에 민족의 삶 또는 민중의 운명이라는 서사성을 담아 보여주었다는 점에서 주목에 값하는 것"[8]이었다. 하지만 인간의 '호흡'보다는 이

---

7) 감태준, 『이용악시연구』, 문학세계사, 1991, 39쪽.
8) 김재홍, 「유이민문학의 한 표정, 이용악」, 『한국 현대문학의 비극론』, 시와시학사, 1993, 161쪽.

념을 우선시하던 해방정국에서 그의 장기는 수용될 리 만무하였다. 곧, 정치적 투쟁 현장에서 요구하는 언어는 일상어가 아니라, 시인의 뚜렷한 신념에 기반을 둔 선동적 구호와 격문이었다. 자의에 의한 시어 선택이 봉쇄된 상황에서 시인이 당면한 곤혹스러운 처지는 작품에 고스란히 반영될 수밖에 없어서 이용악의 시적 갈등은 깊어질 수밖에 없었다. 해방 이전에 발표한 그의 서사지향적 시작품들은 시인의 가족사와 시대성을 충실하게 반영했기 때문에, 해방을 맞아 조국으로 귀환하는 당대 민중들의 강퍅한 삶을 고스란히 재현한 사실로부터 시대 상황에 은닉된 곡절을 읽어내는 것은 자연스럽다.

> 집도 많은 집도 많은 남대문 턱 움 속에서 두 손 오구려 혹혹 입김 불며 이따금씩 쳐다보는 하늘이사 아마 하늘이기 혼자만 곱구나
>
> 거북네는 만주서 왔단다 두터운 얼음짱과 거센 바람 속을 세월을 흘러 거북이는 만주서 나고 할배는 만주서 묻히고 세월이 무심찮아 봄을 본다고 쫓겨서 울면서 가던 길 돌아왔단다
> ─「하늘만 곱구나」 부분

1946년 12월 '전재 동포 구제 시의 밤'에 낭독된 시이다. 1947년도까지 계속된 100여만 명에 이르는 재외동포들의 귀국은 남북 인구 이동과 함께 심각하게 대두된 사회문제였다. 이러한 현상은 "그리운 고국에 돌아와 각기 인척관계를 찾아 방 한간, 또는 공동숙박소, 전재민수용소, 이나마도 차례에 가지 않아 왜놈들이 파놓은 방공호에서, 또는 한강철교 밑에서, 이것도 차지하지 못하고 거리에서, 오늘은 이 집 문전에서 거적을 깔고 살을 에이는 열한풍을 바라보며"(『한성일보』, 1946. 12.

12)라는 신문 기사를 통해 확인 가능하다. 그러므로 이 작품을 가리켜 "'귀향 유이민의 비참한 현실이 압축적으로 형상화되어 있는 것'9)이라고 평가하는 것은 수긍된다. 당시의 귀향현상에 대한 시적 관심은 보편적인 사회문제로서, 이전부터 유이민의 삶에 애착을 보였던 이용악의 전력에 비추어보더라도 새삼스러운 일은 아니다. 작품은 1930년대의 유이민 후손이 해방 조국으로 귀환하였으나, 오갈 데 없이 '집도 많은 집도 많은 남대문'의 움집에서 살아가고 있는 가난의 대물림 현상을 보여주고 있다.

이 작품은 낭독용이라고 하기에는 너무 산문적이고, 과거의 이용악이 보여주었던 시형태로부터 일탈했다는 점에서 이채롭다. 해방을 맞이하여 만주로부터 조국으로 귀환하는 동포들의 비극적 국면을 포착하고 있는 이 작품은 이전부터 그가 집중적으로 애착을 보인 만주 유이민들에 대한 지속적 관심의 연장에 놓인다. 그의 시적 중기는 나라 잃은 유이민들의 삶을 형상화하는데 유용했지만, 정치 권력의 교체를 경험한 당시의 상황에 견주어 보면 절절한 감정으로 우러나지 않는다. 그는 정치적 조건의 변모 현장에 있었으면서도, 정작 시적 조건의 변화를 모색하지 않았던 것이다. 그 결과 해방 무렵에 발표된 그의 시에서 정치적 주장은 흔히 검출되지만, 종전의 시에서 두드러졌던 미적 준거는 보이지 않는다. 오히려 그는 1945년에 창작한 "총을 안고 뽈가의 노래를 부르던/슬라브의 늙은 병정은 잠이 들었나"(「하나씩의 별」)에서 살펴볼 수 있는 바와 같이, 낭만적 이국 취향을 드러내고 있다. 독자의 공감대를 자아내지 못하는 그의 정치시들이 대중성을 획득할 수 없음은 당연

---

9) 윤영천, 「민족시의 전진과 좌절」, 『서정적 진실과 시의 힘』, 창작과비평사, 2002, 137쪽.

하다. 이런 측면에서 그가 특정 집단의 정치적 행동을 사건화한 작품도
재조명될 필요가 있다.

피빨이 섰다 집마다 집웅 위 저리 산마다 산머리 우에 헐벗고 굶주린
사람들의 피빨이 섰다

누구를 위한 철도냐 누구를 위해 동트는 새벽이었나 멈춰라 어둠을 뚫
고 불을 뿜으며 달려온 우리의 기관차 이제 또한 우리를 좀먹는 놈들의
창고와 창고 사이에만 느려놓은 철길이라면 차라리 우리의 가슴에 안해와
어린것들 가슴팍에 무거운 바퀴를 굴리자

피로서 물으리라 우리의 것을 우리에게 돌리라고 요구했을 뿐이다 생
명의 마지막 끄나푸리를 요구했을 뿐이다

그러나 아느냐 동포여 우리에게 총뿌리를 겨누고 다가서는 틀림없는
동포여 자욱마다 절그렁거리는 사슬에서 너이들까지도 완전히 풀어놓고
저 인민의 앞재비 젊은 전사들은 원수와 함께 나란히 선 너이들 앞에 일어
섰거니

강철이다 쓰러진 어느 동무의 소리가 바람결에 들릴지라도 귀를 모아
천 길 일어설 강철 기둥이다

며츨째이냐 농성한 기관구 테두리를 지키고 선 전사들이어 불 꺼진 기
관차를 끼고 옳소 옳소 외치며 박수하는 똑같이 기름 배인 검은 손들이어
교대시간이 오면 두 눈 부릅뜨고 일선으로 나아갈 전사 함마며 핏켈을
탄탄히 쥔 채 철길을 베고 곤히 잠든 동무들이어

피빨이 섰다 집마다 집웅 위 저리 산마다 산머리 우에 억울한 모든 사

람들이 우리의 승리를 약속하는 피빨이 섰다
─「機關區에서」 전문

  이용악이 『문학』 3·1 기념 임시 증간호(1947. 2)에 발표한 이 작품
의 배경은 1946년 9월 발생한 철도총파업이다. 이 사건은 노동조합전국
평의회(전평)에 의해 주도되었으며, 용산철도기관구는 경찰과 우익단
체에 의해 습격되어 종료될 때까지 9월 총파업의 산실이었다. 이 사건
이 발발하자 문학가동맹은 맹원들을 투쟁 현장에 파견하여 쟁의를 고
무하고 선동하였다. 임화의 시 「우리들의 戰區」(『찬가』, 백양당, 1947)
를 비롯하여 여러 시인들이 여기에 동참하였다. 이용악의 시 역시 일련
의 정치 공작 차원에서 발표된 것이기 때문에, 그는 '남조선 철도 파업
단에 드리는 노래'라는 부제를 붙여 이 작품의 파급 범위를 한정하였다.
그러므로 그의 시는 '우리의 가슴에 안해와 어린것들 가슴팍에 무거운
바퀴를 굴리자'는 의식화 선동 행위에도 불구하고, 독자를 전율케 하는
감동이 결여되어 있다. 그것은 그의 시창작이 정치적 신념에 의한 것이
라기보다는, 동료와 조직의 성화에 의한 것이라는 추측을 가능케 한다.
왜냐하면 그가 이전의 정치 현장에서 요구하는 시와 달리, 갑작스럽게
현장지향적인 언어와 이념을 등장시킨 사유를 설명할 수 없다. 지금까
지 이 작품은 "해방공간의 민중 현실을 다룬 정상의 작품"[10]으로 평가
되어 왔다. 이 시에서 이용악은 정치적 구호를 나열했던 다른 시편과
달리, 이념과 시의 형식적 조화를 추구하고 있는 것이 사실이다.
  하지만 좀더 자세히 읽어보면, 이 시기의 이용악 시에서 검출되는

---

10) 이숭원, 「이용악 시의 현실성과 민중성」, 『현대시와 현실인식』, 한신문화사,
    1993, 85쪽.

관습적 용례를 찾아볼 수 있다. 이 작품의 처음과 끝에 반복적으로 출현하는 '피빨이 섰다'는 '반동 테러에 쓰러진 崔在祿 군의 상여를 보내면서'라는 부제를 갖고 있는 「다시 오월에의 노래」(『문학』, 1947. 7)의 첫 연과 끝 연에서 "쏟아지라 오월이어 푸르른 하늘이어 마구 쏟아져내리라"로 되풀이된다. 외형상으로 그는 수미쌍관의 형식을 취하면서 전통적인 작법을 보여주고 있다. 이러한 시적 기교는 그의 시에 빈번하게 출현한 바 있으며, 관습적 사용은 그의 시작법이 변모하지 않았음을 가리킨다. 그 원인은 파업 현장의 시간적 효용성과 결부된 것일 수 있지만, 그것보다는 작품의 정치적 창작 의도를 고려하는 편이 훨씬 타당하다. 또한 그는 '피빨이 섰다'라는 종결구를 동원하여 투쟁 현장을 기관구로 한정하고 있다. 이로써 그는 이 투쟁 공간의 확산을 확신하지 못하고 있었으며, 이 작품 외에 투쟁 현장을 포착한 시를 쓰지 않았다는 사실을 유추할 수 있다. 그의 자신이 옹호하고 격려하는 투쟁의 결과를 신뢰하지 못하는 시적 어법은 시인의 고뇌를 드러내기에 충분하다. 그는 이 작품을 자의에 의해서가 아니라 조직의 권유에 의해 발표한 것이다. 그가 조직의 이념을 체득한 시인이라면, 이 작품 외에 다른 성과물을 제출해야 마땅하다. 그렇지만 그는 이 작품에 비견되는 성과를 발표하지 않았을 뿐만 아니라, 심리적 갈등 양상을 지속적으로 표출하고 있었다는 점에서 이 작품에 정치적 의도 외의 특별한 의미를 부여하기 힘들다.

　　어느 동무들이 희망과 초조와 떨리는 손으로 주워 모은 활자들이냐 아무렇게나 쌓아 놓은 신문지 우에 독한 약봉지와 한 자루의 칼이 놓여 있는 거울 속에 너는 있어라
　　　　　―「오월에의 노래」 부분

해방되던 해에 쓴 이 작품을 그는 이듬해 7월에 『문학』 창간호에 발표하면서 친밀한 문우들이 떠나가버린 운동전선에서 허무한 일상을 반추하고 있다. 그는 창작 시기와 발표 시기 간의 1년 내내 주위를 떠나간 동무들을 그리워하는 외로운 심정을 지니고 있었다. 작품 속의 '너'는 2연에 제시된 내용으로 보건대, 분명히 '고오고리를 좋아하는 소설가'이다. 그들은 "구보랑 회남이랑 홍구랑 영석이"(「노한 눈들」)이고, 시인은 그들을 '거울 속'에서 보고 있다. 거울이 성찰적 대상물이라는 점에서, 그가 거울을 통해 떠나간 친구들을 회고하는 장면은 예사롭지 않다. 친구들이 없는 운동 전선에 장차 홀로 남게 될 지도 모른다는 두려움은 그로 하여금 거울 속의 자화상을 응시하도록 만든다. 그는 거울 속에 비친 자신의 모습에서 문학과 정치의 상관성을 바라보았다. 그가 정치적 모임에 참가할수록 친한 문우들은 떠나가고, 작품 속의 서정성과 결별해야 하는 현실을 발견한 것이다. 더욱이 이 작품에서 특별히 문제시될 부분은 문우들이 선택한 북쪽이 이용악의 고향임에도 불구하고, 그는 서울에서 월북한 그들을 그리워하고 있다는 점이다. 이 점에서 당시의 정치적, 시적 선택의 갈림길에서 주저하는 이용악의 모습을 정직하게 보여주고 있다. 그의 심리적 방황은 이후에 발표된 시에서 봉합되지 않은 갈등의 흔적으로 조금씩 드러났다.

> 모다 억울한 사람 속에서 자유를 부르짖는 고함소리와 한결같이 일어나는 박수 속에서 몇 번이고 그저 눈시울이 뜨거웠을 아내는 젖멕이를 업고 지금쯤 어딜루 해서 산길을 내려가는 것일까
> ─「빗발 속에서」 부분

작품의 창작연월일은 1947년 7월 27일이다. 이 작품은 종래에 발표했던 서사지향적 작품 성향의 반복으로 볼 수 있다. 그렇지만 문화공작대원 아내의 안타까운 처지를 포착한 이 작품에서는 전위의 용맹성은 찾아볼 수 없다. 도리어 하산하는 아내의 뒷모습을 회상하는 시인의 시선은 운동의 비극적 결말을 예상하는 듯하다. 그가 공작대원의 모습이 아니라 아내의 모습을 작품화한 것이야말로 그러한 불안의식의 일단을 내포하고 있다. 아내는 운동의 주체가 아니라는 점, 지아비를 면회하고 산을 내려가는 아내의 모습은 필연적으로 운동 참가를 유예하기 바라는 가족의 기대감을 함의하고 있다는 점 등을 고려할 때, 이용악은 문화공작대를 비롯한 각종 문화운동의 실패를 걱정하고 있었다. 그것은 그가 운동 전선에 대한 당국의 압력이 가속화되는 데에서 오는 우려를 감지하고 있었다는 증거이며, 시의 서정성을 완전히 삭제하지 않았다는 반증이다. 곧, 그의 해방기 행동은 교조적 이념의 수행이라기보다는, 보편적 차원의 민족주의에 입각하여 "미래를 향한 현실 인식의 토대 위에서 그 적극적인 참여"[11]로 나타났다고 파악해야 타당하다.

이와 같이 이용악은 해방기 동안 발표한 작품에서 혼란스러운 심리 상태를 보여주었다. 그의 갈등 요인은 조직원으로서의 임무를 충실히 수행하지도 못하고, 서정시인으로서의 본령을 훼손한 자발적 선택에 기인한다. 스스로의 결단에 의한 행동이었기에 그의 상심은 더욱 크고 깊었다. 해방의 정치적 의미를 완벽하게 구현되기를 소망한 그는 "꼬레이어의 이마에 돌을 던지자"(「나라에 슬픔이 있을 때」)고 외치면서 내부의 적을 소탕하기 위한 엄정한 자기비판을 촉구하였다. 그러나 그의

---

11) 김학동, 「유이민의 궁핍한 삶과 서사성—이용악론」, 『현대시인연구·Ⅰ』, 새문사, 1995, 944쪽.

기대와 달리, 정국은 좌우 대립과 외세의 개입으로 혼란 국면에 진입하고 말았다. 이전에 체계적으로 이념을 습득하지도 않았을 뿐더러, 조직에 투신했던 경험이 전무한 그로서는 정치적 담론이 주도하는 해방기의 혼란 속에서 좌절할 수밖에 없었다.

3. '해양'의 탐색과 방황

이용악은 도일 후에 작품을 발표하기 시작했다. 그가 유학할 당시, 일본에서는『詩と詩論』파를 중심으로 모던이즘 운동이 활발하게 벌어지고 있었다. 약관의 가난한 식민지 청년이었던 그는 고던이즘의 영향 속에서 시작법을 습득하게 되었다. 그 결과 초기에 발표한「病」(『분수령』, 삼문사, 1937) 등에서 일본 모던이즘의 흔적을 간혹 발견할 수 있다.12) 그의 시도는 국내에서 "풍유한 시의 착상과 날카로운 시의 감성으로서의 신선한 에스프리"13)라는 과찬을 초래하기도 했다. 그렇지만 그가 귀국하여 발견한 식민 조국은 모던이즘의 실험 정신을 추구하기에는 너무 장애요인이 많았다. 특히 대량의 유이민 발생으로 말미암은 사회적 계급의 재편성 현상은 그로 하여금 자신의 출신 성분에 대한 철저한 인식을 요구하였다. 이러한 당혹감에 대하여 그는 "이번에『분수령』꼭대기에서 다시 출발할 나의 강은 좀더 깊어야겠다. 좀더 억세야겠다. 요리조리 돌아서래도 다다라야 할 해양을 향해 나는 좀더 꾸준히 흘러야겠다"(「꼬리말」,『분수령』)고 고백하고 있다.

이후부터 그의 시적 고뇌는 '해양'의 탐색으로 결집도었다. 따라서 그

---

12) 박호영,「이용악연구」,『한국현대시인론고』, 민지사, 1995, 109-110쪽.
13) 한식,「이용악 시집『분수령』을 읽고」,『조선일보』, 1937. 6. 25.

가 시집 『분수령』을 발행한 이후에 발표한 여러 작품들은 이후에 시적 모색 과정을 거친 결과물이다. 시집 『낡은 집』(삼문사, 1938)과 『오랑캐꽃』(아문각, 1947)에 수록된 작품들이 여기에 해당한다. 이 시집에 실린 작품들의 주요 특징으로는 유이민의 삶에 대한 애정과 작품의 서사지향적 성향을 들 수 있다. 특히 「전라도가시내」(『시학』, 1940. 8)와 『오랑캐꽃』에 수록한 「다리 우에서」, 「버드나무」 등에 나타난 공동체적 삶의 원형으로서의 가족 서사는 시적 공감대를 형성하는데 기여하고 있다. 그것은 등단 초기에 나타났던 치기와 감상성의 포기에서 비롯된 것인데, 그가 식민지 현실에 대한 객관적 인식에 기초하여 당대의 사회적 모순을 정확히 파악하고 있었기에 가능한 일이었다. 이러한 서사지향적 작품들은 관조와 직관의 자세에서 탐색된 구상성을 전제하는 바, 이용악은 이런 점에서 '돌아서래도 다다라야 할 해양을 발견할만한 시적 역량을 비축하고 있었다. 곧, 그의 시에 더러 출현하는 낙향과 상경은 '요리조리 돌아서래도' 도달하고 싶었던 '해양'의 탐색 과정이었다.

그렇지만 '해양'에 대한 목적의식을 명료화하지 못한 그의 시적 모색은 해방을 맞아 표랑 국면에 접어들게 되었다. 그는 해방을 맞아 '해양'을 발견하기 위해 상경하여 1946년 2월 8일부터 이틀간 개최된 전국문학자대회의 일원으로 참관하였다. 이 모임은 그의 정치적 운명을 결정하는 계기로 작용하였다. 그는 이전까지 정치적 신념을 명백하게 표명하지 않았다. 또한 그는 시에 관한 의견을 특별히 제출하지 않았을 뿐만 아니라, 그가 해방기에 발표한 시론은 없다. 그러한 사실은 그가 이 무렵에 다수의 정치시 발표와 함께 정치 집회에 참가하느라 시적 여유를 상실했기 때문으로 보인다. 또한 식민지시대에도 시론적 성격을 가진 글에 그다지 높은 관심을 보이지 않았던 그의 전력에 비추어 볼 때,

시론의 개진은 관심권 밖에 있었을 것이다. 이러한 태도는 그의 정치적 긴장을 완화시켜주는 요인으로 작용하였다. 왜냐하면 체계화하지 못한 신념이란 해방정국에서 충돌하는 이념의 우열을 판가름하는 준거를 갖고 있지 않다고 볼 수 있기 때문이다. 그는 이 대회 종료 후 인상기를 발표하였는데, 이 글은 그의 참관 소감록이면서 해방정국에서 선택한 정치적 행동의 단서를 제공해준다. 그의 판단은 계급해방이라는 이념의 선택이 아니라, 소박한 민족주의적 관념의 소산이었다. 그것은 소위 '무기로서의 시'를 주장한 글의 성격을 통해 명백해진다.

> 민주주의 국가의 건설 과정에 있어서 조선문학의 자유스럽고 건전한 발전을 위하여 전국문학자대회가 무엇을 결의하고 시사했다 할지라도, 그것이 문학이나 문학자만의 이익을 위해서가 아니고, 또한 말로만이 아니고, 우리의 문학 실천이 진실로 민족 전원의 이익을 존중해서의 무기가 될 수 있을 때에만 비로소 그 의의가 클 것이다.[14]

정치적 논리를 갖추지 못한 관념은 철저하게 학습된 이념 조직 앞에서 허약하기 그지없었다. 이용악은 생소한 이념이 난두하는 집회의 참관기에서 시의 무기화를 주장하며 조직의 논리에 동조하고 있다. 그러나 시가 무기로 변모하기 위해서는 전위시인 유진오의 경우처럼 시인의 행동과 작품의 일체화가 구현되어야 한다. 하지만 그는 민족문학 건설 대오에 동참하는 순간에도 "우리 그대들과 함께 정들인 낡은 걸상이며 책상을 둘러메고 지나간 데모에 휘날리던 깃발까지도 소중히 감아 들고 지금 저무는 서울 거리에 갈곳 없이 나서련다"(「노한 눈들」)고

---

14) 이용악, 「전국문학자대회 인상기」, 『대조』, 1946. 7.

술회할 정도로 방황하고 있었다. 앞에서 살핀 것과 같이, 이용악의 경우에는 정치적 행동과 시적 성취 간의 유리현상을 보여주고 있다. 즉, 그는 "멀어진 모오든 사람들의 이름을 부르며/호을로 거리로 가리"(「해가솟으면」)라는 독백에서 엿볼 수 있듯이, 다중의 집합체보다는 개별적 인간으로서의 자의식에 충실했었다. 그 이유는 그가 지닌 "특유의 서정적 성향과 연관된 것"15)이다. 그는 외면상으로는 '민족 전원의 이익을 존중'하는 집단 활동에 투신했지만, 내면적으로는 고유한 서정성을 추구하는 바람을 훼손하지 않았던 것이다.

이런 측면에서 이른바 그의 '이야기시'는 해방 이전과 이후를 구별하여 논의해야 한다. 전술하였듯이, 그가 식민지시대에 발표한 서사지향적 작품들을 '이야기시'로 지칭할 수 있다면, 그러한 부류의 작품들은 시대적 특수성으로 말미암은 민족의 비극적 참상을 수용함으로써 보편성을 획득할 수 있었다. 그렇지만 해방 공간에서 그가 치중했던 민족문학운동은 필연적으로 특정 조직의 이념을 충실하게 대변해야 한다는 점에서 보편성을 획득하기 어려웠다. 이러한 사실을 고려하지 않은 채그가 이룩한 해방 전의 시적 성취에 집착하다 보면 "'이야기시'의 형태와 '무기'로서의 시적 성취를 이룩16)했다는 평가에 닿게 된다. 다만 이용악은 격변하는 정국 상황 속에서 끊임없이 자신의 정치적 선택과 시적 신념 사이에서 방황하는 모습을 보였을 뿐이다. 미처 경험해보지 못한 이념의 공간에서 그는 자신의 정치적 행동을 정당화하려고 노력했으나, 정치적 조건의 변화 양상을 체계적으로 점검할 능력을 결여하

---

15) 유종호, 「체제 밖에서 체제 안으로」, 『다시 읽는 한국 시인』, 문학동네, 2002, 228쪽.
16) 박용찬, 「해방 직후 이용악 시의 전개 과정」, 『해방기 시의 현실인식과 논리』, 역락, 2004, 398쪽.

고 있었기 때문에 이념과 서정의 접점으로서의 '해양'을 탐색하는데 실패하였다. 그 결과 시의 무기화는 공허한 외침이 되었고, 그는 한국전쟁기에 북쪽을 향해 떠남으로서 해방기의 행위를 일거에 무화시켜버렸다.

III. 결론

　이상에서 본고는 해방기 이용악의 시와 행동을 살펴보았다. 그는 해방되자마자 상경하여 월북하기 전까지 민족문학 건설의 대오에 동참하였다. 그는 상당히 적극적으로 문학 단체 활동에 참가했지만, 정치적 이념을 체계적으로 논리화하지 못했기에 '네거리'의 광장보다는 '뒷골목'의 폐로를 찾게 되었다. 그것은 정국의 특수성에 기인한 것이기도 하지만, 정치 현장의 이념과 동질화되지 못한 그의 서정성에 기인한다. 그는 특유의 서정성에 기반하여 식민지 시기의 민족사적 궁핍상을 형상화하는데 성공했지만, 해방기의 정치 환경에 대한 시적 점검을 소홀히 한 결과 시의 질적 저하를 수반하였다.

　이용악은 시집 『분수령』 이후에 '해양'을 발견하고자 노력했다. 그가 해방 후에 정치적 성격을 분명하게 드러낸 문학단체에 가입하여 활동한 경력은 이에 상응한다. 그렇지만 서정성이 마멸되어 가는 징후를 감지하게 되면서부터 그의 내면은 갈등하게 되었다. 비록 이 시기에 시의 도구성을 언급한 것이 사실이지만, 도구의 정치적 목적성을 인식하지 못한 그는 정치적 신념과 시적 신념의 충돌을 관망하며 자신의 작품과 행동을 동시에 무화시켜야 했다. 이것은 그의 비극인 동시에,

시인들에게 특정한 행동을 강권하고 구속했던 해방 정국의 이중적 성
격을 증거해준다.

'신뢰할만한 현실'의 시적 탐구

오장환의 시와 시론

Ⅰ. 서론

한 시인에게 조국은 무슨 의미인가. 성장기 동안 잃어버린 조국 때문에 분노와 퇴폐적 생활에 젖어 살던 시인은 조국이 해방되었을 때 어떤 표정과 행동을 보여주어야 하는가. 또 정치적 신념에 따라 가담하게 된 해방 조국의 건설 현장을 둘러싼 객관적 상황이 점차 불리하게 돌아가서 생전 처음으로 정치적 '선택'을 강요당할 때, 그는 무엇을 선택하여 자신의 논리를 합리화시켜야 하는가. 해방기의 복잡한 상황은 한국의 시인들에게 정치적 감각의 단련을 요구해 왔다. 그들은 선택의 갈림길에서 문학의 자율성을 앞세우며 상황으로부터 은폐되기를 서슴지 않거나, 문학과 정치를 동일한 차원에서 파악하게 된다. 후자의 대표적 시인으로 오장환을 들 수 있다.

오장환은 신장병으로 입원해 있던 중에 해방을 맞았다. 해방의 감격은 그에게만 해당하는 것은 아니었지만, 그는 남달리 민감하게 반응하면서 해방 이전과 현격한 행동을 보여주었다. 이 무렵에 그는 시작품과 김소월에 관한 시론을 중심으로 식민지시대의 부일 전력이 없다는 도덕적 우위에서 좌익측의 민족문화운동전선에 참여하는 논리를 비축하였다. 이러한 행동은 식민지 시기 그의 시세계를 모던이즘의 범주에서 파악하려는 연구자들에게 당혹감을 안겨준다. 또한 해방기 행동에 주목하여 리얼리즘의 시각에서 해방 전후에 걸친 그의 시세계를 논의하려는 연구자들 역시 당혹스럽기는 마찬가지이다. 양자 모두 해방을 기점으로 커다란 편차를 보이는 그의 시와 행동을 일관된 체계로 논리화하는데 적잖이 혼란스럽기 때문이다.

하지만 이러한 태도는 식민지시대와 해방기라는 시대적 편차를 동일한 범주에서 파악하는 데에서 야기된 오류이다. 한 시인의 시와 행동이 국가의 주권 상실과 회복이라는 극단적 상황 속에서 변모하지 않을 것을 기대하는 것은 무리이다. 더욱이 과격할 정도의 부정성을 앞세워 식민 상황을 돌파하고자 했던 시인에게 국권 회복은 억압된 욕망과 변혁의 의지를 표현하기에 적합한 상황이었을 터이다. 그러므로 연구자의 선입관적 가치판단을 배제하고, 시대 상황에 따라 변모하는 과정에서 표출된 시인의 시적 논리를 면밀하게 추출하여 체계화하는 것이야말로 연구자의 올바른 자세일 것이다. 이에 본고에서는 해방기 오장환의 시와 시론을 규명하기 위해 해방 전후의 작품을 대상으로 일관되게 표출되는 시적 논리를 포착하고자 한다. 이러한 접근 방법을 채택하게 된 이유인즉, 그의 심리적 저층부에 자리잡은 선택의 갈등 양상을 드러내는 것이야말로 해방 전후의 시적 변모 과정을 살피는데 유효할 것으로 판단한 까닭이다.

II. 갈등과 모색과 선택의 시학

1. 엉거주춤한 포즈의 시

일찍이 김기림은 오장환과 김광균의 시집을 비교하여 "『와사등』은 말하자면 성년의 시인데, 『헌사』는 청년의 시"[1]라고 규정한 바 있다. 이것은 김광균 시의 정태적 이미지에 비해, 오장환의 시작품에 내재된 강렬한 부정성을 비유한 평언이었다. 당대의 비평가로서 김기림은 오장환의 열정적 시정신에 불안한 기대감을 표한 것이다. 이러한 우려는 『자오선』 동인 김광균의 "『헌사』의 혼탁과 회의의 길에 여기 우리 젊은 시가 가진 여러 가지 문제가 임신되었다"[2]는 서평에서도 확인된다. 시대적 현실에 대한 부정과 절망에서 비롯된 '혼탁과 회의'는 오장환의 시를 지탱해준 원동력이었고, 절망감은 식민지 청년 시인이 갖고 있던 보편적 정서였다. 그는 자신을 둘러싸고 있는 각종 상황의 혼탁상에 낙담하고, 미래에의 진보적 전망을 내놓을 수 없는 자신의 소시민성을 회의하였다. 그러므로 그는 과거와의 철저한 절연을 강조하면서도, 한편으로는 어머니를 비롯한 혈육의 정을 그리워할 수밖에 없었다. 현실에 대한 절망으로부터의 해방 의지와 행동을 제약하는 가족사적 문제에 기인한 주저는 등단 초기부터 해방기까지 그의 시세계를 관류하는 시적 표지였다.

오장환은 식민지의 극한상황에 의해 억압된 해방 의지를 "신뢰할만

---

1) 김기림, 「30년대 掉尾의 시단 동태」, 『인문평론』, 1940. 12.
2) 김광균, 「『헌사』―오장환 시집」, 『문장』, 1939. 9.

한 현실"(「旅愁」)의 시적 구현으로 대체하였다. 곧, 그가 발견하고자 했던 것은 미래가 아니라, 심미적 차원의 '현실'이었던 것이다. 이와 같이 그는 식민지의 암울한 시대 상황과 서얼의식에 절망하여 병적, 퇴폐적 징후를 시화했다. 이 무렵에 그의 시에 나타나는 '현실'의 부정성은 이러한 바탕 위에서 이해되어야 할 것이다. 더욱이 그가 본격적으로 문단 활동을 전개하던 1930년대 후반기는 일제의 군국주의화가 가속화되면서 사상 통제와 정치 탄압이 심화되던 시기였다. 이와 같이 객관적 정세가 악화되면서 최대의 문학운동단체였던 카프는 해산되었고, 그 반동으로 예술지상주의 사조가 대두되었다. 문단의 지배 사조가 교체되는 과정을 목도하던 일군의 청년시인들은 새로운 결사체『시인부락』을 조직하고, 예술지상주의에 대한 반동의 징후를 드러냈다.

오장환은 동인 활동을 통해 인간을 억압하는 각종 메커니즘에 대해 노골적인 거부의사를 밝혔다. 특히 그는 "어머니는 무슨 필요가 있기에 나를 맨든 것이냐!"(「鄕愁」)고 반문하면서 자신의 출신 성분조차 부정하는 등, 극도의 부정을 통해 현실의 탈출구를 모색하였다. 하지만 그는 현실에 대한 부정 외에 미래를 전망할 수 없었다. 그는 식민지의 청년시인으로서 "현실 세계의 모순을 모순으로 인식하면서도 그 모순을 자체의 힘으로 해결할 수 없었기에, 세계 자체를 전면으로 부정하고 세계에 맞선 자기 자신까지도 부정해버리는 길을 택"[3]하지 않으면 안 되었던 것이다. 그의 부정성은 서자 출신으로서의 가족사적 제약, 완강한 식민 권력에 정면 대응할 수 없는 청년의 무력감, 미래에의 절망감 등이 복합적으로 작용한 결과였다. 그 중에서도 서얼의식은 부정성의 심리적 기

---

3) 이숭원, 「오장환 시의 전개와 현실인식」,『현대시와 현실인식』, 한신문화사, 1993, 55쪽.

반이었으며, 동시에 개인사적 상흔의 깊이를 드러내는 행동적 징후였다. 비록 이민족에 의한 지배 사회였지만, 적자를 우선시하는 전래의 봉건적 질서의식은 완강하게 자리잡고 있었다. 그는 식민지 상황이라는 사회적 현실과 출생 성분의 자의식으로부터 벗어나고자 전통과 보수를 배격하였다. 그는 작품을 통해 구시대와의 절연 의사를 표시함으로써 원죄로부터 벗어날 수 있으리라고 기대했다. 이 점에서 서얼의식은 그에게 시적 구체성을 확보시켜준 심리적 준거였다.

> 내 성은 오씨. 어째서 오가인지 나는 모른다. 가급적으로 알리어주는 것은 해주로 이사온 一 淸人이 조상이라는 가계보의 검은 먹글씨. 옛날은 대국 숭배를 유심히는 하고 싶어서, 우리 할아버니는 진실 이가였는지 상놈이었는지 알 수도 없다. 똑똑한 사람들은 항상 가계보를 창작하였고 매매하였다. 나는 역사를, 내 성을 믿지 않아도 좋다. 해변가으로 밀려온 소라 속처럼 나도 껍데기가 무척은 무거웁고나. 수통하고나. 이기적인, 너무나 이기적인 애욕을 잊을랴면은 나는 성씨보가 필요치 않다. 성씨보와 같은 관습이 필요치 않다.
> ―「姓氏譜」[4] 전문

이 작품은 오장환의 과거에 대한 단절의식이 얼마나 뿌리깊은지 짐작케 해준다. 그는 조상이 '이가인지 상놈인지 알 수도 없다'고 부정하면서, 조상조차 모르는 자신의 '껍데기가 무척은 무거웁고나'라며 신세한탄을 늘어놓고 있다. 급기야 그는 '성씨보와 같은 관습이 필요치 않다'고 선언하며 가족사적 계보를 부정하는 한편, 시「旌門」에서는 유교적 질서의 상징물이었던 열녀문의 조작 가능성을 문제삼음으로써, 가족뿐

---

4) 본고에서 인용하는 작품은 최두석 편, 『오장환전집 · Ⅰ-Ⅱ』(창작과비평사, 1989)에 의한다.

만 아니라 사회의 지배 질서에 반감을 드러내었다. 그러한 부정 행위의 궁극은 자신의 실존적 존립 근거까지 무력화시키는 결과를 초래하게 된다는 점에서, 오장환의 부정의식은 예사롭지 않다. 특히 그의 조상에 대한 극단적인 부정은 "애비는 종이었다"(「自畵像」)는 서정주보다 훨씬 충격적이다. 서정주의 선언은 선대의 계급성에 국한되는 반면에, 오장환의 부정은 가계 전반에 대한 부정으로 이어지기 때문이다.

그렇기 때문에 그의 가계 부정은 시작품이라 하여도 함부로 언급할 바가 아니다. 아무리 국권이 상실된 상황이라고 할지라도, 식민지 사회 내부에서는 유교적 질서가 엄존하고 있었다. 그렇다면 "민족의 전통을 부정하고서 남는 것은 일제의 식민지 통치라는 사실과 연결된다"[5]는 점을 인식할 수밖에 없었던 그가 부정하려고 한 것은 조상이 아니라, 조상들을 억압했던 주자학적 사유체계였을 것으로 추측된다. 사실인즉 그는 부모를 부정하지 않았을 뿐만 아니라, 고향 방문을 외면하지도 않았다. 다만 "보수는 진보를 허락지 않어 뜨거운 물 끼얹고 고춧가루 뿌리던 성벽"(「城壁」) 같은 족보와 열녀문 등, 인간을 억압하는 봉건적 질서 체계를 부정했을 뿐이다. 이런 측면에서 1940년대 오장환의 시적 행위는 "한국 모더니즘이 정치와 긴밀한 관련을 맺고 있었다는 사실을 생생하게 보여주는 예"[6]라고 할 수 있다.

해방은 새로운 질서를 체계화하는 모색기이다. 구시대의 질서에 좌절하고 도전하며 퇴폐적 경지까지 나아갔던 오장환에게 조국의 해방은 신질서를 수립하여 '신뢰할만한 현실'을 구체화하기에 좋은 기회였다.

---

5) 최두석, 「오장환의 시적 편력과 진보주의」, 『리얼리즘의 시정신』, 실천문학사, 1992, 141쪽.
6) 서준섭, 「모더니즘의 반성과 재출발」, 『현대시사상』, 1995. 가을호, 124쪽.

그는 해방을 맞아 내면의 미적 해방 의지를 정치적 해방 의지로 대체하였다. 이전의 시에 나타났던 극도의 부정성은 과격한 표현으로 대체되었고, 그는 시작품과 정치활동을 통해 자신의 정치적 신념을 적극적으로 표출하였다. 곧, 이 시기에 발행한 그의 시집 『병든 서울』(정음사, 1946)은 "어떻게 하면 자신에 충실하고, 어떻게 하면 이 현실에 똑바를 수 있을까를 찾기 위하여 다만 시밖에 쓸 줄 모르는 내가 울부짖고 느끼며 혹은 크게 결의를 맹세하려든 그날그날을 조목조목 일기로 적은 것"(「머리에」)이다. 시인의 자서라는 점을 고려하더라도, 이 시집을 발간할 당시 오장환의 시적 결의를 헤아리기에는 충분한 진술이다. 그는 '울부짖고 느끼며' 부조리한 현실에 분노할 뿐, 역사의 전면에 나서지 않았다. 그러므로 그는 '시밖에 쓸 줄 모르는' 시인으로서 자신의 실체를 솔직하게 인정하지 않으면 안 되었다.

> 지난날에 네가, 이 잡놈 저 잡놈
> 모도 다 술취한 놈들과 밤늦도록 어깨동무를 하다시피
> 아 다정한 서울아
> 나도 밑천을 털고보면 그런 놈 중의 하나이다
> ─「病든 서울」 부분

오장환은 시적 리얼리티를 획득하는 방편으로 자신의 실존적 조건을 인정한다. 이것은 시 「首府」에서 일제의 검열을 피하기 위해 "제3자의 입장일 수 있는 관찰자의 자리를 택한 것"[7]과 대비된다. 식민지 치하에서는 검열자의 시선을 의식해야 했지만, 해방을 맞은 시점에서는 자신

---

7) 김용직, 「열정과 행동─오장환론」, 『한국현대시사·2』, 한국문연, 1999, 84쪽.

의 견해를 솔직히 드러내어도 무방했던 것이다. 자신도 동일한 '잡놈'이라는 자기비판의 진정성은 "카인의 後裔"(「不吉한 노래」)의 연장선상에서 현실 개혁의 운동 전선에 보다 많은 사람들의 동참을 기대하는 오장환의 희망이 담겨 있다. 이러한 자기비판은 이중적이다. 자신이 카인의 후예라면, 세상에는 반드시 아벨의 후손들이 존재해야 한다. 그런 까닭에 시집 『병든 서울』에 등장하는 화자들은 이중적인 표정을 지니고 있다. 왜냐하면 그들은 모두 '밑천을 털고보면 그런 놈'들이기 때문이다. 이러한 전과로 인해 그들은 외적으로 현실 상황에 적극 개입하려는 의지를 가지고 있지만, 내적으로 주저하며 수동적인 표정을 지니고 있다. 자신의 과거로 인해 현실 국면에 즉시 진입하지 못하는 화자의 머뭇거림은 오장환의 초기시에서 빈출되던 갈등의 재현이다. 시작품에서 시인을 대신한 '카인의 후예'로서의 화자는 언제나 아벨의 시선을 의식하지 않을 수 없었던 것이다.

이러한 화자의 이중적 시선은 결단의 순간에 주저하게 만들고, 유교적 질서의 잔재가 남아 있는 고향 사람과의 만남을 꺼리게 만든다. 그러한 징후는 해방을 앞두고 오장환이 죽은 아버지를 그리워하는 시편에서 표백되고 있다. 그는 아버지의 묘소에 성묘하던 중에 "아무도 헤아리지 않는 황토산"(「省墓하러 가는 길」)을 발견하게 된다. 황토산은 "가도가도 붉은 산"(「붉은 산」)으로, 이 산빛깔은 "가도가도 고향뿐"이라는 황막한 현실과 등가를 이루며, 그에게 해방기의 정치 상황과 결부되어 상징적 의미를 함의한 공간으로 규정된다. 곧 '붉은 산'은 오장환으로 하여금 "돌아온 탕아"(「다시 美堂里」)로서 자신의 실체를 발견하게 하고, 탕아의식은 고향 입구에서 마을의 중심부로 진입하지 못하도록 그를 막는다. 그는 고향과 조국이 '붉은 산'으로 황폐화될 때까지 오로지 심미적으로 '신뢰할만한 현실'을 찾아 타관을 배회했던 것이다. 비로소 고향에 이르러 자신이 추구했던 현실의 비신뢰성을 발견한 그는 고향 속으로 진입하려 하지만, 그의 내면에 자리잡은 탕아의식은 고향 앞에 서 서성이도록 제지한다.

> 진종일
> 나룻가에 서성거리다
> 행인의 손을 쥐면 따뜻하리라.
>
> 고향 가차운 주막에 들려
> 누구와 함께 지난날의 꿈을 이야기하랴.
> 양구비 끓여다 놓고
> 주인집 늙은이는 공연히 눈물지운다.
>
> 간간이 잿내비 우는 산기슭에는
> 아즉도 무덤 속에 조상이 잠자고
> 설레는 바람이 가랑잎을 휩쓸어간다.
> ─「고향 앞에서」 부분

원래 「鄕土望景詩」(『인문평론』, 1940. 4)란 제목으로 발표된 이 작품 에서는 화자의 무상함과 쓸쓸함이 강조되고 있다. 화자는 고향 '앞에서' 마을 속으로 진입하지 못한 채, 회상과 기대 그리고 버회의 여러 가지 표정을 보여준다. 이러한 격절의식은 '~따뜻하리라'라는 기대감과 '~이 야기하랴'는 절망감으로 표출되고 있다. 화자의 고향에 대한 낯선 거리 감은 조상들이 무덤 속에 있다는 부재 상태와 함께 출향 이래 타관을 떠돌며 고향을 부정하였던 그의 행적에서 유래된 것이다. 아버지를 비롯한 조상의 부재는 고향 마을로 들어서는 그의 발목을 잡는다. 더욱이 청년기에 고향을 부정했던 그에게는 '지난날의 꿈'을 이야기할 상태조차 없으며, 이러한 처지는 "푸른 하늘도 창 옆으로 가차이 오려 않는"(「體溫表」)다는 심리적 탄식에 의해 더욱 고조된다. 고향에 돌아가도 사람들과 동화되지 못하는 그는 하늘로부터도 환영받지 못할 정도로 소외되어 있다.

오장환은 고향 근처까지 다가와서 타인과 소통하고 싶은 욕망을 드러내지만, 끝내 그들과 소통하지 못하였다. 탕자가 고향으로 돌아가기 위해서는 청년기의 부정 행위에 대한 변론서를 제출해야 했지만, 그는 자신의 고향 부정 사실에 대한 구체적 답변을 유보하였다. 이러한 태도는 '그런 놈 중의 하나'라고 스스로 인정하던 정치판의 모습과 대비된다. 아직도 그에게는 고향에 대한 부정의식이 잔존하고 있었던 것이다. 그것은 고향에 대한 유다른 기억에서 유래하였다. 현실적으로 그는 보은-안성-서울을 거치면서 성장하였기 때문에, 고향에 대해 특별한 감회를 느낄 수 없었다. 비록 자신의 출생지이지만, 일가 친척조차 이사한 고향을 환한 낮이 아니라 "딱다구리 썩은 고목을 쪼읏는 밤"(「無人島」)에 방문하는 일은 용이하지 않았다. 더욱이 고향은 오장환에게 서얼의식을 잉태시켜준 곳이었다. 그런 까닭에 고향은 '붉은 산'이거나 "병든 학"(「黃昏」)으로 표상될 뿐, 그에게는 여느 사람들이 느끼는 아늑한 평화의 세계가 아니었다. 그에게 고향은 국권 상실을 초래한 '성씨보'나 '정문' 따위의 봉건적 관념 체계가 지배하던 곳이었을 따름이다. 그럼에도 불구하고 그가 고향을 찾는 이유는 "온 세상 그 많은 물건 중에서 단지 하나 밖에 없는 나의 어매"(「鄕愁」)가 있기 때문이다. 그가 사모곡을 부르면서도 시제를 굳이 「鄕愁」라고 정한 것을 보면, 그에게 고향은 어머니 외에 아무 것도 존재치 않는다는 사실이 단박에 밝혀진다. 고향 사람들과의 소통 관계 회복은 애초부터 그에게 문제되지 않았다. 오로지 평생 첩으로 살면서 자신을 키워준 어머니를 찾아보기 위해 그는 고향 '가차이' 온 것이다.

> ―아 네 병은 언제나 낫는 것이냐.
> 날마다 이처럼 쏘다니기만 하니……
> 어머니 눈에 눈물이 어릴 때
> 나는 거기서 헤어나지 못한다.
>
> ―내 붙이, 내가 위해 받드는 어른
> 내가 사랑하는 자식
> 한평생을 나는 이들이 죽어갈 때마다
> 옆에서 미음을 끓이고, 약을 달인 게 나의 일이었다.
> 자, 너마저 시중을 받어라.
> ―「어머니 서울에 오시다」 부분

1946년에 발표된 것으로 미루건대, 이 작품은 오장환이 신병으로 고통받을 때 쓴 것으로 보인다. 어머니는 삼종지도를 체현하는 분으로 유교적 질서를 표상한다. 그녀의 삶이란 한평생을 '옆에서 미음을 끓이고, 약을 달인 게' 전부였다. 어머니는 일찍이 반가의 첩으로 들어와서 남편을 남편이라 부르지 못하고 '내가 받드는 어른'으로 부르면서 궁핍한 식민지시대를 견디었다. 그러나 지아비의 죽음으로 끝난 줄 알았던 그녀의 병수발은 '날마다 이처럼 쏘다니기만 하'는 아들에 의해 대물림되고 있다. 그러므로 그녀에게 해방은 자식의 병수발을 하는 일상사에 가려진 무이념적 사건일 따름이다. 그녀에게는 아들의 건강이 걱정될 뿐, 해방도 '병든 서울'도 객관적 풍경에 지나지 않는다. 오로지 평생동 안 지아비와 아들을 위한 헌신으로 일관한 어머니는 혼란한 해방 정국 으로부터 완연히 배제되어 있는 것이다. 그녀의 현실적 조건은 아들에 게 모자관계의 중요성을 일깨우는 동기가 된다.

아들은 해방 조국에서 정치적 신념을 구현하는 도중에 신병이 악화 된 상태이다. 아들의 발병은 모자간의 대극적 시대 인식을 대비시켜주 는 주목할만한 사건이다. 이에 아들은 자신의 신념보다 어머니의 사랑 을 우위에 설정하여 이념의 무화를 선택한다. 나아가 "七十 가차운 어 머니"(「어머니의 품에서」)의 간호를 받는 아들은 어머니의 굽은 등에서 신산스러운 과거를 읽는다. 그것은 어머니로 상징되는 인륜의 질서를 부인할 수 없는 자식의 당위적 선택이었으므로, 그는 '붉은 깃발'의 우 산 속에서 어머니를 부르는 엉거주춤한 포즈를 취할 수밖에 없었다. 결국 오장환의 사모곡은 민족문학운동에 복무하는 동안에도 반성문 형 식을 차용할 수밖에 없었다. 이러한 이유로 해방기에 발표된 그의 시는 대부분 "운동으로서의 문학이 요구하는 현실에 대한 적극적으로 참여 하지 못하는 소시민성적 갈등"[8]으로 인해 중심부로 진입하지 못하는 착잡한 심정을 대변하고 있다.

그런 이유로 그가 이 시기에 발표한 대부분의 작품은 현실에 대한 형상화보다는, 시대 상황에 대한 내면의 갈등을 진술하는데 치중하고 있다. 그에게 태생적으로 내재되어 있는 주변부 의식은 시작품에서 "자 기 비판의 진실성이 새로운 현실의 대중적 투쟁성으로 고양되지 못하 고 좌절하는 모습"[9]으로 나타나게 되고, 해방정국에서 좌익측의 논리

---

8) 송기한, 「시적 주체의 의미 변화에 대한 기호론적 접근」, 김은전·이승원 편, 『한국현대시인론』, 시와시학사, 1995, 265쪽.

를 내면화하는데 방해 요인으로 작용한다. 비록 그가 "깽은 고도한 자본주의 국가의 첨단을 가는 직업이다"(「깽」)라고 표현하여 자본주의와 정치 폭력 사이의 유착관계를 날카롭게 지적했다고 하더라도, 그의 심리 상태는 언제나 참여와 머뭇거림 사이에 갇혀 있었다.

> 눈발은 세차게 내리다가도
> 금시에 어지러이 허트러지고
> 내 겸연쩍은 마음이
> 共靑으로 가는 길
>
> 동무들은 벌써부터 기다릴 텐데
> 어두운 방에는 불이 켜지고
> 굳은 열의에 불타는 동무들은
> 나 같은 친구조차
> 믿음으로 기다릴 텐데
>
> 아 무엇이 자꾸만 겸연쩍은가
> 지난날의 부질없음
> 아 지금의 약한 마음
> 그래도 동무들은
> 너그러이 기다리는데……
> ─「共靑으로 가는 길」 부분

해방기를 살아가는 오장환의 방황의식을 살펴볼 수 있는 작품이다. 그가 해방기에 정치지향적 시작품을 발표하게 된 이유는 "소시민을 고

---

9) 신범순, 「해방기의 시창작 문제와 리얼리즘시」, 『한국 현대시사의 매듭과 혼』, 민지사, 1992, 237쪽.

집하려는 나와 또 하나 바른 역사의 궤도에서 자아를 지양하려는 나"(「自我의 刑罰」, 『신천지』, 1948. 1)의 갈등을 극복하려는 정치적 실천 의지의 발현이었다. 그러나 이 진술은 그가 양자 사이의 방황을 변명하는데 지나지 않는다. 당시 그는 출향 이후 견지하던 퇴폐적 부정성이 결과한 시적 허물을 민족국가 건설 대오에 동참함으로써 탕감받고자 했다. 그것은 초기에 보여주었던 절연의식의 재연인 바, 그러한 의식은 동인지 활동을 같이 하며 돈독한 우정을 과시하던 서정주가 우익 문학 진영에 가담한 뒤에, 마치 "비겁한 놈은 갈랴면 가라"(「Г И М Н」)는 식으로 냉연히 외면한 일화에서도 확인된다. 그만큼 해방기를 겪으면서 그의 정치적 신념은 경직되었고, 동시에 민족문학 건설 의지는 단련되어 갔다. 하지만 그의 의지는 옛친구를 외면하고 새 동무를 선택해야 하는 갈등 상황 속에서 '무엇이 자꾸만 겸연쩍은가'라고 자문할 수밖에 없었다. 그는 '지난날의 부질없음'과 '지금의 약한 마음'을 일거에 극복할만큼 이념상으로 무장되지 않았다.

사실 오장환은 해방 이전에 '신뢰할만한 현실'의 심미적 추구 행위를 해방 후 정치적 실천으로 전화시키고자 했다. 그가 "그리하야 나는 또 늦었다"(「나의 길」)는 자괴감 속에서 공청에 가입한 것은, 언제나 "진지한 투쟁과 선도적인 위치"(「제7의 고독」, 『조선일보』, 1939. 11. 3)에 서고자 했던 그의 신념을 구현하기 위한 정치적 선택이었다. 그러나 당시의 혼란한 정치 상황은 그에게 끊임없는 회의를 안겨주었고, 주변인으로서의 삶에 익숙한 그의 생활 습관은 정치 현장에 나아가기를 주저하도록 만들었다. 또한 어머니를 외면하고 운동에 전념할 정도로 그의 사상적 논리는 단련되지 못하였다. 곧, 그의 투쟁 의지는 식민지시대의 강고한 현실 앞에서 무화되었듯이, 해방기의 혼란한 이념 대결 현장에서도 속수

무책이었다. 따라서 해방기에 발표된 그의 시작품에서는 이념의 구체적
형상화보다, 오히려 "새로운 우리들의 노래는 어디에 있느냐"(「어둔 밤
의 노래」)라는 공소한 탐색이 두드러지게 나타날 뿐이다.

이런 측면에서 그가 해방기에 발표한 시작품에서 나타나는 과격성은
"새로운 가치에 대한 지향에서 비롯된 것"[10]이라기보다는, 좌우 이념
대결 국면에서 갈등하는 내면을 은폐하기 위한 위장술이었던 것으로
보인다. 그 증거로서 그가 일제 말기에 "불로소득을 즐기고 책임없는
비난을 일삼던 그때의 필자가 인간 최하층의 생활을 하면서도, 아주 구
할 수 없는 곳에까지 이르지 않았던 것은 천만다행으로 시를 영위하였
기 때문일 것"(「나 사는 곳의 시절」, 『나 사는 곳』, 현문사, 1947)이라는
술회를 들 수 있다. 이 서문은 그가 좌익 문학 진영에 가담한 뒤에 식민
지 시절의 무행동성을 옹호한 변명이다. 또한 이 글은 해방기의 민족문
학 건설 현장에서 갈등하는 자신의 처지를 적 치하의 생활에 비유한
수사적 발언이다. 그는 일본 유학 중에 피식민지 청년의 우울을 위로받
기 위해 에세닌의 시집을 탐독하였고, 해방 후에는 좌익의 정치 조직에
동조하는 자신의 처지를 쉼없이 점검하고 있었다. 그는 '신뢰할만한 현
실'의 구현 여부에 입각하여 시정신의 전진과 후퇴를 반복했던 것이다.

2. 자기비판과 전통의 시론

오장환이 해방기에 발표한 시에 관한 단상은 종래부터 주장했던 시
론의 연장선상에 있다는 점에서, 식민지 시기의 시론이 우선적으로 검

---

10) 박윤우, 「오장환 시에 나타난 부정적 자아와 비판적 현실인식」, 『한국현대시와
　　비판정신』, 국학자료원, 1999, 136쪽.

토되어야 한다. 그 대표적인 문건이 「문단의 파괴와 참다운 신문학」(『
조선일보』, 1937. 1. 28)이다. 그는 이 글에서 "'그는 시인이다'와 '그는
인간이다' 하는 둘찌간에서는 어느 것이 되겠느냐고 뭇는다면, 서슴치
안코 나는 '인간이 되겠다'라고 맹서할 것이고, 또 참다운 인간이 되려
노력을 할께다"고 다짐하였다. 일제의 군국주의화가 노골적으로 진행
되던 시국 상황을 응시하는 시인의 고뇌를 읽을 수 있는 대목이다. 사회
적 현실의 전개 속도에 적절하게 대응하지 못하고, 단지 작가의 자기만
족을 위해 '문학을 위한 문학'을 일삼는 도저한 절망감은 오장환으로
하여금 '문단의 파괴'를 요청하기에 이른다. 이에 그는 "이때까지의 나
는 절망과 심연의 구렁에서 벗어나지 못하고, 뜻 모를 비명을 부르짖는
청년이었다"고 인정하면서, 앞으로는 기꺼이 인간의 의무를 이행하기
에 노력할 것을 맹세하였다. 이것은 "나도 밑천을 털고보면 그런 놈 중
의 하나"(「病든 서울」)라는 시적 진술의 반복이다.

> 참으로 신문학이란 무엇이냐! 나는 그것을 형식만으로서 新字를 넣어
> 주고 싶지 않다. 습관과 생활이 그러하여서도 그랬겠지만, 대체의 인텔리
> 라는 작가들은 모조리 창작 방법에서 내용을 잊은 것 같다. 진정한 신문학
> 이라면 형식은 어떻게 되었든지 위선 우리의 정상한 생활에서 합치될 수
> 없는 문단을 바숴버리고 진실로 인간에서 입각한 문학, 즉 문학을 위한
> 문학이 아니라 인간을 위한 문학의 길일 것이다.

그는 '인간의 의무'에 충실한 문학을 '진정한 신문학'이라고 규정하면
서, 모리야마(森山啓)의 "현실—자연과 사회의 모든 현상—은 예술의 제
재로서 선택될 가능성을 가지고 있다. 그래서 시인이 어떠한 제재를
선택하여 오든가 또는 어떻게 그것을 처리하는가 하는 설혹 무의식이

었다고 하더라도, 그 시인이 현실에 대한 태도에 의하여 결정된다"는 주장을 인용하여 현실에 대한 시인의 수용 태도를 문제삼고 있다. 곧, 그는 공리주의적 관점에서 시를 이해하였으며, 이러한 신념은 시와 삶의 일체화를 추구하도록 조장하여 그로 하여금 해방공간에서 정치적 현장에 참가하도록 부추기는 동인이 되었다. 하지만 문제는 그가 이 글을 발표할 당시에 그와 같은 행동을 보여주지 않았다는 점이다. 그의 시론은 '인간을 위한 문학의 길'을 표방하고 있지만, 정작 그는 여전히 '정상한 생활에서 합치할 수 없는' 시작품을 발표했다는 사실이다. 이것은 해방기에 그의 정치시에 나타나는 이념의 불철저와 전통론으로 경도되는 계기로 작용하였다.

한편 오장환은 순수예술은 작업의 기술화로 인해 야기된 오류이고, 순수예술을 주장하는 의견과 굴종은 현실의 모순과 합류하기에 가장 쉬운 것이라고 비판한다. 그의 견해는 당시에 득세하던 예술지상주의자들의 예술성 옹호와 식민 담론 사이의 타협 가능성을 염려한 것이다. 순수예술의 현실 개혁에 대한 외면을 문제삼고 있는 그의 글은 『시문학』 동인들에 대한 반동으로 일어난 『시인부락』 동인들의 반기교주의적 주장을 반영한 동시에, 다른 동인들과의 변별성을 드러내준다. 그는 인간성을 옹호하는데 치중하던 서정주와 달리, 인간을 '위한' 문학에 관심을 가졌다. 그는 시의 효용성에 주목하고 있었던 것이다. 문학의 변혁 가능성과 생명 탐구 및 인간성 옹호는 별개의 차원이라는 점에서, 두 사람의 결별은 예정된 수순이었다. 그의 이러한 시관은 해방기의 변모를 해명하는데 유효한 단서가 된다.

그의 견해는 소위 '신세대론'이 전개되던 무렵에 발표한 「방황하는 시정신」(『인문평론』, 1940. 2)에서 더욱 심화되었다. 이 글은 김오성,

김남천, 김광균 등의 글과 함께 구세대 시에 대한 비판과 신세대 시의 나아갈 방향을 말한 것이다. 그는 19세기의 서정시의 개념은 당대에 이르러 변모했음에도 불구하고, 시단에서는 서구를 뒤쫓는 풍조가 유행하고 있다고 비판한다. 이러한 풍토 아래서 시단에 등단한 젊은 시인들은 이러한 풍조를 당연시하고, 서구에 대한 동경이 확대재생산되면서 우리의 시 수준은 낙후되었다는 것이다. 그 결과 조선에서 "신뢰할 만한 현실은 어디 있느냐"고 반문하면서 새로운 시적 전망을 모색하기에 이른다. 그는 "끊임없이 나오는 이 땅의 시인과 끊임없이 사라지는 이 땅의 시인들의 노래 속에서 언제나 내가 볼 수 있는 것은 다만 우울과 고독과 분노와 애수뿐"이라는 인식 위에서 조선 시단의 '催情詩'와 '詠嘆詩'를 비판하는 한편, 앞으로는 "집단적인 한 종족의 커다란 울음소리나 자랑"을 노래할 것을 역설하였다. 이것은 당시 유행하던 서사시를 염두에 둔 발언으로 보인다. 이 시기에는 일제의 이른바 '국책이민정책'의 영향으로 유이민들이 대량 발생하여 도시의 신흥 빈민 계급으로 편입되거나, 만주지역으로 이주하게 되었다. 당시의 여러 시인들은 만주 유이민들의 비극적 삶에 주목하고, 그들의 비극적 참상을 서사시풍의 작품들에 수용하였다.[11] 따라서 오장환은 이 시기 사회 현실의 시적 수용 방식에 주의를 기울이고 있었던 것으로 보인다.

　이러한 관심을 바탕으로 해방기의 오장환은 자신의 '신뢰할만한 현

----

11) 이 무렵에 시인들은 각종 명칭을 붙인 서사시풍의 작품들을 집중적으로 발표하였다. 그 대표적인 작품으로는 김억(「지새는 밤」, 『동아일보』, 1930. 12. 9-29)의 '장편서정서사시', 노자영(「銀河月의 落琴譜」, 『신인문학』, 1934. 7)과 임학수(「牽牛」, 『신가정』, 1935. 3.-5)의 '서사시', 한적선(「痴人吶言曲」, 『신인문학』, 1935. 3)과 임린(「頭滿江은 얼었을걸」, 1935. 3) 그리고 김우철(「봄 물결을 타고」, 『신인문학』, 1935. 6)의 '수필시', 박아지(「晩香」, 『풍림』, 1937. 1)의 '서사시극', 김해강(「紅天夢」, 『조선문학』, 1937. 3)의 '장편서정시' 등을 들 수 있다.

실'을 정치적으로 구현하고자 각종 집회에 적극 참가하였다. 그는 1945년 8월 조선문학건설본부의 시부 위원으로 선출되었고, 이듬해 2월 결성된 조선문학가동맹의 시부 위원으로도 활동하였다. 또 그해 8월 이 동맹의 서울시지부 결성 대회에서 사업부 위원으로 선출된 것을 비롯하여 문학 대중화위원회 위원으로도 활동하였다. 이 외에 그는 1946년 12월 29일 삼상 결정 1주년 기념 대회에서 시를 낭독하였고, 이듬해 2월 민주주의 민족전선이 주최한 문화옹호 남조선문화예술가 총궐기대회에서 유진오의 구속 조치를 규탄하였다. 물론 이것은 민족문학운동 전선의 대오를 유지하려는 의사표시였지만, 해방 이후 '참다운 인간'의 길을 찾아나섰던 그의 행동을 추측하는 증거로 충분하다. 또 그는 같은 해 7월 남로당 산하의 조선문화단체총연맹이 조직한 문화공작대 제1대 부대장으로 경남 지방을 순회하기도 하였다.

그의 활발한 정치적 활동은 도리어 문학 대중화 운동의 실효성과 함께 민족문학 건설 가능성에 대한 회의를 안겨주는 계기가 되었다. 그는 각종 정치 집회의 참여와 지방 순회를 통해 조직의 열세를 확인하게 되었다. 점차 악화되는 시국 상황은 그로 하여금 운동 능력의 불비를 인식하도록 만들었고, 조직이 요구하는 이념을 완벽하게 구비하지 못했던 그는 "단지 시밖에 모르는 병든 사내"(「强盜에게 주는 詩」)의 한계를 자각하는 계기로 작용하였다. 이에 그는 시론의 발표를 통해 '신뢰할 만한 현실'을 재론하게 되었고, 우선 시단의 동의를 구할 수 있는 시인으로 김소월을 선택하였다. 이런 측면에서 김소월에게 경사된 그의 관심은 주목되어야 한다. 그는 김소월의 시적 자산을 거론하여 해방기의 정치적 부담감을 감소시키는 동시에, 자신의 시적 보폭을 점검하고 있었던 것이다.

　　오장환은 김소월에게 각별한 경의를 표하면서, 그의 시를 우리의 문학 전통 속에서 살아 있는 문화 유산으로 평가하였다. 그가 김소월의 시에 관해 깊은 관심을 표명한 것은 "소월 시의 전원적 향토성과 비애의식, 곧 정한의 속성에서 어떤 공감대를 형성하고 있는 것"[12]으로 보인다. 그가 정치적 혼란기와 전혀 어울리지 않는 김소월을 거명하게 된 이유는 식민지 시기부터 고뇌했던 문학적 전통, 곧 고전의 상실 문제에서 찾아볼 수 있다. 그가 "학교고 무엇이고 문학으로 인하여 모다 팽개치고 동경으로 드나들며 色갈진 양복과 넥타이에 그 조화하는 시집 중에서 珍本, 호화판, 초판을 사드리엇"[13]다는 문우의 회고에서 짐작할 수 있듯이, 그의 애서벽과 독서열은 고전에 대한 관심으로 발전하였다. 그는 "조선에도 한정판 구락부 같은 것을 만들어 『춘향전』, 『용비어천가』 같은 고전"(「애서 취미」, 『문장』, 1939. 3)을 간행하고 싶은 뜻을 피력하기도 하고, '신세대론'의 연장선상에서 "고전이 없는 슬픔은 실로 막대하다"(「방황하는 시정신」)고 안타까움을 토로한 바 있다. 곧, 조선 문단에는 신세대 시인들이 계승해야 될 문학 전통이 없으며, 그러한 전통의 결여는 고전의 상실로 이어진다는 것이다. 전통에 대한 그의 고뇌는 "구멍뚫린 속내의를 팔러온 사람, 검은 망토를 두른 쥐정꾼, 하반신이 썩어가는 기생"(「古典」)으로 은유된 고전의 실체 속에서 시인론으로 심화되었다.

　　오장환은 「조선시에 있어서의 상징」(『신천지』, 1947. 1)에서 청년기에 사숙했던 보들레르를 위시한 프랑스 상징주의 시에 대한 교양 수준을 드러내었다. 그는 김억에 의해 도입된 프랑스 상징주의 시와 이론을

---

12) 김학동, 『오장환연구』, 시문학사, 1990, 180쪽.
13) 이봉구, 「『성벽』 시절의 장환」, 『성벽』: 재판, 아문각, 1947, 85쪽.

『백조』 동인들이 수용하는 과정에서 범했던 문제점을 지적하고 있다. 비록 그가 상징과 상징주의를 혼동하고 있기는 하지만, 이 글은 자신이 해방기에 김소월의 시에 주목하는 논거를 제시하고 있다. 그는 상징주의의 수용 단계에서 선배 작가들은 식민지 사회라는 특수 상황을 기술하는 수단으로 받아들였다고 보았다. 이어서 그는 상징주의의 수용 당시와 해방기의 정치적 환경이 제국주의의 간섭 아래에 있다는 점에서 유사하기 때문에, 진보적 작가들은 상징주의를 계속적으로 수용해야 한다고 주장하였다. 그의 상징론은 김소월의 시작품에 관한 구체적 논의로 연결되었다.

> 「招魂」을 통하여 느끼는 것은 지금도 우리는 우리의 가장 중요한 것, 아니 가장 소중한 것을 잃어버렸다는 형언할 수 없는 공허감을 깨닫는 것이요, 또 작자와 함께 이 상실한 것에 대한 애절한 願望을 돌이키는 것이다. 그러므로 「招魂」이 의도한 바는 어느 것이라도 좋다. 적어도 이 땅에 생을 타고난 우리가 여기에서 느끼는 것은 숨길 수 없는 피압박민족의 운명감이요, 피치 못할 현실에의 당면이다.

이 글에서 오장환은 「招魂」을 가리켜 "8·15 이전까지 발표된 시작품 가운데서 애절함에 있어서 그 모든 것을 다 기울이고도 남는 정열을 보인 아름다운 시"라고 극찬하였다. 이런 점에서 그의 시론에서 검출되는 주요 특징으로 "전통 부재에 대한 비판적 시각은 있어도 전통 부정 의식을 가진 것은 아니었다"[14]는 사실이 인정된다. 이것은 그의 초기시에 편재하는 과거에 대한 부정, 특히 가계와의 절연의식이 지배적 관념

체계에 대한 반동으로 형상화된 것이라는 믿음을 확인시켜준다. 그는 '애절한 원망'과 '피압박민족의 운명'을 동일선상에서 파악하고, 그러한 상황을 형상화하는 전범으로 김소월을 거명하고 있다. 그가 보기에 희망은 민족의 애절한 운명이고, 김소월은 이러한 민족의 운명을 '형언할 수 없는 공허감'으로 변용하는데 성공했다는 것이다. 더욱이 「招魂」이 "전통적인 우리의 고대 무속신앙과 접맥되어 있다"[15]는 점에서, 이 작품을 주목한 오장환의 인식안은 적절해 보인다. 곧 오장환은 완전한 자주 독립 국가의 건설 과정에서 당묘면한 복잡한 정세 추이와 약소민족의 착잡한 심정을 대변할 수 있는 시인으로 김소월을 거명하고 있는 것이다.

그는 계속하여 김소월의 시집 전반을 고찰한 뒤에 '진달래꽃 연구'라는 부제와 함께 「소월시의 특성」(『조선춘추』, 1947. 12)을 발표하였다. 오장환은 시집 『진달래꽃』의 시사적 위상을 "그 시대 조선의 청춘의 감정을 비치인 거울로 가장 우수하며, 또 일정 폭압 하에 있어서의 우리의 문화재로도 대단히 귀중한 유산"으로 규정하였다. 이러한 평가는 그가 김소월에게 바친 최대의 경의이며 찬사였다. 예전에 오장환은 백석의 시집 『사슴』을 고평하는 평자들을 가리켜 "그를 시인이라고 추대하고 존숭한 독자나 評家들은 얼마나 자기네들의 무지함을 여지없이 폭로시킨 것"(「백석론」, 『풍림』, 1937. 4)이라고 독설을 퍼부었던 것과 비교할 때, 오장환의 김소월에 대한 경의는 과분할 정도이다. 그는 백석의 '앞날을 이야기하지 않는' 시편들보다는, 김소월의 '민족적 양심'을 중시했던 것이다. 그는 현실을 신뢰할만하게 변혁하기 위한 전단계로 과거에 대한 회고보다는, 현재의 실정을 정확하게 포착하는 일이 급선무라

---

15) 이경교, 「맺힘과 풀림의 미학」, 『한국 현대시 정신사』, 집문당, 1995, 221쪽.

고 보았다.

> 여러 방면에 걸쳐놓은 그의 소재, 이 한없이 매력있고 귀중한 소재는 지순한 서정의 세계에 동심의 세계에 민요풍의 정서어 비유하기 어려울 만큼 아름다운 운율을 창조하여 가난한 우리의 언어를 살지게 하였다. 소월의 시는 다른 나라 초창기의 우수한 시인과 같이 가차운 예로는 상화와 함께 조선 시문학에서 처음으로 자유롭고 활달한 일상의 우리 용어를 살려 아름다운 생명을 짜낸 시인이다.

오장환이 열거하고 있는 김소월 시의 특성은 교과서적 진술과 다르지 않다. 그는 김소월 시의 구성요소로 '지순한 서정, 동심의 세계, 민요풍의 정서, 아름다운 운율, 일상어의 사용'을 꼽고 있다. 이러한 지적은 당대의 문단 상황과 관련시켜 논의할 때 본색이 드러난다. 그에게 김소월은 '그 시대 조선의 청춘의 감정을 비치인 거울'로서 민중의 삶을 수용하여 '조선시에 있어서의 상징'을 추구했던 시인이다. 따라서 그가 파악하기에 해방 후에도 계속되는 제국주의와의 투쟁 국면에서 시인들의 임무는 김소월처럼 당대의 정서와 언어에 주목하여 '아름다운 생명을 짜낸 시인'으로 거듭나는데 있었다. 곧, 그는 '일상의 우리 용어'를 살리는 것이야말로, 식민지시대에 주장했던 "우리의 정상한 생활에서 합치될 수 없는 문단을 바쉬버리고 진실로 인간에서 입각한 문학"(「문단의 파괴와 신문학」)의 실천사례라고 본 것이다.

이 글에 이어 발표된 「자아의 형벌」(『신천지』, 1948 1)에서 그는 에세닌과 김소월의 죽음을 동시에 다루고 있다. 두 사람은 오장환이 깊은 관심을 기울인 시인들이다. 그들의 공통점은 자살이었다. 이 글에서 그는 두 시인의 요절에 필력을 집중하고 있다. 하지만 그코다는 두 시인이 당대 민중의 삶을 시적으로 수용하는 진정성에 매혹된 것으로 보인다. 물론 이러한 내용은 문면에 나타나지 않았지만, 그가 두 시인의 죽음을 논하면서 '자아의 형벌'이라고 제목하고, 유학 시절부터 에세닌의 시를 번역한 사실로서 충분히 헤아릴 수 있다. 충북의 한 농촌에서 빈농의 아들로 태어난 오장환은 일찍부터 타관생활을 하면서 가난 때문에 고통받았다. 이러한 형편은 그의 일본 유학 중에도 계속되었다. 그는 寫字生 노릇을 하는 등 학비를 벌기 위해 갖은 고생을 다하였다. 이와 같이 고생스러운 사정 속에서 그는 러시아의 혁명시인 에세닌을 알게 되었다. 그가 체일기간 중에 에세닌에게 경도된 것은 "하나의 정신의 도약을 위함이 아니었고, 다만 나의 병든 마음을 합리화시키려"는 데 있었다는 점에서, 그는 유학생의 궁핍한 생활과 단조로운 일상을 위로받는 도시의 데카당으로 에세닌을 흠모하였음을 알 수 있다.

그러나 그의 에세닌에 대한 관심은 해방 후 역시집 『에세닌시집』(동향사, 1946)을 발간하면서 달라진다. 이 시집은 "20세기 전반부에 나온 번역시 중에서 가장 뛰어난 업적"[16]이라는 평가를 받은 바 있다. 그가 해방 후에 이 시집을 발행하게 된 이유인즉, 귀국한 뒤에 에세닌의 농민시인으로서의 면모와 혁명시인의 정열에 감화된 탓으로 보인다. 그것은 그가 "8·15 이전부터 나의 바란 것은 우리 조선의 완전한 계급혁명이었다"(「에세닌에 관하여」)고 고백한 데서 추측할 수 있다. 처음에는 청년기의 감상적 차원에서 현실적 고통을 위로받기 위해 에세닌에게 접근하였지만, 민족문학 건설 현장에 복무하는 동안에 에세닌의 인생 역정을 재발견하게 된 것이다. 이후에 그는 에세닌이 농민들에게 관심

---

16) 유종호, 「사회적 외방인의 낭만적 허영」, 『다시 읽는 한국 시인』, 문학동네, 2002, 174쪽.

을 기울인 것과 같이 농민시론(「농민과 시」, 『협동』, 1947. 3)을 발표하는 등, 에세닌을 '참다운 인간'으로 동일시하였다.

하지만 '참다운 인간'의 길을 모색하던 그의 의사와 달리 조국은 분단을 재촉하고 있었고, 조국은 그에게 다시 한 번 선택을 가요하고 있었다. 미군정은 남한만의 단독 정부 수립을 위한 각종 정치 기제를 작동시켰고, 북한에서도 그와 동시에 동일한 궤적을 밟고 있었다. 이렇게 긴박한 국제 정치의 움직임 속에서 나약한 시인에게 허용된 정치적 선택의 폭은 이미 결정되어 있었다. 오장환으로서는 구시대의 인적 질서를 계승하는 남한보다는, 새로운 질서를 실험적으로 모색하는 북한을 선택할 수밖에 없었다. 그로서는 민족문학 건설의 명분을 유지할 수 있는 북한의 정치 체제를 선택하는 편이 훨씬 유망해 보였던 것이다. 그렇지만 자신이 주체적으로 선택한 새로운 공간에서도 그의 '신뢰할만한 현실'이 아니었으므로, 당연히 '참다운 인간'의 길을 모색하던 그의 기대는 수포로 돌아갈 수밖에 없었다.[17]

III. 결론

오장환은 십대에 시작품을 발표할 정도로 조숙한 시인이었다. 그의 조숙성은 시작생활에서 가족사적 상흔과 결부되어 봉건적 사유체계에 대한 거부감으로 표출되었다. 먼저 식민치하의 현실 상황에 의해 억압

---

17) 오장환의 월북 후 행정에 관해서는 김학동, 『오장환평전』, 새문사, 2004, 58-70쪽 참조.

되었던 그의 심미적 해방 의지는 과거의 관습체계에 대한 극도의 부정으로 나타났다. 그 결과 그의 시에서는 퇴폐적 징후들이 산견되기도 하였다. 해방을 맞으면서 그의 시와 행동을 제어하던 심미적 준거는 정치적 신념에 의해 밀려나게 되었고, 이 시기에 그는 각종 정치 집회에 적극적으로 참가하여 정치적으로 '신뢰할만한 현실'을 모색하는데 역량을 결집시켰다.

그러나 그는 정치가가 아니라 시인이었다. 미군정에 의한 공산당 불법화 조치 등으로 촉발된 객관적 정세의 악화는 그로 하여금 정치적 현실과 시적 현실의 차이를 깨닫는 계기가 되었다. 평생동안 주변부 의식으로 살았던 그에게 정치판의 첨예한 이념 대립은 생경하였고, 자신의 궁극적 이상이었던 '신뢰할만한 현실'의 실현 가능성은 점차 희박해 보였다. 이런 측면에서 그가 이후에 월북하게 된 이유도 '참다운 인간'으로 살아가는데 적합한 '신뢰할만한 현실'의 실현 공간을 본격적으로 모색하기 위한 정치적 선택으로 보아야 할 것이다.

자식의 도리와 운동가의 길

김상훈 시의 갈등 양상

Ⅰ. 서론

　해방기는 정치적 이념의 충돌 현장이었다. 시인들은 저마다 선호하는 정치적 신념을 강조하며 시적 주제를 전달하려고 치중했다. 그들은 피아의 대결 양상을 선명한 대립 구도로 설정한 뒤에, 서술 대상자들에게 극적 상황을 조성하여 독자로 하여금 현실의 투쟁 국면으로 진입하도록 자극하였다. 이런 경우에 집단의 구성원들은 동지적 연대감을 제고하는 한편, 이념의 공유를 통해 투쟁 의지를 공고하게 다지는 계기를 확보하게 된다. 그런 태도는 당시 좌익 문단의 시인들이 가졌던 해방의 가능성에 대한 열정과 동렬에 놓이는 바, 그들의 시는 "해방이 주는 의미나 사회구성체에 대한 객관적 해석 혹은 평가보다는 주관적인 감정의 영역에서 이루어졌다"[1]는 공통점을 띠고 있다. 곧, 그들은 정치 상황의 추이와 사회의 성격에 대한 과학적 논의보다는, 자신들의 이념적 승

---

1) 송기한, 「문학가동맹 시비평의 전개」, 한계전 외, 『한국현대시론사연구』, 문학과
　지성사, 1998, 241쪽.

리를 담보하는 행동의 실천에 중점을 두고 있었다. 각 시인들은 시작 활동에 임하는 단계에서부터 해방의 정치적 열망을 적극적으로 수용하기를 권유받고 있었던 셈이다. 당시의 상황을 대변하는 시인으로 김상훈을 들 수 있다.

김상훈(1919-1987)은 "나라잃은 시기와 광복 공간에 걸쳐 겨레의 현실과 힘겨웁게 맞서고자 했던 실천적인 삶을 보여준 시인"2)이다. 그는 경남 거창에서 태어나서 중동중학과 연희전문학교를 졸업한 뒤 원산 철도 공장으로 징용되었다. 1945년 1월 협동당 별동대 사건으로 피검되어 투옥되었다가 해방과 함께 출옥한 그는 자신이 주재했던 『민중조선』(1945. 11)에 시 「盟誓」, 「示威 行列」 등을 발표하며 문단에 등장하였다. 그는 이병철, 박산운, 김광현, 유진오 등, 이른바 '전위시인'들과 친밀한 교우관계를 바탕으로 정치적 신념을 공유하며 시작활동을 전개하였다. 그들은 여느 시인과 달리 공통적으로 해방 이전에 정치적 과오를 범하지 않았는데, 그것은 식민지시대에 습작기를 보낸 사실로 말미암은 것이다. 도덕적 흠결이 없었던 그들은 해방기에 윤리적 우위를 점유하여 정치적 주도권을 확보하려는 문학단체에 포섭되자, 신인다운 패기와 정열을 앞세워 문단의 전위대로 활동하였다. 그들은 조선학병동맹과 조선문학가동맹 등, 진보적 단체에 가입하여 정치지향적 성향을 드러내기에 열심이었다.

그 동안 진행된 김상훈의 시세계에 대한 연구가 대부분 리얼리즘 시 정신의 구현이라는 측면에 초점을 맞추고 있는 사정은 그로부터 연유한다. 이러한 접근 태도는 해방 공간이라는 정치적 특수성을 전제하고

---

2) 박태일, 「시인 김상훈과 거창의 문학 행정」, 『한국지역문학의 논리』, 청동거울, 2004, 124쪽.

있다. 더욱이 그가 종전 후 자진 월북을 감행한 시인이라는 점에서, 그의 시세계를 정치적 신념의 시적 형상화로 규정하는 것은 일면 타당성을 띤다. 하지만 지금까지 제출된 연구 성과들을 살펴보면, 김상훈의 시작품들에 현저하게 노출된 심리적 갈등 양상은 소홀히 취급되었다. 그는 실천적 운동가와 시인의 길을 동시에 걷고자 했으나, 그의 갈 길을 가로막는 것은 언제나 가족이었다. 그는 양부에 대한 비판적 발언을 서슴지 않았을 뿐만 아니라, 혈연관계를 단절하는 과격한 의사를 표출하기도 했다. 그의 태도는 불효 이전에 배은 행위로서, 그가 인간으로서의 품격을 스스로 훼손하면서까지 양부를 비판했던 의도를 새롭게 파악할 필요성을 제기한다. 그것은 그의 이해하기 힘든 행태들을 정치적 격동기에서 운동가이자 아들로서 감당하지 않으면 안 되었던 갈등상으로 조명하는 것이다.

아울러 그가 생후 종가에 양자로 입적되었던 가족사적 사연과 양부 소실의 딸을 사랑한 근친연애의 비극적 체험은 그의 운동전선에 상당한 심리적 압박을 가했다. 김상훈의 시에서 여성이 차지하는 비중이 적지 않은 까닭도 이런 사정에 기인한다. 이에 본고에서는 해방기에 발표된 작품을 통해 '어머니', '순이, 정이' 등의 여성들이 김상훈의 의식적 방황에 개입한 정도를 살펴보고자 한다. 특히 두 세대의 여성들은 해방을 맞은 시인의 개별적 정서와 그가 투신했던 집단의 정서를 집약적으로 보여준다. 그녀들은 그의 투쟁심을 강화시키거나 약화시키면서 시의식을 충격한 실존적 인물이었다. 어머니는 두루 존재하여 시적 소재로서의 흥미를 반감시키지만, 특수한 시대 상황 속에서 복합적인 의미망을 형성한다. 또한 순이를 비롯한 여성들은 시인의 개인적 상관물이지만, 시인과 시대의 정치적 함수관계를 은유하는 매개항으로 기능한다. 이런 측면에서 김상훈이라는 해방기의 문제시인의 작품을 대상으로 그것들의 이미지를 파악하는 일은 의미있는 과제일 것이다. 아울러 본고의 노력으로 요즘 들어 논의가 주춤해진 그의 시세계에 관한 다양한 점검을 촉구하는 계기가 되기를 기대한다.

II. 인륜과 신념의 시적 마찰상

1. 아버지, 부패와 척결의 대상

해방기에 발표된 김상훈의 시는 변혁을 추구하는 혁명가 의식과 가족관계를 청산할 수 없는 인륜 사이에서 갈등하는 양상을 띠고 있다. 그것은 자식이라면 누구도 해결할 수 없는 운명적 과제였으므로, 해방 정국의 혼란상 속에서 그의 시적 행로는 필연적으로 내면의 갈등을 전제하고 있었다. 더욱이 친부모를 떠나서 백부에게 이적되는 유별한 체험을 가졌던 그의 시작품에서 생모와 양모는 아우르며 등장하지만, 생부는 외면되고 유독 양부만 문제되었다. 이러한 모습은 자주 독립 국가의 수립 대오에 척결요소로 대두된 아버지의 권위를 타파하는 것을 우선시한 김상훈의 정치적 신념을 반영한 것이다. 그런 까닭에 그의 원망은 경제적 형편 때문에 친자를 입양시켰던 친부에게는 전혀 표출되지 않고, 부르주아 계급의 전형성을 담보한 양부에게 집중될 수밖에 없었다. 그는 양부와의 혈연관계를 청산하는 정치적 신념을 선명하게 드러냄으로써, 조직이 요구하는 투사상을 체현하여 충성심을 증명하였다.

이런 사정을 고려하면, 김상훈이 이 시기에 제출했던 여러 시편들에 함의된 가족 층위에 주목할 필요가 증대된다. 그는 투옥 중에 해방을 맞은 즉시 자주 민족국가의 건설 운동에 투신하였다. 특히 1946년 1월 경찰의 학병동맹회관 접수 과정에서 발생한 "볕이 그리워 외치며 죽은 벗"(「葬列」)에 대한 죄책감은, 그로 하여금 정치 집회에 적극 참가하도록 독려하였다. 그는 지주계급을 원망하며 프롤레타리아의 처지에 한 없는 동정을 표하여 "의붓子息의 서름"(「학병의 날에」)을 정치적 이념으로 도포하였다. 그것은 끊임없이 자신의 행동을 유예시키는 가족사의 비극으로부터 벗어나기 위한 신상발언이었다. 그렇지만 부자간의 혈연관계는 애증으로 해결될 성질의 것이 아니다. 설령 김상훈이 양부를 공격하는 무리에 편승하여 비판의 강도를 높일수록, 도리어 인륜에 반하는 자식의 혼란스러운 표정만 표나게 드러날 뿐이다. 이런 이유로 그의 시편들에서는 감내하기 힘든 상황 때문에 괴로워하는 모습이 행간에 진술되어 있다. 김상훈은 자신의 곤혹스러운 감정을 아래의 예시에서 표백하고 있다.

徵用사리 봇짐에 울며 늘어지든 어머니
刑務所 窓구멍에서 억지로 웃어보이든 아버지
머리 씨다듬어 착한사람 되라고
옛글에 日月같이 뚜렷한 聖賢의무리 되라고
삼신판에 물떠놓고 빌고
말배울쩍부터 井田法을 祖述하드니
이젠 믿어운 기빨 아래 발을 마추랴거니
어이 歷史가 逆流하고 瞽俗이 腐敗하는 地點에서
地主의 맏아들로 罪스럽게 늙어야 옳다하시는고

> 아아 *解放*된다음날 사람마다 잊은것을 찾아 가슴에 품거니
> 무엇이 가로막아 내겐 나라를찾는날 어버이를 잃게하는고
> —「아버지의 *門* 앞에서」 부분

　해방기에 심리적으로 극심한 내홍을 겪고 있던 김상훈의 솔직한 심정이 절로 드러난 작품이다. 그는 '地主의 맏아들로 罪스럽게 늙어야' 하는 자신의 처지와 정치적 신념의 충돌 국면에 처한 자신의 기막힌 심정을 토로하고 있다. 이민족의 지배로부터 해방된 감격은 '사람마다 잊은 것을 찾아 가슴에 품'는 기쁨을 선사해준다. 그렇지만 다른 사람들이 다 누리는 감격을 즐길 겨를도 없이 시인은 '나라를 찾은 날 어버이를 잃'어야 하는 기로에 놓인다. 그가 아버지와 혈연을 단절하는 것은 불가피하게 어머니와의 절연도 동시에 수반하게 되어 천륜을 거역하는 비도덕적 행위로서, 자식으로서의 시인에게 참담한 갈등을 안겨주기에 충분했다. 그것은 식민지시대의 불우한 환경에서 태어나 신생 독립국의 소란한 시대를 살아야 하는 그의 운명이었다. 그 역시 "아버지의 집으로 돌아가지 못하는"(「밤」) 한 사람의 불효자식에 불과하므로, 그가 '刑務所 窓구멍에서 억지로 웃어보이든 아버지' 앞에서 취할 수 있는 운신의 폭은 자유롭지 못했다. 그가 "육친에까지 결별을 맹서하고, 목숨을 걸어서도 사랑해야 할 조국과 겨레와 미더운 기빨이 있어 초조하면서도 행복에 떨고 있는 듯"[3]하고 감정의 경련 상태를 고백했더라도, 어떠한 정치적 조건이건 간에 부자간의 도리는 지켜야 할 윤리적 방어선이었다. 만일 그가 혈연적 관계를 단절하게 된다면 정치적 동지의식을 획득할 수는 있지만, 절연으로 인한 윤리적 고통을 상쇄할 수는

---

3) 유종대, 「후기」, 김상훈 시집 『대열』, 백우서림, 1947, 98쪽.

없다. 그러나 이미 "우리에게 계급적인 자신이 있고, 도 계급적인 적이 있을 뿐"(「『시경』에서 보는 계급의식」)이라고 선언한 김상훈의 선택은 예정되어 있었다. 그는 '歷史가 逆流하고 鄙俗이 腐敗하는 地點'을 응시하며, 운동전선에 가담할 가능성에 방점을 찍고 있다. 그것은 부모자식 간의 천부적인 관계를 부정하지 않으면 안 되는 참담한 지경에 스스로를 유폐시키는 결정이었다.

> 나는 이제 두살백이다
> 地主의 맏아들에서 가난뱅이의편으로 胎生하였다
> 살부치기를 모조리 作別하고
> 앵무새처럼 노래부르든 버릇을 버렸다
>
> 나는 아무것도 없다 아무것도 모른다
> 다만 祖國을 사랑하는 한가지길밖에
> 人民을 爲한 人民의 나라를 세우는것밖에
> 나는 이래서 詩를쓴다 그리고 가장 자랑스럽다
> ─「나의 길」 부분

김상훈은 '지주의 맏아들에서 가난뱅이의 편으로 태생하였다'고 선언함으로써, 자신의 이념적 정체성을 분명하게 표명한다. 그는 본래 가난한 농부의 아들로 태어나서 천석지기 백부의 양자로 입적되었다. 그의 양부는 그에게 한학의 수강을 독려하는 한편, 연희전문학교에 입학하여 신학문을 배우도록 경제적 지원을 아끼지 않았다. 양부의 물질적 지원에도 불구하고 그는 입신출세의 길로 나아가지 않고 민족해방운동에 복무하는 등, 양부의 기대에 미치지 못하는 행동을 그치지 않았다. 그가 운동가의 신분으로 입적 이전의 원상태를 희망하자, 양부는 "한낱 낡은史書"(「낡은 史學」)에 불과한 '지주'로 격하된다. 부자간의 천륜이 절개되는 지점에 자리하고 있는 그의 시에서, 대상에 대한 객관적 묘사보다 대상과의 정서적 양상을 검출할 수 있게 된 사정이다. 그러므로 그가 이질적 정서를 갖고 있는 보수적인 양부와의 혈연관계를 거부하는 것은 이념상으로 예정된 수순이었다. 그는 해방기의 운동전선에 복무하는 투사였으므로, 그와 정치적 신념을 달리 하는 부르주아계급의 속성을 지닌 양부를 용인하기 어려웠다. 그에게는 자신을 건사해준 양부의 은혜를 헤아리는 것보다, 오직 '人民을 爲한 人民의 나라'의 수립을 최우선 과제로 선정한 조직의 지침을 시적으로 실천하는 일이 급선무였다.

그와 동시에 양부의 광복 운동 참가 경력과 가족의 안위와 가문의 영속을 걱정하는 가장의식도 아들의 투쟁 경력 못지않게 귀중하다. 그럼에도 불구하고 아들의 일방적 철회에 의해 양부는 척결되어야 할 반동세력으로 매도되어 버린다. 부자는 공공의 적이 사라진 해방기의 정치적 상황의 변화로 인해 신념의 우위를 다투게 된 것이다. 그것은 "야속한 겨레의 運命"(「西天月」)이었다. 외부 환경으로 인해 파생한 부자간의 대결은 세대차에 의한 가치관의 충돌 양상을 띠며 전개되었다. 양부는 한학을 마친 완고한 봉건주의자이고, 아들은 신학문을 습득한 운동가였다. 부자가 접점을 찾기에는 입각점이 너무 판이하였다. 그러므로 각기 다른 세대가 신봉하는 신념은 당사자들의 토론을 통해 완화될 성질의 것이지, 상호 불신에 근거한 외면으로 해결할 수 있을 만큼 만만한 것이 아니었다. 그런 태도는 오히려 서로에게 정신적 충격을 안겨주어 문제 사태를 더욱 악화시킬 뿐이다. 그러나 아들은 부자간의 문제를 해결하려고 노력하기는커녕, 아버지의 기대를 저버리고 반대세력에 가담하였다.

> 呂宋煙 金테안경 高級코코아가
> 오늘도 드높은 石造建物에서 政談을 한다.
>
> 거리에는 헐벗은 賤民이 긴 밤을 떨어새고
> 驛頭에는 戰災民의 慘狀이 뼈가저려도
> 하늘에 사모치는 民衆의 소리를
> 들은체도 않고 政談을 한다.
>
> 失職者의 어머니는 皮骨이相接하고
> 주먹밥 한덩이에 殺人이 나도
> 으젓이 점잔과 體面을 지켜
> 回轉椅子 우에 政客은 天然하다.
> —「政客」 부분

   당시에 정국을 주도하고 있던 한민당 계열의 보수정객을 비판한 작품
이다. 해방을 맞아서 "湖水처럼 밀러와 담기는 벅찬 民主主義"(「旗폭」)
에 감격하던 그의 눈에 한민당 인사들은 당대의 사회 문제로 제기된
'전재민의 참상'을 외면하는 수구 기득권 세력의 표상이었다. 그들은 김
상훈이 투신한 운동 조직을 해체시키기 위해 외세와 결탁하였고, 그의
조직도 외국 세력과 연대하기는 마찬가지였다. 구체적으로 이승만 중
심의 한민당 일파는 김구 중심의 한독당 세력을 견제하는 한편, 여운형
중심의 인공파와 좌익 세력의 연합전선을 훼방하였다. 그들의 격돌 양
상은 외세를 배경으로 한 정파간의 투쟁이었고, 결과적으로 한민당의
주도권 장악으로 막을 내렸다. 한민당에 참여한 인사들은 대부분 친일

관료와 지주계급 등, 시인이 "同族의 피를 빨던 도적의 떼"(「바람」)로 규정한 보수 세력이 태반이었다. 이에 한민당을 타도할 집단으로 설정한 좌익문학단체의 조직원이었던 김상훈은 '정객/천민'의 대조를 통해 변혁운동의 필요성을 강조하기 위해 개인적 감정을 삭제하고 계급적 인식을 드러내는데 치중하였다. 먼저 그는 토지개혁을 앞두고 기울어가는 가세를 중흥시키고자 한민당의 후원자를 자처했던 양부의 선택을 기득권 옹호 행위로 비판하였다. 아들은 자신이 선택한 이념적 잣대가 양부의 정치적 선택보다 우월하고 당위적인 것인 양 공격한 것이다.

하지만 현실적 이해판단에 능한 양부 앞에서 김상훈은 시류에 편승한 철부지 자식에 불과했으며, 정치적 상황 판단이 취약한 운동권 아들에 지나지 않았다. 해방기 민중해방운동전선에 복무한 전력 때문에 곤란한 지경에 처했을 때, 그는 지역 유지이며 한민당 후원자였던 '회전의자 우에 정객'의 도움으로 신체적 위험을 모면할 수 있었다. 그는 자기 의사에 반하여 1949년 국민보도연맹에 가입할 수밖에 없는 "懦弱한 詩人"(「물은 흘러가는 것이다」)에 불과할 만큼, 현실적으로 양부의 영향권으로부터 자유로울 수 없었던 아들이었다. 그가 직면한 정치 현실은 혁명가를 포함하여 약소민족의 구성원이기에 피할 수 없는 상황이었다. 자식이 부자의 연을 끊을 심사로 양부를 비판할지라도, 천륜은 자식의 일방적인 단절 선언으로 파기될 수 있는 계약관계가 아니다. 자식은 '살부치기를 모조리 작별'했다고 선언하고 있으나, 아버지는 여전히 자식의 안위를 걱정하고 있었다. 자식은 부모를 부정할 수 있을지언정, 부모는 어떤 경우에도 자식에 대한 사랑을 철회하지 않는다. 이것은 부모의 숙명이고, 세상의 질서를 유지하는 규범이다. 그러므로 이 작품에서 풍자적 태도를 빌어 시인의 "목소리가 안정되어 있고 냉정"[4]한

척 보이지만, 그가 처한 가족사적 조건을 배경으로 주관적 감정을 은폐
하고 있을 뿐이다. 그것은 해방기 김상훈의 시작품을 자세히 읽노라면
확인할 수 있는 시적 징후인 바, 어머니와 여성인물들을 등장시킨 작품
에서도 거듭하여 확인 가능하다.

2. 어머니, 동정과 연민의 표상

어머니는 세상에서 가장 보편적인 인물이다. 그녀는 모든 자식들에
게 존경의 대상이며, 동시에 극복의 대상이다. 그녀에게 바치는 자식들
의 경의는 주로 무조건적 희생과 변함없는 애정이라는 전통적 이미지
로부터 비롯된다. 그와 동시에 어머니는 봉건적 질서를 완벽하게 체현
하는 전근대적 인물의 성격을 담지하고 있어서, 정치적 변동기에는 도
리어 비판되는 역할을 감당하기도 한다. 곧, 그녀는 자식의 선명한 정치
적 신념에 반하는 무이념적 인물의 표상이라는 점에서 자식들에게 극
복의 대상이 되는 것이다. 동일한 인물을 두고 이처럼 대조적 의미를
부여할 수 있는 것은 전적으로 시대의 사정에 기인한다. 일제시대의
어머니가 조국의 환유물로 비참한 현실을 비유한 대상이었다면, 일제
로부터 해방된 이후에는 자주적 민족국가의 건설을 향한 집단적 정서
의 기반으로서 기능할 수 있었다. 긴박한 정세에 당면한 시인은 자식으
로서 어머니의 무너짐없는 사랑에 의지하여 정치적 신념을 보호하고
단련하게 되는 것이다.

가정 형편 때문에 양부에게 자식을 입적시켜야 하는 부모의 심정은
이루 말할 수 없이 비통하다. 특히 어머니는 아버지와 달리 아들의 생산

---

4) 최두석, 「김상훈론」, 『리얼리즘의 시정신』, 실천문학사, 1992, 199쪽.

294 해방기 시문학 연구

을 직접 담당한 당사자라는 점에서, 그녀의 슬픔은 아버지보다 배가된
다. 또한 자신이 낳지 않은 자식을 슬하에 거두어야 하는 양모의 입장도
비극적이기는 마찬가지이다. 아들이 두 어머니의 기막힌 심정을 이해
하고 적절한 처신으로 말 못할 사정을 헤아려주면 다행한 일이다. 그렇
지만 아들은 양인의 슬픔을 위무하기에는 언제나 어리고 미성숙한 존
재이다. 장성 후에도 아들은 두 어머니에 대한 채무의식으로부터 생애
내내 자유로울 수 없고, 그것은 자신의 신념이 어머니의 바람과 어긋날
적마다 괴로움을 안겨주는 요인이다. 더욱이 아들이 변혁 운동에 복무
하는 전사인 경우, 두 어머니와 아들 사이의 긴장감은 일층 고조된다.
이런 사례는 입적 경험을 지닌 김상훈에게도 예외가 아니어서, 그를 "양
자 콤플렉스에 젖어 효행에 대한 복합적인 부담으로 상당한 갈등을 겪
으며 성장"[5]하도록 조장하였다. 그 역시 여느 자식들과 마찬가지로 "어
머니의 젖가슴에서/사랑을 꽃닢처럼 만작어리든 손"(「손」)을 가진 평범
한 자식이기를 희망하였다.

하지만 현실 상황에 압도된 김상훈은 "어서 이 문제되지 않는 어머니
의 삐뚜러진 慈情과 期待를 몇시간씩이나 마음속에 論難하고 있는 이
런 蒼白한 習性을 불살러버리자. 불살러버리자!"(「運動場에서」)고 천륜
을 부정해야 하는 혁명기의 투사였다. 비록 정치적 신념을 구현하기
위해 운동전선에 복무할지라도, 아들이 "아비 어미의 괴롬"(「小學生」)
을 모를 리 없었다. 아들은 자신의 신변을 걱정하는 어머니의 사랑을
충분히 인지하고 있기 때문에, 그의 흉중에는 어머니에 대한 죄책감이
자리잡고 있었다. 김상훈은 양부와의 결별을 선언하며 운동에 참가한

---

5) 정영진, 「김상훈, 변신의 일생과 갈등의식」, 『통한의 실종문인』, 문이당, 1989,
233쪽.

까닭에, 어머니 앞으로 나아가지 못한 채 안타까운 심정을 토로할 수밖에 없었다. 이런 사정 때문에 김상훈의 시에서는 어머니에 대한 미안한 감정과 자신의 행동에 대한 변명이 흥건하다. 그는 "어머님에게 몇 마디 노래를 우르러 받들면서 내 고요한 마음으로 지난 일을 돌아보고 또 오늘과 내일을 노리고 새삼시리 무능한 내 몸이 부끄럽고 죄로워집니다"(「獻詞 十首 弁序」)라고 후회하면서, 어머니의 처지를 동정하며 관용을 구하고 있다. 동정은 "주관적 몰입과 객관적 튼리 사이를 왕복하는 추의 움직임 속에서 형성되므로, 그것은 필연적으로 타인에 대한 이해뿐 아니라 자신에 대한 통찰력을 함께 제공한다"[6]는 점에서, 그는 운동 전선에 참여한 자식을 걱정하는 어머니의 사랑을 기리며 그녀의 기대에 부응하지 못하는 불효자로서의 죄스러움을 동시에 표출하고 있는 것이다. 이처럼 정치적 신념과 인륜이 상충하는 곤경 상태에 처하자, 김상훈은 변혁운동과 효도를 동격으로 처리하며 개인적 난국을 돌파하고자 시도하였다. 그의 기도는 운동 참여의 중지를 요청한 어머니의 의사에 반하는 것이어서, 필연적으로 어머니의 존재는 약화되기 마련이었다.

　　　폭은히 등에 숨어서
　　　찬바람을 避하든 제가
　　　수염이 나고 이렇게 커진 것을
　　　당신은 놀랍게 보십니까

　　　委員會패라고
　　　싸움통에 잘뛰어 든다고

---

6) 손유경, 『고통과 동정』, 역사비평사, 2008, 23쪽.

두려운 눈초리로 바라보시는 어머니의 얼골에
不時에 주름살이 늘어갑니다

千사람이 무어라 해도
제가 것는길은 바릅니다
과일밭에 돌풀매를 던지든 제일망정
젖가슴에서 받은 봄볕같이 따수한 사랑을
人民의 가슴속에 골고로 傳해주는
그런 동무들의 뒤를 따라갑니다

어머니들이 흙 속에 들어가시고
입술과 더운가슴이 모도 없어지면
흙을 움켜쥐고 어머니를 부르지 않겠습니까
이나라의 흙을 사랑하는것이
어머니를 爲하는 길이 아니겠습니까
　　　　　　　　　　　　　—「어머니」 전문

　어머니는 '두려운 눈초리'로 사태의 추이를 바라볼 뿐, 능동적 움직임
을 보여주지 않는다. 시적 진행 과정은 서술적 우위를 확보한 화자의
서술 속도에 장악되어 있다. 시인은 우월적 지위를 앞세워서 위원회패
와 어머니를 동렬에 위치시켰다. 위원회패는 시인이 어렸을 적에 어머
니의 '젖가슴에서 받은 봄꽃 같이 따수한 사랑'을 '인민의 가슴속에 골고
로 전해주는' 사람들이다. 그렇지만 세상에 유일한 어머니와 다수의 위
원회 패는 결코 동일한 지위를 공유할 수 없다. 자식에 대한 무조건적
사랑을 체현하는 어머니와 "『人民共和國 建設萬歲!』"(「會場」)를 외치
며 조직에 대한 무조건적 복종을 요구하는 이익 단체는 본질적으로 비
교 불가능할 뿐만 아니라, 동일한 차원에서 논의할 성질의 것이 아니다.

그럼에도 불구하고 시인의 이념지향적 태도는 작품 안에서 어머니의
음성을 삭제해버리고, 위원회패의 정치적 구호를 강조하도록 조장하였
다. 그는 '제가 걷는 길'과 '어머니를 爲하는 길'이 동일선상에 놓인 길의
다른 이름이라는 주장을 철회하지 않는다. 이런 고집은 그가 위원회패
와 어머니를 동일시한 관점에 내재된 정치적 신념을 포기하지 않았다
는 증거이고, 아울러 모자간에 거리를 조성하여 어머니를 후방에 위치
하도록 만든 요인이었다.

 그 결과로, 이 작품 속에 '어머니'는 존재하지 않는다. 단지 어머니는
놀란 표정과 근심어린 주름살로 포착되어 낯선 타인처럼 언급되어 있
을 뿐, 자식의 안위를 걱정하는 어머니의 불안한 표정은 촛점화되지 못
하였다. 시인의 선택에 대한 일방적 변명만 진술될 뿐, 자식의 장광설에
가리어 어머니는 보이지 않는 것이다. 김상훈이 "어머니와 함께 싸우러
가는 길"(「어머니에게 드리는 노래」)을 강조할수록 어머니의 모습은 후
경화되어, 이념의 실천 대열보다 낙오된 모자간의 관계를 여실히 증명
한다. 그는 각종 집회에 참석하면서 신념을 정교하게 단련시킬 수 있었
지만, 한편으로는 가족과 소원한 관계에 놓일 수밖에 없었다. 그는 운동
전선에 투신하는 순간부터 양아버지와 부자간의 인연을 끊는 등, 가족
과 화해할 수 없는 경지로 나아갔다. 가족들은 그의 행적을 포용하여
일신상의 안전을 도모해주었지만, 그는 이미 "家族도없고 그림자도 領
域도없이"(「蝙蝠」) 살아야 하는 '전위'시인의 대열에 합류했던 것이다.
부모의 만류를 거절한 아들의 행동은 세대의 단절감을 격화시키면서,
보편적 인륜이 정치적 이념에 희생되는 비극적 사태를 예비하여 雙方
간에 깊은 감정적 격절상태를 초래한 원인이었다.

 한 시인의 심리적 상흔은 가족사적 사건으로부터 말미암을 수밖에

없다는 병리학적 사실을 전제하면, 해방의 혼란 속에서 어머니라는 정
서적 완충장치를 끊임없이 모색했던 김상훈의 고뇌에 주목하지 않을
수 없다. 그가 해방정국에서 유난히 어머니를 자주 시화했던 사정은
심리적 혼란 상태를 극복하기 위한 시도로 보인다. 미군정으로 대표되
는 가장 반공적이고 외세지향적인 당국의 지배 이데올로기와 자신의
정치적 신념이 충돌하게 되자, 그는 어머니의 한량없는 사랑 속에서 심
리적 긴장감이 완화되기를 기대하였다. 아울러 정치적 선택이 다른 그
가 양부와의 지속적인 대결의식을 표명할수록 의식적 혼란은 가중되었
으며, 그것은 가치관의 충돌을 배제하는 어머니의 무이념과 무사상을
찾도록 견인하였다. 그 와중에서 시인은 "참아 눈물없이 바라보지못하
는 슬픈 어머니"(「山」)에 대한 죄스러운 감정을 양부에 대한 반감으로
전경화하였다. 결국 자신의 의지와는 전혀 다르게 전개되는 객관적 상
황은 김상훈에게 정치적 신념과 시적 성취간의 간극을 확장시키는 빌
미가 되어 심리적 장애요소로 작용하였다. 이 점은 도리어 그의 시에
시사적 의의를 부여하도록 기여하여 "시적 자아의 진술을 통해 시인
자신의 심적 갈등과 번민을 드러냄으로써, 해방 정국 시문학이 리얼리
즘시로의 영역을 확대"[7]하도록 추동하였다.

한편 작품 속의 어머니는 양부처럼 양모라야 제격이란 점에서, 부모
중의 일인에 대한 원망과 다른 일인에 대한 동정은 정서적 편차가 극심
하여 수긍하기 힘들다. 따라서 그의 부모에 대한 모순 감정은 부모 중의
일인이 지닌 약점을 은폐하기 위한 시적 전략으로 보인다. 그는 의식적
으로 시작품에서 아버지와의 절연을 강조하였으나, 그럴수록 배은과

---

7) 윤여탁, 「해방 정국의 현실 인식과 역사적 전망―김상훈론」, 『시의 논리와 서정
시의 역사』, 태학사, 1995, 311쪽.

불효로 인한 내상은 심화될 수밖에 없었다. 그가 유달리 연민과 경의를 표하여 사모의 정을 노골화했을지라도, 그것은 양부에 대한 채무의식을 어머니에 대한 사랑으로 은폐하려는 자식의 번민에 다름아니었다. 그는 이와 같이 형언할 수 없는 자심한 갈등을 은닉한 채 시작과 운동을 병행했던 것이다. 그 결과로 김상훈은 정치적 이념을 충실히 추종하는 '전위시인'의 반열에 오를 수 있었으나, 부모와의 천륜을 파기한 원죄로 인해 고향으로 돌아갈 수 없었다. 곧, 정치적 신념을 구현하기 위한 교환조건으로 혈연관계의 단절의지를 제출한 그는 월북을 결행하지 않으면 안 되었던 것이다. 이와 같은 비극적 사태는 신생 독립국의 해방정국에 내재된 복잡한 국면을 조감하지 못하고 정치적 가능성에 주목하여 "진달래꽃보다 빠—ㄹ간 나의 꿈"(「풀밭·Ⅰ」)을 성취할 수 있으리라고 기대한 그의 심리적 단층이었다.

3. '晶이', 시와 혁명의 동반자

해방 정국에서 여성은 운동가들에게 주목의 대상이었다. 이 시기에 발표한 진보적 시인들의 작품에서 여성 편향의 징후를 발견하기 쉬운 것은 이 때문이다. 그들은 전선의 확대와 세력의 확산을 도모하기 위한 방편으로 "동지 朴憲永에게 자유를 주라"(「會場」)고 외칠 수 있는 여성의 투쟁성을 필요로 하였다. 김상훈의 시에 등장하는 여성은 '福禮'(「家族」), '小乙'(「小乙이」), '姬'(「戀歌」), '戀'(「合唱」), '順伊'(「順伊」), '晶'(「晶이에게」) 등이다. 이 여성들은 "人民의 일꾼"(「勞働者」)으로서, 그는 여성들의 실체적 모습을 드러내는데 특별히 공들일 필요가 없이 사방에 편재하는 인물이었다. 그녀들에게 부하된 실존적 조건은 당시의 보편적 환경이었으므로, 그녀들이 처한 환경을 그대로 서술하기만 해도 민중들의 공감을 획득할 수 있었다. 김상훈이 "서구적 기교의 첨단을 걷기를 거부하고, 전통적인 수사법에 바탕한 『시경』적 수사법을 구사"[8]하게 된 이유는, 이 여성들이 서구의 시적 기교를 필요로 하지 않는 소박한 여성이었기 때문이었다. 그는 여성들에게서 해방기의 정치적 현실에 대한 시적 응전력을 확보하는데 필요한 자양을 확보할 수 있었다.

한 예로, 그가 공들여 쓴 '담시' 「小乙이」에서 구전설화로부터 소재를 차용한 배경에는 전근대적 가치관에 희생된 여성들의 현실적 조건에 대한 안타까움이 배어 있다. 김상훈은 작품의 기본 구도를 여자가 시집을 잘못 가서 고생하다가, 나중에 자신을 억압하는 봉건 질서에 저항한다는 도식으로 설정하였다. 시인은 이 작품에서 익숙한 소재를 변용하고 있지만, 서사적 상황에 압도되어 결말부에서 소을이를 투사로 황급히 전환시키고 있다. 이와 같이 김상훈은 해방기의 정치적 상황에 억압되어 시의 형식적 특성을 소홀하게 취급함으로써, 완전한 시적 성취에 이르는 길을 스스로 차단하고 말았다. 그 결과 소위 총633행에 이르는 '서사시' 「家族」은 "시인이 선택한 주제를 타자적인 목소리가 들려주는 이야기 속에서 성공적으로 발견할 수 없었다"[9]는 평가를 받게 되었다. 시인은 서사의 전달자에 국한되어야 할 서술자에게 자신의 선입관적 가치 판단과 관념을 과다하게 부여했던 것이다. 이것은 그의 시력이 일천한 탓이기도 하지만, 무엇보다도 정치적 격변기에 유난히 가족 층위에 집착했던 편집증적 결과였다.

---

8) 임헌영, 「김상훈의 시세계」, 신승엽 편, 김상훈시전집 『항쟁의 노래』, 친구, 1989, 246쪽.
9) 신범순, 「김상훈 시의 서사시적 목소리와 변혁 주체의 시적 형상화 문제」, 윤여탁·오성호 편, 『한국현대리얼리즘시인론』, 태학사, 1990, 224쪽.

김상훈이 여성에 대한 시편에서 주관적 감정을 과잉노출하게 된 배경에는 "이 세상 마즈막 노예"(「여자에게 주는 노래」)로 살아가는 어머니에 대한 사랑이 자리잡고 있다. 그는 봉건적 가치관에 신음하는 어머니에게 "하늘보다 푸른 自由"(「旗폭」)를 안겨주고 싶은 아들이었다. 전기상으로 그는 절량농가로서 친자식을 입양시켜야 했던 생모와 언제나 변함없이 자신의 허물을 감싸주던 양모에 대한 불효를 항상 인식하고 있었다. 또한 그는 17세에 혼인한 부인이 해산 중에 사망하고, 19세에 강권으로 재혼한 중에 31세 때 "너무 늦게 만난 여인"(「菊花」)과 중혼하는 등, 양부의 축첩과 다르지 않는 부부관계를 반복하였다. 이러한 경력들은 그로 하여금 여성들의 사회적 조건에 각별한 관심을 기울이도록 충동하였고, 그는 자신과 가족관계를 형성한 여성들의 비극적 삶을 작품 안에 적극적으로 수용하였다. 그의 시에 나타난 여성의식이 "막연하게 관념적인 차원에서 여성 문제를 고발하거나 비판한 것이 아니라, 실제로 우리가 여성 문제와 관련된 구체적인 현실상을 생생한 사실로서 인식하고 그것에 관심을 가지며 극복의 의지를 키워갈 수 있도록 그려 보이고 있다"[10]고 긍정적 평가를 받게 되는 사정에는 그와 같은 원체험이 작용하고 있는 것이다.

김상훈의 시적 인물로 등장하는 '순이'는 "나의 자랑스러운 不幸한 벗"(「아는 사람들」)으로, 다른 여성들과 함께 피압박 여성을 상징한다. 순이는 소박한 이름에서 유래하여 한국 현대시사에서 자주 출현하는 보편적 인물이다. 시 「少年」의 윤동주처럼 내면의 엄정한 서정적 반응을 표현하면서도 조심했던 시인으로부터 농촌의 한가한 풍경을 취급한 조

10) 정효구, 「김상훈 시의 정신과 방법」, 한정호 편, 『김상훈시연구』, 세종출판사, 2003, 193쪽.

지훈의 「달밤」에 이르기까지, 순이는 한국의 전통적 여성성을 담보하는 복수보통명사이다. 그런 이유로 국권침탈기의 순이는 시인들에게 잃어버린 고향의 공간적 의미를 환기시키는 원시적 질서체계의 대리인물로 기능하였다. 그러나 해방 정국에서 순이는 시대와 가부장제의 희생양이 되어 이중적 고통을 감당하는 인물로 형상화되었다. 그녀는 민족국가의 건설 현장에서 "어버이와 오빠가 한샇고 말리는 길"(「戀歌」)을 가는 투쟁의 동지이거나, 혁명가들에게 "禮法아래 파뿌리같이 늙어가야하는 사람들"(「며누리」)처럼 투쟁의 명분을 제공하는 인물로 변모하여 재등장하였다. 그녀는 외세에 점령된 국토의 환유에서 신생 조국의 봉건적 모순을 감당하는 환유로 신분상의 질적 변경을 시도한 것이다.

> 順伊는 아비없이 자란딸
> 伽倻山 솔바람만이 자장가였드란다
> 洪水에 단간집을 잃든해
> 어머니는 단보짐에 他鄕사리를 떠나고
>
> 月謝金때면 번번이 揭示板에 이름이올라
> 단돈 五十錢에 몇 번이나 울며 도라왔든고
> 양반은 종이되라고 했고
> 富者들 흔히 노리개깜으로 사가려 들었다
>
> 가난과 서름이 번가라 침노하는 싸늘한방
> 그래도 그리워하는사람 하나쯤은 갖었서도
> 밤이면 고이써서 가슴에 품어보는 편지
> 받아읽어야할 사람은 鐵窓에서 떨어지내고

　　마음이야 薔薇처럼 붉게 탓서도
　　정성끝 심어둘 한줌흙이 없어
　　가난도 뼈저리게 슬픈대
　　女子란 왜 그리 賤하든고

　　끝없이 오지 않튼 것을 기다려
　　이젠 지처 시들어가는 順伊
　　언제나 닥처올 새로운 解放이
　　눈물섞이지않은 밥을주려나
　　　　　　　　　　　　　—「順伊」 전문

　순이는 '아비없이 자란 딸'이다. 그녀는 무산계급의 궁핍상과 여성으로
서의 억압된 인물군을 표상한다. 경남 거창에서 천석꾼의 양자로서 "종
들 부리고 비단옷에 호사스리 자란"(「밤」) 시인에게 순이는 천한 여자의
하나에 불과하다. 그녀는 월사금을 내지 못하고 '富者들 흔히 노리개깜'
으로 전락할 신세이지만, 철창에 갇힌 그리워하는 사람을 둔 여인이다.
김상훈은 신분에 주목하여 그녀에게 "새나라에 목숨바칠 일꾼"(「메-데-의
노래」)이라는 정치적 자격을 부여하며 운동권의 동지로 자리매김한다.
이런 측면에서 시인은 순이라는 희생적 인물을 내세워 자기반성을 시
도하고 있는 셈이다. 그것은 민족국가 건설의 대오에 동참한 부르주아
출신 시인의 성분에 대한 시비를 차단하려는 시도이며, 동시에 자신의
현상 인식을 드러내는 시적 발언이기도 하다. 그로부터 순이는 인민을
위한 나라를 세우는 것을 시대적 숙명으로 수용하는 시인에게 "金錢과
바꾸어진 딸자식"(「田園哀話」)으로 수정되어 재인식된다. 그러자 그녀
는 변혁 운동에 참가하는 그의 동반자로 승격되어 투쟁심을 앙양하고
점검하는 역할을 담당하였다.

순이 외에 김상훈의 시에 등장하는 '晶'은 특별한 주의를 요하는 여성
이다. 그녀는 양부의 친자로, 그가 사랑했던 소녀이다[11]. 그녀는 한때
"모래우에 함께 써본 이름"(「小白山脈」)이며, 그와 양부 사이를 대결 국
면으로 조성한 당사자이다. 더욱이 좁은 시골에서 두 남녀의 추문은
가문의 수치이며, 동네사람들도 결코 허용할 수 없는 반인륜적 사건이
었다. 일찍이 김상훈은 양부를 전형적인 친일지주계급으로 규정하여
청산의 대상으로 설정한 바 있다. 그런 그가 양부의 자식이자 동생을
사랑하게 된 비극적 사태에 직면한 것이다. 이런 측면에서 이복 남매간
의 애정행각은 평생 동안 그와 양부 사이에 갈등을 야기한 직접적 원인
이었기 때문에, 그녀에 관한 시인의 심리적 배회 양상은 세밀하게 논의
할 필요가 있다. 김상훈에게 양부는 신념의 구현과 사랑의 완성을 훼방
하는 강력한 지배자였다. 미처 지배자를 동일자로 포섭할 능력을 갖추
지 못한 그는 양부에게서 타자로 밀려난 여성인물들과 동정심을 공유
하며 공격적인 심리기제를 형성하게 되었다. 곧, 그의 양부에 대한 일관
된 증오는 정치적 신념의 대립으로 조성된 부자간의 알력과 근친연애
를 금기시하는 사회제도에 대한 복합적인 시적 발언이었던 셈이다.

여동생은 김상훈에게 "숲속에서 울든 꾀꼬리의 넋"(「花環」)을 가진
첫사랑이었다. 따라서 그녀는 자신과 함께 양부의 세력권으로부터 신
속히 해방되어야 할 존재였다. 김상훈은 부자간 대결의 원인이 된 금기
를 극복하기 위한 방편으로 해방운동 전선에 더욱 진력하게 되었고, 그
것은 남매간의 상피 사건으로 야기된 죄의식을 극복하기에 가장 효과

---

11) 김상훈의 애정 사건에 대해서는 김신정, 「김상훈 시의 시적 주체와 시인의 주관
   성에 관한 연구」, 한국문학연구회 편, 『1930년대 문학 연구』, 평민사, 1993, 146
   쪽 참조.

적인 육체적 대응 방식이었다. 그렇지만 이루어질 수 없는 사랑으로
파생한 정신적 상처는 치유할 방도가 없기 때문에, 그는 '晶'을 비롯한
여성들의 비참한 처지를 시작품에 수용하는 심미적 대응 방식을 취하
였다. 이러한 방식은 정치적 신념과 인륜이 상충하는 관국에서 변혁운
동과 효도를 동격으로 처리하며 어머니에 대한 부채의식을 탕감받으려
고 했던 종전의 시도와 상관된다. 그런 까닭에 그는 여동생과 어머니
등을 위시한 당대 여성들의 실존적 조건에 집중했던 것이다. 이처럼
그가 여느 시인보다 과격한 시적 표현으로 '전위'시인이 포함된 이면에
는 반인륜적인 비련이 연루되어 있다. 그의 비련은 양부에 대한 절연과
함께 혈연관계를 제척하도록 자극하였고, 그로 인해 그의 발길은 '故園'
으로 돌아가지 못하고 낯선 이북을 향해 나아가지 않으면 안 되었다.

> 千날을두고 걸어보아야
> 故園이라곤 있을리없어
> 久遠의鄕愁에 漂浪하는 넋이
> 내 무슨 철없는 마음이길래
> 눈알이 곱다고 함부로 불렀으랴
>
> 落葉져 바사진 靑春을안고
> 차라리 짐승처럼 울어새울지언정
>
> 내 무슨 철없는 마음이
> 품어보지못할 가슴을 비워서
> 언덕길 오르며 罪를짓자고 달래든 혀를
> 百번남아 깨물어보아도 불인듯 그리움이여!

晶아 바람없는 地帶에서
너야 그윽히 열매 맺어라
꽃이 따먹구싶은 배암에
내 돌팔매를 던지며 가마
　　　―「晶이에게」 전문

　김상훈은 옛동산을 찾아가 뒤늦게 '품어보지못할 가슴'을 탓해 보지
만, 이미 '落葉져 바사진 靑春'은 되돌릴 수 없다. 어린 시절의 철부지짓
으로 인해 정이에게 감당하기 힘든 고통을 안겨준 그는 '언덕길 오르며
罪를짓자고 달래든 혀'를 원망한다. 정이가 '바람없는 地帶'에서 평범하
게 살아가기를 바라는 그의 희망은, 그에게는 "家族도 달깃한 꿈도 이미
없어져버렸어도"(「多風地帶」) 그녀에게는 '家族도 달깃한 꿈도' 온전하
기를 기대하는 애틋한 심정에서 비롯된 것이다. 비극적인 그녀에게 더
이상의 사련이 개입되기를 염려하는 오빠의 걱정은 반성적 태도의 소
산이다. 여동생과의 이루어질 수 없는 사랑은 그로 하여금 '久遠의鄕愁
에 漂浪하는 넋'이 되도록 만들었고, 그는 평생 동안 원죄의식으로부터
벗어날 수 없었다. 그가 아무리 돌팔매질로 어린 시절의 허물을 씻으려
고 시도한들, 그것은 도저히 회복 불가능한 미증유의 사건이었다. 스스
로 "내 집과 살부치기에도 천대받은 몸"(「나무」)이라고 자신을 비하하
고 있거니와, 그는 가문의 영광을 재현하려는 양부와 정치적 신념의 차
이로 인한 불효에 이어 윤리적 과실까지 범하게 된 것이다. 더욱이 봉건
적 질서를 타파하기 위한 운동에 복무하는 그의 입장에서 과오는 참여
의지의 순수성을 훼손하게 되어 용납할 수 없었다. 김상훈이 남매간의
애정 사건을 "패리한 小市民의 쑥선스런 수작"(「合唱」)으로 폄하하고,
여동생에 대한 애정을 순이 등에게 투사하여 현실의 변혁 주체로 의식

화시키려고 시도했던 것도 그 때문이다. 정이는 운동전선에 동참하는 그의 변혁 의지를 강화해주는 한편, 서정시인의 임무를 소홀히 수행하지 않도록 지원하는 사랑의 대상이었다.

결국 그가 해방기에 보여준 "수물여섯해 살아온 발자최"(「손」)는 '어머니'와 '순이, 정이' 등, 여성들 사이에서 왕복한 방황의 흔적이었다. 그가 내세운 순이와 정이를 위시한 여성들은 시인에게 운동 전선에 복무하는 자세를 확인시켜주는 적극적 역할을 수행하기도 했고, 시인의 행동반경을 제약하기도 했다. 김상훈은 이 여성들에게 "同志를 껴안는 불길같은 사랑"(「洪水」)과 개별적 '그리움'을 함께 표하면서 시와 혁명의 도반으로 동행하였다. 그가 이 무렵에 핍박받는 여성들에게 관심을 기울인 것이나, 어머니를 비롯하여 소외된 여성들의 돋질적 조건을 집요하게 시비했던 이면에는 여동생과의 비극적 사랑이 작용하고 있다. 그 사건은 그와 양부 사이를 회복 불가능하게 만들었을 뿐만 아니라, 소녀와의 별리에 이어 어머니마저 떠나게 된 그는 중층적인 상실감을 체험하였다. 이러한 감정의 중첩 양상은 해방기의 그가 지닌 정서의 혼란을 야기한 주요 원인으로 시의식에 고스란히 투영되었다. 이런 점에서 김상훈에게 해방은 "새로운 시대가 시가 되기에는 너무나 큰 감격"[12]이었는지 모른다. 후에 그는 자진 월북을 선택하여 "神經도 없고 보람도 思惟도 없는듯"(「獨語」)한 남한에서의 방황에 종지부를 찍었는데, 그것은 훼손된 천륜과 이루어질 수 없는 사랑을 일거에 해결할 방도를 지니지 못한 그의 피할 수 없는 정치적 선택이었다.

---

12) 임화, 「서」, 김상훈 시집, 7쪽.

Ⅲ. 결론

본고는 해방기 문제시인이었던 김상훈의 시작품에 나타난 갈등의식을 분석하였다. 그의 시에서 검출되는 갈등은 부모에 대한 양가감정으로부터 비롯되었다. 그는 양부에게 철저히 비판적 태도를 견지하면서도, 어머니에 대해서는 동정적 시선을 유지하였다. 그의 시에서 '어머니'는 식민지 시대부터 시인의 투쟁 의지를 자극하면서, 천륜을 내세워 그의 운동 참여 의지를 중지하도록 요청했다. 그녀의 실존조건은 기득권층을 대표하는 양부에 대한 원망과 맞물려서 심리적 갈등사태를 악화시키는데 기여했다. 시인은 어머니의 요구조건을 거부하고 양부와의 혈연관계까지 단절하는 등, 극단적인 선택을 감행하여 혁명가의 길로 진군하였다. 그러한 결단은 시인에게 극심한 내홍을 초래하였고, 그로하여금 유달리 가족 층위에 집착하도록 자극하는 심리적 요인으로 작용하였다.

김상훈의 시작품에서 '순이'를 비롯한 여성들은 해방기의 정치적 모순을 온몸으로 감당하는 인물이었다. 그는 순이와 유사한 여성인물들을 통해 운동 전선의 확대와 심리적 상처의 치유를 동시에 추구하였다. 그녀들은 그의 전기적 생애를 부단히 구속하던 이복 여동생 '晶'의 대체인물로서, 그에게 혁명의지를 고양하는 역할을 담당하였다. 그와 동시에 그녀들은 그가 서정시인의 감수성을 마모시키지 않도록 간단없이 충동하는 여성들이었다. 그의 시에 두드러지게 포함된 여성편향성은 시와 혁명의 도정에 수반되었던 표현되지 않은 무의식이었다. 그는 두가지의 시대적 과업에 종사하는 동안에 당면할 주저와 방황을 예방하기 위해 여성인물들을 간단없이 호출하였고, 그와 반비례하여 양부에 대한 분노를 사실인 양 호도하였다. 이런 배면의 사정을 고려하면, 그녀들과의 관계로부터 자유롭지 못했던 김상훈의 시편들은 한없이 여리고 섬세한 성정의 표현이라고 할 수 있을 것이다.

이와 같이 김상훈은 해방기에 활발한 활동을 보여준 '전위시인'이었지만, 가족사적 요인에 의해 운동 주체로서의 갈등 국면에 쉼없이 봉착하였다. 운동적 관점에서 과격한 구호와 절연관계를 웅변적으로 표방하고 있으나, 그의 시는 심리적 갈등을 기록한 보고서와 흡사하다. 특히 그가 드러내었던 양부에 대한 가혹할 정도의 비난은, 도리어 운동 과정에서 파생되는 극도의 긴장감으로부터 심리적 이완 상태를 확보하기 위한 시적 처방이었다. 그로 인해 해방기 동안 시적 성취에 애로를 겪었던 그는 월북이라는 이념적 선택으로 귀소욕을 삭제해버렸다. 그렇다고 하더라도 해방기에 그가 보여준 행적들은 민족의 현안과제를 달성하는 과정에서 불가피하게 상충하는 개인의 선택의지를 조감하기에 충분한 내용을 갖추고 있는 것은 부인할 수 없다. 이런 측면에서 김상훈의 시가 지닌 의미역은 좀더 논의될 필요가 있다.

해방기 시문학 연구

'타자'를 통한 '큰 타자'의 발견

배인철의 흑인시

Ⅰ. 서론

언제부터 한국에 흑인이 살게 되었는지 자세한 기록은 없다. 혹설에는 백제의 부흥운동을 주도했던 흑치상지 장군이 흑인이었다는 얘기가 있으니, 역사적으로는 상당히 먼 시간부터 흑인이 한반도에 유입되었을 것으로 추정할 수 있다. 흑인이 한국의 사료에 공식적으로 등장하게 된 것은 정유재란 때였다. 당시 사관은 명나라군으로 참전한 파랑국(波浪國, 포르투갈)의 흑인 잠수부를 해귀(海鬼)라고 기록하였다. 사관들은 흑인들의 피부색에 놀란 나머지, 귀신의 형상으로 기술한 것이다. 이미 삼국시대부터 아라비아 상인들과 교역했던 사실을 기억해 보면, 사관의 판단 기준은 한족 외의 민족을 오랑캐로 분류하는 주자학적 세계관에 압도된 듯하다. 또한 유사 이래 단일민족이라는 허상을 철석같이 믿어 의심치 않았던 한민족으로서는, 영판 피부색이 다른 그들에게 극심한 이질감을 느꼈을 것이다.

　이런 태도는 한국인들이 가지고 있는 단일민족 신화가 얼마나 편벽되고 인종차별적인지 그 실상을 증명하기에 부족하지 않다. 명나라의 영향으로 강력한 해금(海禁)정책을 고수했던 조선은 외국인들의 출입을 엄격하게 통제했을 뿐만 아니라, 외국인과의 접촉조차 당국의 승인을 받도록 조치하였다. 그로 인해 타국과의 교류가 활성화되지 못하여 해상에 출현하는 외국의 배는 '이상한 모양의 배(異樣船)'로 총칭되었고, 외국인의 국내 정착은 실현 불가능한 일이었다. 그것은 조선의 쇄국정책이 상당히 완강했었다는 반증이면서, 흑인에 대한 왜곡된 시선의 기원을 추측케 해준다. 일례로 박연은 조선 인조 때 귀화한 네덜란드인이다. 그의 본명은 벨테브레(Jan Jans Weltevree)로, 병자호란에 참전하고 나서 조선 여자와 결혼하여 가문을 이루어 살았다. 그의 조선 정착은 절대 왕조의 정치적 선택에 따른 결과였으나, 백인이라는 사실이 조정의 판단에 긍정적인 영향을 미쳤을 터이다. 이런 사례를 고려하면, 한국인들은 유독 흑인들에 대해서만 관대하지 않았다.

　그렇지만 해방이라는 정치적 사건은 민족의 의사를 묻지 않고 흑인의 서울 주둔을 허용하였다. 그들은 해방을 맞아 제2차 세계대전에서 승리한 점령군의 일원으로 국내에 진주하였다. 흑인들의 주둔은 한국사에서 놀라운 사건임에도 불구하고, 당시의 신문에서는 특별히 기사화되지 않았다. 아마 외국군에 대한 두려움, 미국에 대한 기대, 국내의 정치적 혼란 등의 여러 여건들이 흑인들에게 별도의 관심을 기울일만한 동력을 훼손하였을 터이다. 흑인들은 국내의 여론과 상관없이 시일이 경과하면서 관심의 대상으로 떠올랐다. 그들은 한민족의 호기심을 자극하면서 관찰 대상으로 부각되었으며, 지금도 어느 나라 국민이 아닌 인종적 관점에서 구분되고 있다. 그것은 전적으로 그들이 지닌 피부색의 차이에 기인한 것으로, 흑인에 대한 우월의식을 강조하는 왜곡된 민족의식의 일단이다. 이런 이유로 현재까지 흑인문학에 관심을 갖는 연구자들의 수효가 적다.

해방기에 진행된 흑인시를 둘러싼 논의는 미국 문단의 동향을 소개하는 과정에서 제기되었다. 점차 비평가와 연구자들이 가담하면서 흑인시 논의는 문예지의 기획 등으로 확산되는 추세를 띠었다. 흑인문학이 소개될 수밖에 없었던 이면에는 미군의 주둔이라는 정치적 배경이 자리하고 있다. 그들이 전후 최강대국으로 부상한 미군의 일원으로 서울에서 생활하게 되면서 흑인문학은 절로 문단의 관심사로 떠올랐다. 따라서 흑인문학을 둘러싼 논의는 불가피하게 정치적 함의를 내포하게 된다. 이러한 움직임에 부응하듯, 배인철은 이 무렵에 흑인을 소재로 한 시작품들을 발표하였다. 그렇지만 당시의 문단은 민족문학의 건설 문제에 진력하느라 그의 작품에 관심을 쏟지 않았다. 지금까지 제출된 연구물들도 영성하기는 마찬가지다. 그 이유인즉, 그의 작품량이 다섯 편에 불과하여 소기의 연구 성과를 제시하기에는 부족한 탓이 크다. 하지만 배인철의 흑인시편들은 해방정국의 복합적인 즈건을 담보하고 있어서 수효의 과다를 떠나 해방기 시사의 정확한 기술을 위해서도 반드시 거론되어야 한다. 이에 본고에서는 그가 흑인들을 소재로 쓴 시에 나타난 시대적 의미와 미적 성취수준 등을 점검하고자 한다.

II. 흑인을 통한 민족 정체성의 발견

1. 흑인의 이중적 타자성

해방 후 미군들이 승전국의 자격으로 서울에 진주하자 각종 축하 행사가 열리고, 거리마다 그들의 진주를 환영하는 분위기가 넘쳤다. 작가들도 미군들을 환영하는 사회 분위기에 동조하여 좌우익을 막론하고 그들의 입성을 환영하였다. 김기림은 "一九四五年 八月은 바로 우리들의 一七七六年 七月"(「아메리카」)이라고 표현하여 미국의 독립기념일을 조국의 해방처럼 찬양하였으며, 오장환은 "半球의 서편 맨 끝에서 오는 동지"(「聯合軍入城 歡迎의 노래」)들을 시로서 환영하였다. 이태준은 미국의 독립기념일을 맞아서 조미문화협회 부위원장의 자격으로 "우리 인민들은 이 날 모국을 떠나온지 오랜 이들을 진정한 우정으로 위로"[1]할 것을 권하였다. 그들의 행동은 미국에 대한 기대 심리를 직접적으로 표출하고 있다. 그것은 아직 좌우 대결을 본격화하기 이전이어서 범문단적으로 미군의 진주를 환호한 것 외에, 미국의 정체를 객관적으로 인식할만한 역량을 구비하지 못했던 당시의 형편을 증거해준다. 작가들이 미군의 환영 대열에 나서면서 문단에는 미국문학에 대한 관심이 급속도로 확산되기 시작했다. 미국문학의 유입은 국제정세에 비추어 볼 때 필연적이었고, 미군의 주둔으로 인한 문학적 관심은 수반될 수밖에 없었다. 미국문학의 유입은 새로운 국가를 건설하는 단계에서 현안과제로 대두된 민족문학의 논리를 확보하는 동시에, 문학 이론의

---

1) 이태준, 「미국 독립기념일을 맞으며」, 『조선인민보』, 1946. 7. 4

저변을 확충할 수 있는 기회였다.

해방기에 흑인문학은 『신천지』(1949. 1)의 '흑인문학 특집'[2]을 통해서 본격적으로 논의되기 시작하였다. 이 특집은 미국 흑인문학의 개관, 흑인 작가의 소개, 흑인시 번역, 전후의 흑인 문제 등, 다양한 주제를 수렴하여 흑인문학의 논의를 확대하고 심화하는 계기를 제공하였다. 특히 김종욱은 이 특집의 총론에 해당하는 「흑인문학 개관」에서 미국의 흑인문학을 통시적으로 소개하고 있다. 그는 미국의 흑인문학이 1920년대에 일어난 소위 '신흑인 운동' 이후 괄목할 만한 발전을 이루었다고 평가하면서 장르별로 흑인문학의 대두 양상을 열거하였다. 그의 글은 흑인문학의 개황을 설명하는 특성상, 불가피하게 한흑구의 것과 중복되거나 유사하다. 한흑구가 흑인문학의 특징을 "껌은 피부를 타고 낳서 증오와 차별을 받게 되는 선천적인―운명적인 비애를―흑인만이 느낄 수 있는 파토스를 표현한 것"[3]으로 규정하고 그것의 소개에 관심을 쏟았다면, 김종욱은 이 특집에서 흑인시의 초역[4]을 담당하고 흑인시집 『강한 사람들』[5](민교사, 1949)을 편역할 만큼 흑인시의 전신자 역

---

2) 이 잡지의 '흑인문학 특집'은 「흑인문학 개관」, 「흑인문학가 군상」, 「미주 흑인의 시와 사조」, 「흑인시초」, 「쌈정 전사들」, 「크리스마스 휴가」, 「흑인의 생활 윤리」, 「미국에 있어서 백인과 흑인」, 「전후 미국의 흑인 문제」 등, 다양하게 기획되었다.

3) 한흑구, 「흑인문학의 지위」, 『예술조선』, 1947. 12, 14쪽. 그는 이 글의 후속편으로, 「흑인문학의 지위 (2)」(『예술조선』, 1948. 4, 10-13쪽)와 「흑인문학의 지위 (속완)」(『예술조선』, 1948. 8, 6-8쪽)를 연재하였다. 그는 해방기에 「최근의 미국문학」(『백민』, 1948. 7・8)과 「미국문학의 기원」(『백민』, 1949. 6) 등을 발표하며 미국문학의 소개에 앞장섰던 연구자이다.

4) 김종욱이 초역한 흑인시는 「만일 죽어야 된다면은」(크로-드 막케이), 「어두운 塔에서」(카운티 컬랜), 「淪落의 女人」(팬톤 죤슨), 「엉클 샘의 조카」(봅비 파트릭), 「綿業 南部의 肖像」(프랑크 M. 데비스), 「나의 人民 때문에」(마가렡 워커), 「強한 사람들」(스터-링 A. 부라운) 등이다.

5) 김종욱이 편역한 『강한 사람들』에는 플로렌스 던버, W. E. B. 두보이스, 조지아 더그라스 죤슨, 펜톤 죤슨, 크로드 막케이, 카운티 컬렌, 랭스톤 휴즈, 스터링 A.

할을 자임한 연구자였다.

미국문학사에 흑인들의 작품이 등재되기 시작한 것은 제1차 세계대전 이후부터이다. 그들은 참전에 대한 적절한 보상을 요구하면서, 거대한 세력을 형성한 압력 집단으로 부상하였다. 그들은 전후의 미국 사회에 만연한 자신감을 바탕으로 각종 인종차별 조치의 철폐와 권익의 신장을 주장하였다. 특히 뉴욕의 할렘에서 시작된 '신흑인 운동'의 성공은 흑인문학의 비약적인 발전을 가져왔고, 그 덕분에 흑인 작가들의 사회적 발언권은 날이 갈수록 강화되었다. 그 결과로 미국의 흑인문학은 "그 인종적 항의와 사회적 자각과 독자의 方言의 기이한 융합"[6]을 통해서 미국문학사의 주역으로 편입되었다. 시 부문에서는 전문 시지『포에트리』의 창간으로 시운동의 물질적 기반을 확보하면서 전세계적 현상으로 부상하였다. 해방기에 흑인시를 소개한 연구자들은 이 사실을 강조하면서, 민족문학의 건설이라는 시대적 과제를 해결할 수 있는 방안으로 기능하기를 기대했을 터이다. 더욱이 흑인들이 치욕과 억압의 역사를 견디었기에, 일제의 강점으로부터 벗어난 기쁨이 흑인문학에 대한 관심으로 이어졌을 것이다. 또한 흑인문학은 백인문학에 대한 대항담론의 성격도 있어서, 소개자의 의중을 간접적으로나마 드러내기에 알맞았을 것이다.

이 무렵에 흑인을 소재로 채택한 시인은 배인철(1920-1947)이다. 그는 중앙고보를 마치고 도일하여 일본대학 영문과를 수학하고 귀국한

브라운, 프랭크 마샬 데비스, 멜빈 B. 톰슨, 로버트 E. 하이든, 마가렛 워커, 리차드 롸이트 등의 작품이 수록되어 있다. 이 가운데 막케이, 컬렌, 팬톤 존슨, 브라운, 데비스, 워커 등은『신천지』의 '흑인문학 특집'에 소개되었던 시인들이다.

6) 김기림, 「흑인시에 대하야」, 김종욱 편역, 흑인시집『강한 사람들』, 민교사, 1949, 3-4쪽. 그는 이 글의 끝부분을 삭제한 뒤에「흑인시의 대두―현대 아메리카문학의 일면」(『자유신문』, 1949. 1. 11)로 제목을 고쳐 재발표하였다.

뒤, 해방 직후에 인천에서 영어교사로 재직하였다. 그가 영문학을 공부하고, 외국인의 출입이 잦았던 인천에서 통역관과 영어교사로 근무한 경험은 흑인시를 발표하게 된 배경이 되었다. 여운형이 주도한 조선건국준비위원회의 인천지부 조직원으로 복무했던 그는 소설가 엄흥섭 등과 인천문학동맹을 결성하기도 했다. 또 그는 1945년 10월 22일 함세덕, 오장환 서정주, 김영건 등과 인천신예술가협회를 조직하고 문학강연회를 개최하는 등, 인천 지역의 문단을 활성화하는 대열에 깊이 관여하였다. 이후에 상경한 그는 1946년에 결성된 조선문학가동맹에 가담하면서 활발한 활동을 이어갔다. 그의 전방위적 활동은 문학적 신념에 입각한 것이기도 하지만, 무엇보다도 영문학 전공자가 드물었던 해방기의 사정과 무관할 수 없다. 그는 독립국가 건설이라는 시대의 과업을 충분히 인지하고, 시인으로서의 본분과 윤리적 의무를 다하고자 노력한 지식인이었다. 그의 본분은 작품의 발표였고, 의무는 흑인과 같은 사회적 약자에 대한 애정이었다. 그는 진정성을 바탕으로 흑인들과 허교하였기에 흑인문화의 특징과 차별 사례 등을 구체적으로 파악할 수 있었다. 이것이 조선문학가동맹의 조직원이었던 그의 흑인시편에서 관념적 요소를 검출하기 힘든 까닭이다.

배인철이 흑인들에게 관심을 갖기 시작한 시기는 일본 유학 시절이었다. 문우 윤대웅의 회고에 의하면, 배인철은 "흑인 문제에 대해 많은 관심을 가지고 그 방면의 많은 서적을 읽었고, 새로 각성해 가고 있는 흑인들의 사회의식의 반영적 표현으로서의 흑인문학-문학운동을 숙지"(「고 배인철 군에 대하여」, 『신천지』, 1949. 1)하고 있었다고 한다. 그는 식민지 종주국에 유학하는 동안부터 흑인들의 비극적 운명을 민족의 그것과 동일시하며 다각적인 노력을 쏟은 것이다. 그러나 1947년

그는 훗날 시인 김수영에게 시집 간 신예시인 김현경과 남산에서 산책
하던 중에 불의의 총격으로 요절하고 말았다. 그의 이른 죽음은 흑인시
가 한국문학사로 편입되려던 기회를 타격하였다. 그가 횡사하자 김광
균(「시를 쓴다는 것이 이미 부질없고나」, 『신천지』, 1947. 10)과 임호권
(「검은 슬픔─고 배인철에게」, 『새한민보』, 1948. 3)은 조시를 발표하였
고, 오장환은 조사를 낭독하며 죽음을 애도하였다. 배인철은 이 짧은
기간에 발표한 작품으로 지금까지 한국의 흑인시를 대표하고 있다. 미
국시사에서 흑인시가 "미국의 흑인의 처지를 그대로 나타난 것"[7]이라
면, 그가 해방기라는 특수 상황에서 '흑인의 처지'를 주시했던 맥락을
살펴볼 필요가 있다.

> 밖에선
> 세차게 씽씽 눈빨이 휘모라치는밤
> 조고마한 溫突에 발을 노기며
> 두터운 입술에서
> 굵다란 눈물방울 떨치는
> 쫀슨 너의 이야기……
>
> 쇠사슬 느리며
> 黑奴의 아들로써 市場에 팔려온
> 이제는 고히쉬는 할아버지는
> 市俄古에 활발한 人種線에
> 무디한 白人이 던지는 벽돌에
> 집앞에서 쓰러졌으며
> 이리하여

---

7) 유리씨스 리, 「미주 흑인의 시와 사조」, 『신천지』, 1949. 1, 110쪽.

원수를 갚겠다는 미친 아버지마저
식칼에 찔리어
길바닥에 자빠져 버렸다
원통함이여

색(色)있는 슬픔이여
우ㅅ집에선 **女人**마저 깍귀에 찔렸다.
彈丸은 사정없이 가슴팍이를 뚫느는구나
下水道에 떠가는 거문송장들

멀리 **黑奴**가 닦아논
오구라하마에 가모라이나 테기사쓰에
地主는 이들의 몸둥아리에 못을치고난
나무에 불을 짚히는……

며치일이지난뒤 살육은 끝혔다
그러나
또다시 뒤끌는 **白人**의 **暴徒**들
언제나 **人種線**은 끝맞는 것이냐

쫀슨이여
홀어머니의 자식이여, 그렇다
人種線은 늬곳에만 있는줄아느냐
동모들이 찬미하는 이땅에서도
나타나는곳마닥
온**世界**에 **戰線**은 펼처있는 것이다
　　　　　—「인종선—黑人 쫀슨에게」[8] 전문

---

8) 조선문학가동맹 시부위원회 편, 『1946년판 조선시집』, 아문각, 1947.

배인철이 최초로 발표한 이 작품은 흑인 '쫀슨'의 가족사를 다룬 것처럼 보인다. 하지만 끝 연의 '人種線은 늬곳에만 있는줄아느냐'에 유의하면, 시인이 비단 미국의 사태만 언급한 것이 아니란 사실이 판명된다. 그는 '동모들이 찬미하는 이땅에서도' 자행되는 '인종선'의 폭력성을 폭로하고 있는 것이다. 곧, 그에게 '인종선'은 정치적 이념에 따라 피아를 구분하는 정치적 심급을 가리킨다. 그는 '인종선'을 '이념선'으로 인식한 셈이다. 당시 좌우익은 정치 권력의 선점을 목적으로 주야를 불문하고 테러를 서슴지 않았다. 이러한 폭력사태는 "집단은 자신의 안전을 목적으로 '각 개인이 돌이킬 수 없는 행동을 실행할 것'을 요구"[9]한다는 사실에 비추어 볼 때, 순전히 이기적이고 도저히 용납할 수 없는 야만적 행동이었다. 배인철은 이민족의 지배로부터 해방되어 독립국가의 건설에 중지를 결집해야 할 마당에, 동일민족 간에 폭력을 행사하는 작태를 용인하기 힘들었던 것이다. 이러한 사실은 그의 시를 이념의 잣대로 판별하는 태도를 거부하도록 만든다. 그에게는 이념의 선전에 봉사하는 정치적 신념보다, 문학의 보편적 진리를 추구하며 민족의 특수한 조건을 중시하는 문학이 우선시되었다. 그는 동족을 가르는 이념의 미망을 경계하면서 해방공간에 만연했던 '인종선'의 철폐를 역설한 것이다. 이 점은 그의 흑인시를 거론할 적마다 필히 전제되어야 한다.

또 배인철은 '인종선'을 통해서 해방 이전의 비극적 경험들을 집단기억으로 복원하여 현재화하고 있다. 그에게 '인종선'은 식민지시대에 일본이 "種을 뚜들겨 가리는 곤봉"(「우리는 侮蔑로써 그것을 돌려 보낸다」, 『문학예술』 창간호, 1948. 4)을 앞세우며 원주민들에게 강요했던 차별의 표지와 동격이었다. 예컨대, 그는 '인종선'을 거론하여 식민지에서

---

9) Hannah Arendt, 김정한 역, 『폭력의 세기』, 이후, 2000, 105쪽.

자행되었던 일본인과 원주민 간의 거주 지역 구분, 상급학교 진학 기회의 제한, 공직의 폐쇄적 운영 등, 과거의 상흔을 회상하도록 추동하고 있다. 그것은 '인종선' 때문에 입었던 역사적 피해에 비추어 '이념선'이 야기할 비극적 사태를 예방하려는 의도의 소산이다. 이처럼 그의 시는 역사적 사례와 현재적 사건을 중첩시키면서 전개되는 특징을 보인다. 그런 까닭에 배인철의 흑인시는 중의적이다. 더욱이 좌우 문단을 막론하고 시인들이 해방기에 무수히 발표한 평문과 작품들에서 흑인시를 거론하지 않았기에, 그의 시편들이 지닌 의미는 각별하다. 그들은 소위 민족문학의 건설을 테제로 삼아서 상대편 시인들과 이념의 선명성을 경쟁하느라 골몰했을 뿐이었다. 그들의 행태는 민족을 명분으로 내세워 집단적 이익을 추구한 것이었으나, 배인철은 흑인의 처지를 민족의 것으로 전이시켜 문학적 보편성에 근접할 수 있었다. 이 사실은 그의 흑인시가 지닌 의의를 일층 제고시켜주면서, 문학의 본질적 국면을 중시한 그의 문학관을 추측할 수 있는 준거이다. 아울러 이 점은 그의 작품들이 발표될 즈음에, 정치적 이념을 판단 근거로 삼은 동료들로부터 비평적 논의를 이끌어내지 못한 원인이기도 하다.

작품에 사용된 언어가 한국어가 아니라면 흑인에 의해 쓰였다고 해도 무방할 정도로, 배인철은 흑인의 역사적 고통을 절실하게 형상화하고 있다. 이러한 성과는 흑인문학에 대한 그의 조예에서 비롯된 것이다. 그는 대학에서 영문학을 학습했기 때문에, 미국문학에 대한 상당한 교양과 지식을 갖추고 있었다. 그는 미국문학사에서 소외된 흑인들의 문학적 성취물에서 일본의 지역문학으로 전락한 식민지 문학의 현주소를 발견하였다. 그것은 배인철이 국자를 빼앗긴 채 일본어라는 외국어를 국어인 양 사용하지 않으면 안 되었던 식민지의 시인들과 고유의 '방언'

을 잃어버리고 영어로 시화하는 흑인 시인들의 입장을 등가로 파악했다는 증거이다. 그 결과, 그는 미국문학의 당당한 일원이면서도 변방의 문학 현상으로 소외되는 흑인문학에 동질감을 느끼게 되었다. 흑인은 그의 무의식 속에서 백인이라는 이른바 '큰 타자(the Other)' 앞에 호출된 존재였고, 한민족은 미국이라는 '큰 타자'에게 호출된 존재였다. 흑인의 운명이 "자신의 존재를 희생함으로써 주체(동일자)를 살찌울 것, 그리하여 존재의 그림자로서의 운명을 감수할 것"[10]에 있듯이, 한반도는 일본이라는 '큰 타자'의 자리를 신속히 접수하는 미국의 이익을 담보해 줄 정치적 방어선이었다. 그러므로 흑인에 대한 배인철의 연민은 곧 민족의 불우한 처지에 대한 그것과 동일하였다. 그의 흑인시는 단순히 차별받는 흑인을 취급했다는 소재의 차원에서 나아가, 미소 양국의 주둔과 함께 국제정세에 편입된 민족의 차원으로 외연을 넓혀야 의미 파악이 가능한 것이다. 그는 그 보기를 '인종선'에서 찾고 있다.

> 우리는 아르칸사스로부터 미시십피로 이사갔다. 여기서 우리는 철도길 뒤 바로 백인의 이웃에 살지 않는 행복을 가지었다. 우리는 지방 흑색지대 한가운데에 살게 되었다. 거기는 흑인 교회와 흑인 목사, 흑인 학교와 흑인 선생, 흑인 상점과 흑인 점원이 있었다. 사실 모든 것이 전부 껌정 것이었기 때문에, 나는 백인이라는 것이 머언 막연한 말로 밖에 생각되지 않았다.[11]

인용문은 한 흑인시인의 자술이다. 그의 기억에 따르면, '흑색지대'는 '백인의 이웃에 살지 않는 행복'의 공간이다. 흑백의 거주 공간을 구분

---

10) 김종갑, 「타자로서의 육체: 경멸되는 육체와 두려운 육체」, 『타자비평』 창간호, 2001. 9, 39쪽.
11) 리챠드 라이트, 송만태 역, 「흑인의 생활 윤리」, 『신천지』, 1949. 1, 127쪽.

하는 '인종선'에 의해 차단된 그곳은 '흑인 교회와 흑인 목사, 흑인 학교와 흑인 선생, 흑인 상점과 흑인 점원'으로 구성된 흑인 거주 지역이다. 마치 '인디언 보호구역'을 연상시키는 공간의 구획을 통해서 백인들은 문화적 오염원을 근본적으로 차단하고, 기득권의 옹호를 담보해주는 경계선으로 활용하였다. 원래 '인종선'은 원래 흑인에 대한 차별이 자심했던 남부에 설치되어 운용되었으나, 남부에 거주하던 흑인들이 대거 북부로 이주하자 문화적 혼란을 우려한 '무디한 白人'들이 북부에 이식한 것이다. 그로 인해 '인종선'을 침범한 죄목으로 '이저는 고히쉬는 할아버지'와 '원수를 갚겠다는 미친 아버지'가 '백인의 暴徒들'이 벌인 살육전에 희생되었다.

배인철은 이러한 현실을 전후의 국제 정세에 대입하여 '온世界에 戰線은 펼처있는 것이다'고 단언하고, 미국 중심의 질서 체제가 전세계적으로 확산될 것을 경고하고 있다. 이 점이 그의 흑인시가 지닌 강점이다. 해방기의 시인들은 자신이 신봉하는 이념을 좇아 친미 혹은 반미 노선에 가담하였다. 친미 노선의 시인들은 미국을 "다른 나라의 토지나 인민을 탐내지 않고 남의 정치에 관여하지 않을 뿐 아니라 항상 약한 자를 돕고 의리를 지키며 나아가 서구 사람들이 아시아에 악을 행사하는 것을 견제하는 지선극미(至善極美)의 나라로 상찬"[12]하느라 바빴다. 그에 반해 반미 노선의 시인들은 소련의 논리에 동조하여 미국에 대한 비난을 가속하였다. 양자 모두 미국을 객관적으로 인식하기보다는 자신의 정치적 견해에 따라 일방적으로 전유했다는 점에서 문제이기는 마찬가지다. 그러나 배인철은 흑인들의 실존적 조건을 시화하는 동안에 흑인문제를 특수하거나 개별적 차원에 국한하지 않고, 집단적이고

---

12) 주은우, 「미국, 그 (큰)타자의 응시」, 『문학동네』, 2003. 가을호, 254쪽.

보편적인 차원으로 승화시키느라 노력하였다. 이 점이야말로 그의 흑인시들을 투박하게 반미의 시각에서 논하지 않아야 할 이유이다.

　흑인들이 피부색 때문에 백인들의 기피 대상이 된다면, 외국인들은 한국인들에게 혈연적 요소에 의해 접근이 유예된다. 한국처럼 민족의 단일성을 학생 시절부터 교육받는 나라에서 이민족의 존재는 배제의 대상으로 전락하기 십상이다. 순전히 상상적 논리에 입각하여 체계화된 단일민족 신화는 전통적으로 '단일'한 민족 외에는 모두 배척하면서 순혈주의를 강요하게 된다. 타자의 배제는 주체가 정체성을 확보하기에 효과적이다. 그렇지만 주체에 의한 타자의 무조건적 배제는 무수한 문제사태를 초래하고 만다. 그것은 주체가 타자의 존재야말로 정체성을 수립하는데 필수적이라는 사실을 간과하도록 방치한다. 그 예가 해방기의 흑인이다. 흑인들은 미국사에 백인이라는 '큰 타자'에 의해 주변부로 추방된 존재이다. 따라서 그들은 미국의 실체적 모습을 객관적으로 파악하기에 적합한 타자였다. 그럼에도 불구하고 해방기의 시인들은 흑인들이 지닌 기호로서의 가치를 미처 헤아리지 못했다. 당시의 진보적 시인이었던 오장환조차 "가거라 벗이여"(「가거라 벗이여」)라고 외칠 만큼, 시인들은 흑인들에게 무관심하거나 왜곡된 시선을 견지하고 있었다. 이 때 배인철이 기호의 정치성을 발견했던 것이다. 그의 흑인시에서 한민족의 장래를 도출할 수 있는 이유인즉, 그가 흑인이라는 부표를 자아와 동일시하고 있었기 때문이다.

　　─없애라 니그로
　　─죽여라 깜둥이
　　그렇다

너의 레프트
네 뒤에는 수만의 레프트, 검은 주먹이
수천만의 검은 원한이

발이 콘을 때리는 것이다
발이 콘을 넘어뜨리는 것이다
발이 콘이 白線으로
아니 노예상으로 보이는 것이다
루이스여

굳건히 살아라, 늬 몸이
늬 하나의 몸이 아니라
너와 함께
새로운 세계를 향하여
BLACK AMERICA는 아니
온세계 약소민족은 싸우고 있다
　　　　　　　　―「쪼 루이스에게」[13] 부분

　권투는 합법화된 폭력이다. 그것은 사회 구성원들의 합의에 의해 건
전한 스포츠로 승인된 폭력의 대결로 이루어진다. 권투는 '인종선'이 존
재하지 않는 싸움이다. 링 위에서 피부색의 유무는 문제시되지 않는다.
권투는 빈부의 차이를 시비하지 않는 물리력의 교환 장소이다. 권투
선수들은 펀치를 주고받는 조건으로 금전적 거래를 성사시키며 경제행
위에 참여한다. 권투는 학력의 고저를 시비하지 않는 경쟁의 장이다.
권투선수들은 지식의 정도에 따라 성과급이 차이나는 게 아니라, 상대
방을 제압할 수 있는 주먹의 세기에 의해 보상받는다. 이와 같이 권투는

---

13)『문화창조』, 1947. 3.

흑인처럼 못 배우고 가난한 유색인종이 비교적 평등한 조건에서 경쟁하기에 제격이다. 그것은 지적 배경이나 문화적 교양을 갖추지 않은 누구라도 도전할 수 있는 운동이다. 더욱이 법률적 책임으로부터 면책되는 권투의 폭력성은 흑인의 억압된 심리를 분출하기에 적합하다. 곧, 권투는 흑인들에게 "'멋진 모든 것'의 시니피앙"[14]인 것이다. 그런 이유로 흑인들은 사회적 신분 상승의 기회가 봉쇄된 한계상황을 운동으로 돌파하고자 시도하였다. 그들의 승리는 물질적 부와 명성의 획득을 보장해주지만, 백인들의 인종관까지 변화시키지는 못한다. 권투도 피부색을 탈색시키기에는 역부족인 셈이다.

이 작품은 권투 애호가였던 배인철이 '갈색 폭격기'로 이름을 떨쳤던 전 세계 헤비급 챔피언 J. 루이스에게 바친 것이다[15]. 한번도 만나보지 못한 흑인 권투선수에게 헌시를 쓸 정도로, 그는 흑인들을 진정한 친구로 생각했다. 루이스는 무려 10년이 넘도록 타이틀을 방어하는 동안에 자신의 시합이 개인적 차원의 경기가 아니라는 사실을 깨닫게 되었다. 수많은 흑인들의 응원은 그로 하여금 동족에 대한 책임감을 제고시켜주었고, 흑인들은 상대방을 제압하는 그의 재능에 환호하며 감정의 카타르시스를 체험하였다. 배인철은 이 점에 주목하여 '네 뒤에는 수만의 레프트, 검은 주먹이' 있다고 말한다. 그는 나아가 루이스에게 '늬 하나의 몸이 아니라'고 강조하면서, 그의 승리가 지닌 의미를 '온세계 약소민족'의 것으로 확장한다. 이 점은 특수한 사건을 보편적 현상과 등치시키는 그의 특유한 수사적 책략이 재출현한 사례이다. 이처럼 그는 흑인

---

14) René Girard, 김진식·박무호 역, 『폭력과 성스러움』, 민음사, 2006, 223쪽.
15) 배인천의 권투 애호벽에 대해서는 이봉구, 『명동백작』(일빛, 2004)의 '권투선수 시인과 흑인과의 우정'(63-73쪽) 참조.

들과 교제하는 동안에 체득한 지식을 매개로 흑인들의 문화적 특수성
을 이해하였고, 나아가 흑인문학에 함의된 정치적 성격과 역사적 경험
을 파악할 수 있는 관점을 획득할 수 있었다. 그런 태도가 그에게 신생
조국의 미래를 조망하는 심적 토대를 제공하였다.

　이런 측면에서 배인철은 자국의 어두운 이면을 은폐하는 '아름다운
나라(美國)'의 위선을 통찰한 시인이었다. 그의 접근 태도는 종전 후에
'큰 타자'로 부상한 미국의 실체적 모습을 객관적으로 인식하기에 타당
하였다. 또한 그런 자세는 한민족의 동무를 자처했던 소련의 음험한
기도를 간파하기에 알맞았다. 하지만 정치적 구호가 난무하는 문단에
서 그의 정세 판단 능력은 동조자를 구하기 어려웠다. 앞에서 언급했듯
이, 당시 좌우 문단은 미소의 논리를 복제하여 유통하느라 부산했을 뿐,
그것을 주체적 입장에서 비판적으로 검토할만한 안목을 결여하고 있었
다. 제2차 세계대전은 일본이라는 '큰 타자'의 퇴각을 가져왔고, 그 대신
에 미국과 소련이라는 신흥 강대국을 그 지위에 승격시켰다. 그가 미국
을 '큰 타자'로 주목한 까닭인즉, 미국이 민족의 운명을 결정할 수 있는
막강한 권한을 지니고 있었기 때문이었다. 이 사실은 그의 흑인시편들
에 내재된 피압박의 흔적들이 미국이 아니라 백인에 초점을 맞추고 있
으며, 반미의식을 문면에 공표하지 않은 점으로부터 유추 가능하다. 배
인철은 미국 북부의 '인종선'과 '쪼 루이스'의 권투 시합을 예로 들고
있으나, 그것들은 감정적인 반미의식에서 비롯된 것이 아니었다. 다만
미국은 유례를 찾아볼 수 없을 정도로 흑인들을 노예로 혹사시킨 역사
를 갖고 있었고, 배인철은 해방기의 정치적 특수성을 그리면서 민족
의 정체성을 모색하는 단계에서 흑인들을 소재화한 것이다.

2. '흑인녀'의 몸을 통한 자아의 발견

흑인의 역사는 멸시와 억압으로 점철되어 왔다. 지금도 그들은 인류
의 시조이면서, 백인 우월주의자들에 의해 피부색이 다르다는 이유 하
나만으로 갖은 천대를 받고 있다. 인종차별은 "한 인종이 다른 인종에
게 갖는 근거없는 증오"[16]일 뿐이지만, 흑인들은 차별의 메커니즘 속에
서 배제와 감금의 존재로 타자화된다. 특히 근대에 접어들어 유럽 패권
주의가 세계사를 호령하게 되면서 흑인은 물건으로 격하되어 매매의
대상으로 전락하였다. 아프리카 대륙의 '노예해안'은 흑인 노예들이 매
매되던 슬픈 역사를 간직한 곳으로, 그들이 속절없이 감당했던 인권 유
린의 현장이다. 유럽에 기원을 둔 백인들의 유색인종 공포증은 지금도
흑인들을 비인간적이고 비인격적으로 대접하는 정책을 수립하는 심리
적 저지선이다. 그런 태도가 사회의 전 부면에서 심금으로 작동하는
나라가 미국이다. 미국은 흔히 '기회의 땅'으로 운위되지만, 그것은 백
인의 우월적 지위를 침해하지 않는 한도 내에서의 '기회'에 한정된다.
미국은 '黑奴'에 지나지 않는 흑인들의 '기회'를 원천적으로 박탈하였고,
그 대신에 아프리카로 돌아가기를 희망한 흑인들에게 '자유의 국가
(Liberia)'를 수립할 '기회'를 허용하였다. 이것은 흑인들에게 자유가 보
장된 곳은 아프리카밖에 없다는 역사적 사실을 반증한다. 또 그것은
미국이 자국 내의 사회제도를 개혁하여 흑인 문제를 근원적으로 해결
하기보다는, 미국식민협회라는 단체를 내세워 국외에서 해결하려고 시
도한 예이다. 곧, 미국의 문제 해결 방식은 인도적 차원으로 은폐된 추
방의 형식이었다.

---

16) Frants Fanon, 이석호 역,『검은 피부, 하얀 가면』, 인간사랑, 2003, 150쪽.

아프리카 연안 SLAVE COAST는 아직도 울고 있는가
깊은 바닷속 물결이 일 때마다 네들의
울음소리 내고 있는가

네들이 발과 목 쇠사슬 늘이어 햇빛조차
올 수 없는 뱃창(艙)에 절그럭 절그럭
얽매인 쇠울음 가슴을 찌르는구나

아! 또 발광을 하였다
또 쓰러져 버렸다
목마른 물 대신에 산 채로
동무여 아느냐 산 채로 水葬을 당한 것이다

동무들이여
또한 내 흑인부대여
이 고장 떠난 자유로운 내 방에
또다시 새로운 노예상
아니 낯설은 손님마저
SLAVE COAST를 그리고 있다
—「노예해안」[17] 부분

　배인철은 아프리카의 노예해안과 해방 조국의 인천을 동일 공간으로
자리매김한다. 그는 흑인 부대가 철수하고 난 뒤에 '자유로운 내 방'을
점령한 '새로운 노예상'과 '낯설은 손님'의 공모를 주시하고 있다. 그들
은 일본군이 떠난 자리를 새로 차지한 외국인이다. 배인철은 유곽에서
거래되는 여성의 비참한 존재를 아프리카에서 매매되던 흑인의 사례와

---

17) 『독립신보』, 1947. 1. 1.

동격으로 인식하여 'SLAVE COAST'로 전락한 인천의 비극상을 은유하고 있다[18]. 그는 이 작품에서 흑인에 대한 역사적 차별과 억압 기제를 전경화한 뒤, 일본을 대체하여 사회의 전 부문을 접수한 미국에게 구속되어 가는 조국의 현실을 후경화하고 있다. 이처럼 배인철은 한 작품에 두 가지의 사안을 병치시키는 전략을 통해서 시적 주제를 은닉한다. 이 방식은 반복적으로 출현하고 있어서, 그의 시작품을 흑인에 대한 연민으로 단순화시키는 태도를 경계하도록 제어한다. 그러므로 그의 흑인시를 가리켜 "해방 직후의 우리 민족 문제와 흑인 현실을 지나치게 단순도식적인 연결고리로 묶어 평면적으로 처리했다는 점, 미 군정기 남한 현실을 보다 다채로운 시적 형상으로 창출하는 데는 미흡했다는 점 등의 한계를 지닌다"[19]고 비판하는 것은 '평면적'이고 '미흡'하다. 배인철은 흑인이라는 기표를 통해서 '큰 타자'의 교체 과정을 민족적 차원으로 일반화하였다. 그는 흑인의 문제를 '평면적'으로 취급한 것이 아니라 보편적 수준에서 입체적으로 시화하였고, 진정성을 바탕으로 소외받는 군상들의 비극적 형상을 '충분히' 드러내었다. 그는 대부분의 시인들이 이념 투쟁에 종사하느라 무시했던 흑인 문제를 소재로 수용하여 민족의 정체성을 모색하느라 고뇌한 시인이었다.

　미군의 주둔이 장기화되면서 각종 사회 문제가 발생하기 시작하였다. 1947년 1월 8일 호남선 열차에서 5명의 미군 병사가 부녀자를 윤간하는 사건이 발생하고, 이틀 후에는 인천에서 유사한 사건이 연이어 발생하였다. 이로 인해 도하 각 신문을 중심으로 반미 여론이 고조되기에

---

18) 1902년 일본 영사관의 공식 허가를 받아 인천의 부도정(선화동)에 설치된 유곽은 5·16군사정권에 의해 이전되기 전까지 속칭 '옐로우 하우스'로 불리며 호황을 누렸다. ─홍성철, 『유곽의 역사』, 페이퍼로드, 2007, 47-55쪽.
19) 윤영천, 「배인철의 흑인시와 인천」, 『인천학의 탐구』, 인천학연구원, 2007, 207쪽.

이르렀다. 이 사건들은 여성의 몸에 대한 시선의 차이를 보여주었다. 여성의 몸은 "권력 관계와 그에 기반하는 사회 질서가 생산·지각·경험되는 일상생활의 장"[20]이다. 따라서 여성의 몸은 그녀가 사회와 상호작용한 흔적이 퇴적된 집적물이다. 여성의 몸에 난 사소한 상흔조차 정치적 의미를 각인하고 있는 것이다. 사건 초기에 내국인들은 미군이라는 외국인에 의해 강제로 점령된 동일 민족 여성의 돈 상태에 분노하였다. 그렇지만 잠시 후 그들은 그 사건을 개인적 차원으로 고정시켜버리고, 관찰자로 신분을 변경하고 말았다. 그들은 자신의 딸이 아니라는 이유로 사건에 대한 더 이상의 감정 표시를 철회하고, 아무 일 없었다는 듯이 일상으로 복귀해버렸다. 그들의 외면과 자기합리화는 소시민적 가치관의 극적 장면을 연출하면서, 해방정국에서 여성의 몸에 내포된 정치적 의미를 사상시킨다. 배인철은 이러한 당대 민중들의 위선을 예리하게 포착하여 작품화하고 있다.

> 그렇다
> 네 아름다운 고향 산과 들
> 한번 백인의 노예선 찾아간 다음—
> 이제는 정다이 흐르는 나일강 저녁이 오면
> 바람 속에 노래 부르면
> 아아 자연 그대의 樹木 같은 아가씨
>
> 紐育 거리에, 市俄古에 샤틀에
> 아니 항구마닥 길이 뚫린
> 촌 주막 뒷거리에도

---

20) 윤조원, 「여성의 교환과 상징적 폭력」, 한국여성연구소 편, 『여성의 몸』, 창비, 2005, 103쪽.

고향 잃은 딸이여
시퍼런 눈알 무지한 사나이
값싼 알콜에 네 살결 맡기는구나

유리야!
막상 알고 보면 나도 이런 것에 하나이다
뉴기니, 하와이, 필리핀
누구를 위하여 돌아다니며
짓밟힌 몸이냐
이 땅에서도 우리의 누이들
낯설은 異土에서
원수에게 꺾인 꽃들이
해방이 되었다는 고향에
다시금 창살 없는 우리(남)에
네 몸을 함부로 던지는구나
　　　　　　　　　　―「黑人女」[21] 부분

　　이 작품에 이르러 배인철은 흑인시에 집중한 사정을 문면에 표백하
고 있다. 그의 의도는 '고향 잃은 딸'과 '유리'를 동일한 환경에 노출된
'흑인녀'로 설정한데서 드러난다. 그것은 "BLACK BOY를 우리 말로 옮
겨놓는"(「黑人部隊」, 『현대문학』, 1963. 2) 과정과 흡사하다. '흑인녀'가
'紐育 거리에, 市俄古에 샤틀'에서 백인들에게 몸을 팔았듯이, '유리'는
'뉴기니, 하와이, 필리핀'에서 일본군들의 성노예였다. '흑인녀'의 몸이
백인 남성의 전유물인데 비해, '유리'의 몸은 일본군에서 미군으로 교체
되었다. 그녀의 몸을 점령한 주체가 일본군에서 미군으로 변경되는 과
정은 고스란히 외세의 교체 양상을 대리한다. 그녀의 몸은 정치의 축소

―――――――――――――――
21) 『백제』, 1947. 1.

판인 셈이다. 두 여성은 인종차별주의와 성차별주의에 의해 식민적 조건으로부터 벗어나지 못한다. 그녀들은 몸에 새겨진 열등성 때문에 역사의 전면에 등장하지 못하고 소외되어 타자화된다. 남성의 완력에 의해 타자로 규정된 그녀들은 "역사를 빼앗긴다는 것, 시간 밖에 존재한다는 것, 마음속에서만 일어날 뿐 나아가지 못한다는 것"[22) 때문에 괴롭지만, 인종차별주의와 식민주의를 정당화시켜 준 몸을 가진 탓에 사물화 된 채 타자성을 구현한다. 또한 여성의 몸은 국력의 지표를 따라 상징적 교환 가치로 통용되는 자본주의의 경제 원리가 작동하는 현장이기도 하다. 그녀의 몸은 '자연 그대의 樹木 같은 아가씨'의 몸이 아니라, 당대 사회의 지배 담론에 의해 분할되고 독점되는 상징적 공간인 것이다. 그녀는 주체의 자리를 강대국에게 내어준 채 군정이 실시되고 있던 타자화된 조국과 동격이다. 배인철은 그녀의 몸과 민족의 상황을 동일 수준에서 인식하고 있다. 이처럼 그의 흑인시가 지닌 미덕은 흑인을 통해서 민족의 처지를 문제시한다는 점이다. 즉, 그는 '흑인녀'와 '유리'의 대비를 통해서 여성의 몸이 지니고 있는 환유적 의미망을 포착하고 시화하였다. 그는 흑인의 실존적 조건을 탐색한 결과를 바탕으로 민족의 의지와 상관없이 미소 양국의 각축장으로 편입된 민족의 운명을 두 여성의 몸에 의탁하여 전망하고 있는 것이다.

아울러 배인철은 '유리'를 통해서 민족의 자아를 발견하는 도중에 엄격한 자기비판을 결행하고 있다. 그는 '막상 알고 보면 나도 이런 것에 하나'라고 고백하여, 당대의 지식인들에게 만연된 허위의식을 폭로하였다. 그의 고백은 미국과 소련이라는 '큰 타자'의 기획에 장악되었던 해방기의 정치 상황에 대한 비판인 동시에, 혼란한 정국의 분위기에 포박

---

22) Kathleen Barry, 정금나 · 김은정 역, 『섹슈얼리티의 매춘화』, 삼인, 2002, 44쪽.

되어 이완되었던 지식인들의 윤리적 책임을 묻고 있다. 더욱이 "가장 창조적인 사람들은 정치적으로 가장 소외된 사람들"[23]이란 점에서, 시인들은 정치 상황에 밀착하기보다는 일정한 거리를 유지하지 않으면 안 되었다. 그러나 그 무렵의 시인들은 정치적 국면을 복사하여 관념을 앞세우면서, 민족의 내일보다는 집단의 이익을 실현하느라 분주하였다. 그들의 움직임과 달리 배인철은 시인의 임무에 충실하였다. 그의 민감한 감수성에 힘입어 '나'처럼 이중적인 지식인들의 위선이 드러날 수 있었고, 거대담론에 가려져 간과하기 쉬운 '타자로서의 자기'의 모습이 포착될 수 있었다. 배인철의 자기 검열은 해방기처럼 비상시국을 맞는 '정치적으로 가장 소외된 사람들'이라면 의당 고수해야 할 덕목이었다. 그는 내면의 검열을 통해 윤리적 우위성을 확보하고, 그것을 심미적 준거로 활용하여 시적 성취수준을 향상시켰다. 그 결과로 그는 흑인들이 지닌 기호로서의 의미역을 남보다 앞서 간파하고, 무비판적으로 이루어지던 '큰 타자'의 교체 과정을 형상할 수 있었다. 비록 그의 시세계는 미완의 기획에 그쳤지만, 해방기 시사의 적확한 기술을 위해서라도 흑인시편들은 정당하게 평가되어야 한다.

Ⅲ. 결론

　　이상에서 살핀 바와 같이, 흑인문학은 제1차 세계대전의 종료 후부터

---

23) Symour Martin Lipset · Asoko Basu, 「지식인의 정치적 역할」, Aleksander Gella 편, 김승범 · 지승종 역, 『인텔리겐챠와 지식인』, 학민사, 1983, 111쪽.

인종차별 문제를 공식화하면서 저항 담론의 성격을 갖추었다. 흑인문학은 해방을 맞아 미군의 주둔이라는 정치 환경에 의해 이입되기 시작했다. 이 무렵에 배인철은 흑인시를 발표하여 시대의 특수한 성격을 드러내었다. 그는 흑인을 시대적 조건을 상징하는 기호로 파악하고, 해방 공간에서 민족의 정체성을 흑인의 처지에 의탁하여 시화하였다. 그의 흑인시편들은 차별받는 흑인들을 다룬 듯하지만, 행간에 장치한 본의는 민족의 정체성이었다. 그의 노력은 시인들이 시대적 징후를 남보다 앞서 성실하고 민첩하게 파악하지 않으면 안 되는 당위성을 증명하기에 충분하다.

특히 배인철이 당대의 시인들과 달리 미국의 좋거나 나쁜 이미지를 일방적으로 전유하는 방식을 배제했다는 점은 높이 평가되어야 한다. 그는 흑인들의 역사적 비극을 은폐한 채 제2차 세계대전 후의 신질서를 만방에 구축하던 미국이라는 '큰 타자'의 실체적 모습을 객관적으로 인식하는데 공을 들였다. 이 점은 그의 흑인시를 감정적으로 접근하여 반미의식을 추출하거나, 그의 조직이 표방한 이념에 포획되어 좌파적 산물로 판정하는 이분법적 태도를 지양하도록 요구한다. 이 점이야말로 그의 시가 해방기의 여느 시인들과 구별되는 변별점이며, 한국의 현대시사에서 그의 자리가 마련되어야 할 이유이다.

해방기 시문학 연구

'사회적 타자'의 시적 몸부림

한하운 시의 정치시학

Ⅰ. 서론

1992년 대구에서 발생한 이른바 '개구리소년 실종 사건'이 미궁에 빠졌던 2002년에 "나환자들이 아이들의 간을 빼먹고 암매장했다"는 제보로 경찰병력이 출동하는 어처구니없는 상황이 벌어졌다.[1] 이 해프닝은 두 가지 측면에서 나환자들을 바라보는 동시대의 시선을 그대로 보여준다. 하나는 사회 구성원들에게 나환자가 여전히 경계의 대상으로 사회적 추문을 생산하는 주체로 설정되어 있다는 점이다. 다른 하나는 국가의 공권력 역시 나환자에 대한 종래의 왜곡된 태도를 유지하고 있다는 점이다. 한편 이 해에 서울에서 개최된 세계 나학회 총회에서는 연평균 20명 내외의 발병률에 근거하여 한국의 나병 종료를 선언하였다. 두 사건은 동일한 질병을 응시하는 전혀 상반된 시선을 보여준다.

지금까지 알려진 한국 최초의 나문학은 무명생의 장편소설 『혈루록』

---

1) 『주간동아』 통권 제354호, 2002. 10. 10.

(『신동아』, 1933. 11-1934. 7)이다. 이 작품이 연재될 당시 편집자는 작자에 대하여 "금년 21세의 청년으로 불치의 병인 나병 환자"라고 소개하였다. 그의 자전소설이라는 이 작품의 마지막 연재 분의 끝에는 '『혈루록』 상권 종'과 '1934년 5월 27일'이라는 날짜가 부기되어 있다. 그러나 하권은 불분명한 이유로 연재되지 못하였다. 해방 후에 심승은 장편소설 『애생금』(『신천지』, 1946. 6-1947. 4)을 연재하였다. 이 소설 속에는 소록도에 관한 이야기가 포함되어 있다. 심승은 연재를 마친 뒤 정음사에서 『애생금』(상권, 1949: 중권, 1950)을 출판하였으나, 소망하던 하권은 미처 탈고하지 못하였다. 두 작품의 유사성으로 미루건대, 무명생과 심승은 동일인물인 듯하다.[2]

　나문학에 대한 본격적인 관심은 해방 이후 한하운(1919-1975)의 등장으로부터 비롯되었다. 그의 본명은 한태영이며, 함남 함주에서 출생했다. 그는 이리농림학교를 졸업한 뒤, 일본 동경의 성계고등학교와 중국의 북경대학 축산학과를 졸업하였다. 이후에 전국을 유랑하던 그는 1946년 3월 발발한 함흥학생의거사건에 연루되어 함흥형무소에 수감되었다가, 이듬해 이감되었던 원산형무소를 탈출하여 월남하였다. 그는 1948년 재차 월남하였고, 이듬해 4월 전위시인 이병철의 선고로 『신천지』에 시 「한하운시초」 13편을 발표하면서 시단에 등장하였다. 그는 시집 『한하운시초』(정음사, 1949), 『보리피리』(인간사, 1955)와 자작시 해설집 『황토길』(신흥출판사, 1960), 산문집 『나의 슬픈 반생기』(신흥출판사, 1958) 등을 발행하였고, 1964년 7월 월간 『새빛』을 창간하여 「세계나문학소사」를 연재하기도 하였다. 그의 시집 『한하운시초』가 대중들에게 널리 알

---

2) 이에 대해서는 정근식, 「사회적 타자의 자전문학과 몸—심승의 '나문학'을 중심으로」, 『현대문학이론연구』 제23집, 현대문학이론학회, 2004. 12, 323-351쪽 참조.

려지면서 나문학은 독자들의 호기심을 불러일으키게 되었다.

그의 괄목할만한 시작 활동에도 불구하고, 아직까지도 한국의 나문학에 관한 논의는 영성한 편이다. 나문학은 작품의 물량적인 면에서도 적은 편이지만, 연구자들의 관심 결여로 인해 정상 궤도에 오르지 못하고 있다. 이런 이유로 나환자에 의한 자전적 기록, 곧 무명생과 심슨, 한하운 등의 문학적 성과는 홀대받기 일쑤였다. 그러한 현상은 결핵문학과 견주어 보면 단박에 밝혀진다. 한국의 결핵문학은 식민지시대의 문학적 메타포를 분석하는데 유효한 코드로 제시된다. 하지만 나병은 문학 연구자들에게 결핵과 달리 접근하기 거북한 질병일 뿐이다. 연구자들은 결핵문학에 대한 막연한 호기심과 달리, 나문학에 대해서는 막연한 무관심으로 일관하고 있는 것이다. 이와 같은 연구자들의 편애에 가까운 접근 태도는 비난받아 마땅하다. 이에 본고에서는 정치시학적 관점에서 한하운의 시에 나타난 질병의 의미를 검토하려고 한다.

II. 배제와 감금의 시학

1. 사회적 타자의식의 내면화

미셀 푸코는 패놉티콘을 통해 두 가지 권력의 모델을 추출하였다.[3] 하나는 페스트의 모델로서 '분할/고정과 감시의 도식'이며, 다른 하나는 나병의 모델로서 '배제와 감금의 도식'이다. 국왕으로 대표되는 세속적

---

3) Michel Foucault, 오생근 역, 『감시와 처벌』, 나남, 2000, 292-293쪽.

권력보다 상위에 자리한 중세의 교회 권력은 신의 저주를 받은 나환자
들을 수용할 수 없었으므로, 그들을 배제하고 추방함으로써 사회의 정
상성을 유지할 수 있었다. 도시 외곽에 설치된 나환자 수용소는 사회의
경계선이었던 것이다. 이리하여 나병은 배제/추방/감금의 권력 모델을
생성시켰다. 중세 말기에 이르러 나병 환자가 거의 사라지게 되자, 17세
기의 수용소는 부랑자, 가난뱅이, 게으름뱅이, 광인, 범죄자 등을 감금
하였다. 이른바 '종합병원(general hospital)'이 탄생한 것이다. 이와 같
은 역사적 경로를 통해 병원과 수용소는 동격이 되며, 환자는 언제나
'손님(hospes)'으로 규정된다. 손님으로서의 환자는 격리 수용되어 사회
의 감시망 속에 놓인다.

　나병은 예로부터 속칭 '문둥병'으로 불리면서 사회로부터 배척받는
고약한 병이며, 역사적으로 환자를 격리시킨 최초의 질병이었다.[4] 나
병은 기원전에 이집트 근방에서 발생하여 유럽 전역으로 전염되었다.
한때 라틴아메리카 크기의 지역에 걸쳐 창궐했을 정도로, 나병은 유럽
인들을 공포에 떨게 한 무서운 병이었다. 그러한 공포감은 동양인들에
게도 만연되었고, 나병은 하늘의 재앙으로 인식되어 '천형'으로 명명되
었다. 하늘이 내린 벌로 규정되면서 나병은 의술로 치유할 수 없다는
포기의 피학적 의미를 생성하는 한편, 1874년 노르웨이의 한센에 의해
백신이 발견되기까지 인류를 괴롭힌 '도덕적 질병'이었다. 그러므로 나
환자들을 놀리거나 저주하는 행위는 도덕적으로 정당화되었고, 나환자
들은 사회의 격리 조치를 숙명인 양 받아들여야 했다. 한국의 나환자들
도 천대받기는 마찬가지였다. 예전에 두루 사용되었던 "저기 문둥이 온

---

4) Françoise Beriac, 「환자를 격리시킨 최초의 질병, 나병」, Jacques Le Goff · Jean
　Charles Sournia 편, 장석훈 역, 『고통받는 몸의 역사』, 지호, 2000, 32-51쪽.

다"거나, "울면 문둥이가 잡아간다"는 어른들의 말은 우는 아이의 울음을 금세 그치게 하는데 가장 효과적이었다. 이 말 속에는 나환자에 대한 어른들의 일방적인 의미 규정이 은폐되어 있거니와, 그들과의 격리현상을 후대에 대물림하는 잠재적 효과까지 아우르고 있다. 언중들의 언어적 정의에 의한 격리와 함께 권력에 의한 정치적 격리도 이루어졌다. 예로부터 국가는 나병 같은 역병이 발생하면 마을을 전소시키거나, 환자들을 격리시켜서 병의 확산을 막으려고 했다. 이러한 조치는 나환자를 사회적 타자로 자리매김하는데 기여한다.

사회적으로 공인된 타자로서의 나환자는 일상생활을 차압당한 채 살아간다. 그의 행위는 사회적 규범 안에서만 허용되며, 사고는 각종 사회 규범의 수용을 전제로 성립한다. 이와 같이 나환자의 사고방식과 행동 규범은 사회의 모든 국면으로부터 배제된 채 타자의 삶을 영위하도록 강제되는 것이다. 이 과정에서 정치화 혹은 사회화가 허락되지 않기 때문에, 그는 타인과 정상적인 인간관계를 형성하지 못한다. 그러므로 그가 수용된 곳으로부터 사회로 나가는 외출은 타자성을 확인하는 행위로서, 사회의 통제가 얼마나 견고한지 반증해주는 사건이다. 그는 외출을 통해 정상인들에 의해 일방적으로 부여된 사회적 타자로서의 정체성을 재확인할 뿐이다.

빨간 불이 켜진다
파란 불이 켜진다.

자동차 전차 할 것 없이
사람들은 모두들 신호를 기다려 섰다.

나도 의젓한 누구와도 같이
사람들은 사람들 틈에 끼어서
이 네거리를 건너가보는 것이다.

아 그러나
성한 사람들은 저이들끼리
앞을 다투어 먼저 가버린다.
　　　　　　　—「고오 스톱」 부분

　시인의 소박한 기대는 "언제나 명절 같은 이 거리"(「明洞거리·3」)를 정상인들과 '같이' 혹은 그들의 '틈에 끼어서' 활보하는 것이다. 그렇지만 정상인들은 그의 신체에 나타난 병후에 놀라 '저이들끼리' 건넌다. 곧 '끼어서'와 '끼리'의 완강한 배척 양상은 나환자와 정상인의 처지를 극명하게 드러내주는 언어적 표지이다. 나환자는 그들 '끼리'의 사이에 '끼어서' 건너갈 엄두를 낼 수 없다. 그것은 비정상인들을 배척함으로써 사회적 안전망을 구축하려는 국가와 사회 구성원들의 암묵적 합의하에 진행되는 강박관념의 소산이다. 정상인들이 자기들끼리 횡단보도를 건너는 것은 이러한 강박관념이 체질화된 신경증적 징후이다. 이와 같이 "정상적 인간은 모든 사람이 정상적이지 않은 세계에서만 자신이 정상임을 안다"[5)]는 사실이다. 자기들의 정상성을 확인하기 위해 그들은 나환자를 배척하면서, 자신들의 세계에 진입할 수 있는 틈을 허용하지 않는다. 나환자의 등장은 '성한 사람'들의 '정상적'인 질서체계를 훼손하는 행위에 해당하므로, 그들은 자기들끼리 행동하여 정상 상태를 유지하

　5) Georges Canguilhem, 여인석 역, 『정상적인 것과 병리적인 것』, 인간사랑, 1996, 316쪽.

려고 하는 것이다.

이와 같이 나환자들은 사회의 오염원이기 때문에 격리시키는 행정적 조치가 당연시되며, 그들을 배제하는 사회 구성원들의 시선은 국가의 권력 행사에 정당성을 부여한다. 나환자의 인권과 생명은 국가로부터 보호받지 못한 채 각종 폭력 행위에 노출될 뿐만 아니라, 노동력의 착취 대상으로 전락하기도 한다. 최근 국가인권위원회의 실태 조사 결과, 광복 직후 소록도에서 발생한 폭동을 진압하던 중에 치안유지대는 84명의 나환자들을 살해하였고, 1949년 전남 목포에서는 당국에 의해 30명의 나환자가 살해되었다. 1950년에는 경남 함안에서 보도연맹이 나환자 29명을 살해하였고, 1950년 강원도 강릉에서는 나환자들을 굴에 가둔 뒤 폭탄을 투척하여 집단학살하였으며, 경북 안동의 성자원에서는 나환자들이 어린이를 잡아먹었다고 낙동강변에서 3명을 학살한 사건이 발생하였다. 그리고 1957년 삼천포 앞바다에 재활촌을 건설하려던 나환자 23명이 주민의 습격을 받아 사망하기도 했다.6)

또한 나환자의 노동력을 착취한 세칭 '오마도 사건'은 1962년 소록도의 나환자들이 고흥군 오마도 북쪽 바다를 메워 330만평의 농지를 조성해 자활촌으로 건설하려던 사건이다. 한하운은 축시 「오마도」에서 "문둥이들이/바다에 돌을 던져서…/육지 330만평의 5만석 옥토가 된/…살아서 마지막으로/학대(虐待)된 이름을 씻어/사람 구실하는/오 영광의 땅/햇빛 가득한 오마(五馬)의 땅이여/어둠에서 빛나는 햇빛이여"라고 노래했다. 그러나 완공을 앞두고 당국은 일방적으로 지역 주민에게 간척지를 나누어주어 나환자들의 반감을 샀다.7) 나환자들의 노동력을 착

---

6) 『서울신문』, 2005. 10. 30.
7) 김수영의 「소록도 사죄기」(『김수영전집·2』, 민음사, 1981, 29-31쪽)와 이청준의

취하고 인권을 유린한 대표적인 이 사건은, 나환자들을 바라보는 국가 권력의 불평등한 시선을 보여주기에 충분하다. 그러나 아직도 당국과 일반인들에 의해 자행된 나환자 학살 사건과 인권 침해 사례는 정확히 조사되지 않았다.

이와 같은 비극적 경험을 축적하고 있는 나환자들이 국가의 권력 행위에 대한 동의하기를 기대하는 것은 무망하다. 그들에게 국가는 이익과 권리의 강탈자로 수용될 뿐이다. 이러한 비극적 인식은 나환자들의 삶을 형상화한 작품에서 문학과 현실의 경계를 무의미한 것으로 만들어버린다. 그런 까닭에 한하운의 시세계를 온전히 이해하기 위해서는 "'문둥이'라는 관사를 떼버리고 바라보는 안목이 그를 바르게 이해하는 길"8)이라는 충고는 온당하지 않다. 왜냐하면 그의 시편에는 '문둥이의 식'이 도처에 자리잡고 있는 것이 부인할 수 없는 사실이기 때문이다. 또한 시인 스스로 "나는 무엇보다도 인간이 되기를 바라며, 그 투쟁은 인간에 대한 반항이다"9)고 고백한 만큼, 관사를 제거하고 나면 그의 정체성이 소멸되며 시적 존립 근거도 쇠약해진다. 곧 그의 시작품은 사회에 대한 반발 심리를 기본 정서로 삼고 있는 까닭에, 화자는 시인과 동일시된다. 그의 시에서 문학과 현실은 분리할 수 없으며, 양자는 동일 국면의 다른 이름에 지나지 않는다.

한하운은 현실세계를 나환자와 정상인의 대립적 갈등 구조로 파악한다. 그의 성장기부터 축적된 심리적 상처는 세계의 인식 국면에서 선험적으로 이분법적 분류방식을 채택하도록 조장한 것이다. 그러한 비극

『당신들의 천국』(문학과지성사, 1979)은 이 사건을 다루고 있다.
8) 김윤식, 「전형과 시인—한하운론」, 『한국현대시론비판』, 일지사, 1982, 142쪽.
9) 한하운, 「인간에 대한 반항정신으로」, 김창직 편, 『가도 가도 황톳길—한하운의 시와 생애』, 지문사, 1982, 332쪽.

적 체험은 친밀한 사람 사이의 신체적 접촉의 차단으로부터 시작된다. 국가 권력을 대체한 가족에 의해 나환자는 외부인과 혈육으로부터 단절을 체험한다. 이로써 가족들과 나환자 사이의 친밀도는 급격히 이완된다. 나환자의 가족들은 국가 권력이 개입하기 이전에 육체의 정치학을 체현하는 것이다. 또한 가족들은 나환자를 둘러싼 각종 은유를 생산하며, 그와의 절연 의지를 행동화한다. 친밀한 사람으로부터 외면당하는 슬픔은 나환자의 자아 정체성을 뿌리째 흔들어서 자신의 타자성을 확인하는 정서적 기반을 제공한다. 이러한 슬픔은 당자뿐만 아니라, 그와 결연된 주위 사람들에게까지 확산되어 비극적 국면을 악화시킨다. 사회적 타자로서의 나환자는 완강한 관습 앞에서 좌절하게 되는 것이다. 그러한 좌절감은 이별한 연인과의 재회에서 정점에 달한다.

> 눈여겨 낯익은 듯한 여인 하나
> 어깨 넓적한 사나이와 함께 나란히
> 아기를 거느리고 내 앞을 무심히 지나간다.
>
> 아무리 보아도
> 나이가 스무 살 남짓한 저 여인은
> 뒷모양 걸음걸이 몸맵시 하며 틀림없는 저……누구라 할까……
>
> 어쩌면 엷은 입술 혀 끝에 맴도는 이름이요!
> 어쩌면 아슬아슬 눈감길 듯 떠오르는 추억이요!
> 옛날엔 아무렇게나 행복해 버렸나보지?
> 아니 아니 정말로 이제금 행복해 버렸나보지?……
> ─「여인」 전문

한하운의 시작품에 구현된 사실은 대부분 "구체적이고 직접성 속에 서 체험된 사실들"[10])이다. 이 작품도 그의 자전적 경험을 시화한 작품 이다. 그는 중국 유학 시절에 만난 한 여인과 열애를 나누었다. 그녀와 의 사랑에 대한 죄책감으로 시달리던 그는 나환자라는 사실을 고백하 며 "차라리 아름답게 잊도록"(「리라꽃 던지고」) 권유하였다. 그 다음날 그녀가 실연으로 인해 음독 자살하는 사건이 발생하였고, 그는 평생 동 안 죄의식 속에서 살아갔다. 그녀의 갑작스러운 죽음으로 인해 시인은 노상에 우연히 마주친 다른 사랑 앞에서 주저한다. 자신의 내면에 각인 된 사랑의 상흔은 그로 하여금 '여인'에 대한 추억을 회상하는데 그치도 록 만든다. 그런 까닭에 그의 사랑은 언제나 무심하다. 그에게는 그 여 인 앞에 나설만한 용기가 사라진지 오래이다. 하지만 뇌리에 새겨진 사랑의 흔적은 그에게 '희미한 옛사랑의 그림자'를 연상시켜서 그녀와 의 추억을 되돌려준다.

그녀의 이름이 '혀끝에' 맴도는 것으로 미루건대, 시인은 옛 여인의 이름을 알고 있다. 시인이 외출한 날 공교롭게 마주친 두 사람 사이에는 '어깨 넓은 사나이'와 '아기'가 있다. 그가 끼어들 틈이 없는 것이다. 그 는 "'함께 있는 행복'의 장면에서 타자는 필연적으로, 절대적으로, 존재 학상으로 분리의 결과인 소외된 자기 자신을 인식"[11])하게 된다. 한때 사랑했던 그 여인에 대한 반가움은 '뒷모양 걸음걸이 몸맵시 하며 틀림 없는 저……누구라 할까……'라는 진술에 의해 유예된다. 하지만 그녀 와의 생생한 추억은 시인으로 하여금 '아슬아슬'한 긴장감을 수반하여 복합적인 감정을 생산한다. 자신의 병력으로 인해 이별한 그 여인과의

---

10) 최병준, 「한하운의 삶과 문학」, 『한국 현대시의 지평』, 한국문화사, 1998, 191쪽.
11) Jakie Pigeaud, 김선미 역, 『몸의 시학』, 동문선, 2005, 79쪽.

해후, 그것도 아기까지 데리고 나들이한 그녀의 단란한 표정을 목도하고 시인은 특별한 반응을 애써 감춘다. 나환자라는 사실을 분명하게 인식하고 있는 그에게 "사랑한다는 것은/이렇게도 청승스러운 것"(「戀奴님」)이기 때문이다. 그는 자신과의 교제 시절에는 '아무렇게나 행복해버렸나'보지만, 지금은 '정말로 행복해버렸나'보다고 언급할 뿐이다. 그렇지만 자신과 교제할 무렵의 그녀의 행복은 의문부호로 표기하고, 현재진행형의 행복은 말없음표를 추가하여 그녀를 향한 서운하고 애틋한 감정을 연장시키고 있다.

그 이면에는 식민지시대 이후 당국에 의해 주도적으로 도입된 위생 담론이 작용하고 있다. 1876년 이후 확립된 유럽에 정착된 세균설은 위생 행정의 정당성을 확보하고, 개인의 건강을 국가의 관리 영역으로 흡수하는데 공헌하였다. 일본은 19세기 말에 독일의 법률적 영향으로 위생경찰제를 도입하였다. 위생경찰은 1909년의 소위 '경찰권 이양' 이후 식민지 경찰의 주요 업무로 편입되었다. 일제는 위생 개념을 앞세운 위생경찰을 통해 "과학과 집단의 생명을 내세우며 식민지 권력이 모든 조선인의 몸과 생활을 통제할 수 있는 근거"[12]를 확보하게 되었다. 이로 인해 비위생적인 몸은 범죄자로 낙인찍히게 되었고, 인간의 삶을 관리하는 생체권력은 최고의 지위에 오르게 되었다. 또한 일제는 1907년 「나 예방에 관한 건」을 제정하면서 부랑자, 걸식 환자 등을 격리 수용하였고, 1917년 5월 소록도에 자혜의원을 설립하고, 각지의 나환자들을 수용하기 시작했다. 이어서 1931년 「나 예방법」을 제정하여 모든 나환자의 강제적 격리 수용을 합법화시켰다. 이러한 일련의 조치는 일제의 식민지 통치 정책의 일환으로 기획된 것이며, 나환자의 접촉 차단으로

12) 신동원, 『호열자, 조선을 습격하다』, 역사비평사, 2004, 71쪽.

피식민 자원의 청결한 관리와 인적 자원의 안정적 공급을 획책했던 결과였다. 일제는 나환자들을 소록도에 격리시킨 이후, 나병이 전염되지 않는다는 사실이 밝혀진 뒤에도 격리 조치를 해제하지 않았다.

당국에 의한 나환자의 격리 행정은 해방 후에도 계승되었다. 1950년대부터 각 시군마다 나환자의 집단 거주지역을 설정한 것이 그 보기이다. 지금도 많은 나환자들이 소록도 국립병원을 비롯한 정착촌에서 격리된 삶을 살고 있다. 나병에 관한 사회의 통제는 계속되고 있는 것이다. 일제의 격리 수용이나 해방 후 당국에 의한 정착촌 건설이 권력 주체의 상이에도 불구하고 동질적 차원의 통제 메커니즘으로 기능하는 것은, 바로 이러한 권력의 속성 때문이다. 병원과 수용소는 환자들의 몸을 수용하고 있다는 점에서 또 하나의 사회적 신체이다. 개별적 신체의 자유를 허용하지 않는 사회적 신체는 국가 권력을 상징하며, 그 과정에서 환자는 치료의 대상이 아니라 수용과 감금의 대상으로 재규정된다. 격리는 인간 생활의 기초적인 도덕적, 실존적 구성요소들의 일단을 억압하는 효과를 수반한다. 그로서 생체권력은 체제의 안전성을 확보하고, 사회 구성원들의 동의를 획득한다. 권력에 의해 기획된 나환자의 배제와 감금 정책은 나환자의 철저한 억압 위에서 실현되고 있는 것이다. 그러므로 나환자는 '나'와 '나의 얼굴'을 분리하여 인식하게 되고, 정체성의 혼란으로 인해 정상적인 몸으로 사회의 재편입이 불가능하다는 좌절된 욕망을 숙명으로 받아들이게 된다.

> 지나는 거리마다 쇼윈도 유리창마다
> 얼른얼른 내가 나를 알아볼 수 없는 나의 얼굴.
> ―「자화상」부분

유리창은 자아인식의 도구인 동시에 자아분리의 수단이다. 자아를 인식하는 행위는 유리창을 경계로 분리된 자아를 둘로 나누어 인식하는 것이다. 유리창을 사이에 두고 '나'와 '나의 얼굴'은 마주보고 있다. 유리창은 자아의 실존적 조건을 인식하는 통로이지만 자아해방의 통로는 아니기 때문에, 양자는 동일화될 수 없다. 나환자에게 유리창은 사회적 제도처럼 '나'와 '나의 얼굴'을 연결하는 물질적 제도이다. 사회가 일반인과 병자를 구분하는 경계의 기획자라면, 유리창은 차안과 피안의 경계이다. 유리창은 '나'와 '나의 얼굴'이라는 전혀 다른 속성을 함께 소유하고 있으면서, 시인에게 '나의 얼굴'을 각인시키고 있는 셈이다. 시간의 흐름에 의해 "앞날이 없는 문둥이"(「驪歌─愛染歌」)로 진행된 '나의 얼굴'에 나타난 병후는 사회인으로 재진입하려는 욕망을 좌절시켜서 나환자로 하여금 침묵하도록 강요한다.

2. 소리의 소거 현상

결핵은 나병과 비슷한 균에 의해 발병하지만, 나병처럼 업신 여김이나 소홀하게 취급되지 않는다. 도리어 유럽에서는 18세기 중반부터 결핵에 걸리는 것은 낭만적이라는 관념이 확산되기조차 하였다. 결핵은 영혼의 질병이지만, 나병은 저주의 질병이다. 불멸하는 영혼은 초월적 시간을 표상하지만, 저주의 시간은 지각 속에서 끊임없이 상기된다. 저주는 시간을 각인시키는 공격기제인 셈이다. 결핵은 카프카를 비롯한 작가들에게 "육욕을 묘사하고 열정의 증진을 요구하는데 쓰이기도 했으며, 억압을 묘사하고 자기승화를 요구하는 데"[13] 동원되었지만, 나병

---

13) Susan Sontag, 이재원 역, 『은유로서의 질병』, 이후, 2002, 44쪽.

은 일관되게 사회의 단절 조치를 정당화하거나 권력 집단에 의해 특정 국면을 전환하기 위한 정치적 기획 수단으로 활용되었다. 이런 측면에서 나병은 정치적이다. 정치 권력은 저주의 신체를 갖고 있는 나환자에게 온갖 저주의 담론을 덧씌운다. 그에게 부하된 저주의 담론은 세계와의 단절을 정당화시키는데 기여한다.

나병은 시간의 질병이다. 나병은 시간이 흐를수록 병세를 악화시키고 부위를 확대하면서 외부와의 단절을 심화시킨다. 결핵이 폐 부위를 중심으로 한 영적 기관과 관련되어 있는데 비해, 나병은 신체의 전 부위에 관련되어 있다. 이러한 감염 부위의 차이는 나환자에게 극도의 수치심과 고립감을 체득시킨다. 결핵 환자의 공개된 눈물에 비해, 나환자가 암루를 흘리는 것도 이 때문이다. 외부에 공개할 수 없는, 자신 외의 타인에게 발설할 수 없는 질병의 특성은 나환자를 사회적 타자로 매김한다. 사회적 타자는 외부 권력에 의한 자기 규정을 내면화하고, 차별을 당연시하며, 침묵하는 태도를 학습하게 된다. 이들에게 침묵은 자율적 선택과 타율적 강요라는 상반된 기제에 의해 조성된 이중 감정이다. 곧, 나환자들은 자의반 타의반으로 침묵을 이행함으로써, 사회의 규율에 복종하고 자신의 타자성을 확인하게 된다. 그것은 사회와의 단절 방식이면서, 동시에 자신의 질병을 내면화시키는 구체적 행위이다.

> 세상과 문둥이는 너무나 담이 높아
> 얼마나 얼마나 많이 울어서 무너뜨려야 할 담이 높아
> 서로 길이 헷갈리누나.
> ─「旅愁」 부분

나환자는 자신의 질병을 분명하게 인식하고 있다. 그가 병원이나 요양소에 수용되는 순간, 그는 가족뿐만 아니라, 사회의 각종 인연으로부터 차단된다. 그는 그것 때문에 가족과 사회로부터 배제된 삶을 살아야 하는 조건을 숙명으로 받아들인다. 그의 도저한 절망감은 필연적으로 자포자기의 울음을 수반한다. 그렇지만 그의 우는 소리는 '무너뜨려야 할 담이 너무 높아'서 담 밖을 넘지 못한다. 그와 세상 사이에는 담으로 가로막혀서 원활한 의사소통을 기대할 수 없다. 결국 "말한다는 것은 제한없이 '직접적인' 관계를 맺을 기회이며, 동시에 그러한 기회를 모색하는 것"[14]인데도 불구하고, 양자간의 언로는 폐쇄된 것이다. 따라서 시인은 '서로 길이 헛갈리누나'라는 자탄으로 둘 사이의 차단된 소통체계를 원망하게 된다. 그 '길'은 "가도가도 붉은 황톳길"(「全羅道길」)이며, 이전부터 "너와 내가 헛갈리누나"(「冷水 마시고 가련다」)고 탄식했던 길이다. 그는 이제 말을 잃은 채 '길' 위에 던져져 있는 것이다.

가족과 고향과 사회로부터 버림받은 몸의 한하운은 길 위에서 방황한다. 정상인들은 가족과 집으로 돌아가지만, 그로서는 부모님을 여읜 집이나 이북의 고향으로 돌아갈 수 없다. 정작 자유를 찾아 결행한 월남이었지만, 그에게는 돌아갈 장소를 선택할 자유도 없었을 뿐만 아니라, 의지할 집도 없었다. 도움을 청할만한 이웃도 갖지 못한 그로서는 자력으로 관습의 벽을 넘을 수도 없다. 더욱이 '세상과 문둥이는 너무나 담이 높'은 줄 알기에, 소리내어 울지 못하고 혈루를 삼키며 한밤의 시간을 견뎌야 한다. 그의 대부분 작품에서 소리가 들리지 않는 이유가 여기에 있다. 예컨대, 그가 직접 참가했던 함흥학생의거를 노래한 작품의 "문둥이는 서서 울고 데모는 가고"(「데모」)에서도 우는 소리가 들리지

---

14) Peter Bürger, 김윤상 역, 『지배자의 사유』, 인간사랑, 1996, 131쪽.

않는다. 이 작품 속에서도 시인은 의도적으로 울음소리를 소거하여 '나'
와 '성한 사람들'의 정서적 거리를 강조하고 있다. 그만치 그가 느끼는
사회의 벽은 높았으므로, 그는 사회의 견고한 관습을 전복할 수 없는
심정을 소리의 소거로 표현한 것이다.

> 쓰레기통과
> 쓰레기통과 나란히 앉아서
> 밤을 세운다.
>
> 눈 깜박하는 사이에
> 죽어버리는 것만 같았다.
>
> 눈 깜박하는 사이에
> 아직도 살아 있는 목숨이 꿈틀 만져진다.
>
> 배꼽 아래 손을 넣으면
> 37도의 체온이
> 한 마리의 썩어가는 생선처럼 뭉클 쥐어진다.
> ―「목숨」 부분

  이 시편은 한하운의 노숙 경험을 토대로 한 것이다.[15] 인간은 타인과
의 관계에서 비로소 몸의 의미를 파악할 수 있는 욕망의 동물이다. 곧,
개인의 신체는 개별적 의미와 사회적 의미를 동시에 지니고 있는 것이
다. 하지만 나환자의 몸은 타인으로부터 배척의 대상이기 때문에, 그의

---

15) "1947년 동지까지는 나는 헌 가마니 한 장으로서 서울의 쓰레기통 가에서 밤을
   세웠다. 영하 십여 도나 내려가는 추위에 동사를 면하려고 밤새 자지 않고 발을
   동동거리며 새운다."―김창직 편, 앞의 책, 195쪽.

몸에서 관계의 사회적 의미는 거세된 지 오래이다. 그는 "알아볼 사람 없고 누구 하나 말해볼 사람 없이"(「明洞거리·2」) 노상에서 추운 밤을 견디며 '한 마리의 썩어가는 생선' 같은 몸을 녹여야 한다. 따라서 길거리의 쓰레기통 곁에서 노숙하는 그에게 몸은 거추장스러운 물건에 지나지 않는다. 그는 "아예 배고픔을 내색 않는 문둥이"(「春困」)로서 인내의 삶에 익숙하기 때문에, 동사할지도 모르는 생사의 순간에도 말하지 않는다. 그는 '37도의 체온'을 가진 몸의 소리를 외면하며 구차스러운 생을 연장할 뿐이다.

그의 '눈 깜박하는 사이'는 삶과 죽음의 경계이다. 그는 언제나 그 사이 속에 던져진 존재이다. 사이야말로 그의 타자성을 규정하는 요소이다. 그가 삶과 죽음 중의 한 국면으로 이동하는 순간, 그의 존재는 부정된다. 왜냐하면 그에게 인간들 사이에서 배제된 삶이란 죽음처럼 무의미하며, 또한 인간들 사이로부터 일탈된 죽음은 삶처럼 존재의 유의미성을 상실하기 때문이다. 그러므로 그는 항상 삶과 죽음의 경계에서 살아간다. 그 공간은 소리가 거세된 곳이다. 그는 죽음처럼 고요하게 버려진 삶의 주체이기 때문에, 담 밖의 후원자에게 도움을 요청할 수 없다. 왜냐하면 그와 세상 사이에는 '담이 너무 높아'서 의사소통이 이루어지지 않기 때문이다. 그러므로 "음성의 상실은 누군가가 우리를 이해하거나 도울 수 있을 것이라는 희망을 완전히 제거"[16]해버린다는 점에서, 그의 시작품에서 소거된 각종 소리들은 나환자의 처지를 선명하게 드러내주고 있다. 삶의 희망을 포기한 그에게 계절의 변화는 과거의 추억처럼 무료할 뿐이다.

<hr />

16) David B. Morris, 「고통에 대하여」, Arthur Kleinmann 외, 안종설 역, 『사회적 고통』, 그린비, 2002, 229쪽.

눈이 오는가.

癩療養所
인간 공동묘지에
함박눈이 푹 푹 나린다.

추억같이……
추억같이……

고요히 눈오는 밤은
추억을 견뎌야 하는 밤이다.

흰 눈이 차가운 흰 눈이
따스한 인정으로 내 몸에 퍼붓는다.
                    ―「新雪」부분

나병 환자를 수용한 요양소는 근대의 공간 분할 원칙을 충실히 재현하는 곳이다. 환자는 격리된 병사에서 의사의 회진과 간호사의 간호 속에서 철저히 감시된다. 감시하는 시선을 의식하는 환자에게 요양소의 일상은 존재하지 않는다. 그의 일거수일투족은 빠짐없이 진료기록부에 기재되며, 이동 상황은 원무실에서 확인한다. 이러한 원무행정은 신체를 장악함으로써 정신을 지배하려는 생체권력의 기도가 구체적으로 실현되는 광경이다. 이런 측면에서 '나요양소'는 "꽃도 없는 캄캄한 감옥"(「歸鄕」) 같은 '인간 공동묘지'와 동등한 처소로 자리매김된다. 나요양소에서 그의 몸은 환자인 동시에 손님이다. 이것은 중세의 치료 행위가 주로 수도원을 비롯한 교회에 부속된 숙박 시설에서 행해졌던 역사적 사실의 연장이다. 부속건물에 수용된 환자의 신음소리는 본건물에 도달하지 못한다. 그는 회진의 대상에 지나지 않을 뿐, 자신의 질병을 치유하는 주체가 아니기 때문이다. 오로지 그는 주인 의사의 의학적 처방과 간호사의 간호 행위에 복종할 의무만 부여된 '손님'인 것이다.

한하운은 이 작품에서 음성을 의도적으로 제거하고 있다. 그는 '공동묘지, 함박눈, 견딤'을 열거하며 말할 수 없는 나환자의 '추억'을 말한다. 시인은 눈의 하강 이미지와 중첩되어 상승하지 못하는 추억을 침묵하며 '견뎌야' 한다. 침묵은 "산산조각이 난 세계의 잔해에 불과하다"[17]는 점에서 그의 외로움을 고조시킨다. 이미 어긋난 과거적 세계를 회상하지 못하는 그에게 침묵은 시간의 의미조차 무화시킨다. 시제로 채택된 '新雪'은 시간의 반복을 의미한다. 그에게 "시간은 흐르는 것이 아니라/과거가 현재에 미래에 똑같은 그것"(「輪廻」)이므로, 눈은 계절의 순환과 함께 시인에게 과거의 추억을 회상케 하는 시간적 표지이다. 그 추억은 아련한 과거가 아니라, 시간을 따라서 문둥이로 변해가는 자신의 인생 역정이다. 요양소에 '새롭게 내리는 눈(新雪)'은 작년에도 내렸던 눈이기 때문에, 올해에도 요양소에서 겨울을 보내는 시인의 표정이 시간과 함께 은폐되어 있다.

그의 침묵은 정상인들에 의해 일상적 행위로 규정된다. 그러므로 그의 침묵은 어떠한 의미도 생성하지 못하고, 실존의 근거로 제시될 뿐이다. 그의 침묵 상태는 사회 안전의 보장조건이기 때문에, 정상인들은 그로부터 왜곡된 추문을 생산한다. 질병에 대한 대부분의 속설들은 의학이 발달하기 이전, 특히 종교의 권위가 세속적 권위를 억압하던 시기에 생겨난 것이다. 그러므로 불가피하게 질병은 종교적 성격을 띠게

---

17) Max Picard, 최승자 역, 『침묵의 세계』, 까치, 1996, 200쪽

된다. 의학의 비조로 추앙받는 히포크라테스조차 아폴론 신전에서 신
탁했다는 사실이야말로, 질병과 종교의 상관관계를 가늠케 해주는 사
례이다. 중세의 질병은 교회 성직자들에 의해 '도덕적 타락', '신의 심판'
등으로 재단되거나, 인류의 영적·육체적 타락에 의한 종말론 사상과
결부되었다. 그 대표적 일례로서, 교회가 정한 금욕 기간을 지키지 않은
사람은 나병에 걸리거나 곱추가 된다는 것이다. 더 나아가 중세의 교회
는 신자들에게 나병 유전설을 선전하여 나병에 관한 왜곡된 속설을 확
대재생산하였다. 그 시대에 형성된 속설들은 사회적 제도로 정착되어
나환자들에게 거역할 수 없는 운명의 굴레로 작용한다.

> 아버지가 문둥이올시다
> 어머니가 문둥이올시다
> 나는 문둥이 새끼올시다
> 그러나 정말은 문둥이가 아니올시다.
> 　　　　　－「나는 문둥이가 아니올시다」 부분

　무엇보다도 나환자들을 괴롭히는 것은 나병에 관한 터무니없는 속설
들이다. 하늘로부터 "참 어처구니없는 罰"(「罰」)을 받은 나환자들은 정
상인들이 생산한 '어처구니없는' 추문으로 인해 이중의 고통을 겪게 된
다. 한번 유포된 속설이 전복되기까지에는 숱한 시련과 오랜 시일을 요
구한다. 나병을 둘러싸고 생산된 각종 은유는 그릇된 지식과 실체를 은
닉한 외부에 의해 만들어진 다음에, 사회라는 제도의 숙주에 기생하며
무수한 분열을 시도한다. 사람들은 오래 전부터 질병에 각종 의미, 곧
가장 두려운 공포의 의미를 부여하고, 해당 환자들을 사회로부터 격리시
키려고 노력해왔다. 속설을 이기는 방법으로는 과학적 지식이 가장 효과

적이다. 그렇지만 지식과 권력의 유착관계가 시작되면서, 근대의 이성은 속설조차 체계적인 지식으로 둔갑시키기에 이르렀다. 나병에 관한 각종 은유가 생산되었을 당시의 형편을 살펴보더라도, 종교와 정치 그리고 의학이 상호 결탁하여 권력화되었던 시기였다. 그러한 사례는 지금도 확인할 수 있다. 예를 들어 종교재단에 의한 병원 운영, 의료종사자들의 신앙 생활, 종교의 정치적 중립 선언, 정치의 종교에 대한 비과세 조치와 불개입 등, 삼자의 결합은 사회 구성원들의 일상생활과 깊이 연관되어 각자의 이익 창출을 위해 긴밀한 관계를 작동시키고 있다.

　부모가 나병 양성환자이면 자식은 당연히 양성환자로 규정될 의무가 있다. 설령 의학상 음성 환자로 판정되었다고 할지라드, 그것이 사회 구성원들의 절대적 규정을 무력화시킬 수 없다. 그는 누대에 걸쳐 사회로 편입되어서는 안될 배척 대상이기 때문에, 그의 가족력은 가계로 세습되는 것이다. 실제 음성 나환자였던 한하운은 부모가 환자일 뿐, 자신은 문둥이가 아니라 '문둥이 새끼'라고 강변한다. 하지간 그의 주장을 경청하는 인물은 없다 이러한 부정의 강도가 세어지고, 횟수가 잦아질수록 그의 절망감은 극대화되어 "인간폐업"(「靑芝有情」)을 선언하기에 이른다. 그는 사실의 부정을 통해 자아의 정체성을 회복하려고 시도하지만, 사회 구성원들이 추종하는 관습은 그의 발언을 무시한다. 나환자들의 병리학적 조건은 인간이 갖고 있는 "상상력의 세계에 '원죄에 대한 알레고리'와 '신의 징벌에 대한 생생한 이미지'를 제공'[18]하기 때문에, 정상인들의 강박관념을 강화시킨다. 그 결과 그들은 사회의 방역을 위해 쉽없이 나환자들을 분류하고 감금하는 것이다.

　지금까지도 정상인들은 정치적·사회적으로 다원주의와 계층간 통

---

18) Lucian Boia, 김웅권 역, 『상상력의 세계사』, 동문선, 2000, 153쪽.

합을 표방하면서도, 나환자들을 사회적 타자로 방기하고 있다. 국회 의원회관에서 열린 대한변호사협회 주최 '한센병 인권 보고 대회'에 참석했던 한 나환자의 울분[19]처럼, 그들의 소박한 바람은 사회와의 동화이다. 그러나 정상인들은 언제나 그들을 배제하여 사회로의 편입을 가로막는다. 나환자의 재편입이 나병의 확산을 야기할 것이라는 막연한 불안의식과 사회의 정상성을 수호하기 위한 강박관념은 그들이 소유한 유일의 보호막이었다.

> 지나간 것도 아름답다
> 이제 문둥이 삶도 아름답다
> 또 오히려 문드러짐도 아름답다
>
> 모두가
> 꽃같이 아름답고
> ……꽃같이 서러워라
>
> 한세상
> 한세월
> 살고 살면서
> 난 보람
> 아라리
> 꿈이라 하오리
>   ―「生命의 노래」 전문

---

19) "우리 사회는 아직도 우리들이 사회의 한 구성원이 되는 것을 동의하지 않고 있습니다. 힐끔힐끔 쳐다보는 것은 만성이 됐지만 타고 가던 버스와 열차에서 강제로 끌어내려지거나 식당에서 밥이 다 떨어져 팔 수 없다고 거절을 당할 때는 차라리 죽고 싶은 심정입니다."―『동아일보』, 2004. 10. 12.

이 시편에 이르러 한하운은 이전에 보여주었던 '인간에 대한 반항정신'으로서의 시론을 폐기한다. 그렇지만 그의 철회는 "눈물로 걸음걸음 이르던 곳"(「業果」)에 도달할 수 없다는 절망감으로 인해 정상적인 사회 구성원들과 합의를 도출하지 못한 채 일방적으로 이루어지고 있다. '지나간 것'과 '이제'에 나타난 바와 같이, 과거와 현재의 시간만 제시되어 있다. 아울러 끝 연에서 '꿈이라 하오리'라는 진술에 의해 그의 화해가 체념으로부터 비롯된 것이라는 사실을 알 수 있다. 이러한 시적 표지로 추측컨대, 그는 거짓으로 세상과 화해하고 있다. 불특정한 미래의 시간은 그의 사후세계를 암시하고 체념은 현실적 고통의 산물이기 때문에, 그가 노래하는 세상과의 화해는 결국 현재의 시공간에서 이루어지는 것이 아니다. 그는 정상성으로 무장된 사회로의 편입이 불가능하다는 도저한 절망감에 굴복한 채, 나환자의 정체성을 확인할 뿐이다. 그러므로 그의 시에서 "자신이 걸어온 인생에 대한 쓸쓸한 비애와 회한"[20]을 검출하는 것은 이상한 일이 아니다. 그것은 그가 시작활동과 함께 헌신적으로 전개했던 구나사업의 소략한 결과에서 기인한다.

한하운은 나환자들의 권리 회복과 복지 증진을 위해 헌신하였다. 그는 1950년 3월 미감아들을 수용한 신명보육원을 창설하였으며, 1954년 6월 대한한센총연맹을 결성하여 위원장에 피선되었다. 1962년 9월 고아들의 정착을 돕기 위해 안평농장을 설립하였고, 1971년 한국가톨릭사회복귀협의회를 발기하여 회장에 취임하였다. 그의 이러한 행적들은 사회적 소수로서 불평등과 각종 권리를 제약받고 있는 나환자들의 권익을 신장하려는 실천행위였다. 그렇지만 그의 노력에도 불구하고, 사

---

20) 김신정, 「고통의 객관화와 '인간'을 향한 희구—한하운의 삶과 시」, 한국문학연구회 편, 『1950년대 남북한 시인 연구』, 국학자료원, 1996, 260쪽.

회와 정상인들의 감금과 배제의 시선은 약화되지 않았다. 나환자에 대한 정상인들의 강박관념은 한하운에게 극심한 절망감을 안겨주었다. 그는 시쓰기를 통해서 "끝내 수긍할 수 없는 세계의 횡포에 대한 저주와 원망, 사회 비판의식 등이 가혹한 시련 속에서 그를 버티어주는 하나의 힘"[21]을 얻고 있었다. 하지만 그 힘은 구나사업의 정당성을 홍보하는 시인의 집착을 연장시키는데 유용할 뿐, 사회의 견고한 관습을 해체하는 힘으로 전화되지 못했다. 평생동안 나환자로서 당했던 각종 비극적 국면들을 작품의 배후에 은닉한 채, 그는 체념으로 사회에 호소했던 것이다. 곧 이 작품에서는 사회에 대한 항거의지의 표출이 생략되고, 단지 '아름답다'의 무감정한 연속적 배열에 의해 표면적인 화해를 지향하고 있을 따름이다. 그것은 정상인들에 의해 구축된 견고한 '높은 벽' 때문에 좌절된 그의 내면적 진실을 함의하고 있다.

III. 결론

사회적 소수에 대한 관심이 고조되고 있는 이즈음에, 나환자들의 비극적 삶에 관심을 표명하는 것은 바람직하다. 그간 나문학은 '정상인'들의 문학사에서 열외되어 있었던 것이 사실이다. 일제는 식민지 원주민들에게 병든 몸의 강제 수용 사태를 제시하여 위생의 중요성을 인식시키는 한편, 권력의 막강한 힘을 과시하여 식민 질서에의 순응 의지를

---

21) 이병헌, 「생명을 부르는 영혼의 노래」, 한하운시전집 『보리피리』, 미래사, 1991, 131쪽.

내면화시키고자 시도했다. 나환자의 격리된 삶이 일제에 의해 기획된 사실은, 식민 담론의 작동 사례를 확인할 수 있는 계기가 된다. 1963년 「전염병 예방법」의 개정으로 재가 치료가 가능해졌지만, 그것은 격리 공간의 변경 외에 다른 의미를 띠지 못한다. 그러한 법률적 조치는 나환자들의 장기 격리로 인한 발병률 감소와 함께 사회적 안전망의 공고화에 따른 권력기관의 자신감의 발로일 뿐이다.

한하운으로 대표되는 나환자에 의한 자전적 글쓰기는 자신의 내면세계와 외부 사회를 연결하는 언로였다. 그의 글쓰기는 신체 변화를 통해 비인간적 '문둥이'로 규정되는 과정을 확인한 다음부터 침묵을 강요하는 현실에 대한 불만으로 표출되었다. 시인 자신도 정상인들에 대한 원망과 항거 의지를 시로 형상화했음을 인정하고 있다. 또한 그는 구나 운동에 투신하여 나환자들의 권익 옹호와 사회의 편견을 불식시키려고 노력하였다. 이런 측면에서 그의 글쓰기는 사회적 타자의 자기 연민인 동시에 자기 해방이었다. 따라서 그의 시작품에서는 권력에 의해 주도된 배제와 감금의 조치들을 확인할 수 있다. 그것은 나병의 정치적 의미를 시적 관점에서 논의할 수 있는 기반을 제공하고 있다.

찾아보기

저자 최 명 표

문학박사.
전북대학교 대학원 국어국문학과 수료.
저서 『전북지역시문학연구』, 『전북지역아동문학연구』
편서 『김창술시전집』, 『김해강시전집』, 윤규섭비평전집 1 「인식론적
     비평과 문학」, 『이익상단편소설전집』 등

해방기 시문학 연구

초판인쇄 2011년 2월 16일
초판발행 2011년 2월 28일

저　　자 최명표
발 행 인 윤석현
발 행 처 박문사
등록번호 제2009-11호
책임편집 박채린

우편주소 132-702 서울시 도봉구 창동 624-1 북한산현대홈시티 102-1206
대표전화 (02) 992-3253(대)
전　　송 (02) 991-1285
홈페이지 www.jncbms.co.kr
전자우편 bakmunsa@hanmail.net

ⓒ 최명표 2011 All rights reserved. Printed in KOREA

ISBN 978-89-94024-53-0　93810　　　　　　　**정가** 18,000원